ARMADA

OPT DETECTIVI

ALEX PAVESI

Traducere din limba engleză de
FLORIN BUZDUGAN

ARMADA

Director editorial: Alexandra RUSU
Redactor-șef: Marian COMAN
Coperta: Adnan VASILE
Prepress copertă: Alexandru CSUKOR
Redactor: Anca Alina DUMITRU
Tehnoredactor: Magda BITAY
Lector: Anca BACIU

Descrierea CIP a Bibliotecii Naționale a României
PAVESI, ALEX
Opt detectivi / Alex Pavesi ; trad. din lb. engleză: Florin Buzdugan. - București : Nemira Publishing House, 2022
ISBN 978-606-43-1262-4

I. Buzdugan, Florin (trad.)

821.111

Alex Pavesi
EIGHT DETECTIVES

ARMADA este un imprint al Grupului Editorial **NEMIRA**.

Tiparul executat de tipografia ARTPRINT SRL.
Tel: 0723.13.05.02; e-mail: office@artprint.ro

ISBN 978-606-43-1262-4

1
SPANIA, 1930

Cei doi suspecți stăteau pe două canapele ce nu arătau la fel, în salonul alb și aproape depersonalizat, așteptând să se petreacă totuși ceva. O arcadă aflată între ei ducea spre o scară îngustă, fără geamuri: o firidă ce părea să domine încăperea, un fel de șemineu făcut la o scară mult prea mare.

Scara își schimba direcția fix la mijloc, ascunzând etajul de sus de ochii privitorului și dând impresia că duce spre un loc întunecat și nimic altceva.

— E un iad numai să aștepți aici.

Megan era în dreapta arcadei.

— Și cât durează o siestă?

S-a mutat la geam. Afară, peisajul rustic spaniol era de un portocaliu difuz. În arșița aceea, părea de nelocuit.

— O oră sau două, dar a tot băut.

Henry stătea într-o parte pe scaun, cu picioarele aruncate peste brațul acestuia și o chitară pe care o ținea în poală.

— La cum îl știu pe Bunny, o să doarmă până la ora cinei.

Megan s-a îndreptat spre măsuța cu băuturi și a început să se uite cu atenție la sticle, răsucindu-le cu grijă, până când fiecare era cu eticheta spre ea. Henry și-a dus țigara de la buze în fața ochiului drept, prefăcându-se că se uită la ea: un simulacru de telescop.

— Iar respiri prin pantofi.

Toată după-amiaza măsurase încăperea în sus și-n jos. Salonul, cu gresia albă și suprafețele curate ca lacrima, îi amintea de sala de așteptare dintr-un cabinet medical; puteau la fel de bine să se afle într-un spital de cărămidă roșie din orașul lor natal, nu într-o vilă ciudată spaniolă, de pe creasta unui deal roșiatic, pricăjit.

— Dacă eu respir cu pantofii, tu mergi cu gura, a bolborosit ea.

Cu câteva ore înainte, luaseră prânzul la o mică tavernă din cel mai apropiat sat, aflat la circa treizeci și nouă de minute de mers pe jos, prin pădure, de la casa lui Bunny. Acesta se ridicase la sfârșitul mesei și amândoi văzuseră cât era de beat.

— Trebuie să vorbim, a bălmăjit el. Probabil vă întrebați de ce v-am chemat aici. Am ceva să vă spun de multă vreme.

Era de rău augur o astfel de introducere pentru cei doi musafiri ai săi, dependenți cu totul de el, într-o țară în care nu mai fuseseră niciodată înainte.

— Dar când suntem la vilă, doar noi trei.

Le luase aproape o oră să se întoarcă pe jos acasă, Bunny chinuindu-se să urce dealul, ca un asin bătrân, un costum gri în contrast cu pământul roșu. Era absurd acum să te gândești la toți trei, împreună în Oxford, cu atâția ani în urmă; părea că-mbătrânise cu zece ani mai mult decât ei.

— Trebuie să mă odihnesc, a mormăit după ce au intrat în casă. Lăsați-mă să dorm câteva ore, apoi vorbim.

Așa că, în timp ce Bunny urcase să alunge în somn arșita amiezii, Megan și Henry se prăbușiră pe fotoliile aflate de o parte și de alta a scării.

— O scurtă siesta.

Asta se întâmplase cu trei ore în urmă.

Megan se uita pe geam. Henry se aplecă în față și numără dalele dintre ei: ea era la o distanță de șapte plăci albe de gresie, în diagonală față de el.

— Ăsta pare un soi de joc de șah, a spus.

— De asta te tot miști de colo-colo? Îți așezi piesele în formație de atac?

Se întorsese, mijindu-și ochii, să îl confrunte.

— Șahul e o metaforă ieftină. E ceea ce bărbații folosesc când vor să vorbească într-un stil afectat despre conflict.

Între ei mocnea o ceartă încă de după-amiază, de când Bunny a pus capăt abrupt prânzului. *Noi trei trebuie să avem o discuție, departe de ochii spanioli.* Megan privea din nou pe geam și iat-o, inevitabilă ca vremea: cearta iminentă, o pată neagră acoperind cerul albastru.

— Șahul e despre simetrie și reguli, a continuat ea, conflictul însă e doar murdar și necruțător.

Henry zdrăngănea chitara încercând să schimbe subiectul.

— Știi cum se acordează? O găsise agățată pe peretele de deasupra scaunului său. Aș putea să cânt la ea dacă ar fi acordată.

— Nu, a spus Megan, părăsind camera.

A privit-o cum se afundă în interiorul casei: versiuni tot mai mici ale ei, înrămate de tocuri de ușă din ce în ce mai îndepărtate, de-a lungul coridorului. Apoi, și-a aprins o nouă țigară.

— Când crezi c-o să se trezească? Mi-ar plăcea să iau o gură de aer.

Se întorsese, versiunea ei în mărime naturală, încadrată de tocul ușii celei mai apropiate.

— Cine știe, zise Henry. Acum doarme somnul de „tocmai-am-servit-prânzul".

Femeia nu a zâmbit.

— Ia-o înainte. Cred că orice are de zis poate să aștepte.

Megan a făcut o pauză, iar chipul îi era impecabil și cu neputință de citit, ca în ședințele foto. De profesie, era actriță.

— Ai idee ce vrea să ne spună?

Henry a ezitat:

— Nu.

— Bine. Atunci ies.

A dat din cap și a urmărit-o cum se îndepărta. Coridorul ducea afară din salon, chiar în direcția spre care privea și a văzut-o cum a pășit de-a lungul lui, ieșind apoi pe ușa din capăt; scara era în stânga lui. A continuat să zdrăngănească coardele chitarei până când una dintre ele a plesnit, iar firul metalic i-a lăsat o tăietură pe dosul palmei.

Exact în acel moment încăperea s-a întunecat complet, iar el s-a întors imediat spre dreapta: Megan privea pe geam înăuntru, iar dealurile roșii din spatele ei îi dădeau o aură demonică. Nu părea să-l vadă; poate că lumina de afară era prea puternică. Însă el se simțea ca un animal la zoo, așa, cu dosul palmei la gură, curățându-și rana, și degetele atârnându-i sub bărbie.

Megan s-a adăpostit pe partea umbrită a casei.

Din mijlocul tufelor de flori în care stătea, s-a sprijinit de casă și a închis ochii. Pe undeva aproape se auzea un sunet slab, constant: pic, pic, pic. Părea să vină din spatele ei. A crezut inițial că era sunetul chitarei, reverberând prin pereți, dar nu era suficient de melodios. Era foarte slab – aproape că nici nu era –, dar îl putea auzi la fel de precis cum simți o pietricică în pantof.

Pic. Pic. Pic.

S-a întors și a privit în sus. Printr-un grilaj de fier forjat vedea o muscă ce se izbea constant de fereastra închisă de la dormitorul lui Bunny. Cel de lângă camera ei, la ultimul etaj al casei. Era doar o muscă, încercând să evadeze; apoi a văzut că erau două. De fapt, trei. Acum patru. Un roi de muște, încercând să iasă din cameră. Colțul ferestrei era negru, înțesat de ele. Și le putea imagina cu ușurință pe cele care zăceau moarte pe pervaz. A găsit o pietricică pe jos și a aruncat-o-n geam; norul negru s-a împrăștiat când piatra a lovit fereastra, dar niciun zgomot nu a venit dinăuntru. A încercat din nou, fără a-și putea trezi gazda, care dormea în continuare.

A devenit tot mai nerăbdătoare și a luat un pumn de pietricele, aruncându-le una câte una până când nu mai avea nimic în palme. A ocolit casa, a trecut peste pragul de la intrare, a pășit de-a lungul coridorului până la baza scărilor, unde Henry, luat pe nepregătite de apariția ei bruscă, a scăpat chitara, care a făcut zdrang pe podeaua albă și rece.

— Cred că ar trebui să-l trezim pe Bunny.

Vedea că e îngrijorată.

— Crezi că a pățit ceva?

De fapt, era furioasă.

— Cred că ar trebui să verificăm.

A început să urce scara. Henry venea în urma ei când a văzut ceva ce a făcut-o să se oprească și să strige. Din instinct, Henry a prins-o în brațe. O manieră în care încercase să o liniștească, dar atât de neîndemânatic, încât au rămas blocați, incapabili să se miște.

— Dă-mi drumul!

L-a împins cu cotul și a fugit sus pe scări, iar odată ce umerii ei nu i-au mai blocat perspectiva, Henry a văzut ce-o făcuse să strige: o baltă de sânge ce pornea de sub ușa camerei lui Bunny până la buza treptelor, spre el.

Niciunul din ei nu mai văzuse vreodată atâta sânge. Bunny zăcea întins cu fața în jos pe cearșaf. Plăselele unui cuțit îi ieșeau din spate, de unde pornea o dâră roșie ce se întindea până la marginea de jos a patului. Lama dispărea aproape cu totul în spinarea lui Bunny; între mânerul cuțitului și spatele lui nu se vedea decât o fâșie argintie, ca licărul lunii printre draperii.

— Direct în inimă, a zis Megan.

Mânerul ar fi putut la fel de bine să fie un orologiu solar, iar cadavrul să indice, fără să știe, trecerea timpului.

Se apropie de pat, ocolind bălțoacele de sânge de pe podea. În momentul în care era foarte aproape de cadavru, Henry o opri:

— Crezi că e bine să faci asta?

— Trebuie să verific.

Își apăsă, complet absurd, două degete pe gâtul lui Bunny. Nu avea puls. A dat din cap.

— Nu poate să fie adevărat.

În stare de șoc, Henry se așeză pe marginea saltelei; greutatea lui făcu petele de sânge să pornească spre el, iar el a sărit în sus, ca trezit dintr-un coșmar. S-a uitat la ușă, apoi s-a întors la Megan.

— Ucigașul s-ar putea să fie încă aici, a șoptit Henry. Mă duc să verific celelalte camere.

— Bine, i-a răspuns Megan șoptit; și, fiind actriță, șoapta ei fusese la fel de clară ca și când ar fi vorbit cu o voce normală. Era aproape sarcastică. Și verifică să vezi dacă toate ferestrele sunt închise.

— Așteaptă aici, i-a zis Henry. Și a plecat.

A încercat să respire adânc, dar aerul din încăpere era deja împuțit, iar cele câteva muște premonitorii continuau să se izbească de geam, de marginea zilei caniculare. Probabil că se plictisiseră deja de cadavru. S-a dus la geam și l-a deschis câțiva centimetri. Muștele au zburat pe dată, topindu-se în albastrul cerului, ca firele de sare amestecate în ciorbă. Cum stătea acolo, împietrită din pricina șocului, îl auzea pe Henry verificând camerele din apropiere, deschizând șifoniere și uitându-se pe sub paturi.

A apărut din nou în pragul ușii, cu o privire dezamăgită.

— Nu e nimeni aici.

— Ferestrele erau închise, toate?

— Da, le-am verificat.

— Așa m-am gândit și eu. Bunny închisese totul, compulsiv aproape, înainte să mergem să luăm prânzul. L-am privit.

— Dar alea două uși sunt încuiate?

A arătat spre cele două uși de la balconul din spatele ei. Megan s-a apropiat de ele și-a tras de clanțe. Erau zăvorâte pe dinăuntru sus, jos și la mijloc.

— Da, a zis.

S-a așezat pe marginea patului, ignorând complet sângele care se împrăștia.

— Henry, știi ce înseamnă asta?

S-a încruntat.

— Înseamnă că probabil au ieșit pe scară. Voi încuia toate ușile și ferestrele de la parter. Stai aici, Megan.

— Așteaptă, a dat să zică, însă el deja dispăruse.

I-a auzit picioarele desculțe tropăind cu un sunet deloc melodios pe treptele albe și dure precum clapele de pian, apoi oprindu-se, odată ajuns la cotitura scării, și sprijinindu-se, cu un sunet sec, cu palma de perete, apoi i-a auzit foiala la etajul de jos.

A deschis un sertar din comoda de lângă partea de pat a lui Bunny: nu era nimic acolo în afară de un ceas de aur și lenjerie intimă.

În altul erau jurnalul și pijamalele sale. Adormise îmbrăcat, bineînțeles. A scos jurnalul și a răsfoit paginile. Ultima notație era de acum aproape un an. L-a pus la loc. Apoi s-a uitat la ceasul ei.

Cât timp trebuia să mai stea acolo, tolerând aerul de om stăpân pe situație afișat de Henry, înainte să coboare și să îl înfrunte?

Cu fiecare ușă pe care Henry o închidea, casa devenea tot mai caldă, așa că, deși începuse totul în grabă, acum se mișca încet și metodic, respirând adânc și trecând prin fiecare cameră de mai multe ori pentru a se asigura că nu-i scăpase nimic. Organizarea casei îl amețea și se întreba cum de ajunsese Bunny să locuiască singur în ditamai hardughia. Niciuna dintre camere nu părea să fie de aceeași mărime sau formă, iar multe dintre ele nu aveau niciun geam.

— Nu lumină, ci mai degrabă întunericul vizibil. Probabil că asta faci când ai bani, și-a zis Henry.

S-a întors în salon, unde a găsit-o, așezată pe scaunul pe care stătuse el și fumând o țigară din pachetul lui. A simțit că poate ar trebui să spună ceva jucăuș, pentru a amâna, fie și doar pentru o clipă, confruntarea cu realitatea.

— O chitară și-o altă tunsoare dac-ai avea, și-ar fi de parcă m-aș uita-n oglindă, a zis el.

Megan nu a răspuns.

— Au plecat, a spus Henry. Sunt multe ferestre și uși aici jos, desigur. Ar fi putut ieși pe oriunde ar fi vrut.

Încet, a lăsat țigara într-o scrumieră și a apucat un cuțit mic pe care l-a pus alături. Henry nici nu-l observase, doar un alt obiect subțire, amestecându-se în camera puțin decorată. S-a ridicat în picioare și a îndreptat lama spre el, cu vârful spre pieptul lui Henry.

— Nu te mișca, i-a zis pe un ton scăzut. Stai acolo. Avem de vorbit.

Henry a dat să se îndepărteze. Dosul genunchilor i s-a lovit de scaunul așezat față în față cu al ei și s-a răsturnat în el. Megan s-a ridicat ca un arc declanșat de mișcare lui bruscă, iar preț de un moment Henry s-a simțit lipsit putere, strângând disperat brațele scaunului. Dar ea a rămas pe loc.

— Ai de gând să mă omori, Megan?

— Doar dacă mă obligi.

— Nu aș putea niciodată să te oblig să faci ceva. A oftat. Îmi poți da o țigară? Mă tem că dacă mă întind eu însumi după una o să-mi pierd un deget sau două. Aș sfârși prin a-mi fuma propriul deget, ca pe un trabuc.

A scos una din pachet și i-a aruncat-o; Henry a prins-o și a aprins-o cu grijă.

— Ei bine, a zis el. Ai căutat motiv de ceartă toată după-amiaza, dar îmi imaginam ceva mai civilizat decât asta. Care-i faza?

Megan a vorbit cu încrederea celui care și-a depășit în iscusință inamicul.

— Încerci să pari calm, Henry, dar mâinile-ți tremură.

— Poate mi-e frig. Mi se pare mie sau vara spaniolă e puțin cam răcoroasă anul ăsta?

— Și totuși, ești transpirat leoarcă.

— Ce crezi? Ai un cuțit îndreptat spre capul meu.

— E un cuțitaș, iar tu ești ditamai omul. Și nu e nici pe departe lângă capul tău. Transpiri tot fiindcă ți-e teamă nu cumva să fii dat în gât, nu pentru că ai impresia că o să te rănesc.

— Ce vrei să spui?

— Ei bine, iată faptele. Sunt cinci camere sus. Toate au gratii la geamuri. Bare negre, groase, genul pe care-l vezi în desene animate. Două dintre camere au uși care duc la balcoane, iar ambele uși erau încuiate. Ferestrele, la fel. Tu însuți le-ai verificat tocmai adineauri. E o singură scară care duce sus, la etaj, asta de aici. E corect ce zic?

Henry dă din cap că da.

— Atunci, oricine l-a ucis pe Bunny trebuie să fi urcat pe aici. A arătat spre capătul aflat în umbră al scărilor, și pentru o clipă, cât s-au uitat într-acolo, ochii li s-au izbit de întuneric.

— Și a coborât tot pe acolo. Iar tu ai stat aici, încă de când ne-am întors de la masa de prânz.

A ridicat din umeri.

— Și ce? Doar nu insinuezi că aș avea ceva de-a face cu asta?

— Ba chiar asta zic. Fie l-ai văzut pe ucigaș urcând pe acea scară, fie ai mers chiar tu sus, ceea ce te face fie criminal, fie complice. Și nu cred că ești de suficient de mult timp aici ca să-ți fi făcut prieteni.

Henry a închis ochii și s-a concentrat asupra cuvintelor ei.

— E o aiureală. Oricine s-ar fi putut strecura. Nu eram atent la nimic.

— Cineva s-a strecurat pe lângă tine într-o încăpere albă și complet lipsită de zgomot? Cine a fost, Henry, un șoarece sau o balerină?

— Adică tu chiar crezi că l-am omorât?

S-a ridicat indignat în picioare, căci întreaga ei argumentație i-a devenit dintr-odată ușor de înțeles.

— Dar, Megan, e ceva ce-ți scapă și pe care ai uitat să-l menționezi. Poate că am stat aici încă de la ora prânzului, văzându-mi de digestie, dar și tu ai stat, a dracului treabă, aici cu mine.

Și-a întors capul într-o parte.

— În mare, așa e. Dar îmi vin în minte cel puțin trei ocazii în care am ieșit să iau o gură de aer. Mă întreb dacă de asta ai fumat atâta, ca să mă forțezi să ies? Nu știu cât durează să înfigi un cuțit în spatele cuiva, dar mă gândesc că nu prea mult. Spălatul pe mâini după aceea probabil că durează cel mai mult.

Henry s-a așezat la loc.

— Doamne, Sfinte, a zis el încercând să se facă comod, tu chiar nu glumești, nu? Tocmai ne-am găsit prietenul mort în camera lui, iar tu sugerezi că eu sunt făptașul? Bazându-te pe ce anume? Că am stat lângă o scară? Ne știm de cât, de zece ani aproape?

— Oamenii se mai schimbă.

— Ei bine, asta așa e. Mai nou cred că Shakespeare este supraapreciat și nu mai merg la biserică. Dar sper că cineva mi-ar fi atras atenția dacă aș fi plecat de-acasă fără simțul moralității la mine.

— Nu o lua ca pe-un afront la adresa ta. Doar leg punctele între ele. Ai fost aici tot timpul, nu?

— Să nu o iau ca pe un afront? A scuturat șocat din cap. Nu ai citit niciodată romane polițiste, Megan? Sunt cel puțin un milion de modalități prin care cineva ar fi putut face așa ceva. Poate că e un pasaj secret care duce sus?

— Asta e realitatea, Henry. În lumea reală, dacă e o singură persoană care să fi avut un motiv și oportunitatea, atunci persoana aceea este, de obicei, vinovatul.

— Motiv? Și care anume ar fi motivul meu?

— De ce ne-a chemat Bunny aici?

— Nu știu.

— Eu cred că știi. După cinci ani de tăcere, ne trimite amândurora câte o scrisoare prin care ne invită să-l vizităm în Spania. Și venim aici fără să ne punem întrebări. De ce? Fiindcă intenționa să ne șantajeze. Trebuie să fi știut asta!

— Să ne șantajeze? Cu ce, cu ce s-a petrecut în Oxford? Henry a respins ideea. Bunny era cel care conducea mașina.

— Dar nici noi nu am fost chiar ușă de biserică, nu?

— Aberezi. Am venit fiindcă mi-a zis că vei fi aici și că vrei să mă vezi. Nu zicea nimic despre vreun șantaj.

— Ai scrisoarea la tine?

— Nu.

— Și deci ar trebui să te cred pe cuvânt?

Și-a coborât privirea în podea.

— Încă te iubesc, Megan; de asta am venit. Bunny știa exact ce să spună ca să mă aducă aici. Nu pot să cred că m-ai crede în stare de așa ceva.

Nu se simțea mișcată de cuvintele mari ale lui Henry.

— Îmi doresc să pot trăi în lumea ta, Henry. Probabil că îți imaginezi cum în secunda următoare începem să cântăm.

— Doar îți spun ce simt.

— Și, după cum ți-am zis, eu doar leg punctele între ele.

— Doar că...

— Ce? Se uită la el cu suspiciune. Mâna în care ținea cuțitul îi tresări. Doar că ce, Henry?

Henry se ridică din nou, cu o mână pe cap, iar cu cealaltă sprijinindu-se de peretele alb, masiv. Apoi a început să pășească înainte și înapoi.

— Nu-ți face griji, nu mă apropii.

Megan se crispă și urmări cu vârful cuțitului fiecare mișcare pe care o făcea Henry.

— Oare, atunci când ai mers afară pentru câteva clipe să te bucuri de aerul proaspăt, nu cumva am plecat și eu? Aș fi putut. Nu ai fi avut cum să știi dacă am plecat sau nu. Și, în acel moment, ucigașul și-a văzut de treabă.

— Și, ai plecat?

— Da, zise el, așezându-se la loc. Am mers să-mi iau o carte din cameră. Probabil că atunci a trecut ucigașul pe lângă mine.

— Minți.

— Nu mint.

— Ba da, minți. Mi-ai fi spus mai devreme dacă era adevărat.

— Am uitat, atâta tot.

— Henry, încetează! Făcu un pas înspre el. Nu vreau să fiu mințită!

Și-a întins mâna; nu tremura.

— Ei, ia te uită. Spun adevărul.

Megan a dat un brânci scaunului pe care stătuse Henry, iar mâna lui s-a agățat, ca o gheară, de brațul acestuia.

— Discuția asta s-a întins deja prea mult. Vreau doar să știu ce ai de gând să faci mai departe.

— Ei bine, cum nu e niciun telefon aici, aveam de gând să mă duc repede în sat și să vin cu poliția și doctorul. Dar dacă ai de gând să le spui că eu sunt vinovatul, nu o să-mi fie tocmai ușor, nu crezi?

— Ne putem face griji în legătură cu poliția mai încolo. Acum vreau doar să mă asigur că dacă las cuțitul ăsta din mână nu voi sfârși pe pat lângă Bunny. De ce l-ai ucis?

— Nu l-am ucis.

— Atunci, cine a făcut-o?

— Cineva trebuie să fi intrat și să-l fi ucis.

— Din ce motiv?

— De unde să știu?

Megan se așezase.

— Uite, o să te ajut, Henry. Nu mi-ar fi cu neputință să înțeleg că poate ai avut un motiv să-l ucizi. Bunny era crud când voia, amândoi știm asta. Și nesăbuit. Cu timpul te-aș putea chiar ierta. Dar dacă vrei să mint pentru tine, trebuie să nu-mi mai pui răbdarea la încercare. De ce acum? De ce astfel?

— Megan, asta e nebunie curată.

Henry închise ochii. Din cauza tuturor ferestrelor și ușilor închise, căldura devenise insuportabilă. I se părea că ei doi sunt două specimene scufundate în ulei, plutind în el, pe care le studiază cineva.

— Continui să faci pe inocentul? Dumnezeule, Henry, am trecut deja prin asta o dată. Ai fost judecat și condamnat de un juriu alcătuit din cele douăsprezece ghivece cu plante de pe hol. Ai fost aici tot timpul. Ce altceva mai e de spus?

Și-a ascuns fața în palme.

— Lasă-mă o clipă să mă gândesc. Buzele i se mișcau fără să scoată vreun sunet în timp ce parcurgea încă o dată șirul acuzelor lui Megan. Mi-ai dat o durere de cap de toată frumusețea.

S-a întins, complet fără noimă, după chitara care zăcea lângă el, pe podea. A început să ciupească cele cinci coarde care îi mai rămăseseră.

— Oare se ascunsese sus când ne-am întors de la prânz? Fruntea îi era acoperită de picături de sudoare. Nu se poate să fi plecat. Doar dacă nu cumva a plecat fix când am ajuns noi. Da. Da, cred că i-am dat de cap.

Era din nou în picioare.

— Cred că știu acum ce s-a-ntâmplat, Megan.

S-a uitat la el și a ridicat din bărbie, în semn de încurajare.

— Megan, viperă ce ești, zise el. Viperă clevetitoare. Tu ești cea care l-a omorât.

Megan se uita la el deloc impresionată.

— Nu fi ridicol.

— Te-ai gândit ceva la asta! Iată-ne aici, doi suspecți cu aceeași oportunitate și un motiv suficient de vag ca să fie valabil pentru oricare din noi. Nu-ți mai râmâne, apoi, decât să negi și, astfel, povestea pică-n cârca mea. Și totul se reduce, într-un final, la cine din noi e un actor mai bun. Iar la această întrebare amândoi știm răspunsul.

— Așa cum am arătat, Henry, tu ești cel care a stat aici toată după-amiaza și ți-ai ascuns crima. Așadar, cum aș fi putut să o comit?

— Nu trebuie să îmi înscenezi ceva sau să falsifici dovezile. Nu, atâta timp cât poți să negi totul până când ți se usucă gâtlejul. Ăsta a fost planul tău de la început, nu-i așa? Când va sosi poliția, va găsi aici doi străini și un cadavru. Unul din cei doi sunt eu, agitat și incoerent, încercând să argumentez că cineva, altcineva, ar fi putut să se târască pe tavan ca să ajungă la trepte fără să fie văzut, iar cealaltă persoană ești tu, perfect stăpână pe situație, negând totul. Roza britanică versus masculul brutal. Amândoi știm pe cine vor crede și, atunci, cum aș putea eu să-i conving că altfel stă treaba? Nici măcar o cafea nu pot să comand în țara asta nenorocită.

— Asta-i teoria ta, da? Atunci, cum m-am strecurat pe lângă tine, Henry? Cumva m-am târât pe tavan, cum sugerezi? Sau ai găsit ceva mai convingător în astea douăzeci de secunde?

— Nici nu trebuie. Ai pus întrebarea greșită. S-a ridicat și s-a dus la geam, fără să-i mai fie teamă de ea. E adevărat că etajul de sus al casei este închis etanș. Iar acea scară e singura cale de acces. Și e adevărat că am stat aici toată după-amiaza, de la prânz, de când Bunny s-a dus în camera lui. Nici măcar nu am fost la toaletă. Dar la fel de adevărat e și că, în momentul în care ne-am întors, iar mie mi-era cald și mă simțeam murdar de pe drum, m-am dus să mă spăl. Și te-am lăsat singură, fix aici. Și când m-am întors, tu nu te mișcaseși deloc. Mi-a luat nouă sau zece minute să mă spăl pe față, pe mâini și pe gât; mi s-a părut atât de scurt, aproape am uitat. Dar apoi, cât durează să înfigi un cuțit în spatele cuiva?

— Asta a fost acum trei ore.

— Acum trei ore. Și de cât timp crezi că e mort? E sânge pe tot holul.

— Abia ne întorseserăm; el tocmai ce urcase. Nu se poate să fi adormit așa repede.

— Nu, dar era suficient de beat, încât să nu mai conteze. Odată întins pe pat, era complet lipsit de apărare.

— Deci asta-i? Mă acuzi pe mine că l-aș fi ucis?

Henry zâmbea, mândru de logica sa.

— Da, exact asta fac.

— Prostule, ești un prost înfumurat și patetic. E mort și vrei să faci joculețe pe seama lui? Știu că tu l-ai ucis. De ce faci asta?

— Aș putea să te întreb același lucru.

Megan se opri o clipă și se gândi încă o dată. Mâna în care ținea cuțitul se relaxă. Henry privea pe fereastră, spre un halou de dealuri roșiatice care se vedeau prin geamul murdar. O tachina prin faptul că nu simțea pic de teamă; era un mod de a-și impune autoritatea.

— Să știi că văd ce încerci să faci. Văd prea bine. E o chestiune ce ține de reputație, nu? Eu sunt actriță. Un scandal ca ăsta m-ar ruina. Atâta timp cât planează până și cea mai vagă urmă de îndoială, reputația mea e la pământ. Crezi că am mai mult de pierdut decât tine și deci va trebui să cooperez?

Henry se întoarse, învăluit de lumina puternică a zilei ce-i bătea din spate.

— Crezi că asta are de-a face cu reputația ta profesională? Nu totul se învârte în jurul carierei tale, Megan.

Megan își mușca buza de jos.

— Da, bănuiesc că nu o să recunoști, nu-i așa? Mai întâi, îmi arăți cât de încăpățânat poți să fii. Și apoi ce? Când m-ai convins că nu am cum să câștig, că, dacă nu cooperez, cariera mea va fi distrusă, o să-mi faci o propunere. Vei inventa un fel de poveste și îmi vei cere să o coroborez. Dacă într-adevăr despre asta e vorba, să știi că scapi mai ieftin dacă îmi spui direct adevărul.

Henry oftă și clătină din cap.

— Nu știu de ce continui să vorbești așa. Tocmai ce ți-am explicat circumstanțele posibile ale crimei. Dar e drept că nici cel mai bun detectiv nu are ce să facă în fața unei negări sfruntate.

Mi-ar rămâne doar să-mi smulg părul de pe cap, atât. Însă nu cred că mi-ar sta bine chel.

Megan se holba la el. Niciunul nu spusese nimic preț de un minut. În cele din urmă, așeză cuțitul pe măsuța de lângă ea, întorcând dinspre el vârful lamei.

— Fie, zise ea. Ia-ți chitara și cântă-nainte. Eu te acuz pe tine, iar tu mă acuzi pe mine, e clar că asta e situația în care ne aflăm. Dar dacă cumva crezi că sunt genul de femeie care cedează și se lasă convinsă că cerul e verde doar fiindcă așa spune un bărbat, ei bine, m-ai subestimat amarnic.

— Iar dacă tu crezi că, doar fiindcă bați din picior și-ți fluturi genele, voi cânta ca o păsărică, atunci ți-ai supraestimat puterile de convingere.

— Of, zise Megan, clipind, dar credeam că încă mă iubești...

Henry se așeză pe scaunul de vizavi de al ei.

— Încă te iubesc, ăsta e și motivul pentru care situația asta e așa de insuportabilă. Te iert pentru toate, dacă recunoști că tu l-ai ucis.

— Atunci, hai să vorbim despre ceva ce nu am vorbit niciodată înainte. Luase din nou cuțitul în mâini; de data asta, teama, groaza i-au străbătut chipul. Ai o latură violentă, Henry. Te-am văzut băut, te-am văzut luându-te la bătaie cu străini pe stradă fiindcă nu-ți convenea cum se uitau la mine. Te-am văzut urlând, și țipând, și spărgând pahare. Ai de gând să negi și asta?

Se holba la podea.

— Nu, dar asta a fost acum mult timp.

— Și m-ai văzut pe mine să mă port vreodată așa?

— Poate că nu, dar și tu poți fi extrem de crudă.

— O limbă ascuțită nu a ucis pe nimeni.

Henry ridică din umeri.

— Ei și? Am un temperament vulcanic. De asta nu ai vrut să te căsătorești cu mine?

— Nu chiar. Dar a fost și ăsta un motiv.

— Beam mult pe atunci.

— Ai băut cam mult azi la prânz.

— Nu chiar mult. Nu ca atunci.

— A fost suficient, e clar.

Henry oftă.

— Dacă aş fi vrut să-l omor pe Bunny, aş fi făcut-o mai bine de-atât.

— Henry, ştiu că tu ai fost. Amândoi ştim că tu ai fost. Ce anume încerci să faci? Să mă convingi că o iau razna?

— Aş putea spune acelaşi lucru, să ştii.

— Nu, nu poţi. Megan luă cuţitul şi îl înfipse în braţul scaunului; a sfâşiat tapiseria şi s-a înfipt direct în lemn. Bunny e sus, curge sânge din el ca apa din robinet, iar noi stăm aici şi ne certăm. Ce o să creadă poliţia când o să afle cum ne-am petrecut amiaza?

— Parcă suntem într-un coşmar.

Megan şi-a dat ochii peste cap.

— O altă metaforă ieftină.

— Ei bine, dacă aşa ne petrecem amiaza, aş vrea să am un pahar de ceva în mână. Vrei să mi te alături?

— Eşti bolnav, spuse ea.

Iar Henry îşi turnă, într-un pahar, whisky.

Jumătate de oră mai târziu, situaţia era la fel; parcurseră situaţia în repetate rânduri, fără a ajunge însă la vreo concluzie.

Henry terminase de băut whisky-ul; ţinea paharul gol în faţa ochilor, uitându-se, prin el, la camera turtită şi goală, mişcându-şi mâna dintr-o parte într-alta. Megan îl privea, întrebându-se cum de putea să fie aşa de uşor de distras.

Henry şi-a mutat privirea înspre ea.

— O să-mi mai pun unul, iar apoi am terminat. Vrei să bei şi tu cu mine?

Uşile şi ferestrele erau în continuare închise, iar camera devenise sufocantă. Părea că se puseseră de acord să se pedepsească astfel.

Megan dăduse din cap.

— Bine, o să beau şi eu un pahar cu tine.

El bombăni şi merse la raftul cu băuturi. Umplu două pahare mari cu whisky din carafă. Era cald, desigur. Un pahar îl ţinea în mână, învârtindu-l ritmic, iar pe celălalt i-l dădu ei. Ochii lui Megan se făcuseră mari la vederea paharului, umplut până la refuz.

— Un ultim păhărel, zise el.

— Trebuie să discutăm ce vom face mai departe, zise Megan, presupunând că niciunul dintre noi nu va mărturisi. Chiar trebuie să chemăm poliția? Nimeni nu va ști că am fost vreodată aici. Poate c-am reuși să plecăm chiar în noaptea asta.

Henry își sorbea băutura în liniște. Au stat astfel preț de câteva minute bune, Megan acoperindu-și paharul cu mâna. Când în cele din urmă îl duse la buze, se opri brusc.

— De unde știu că nu e otrăvit?

— Putem face schimb de pahare, zise el.

Megan a ridicat din umeri. Conversația nu părea să merite efortul. Sorbi puțin din pahar.

— Are un gust bun, zise ea. Henry o privea tăcut, într-un mod care o deranja. Pe de altă parte, continuă ea, ca să elimin orice fel de dubiu...

El oftă și îi întinse lui Megan paharul; ea îl luă și i-l întinse pe al ei.

Se lăsă pe spate pe scaun, obosit și ridică paharul.

— În cinstea lui Bunny.

— În cinstea lui Bunny să fie.

Whisky-ul era la fel de arzător și portocaliu ca inevitabilul apus de soare care se apropia. Henry ridică iarăși chitara, zdrăngănind la fel de neîndemânatic la ea ca înainte.

— Ne-am întors de unde am pornit.

— Așa cum am zis, trebuie să discutăm ce se întâmplă mai departe.

— Vrei ca eu să spun că putem să fugim împreună și să ne prefacem că nu am fost niciodată aici? Ca și ultima oară? Ăsta a fost planul tău de la început, nu-i așa?

— De ce-mi faci asta? Megan puse paharul deoparte, clătinând din cap. E pentru că am rupt logodna noastră? Dar asta a fost cu atât de mult timp în urmă.

A sorbi din pahar devenise modalitatea principală a lui Henry de a nuanța conversația. Dar nu s-a grăbit deloc să răspundă la vorbele lui Megan, ci și-a aprins o țigară.

— O să o mai spun o dată, Megan. Încă te iubesc.

— E bine de știut. Megan se uita la el, parcă așteptând ceva. Te simți amețit, Henry?

Inițial, Henry a fost surprins, apoi s-a uitat la pahar. Îl băuse aproape pe tot, mai puțin ultimul sfert. A întins mâna după el, dar își dăduse seama că mâna stângă îi era aproape complet amorțită. Mâna lui lipsită de formă și neîndemânatică a dărâmat paharul pe podea, unde s-a făcut țăndări, un cerc maroniu pe gresia albă. Se uită iarăși la ea.

— Ce ai făcut?

Țigara îi căzu din gură înăuntrul chitarei, scoțând spirale de fum printre coarde. Pe fața lui Megan nu se citea nicio emoție, ci doar o urmă de îndoială.

— Megan.

Se prăbuși de pe scaun, cu jumătate de corp paralizat. Chitara căzu într-o parte. Henry zăcea cu fața în jos pe podeaua albă, tremurând fără vreun ritm. Saliva îi curgea din gură pe bărbie și apoi pe gresie.

— Asta-i chestia cu mințitul, Henry. Megan se ridică și se aplecă deasupra lui. Odată ce începi, nu te poți opri. Trebuie să mergi până la capăt.

2
PRIMA CONVERSAȚIE

Julia Hart citise, timp de aproape o oră, cu voce tare, și parcă avea pietre în gât.

— „Asta-i chestia cu mințitul, Henry." Megan se ridică și se aplecă deasupra lui. „Odată ce începi, nu te poți opri. Trebuie să mergi până la capăt."

Grant McAllister stătea lângă ea, ascultând concentrat. El era autorul poveștii pe care tocmai o citise cu voce tare; o scrisese acum mai bine de douăzeci și cinci de ani.

— Ei bine, spuse acesta când și-a dat seama că terminase de citit, ce crezi despre asta?

Lăsă manuscrisul jos, punând notițele pe care le făcuse departe de el.

— Îmi place. I-am ținut partea lui Megan, până la acel ultim paragraf însă.

Grant sesizase tonul sec al vocii ei și se ridică în picioare.

— Mai dorești un pahar cu apă?

Julia făcuse semn din cap că da.

— Îmi pare rău, spuse el, ești prima musafiră pe care o am după foarte mult timp.

Cabana lui era în vârful unei pante mici acoperite de nisip, care ducea la plajă. Stătuseră aproape o oră pe scaunele de lemn, pe veranda de jos, în timp ce ea citise povestea cu voce tare. Acum a lăsat-o acolo, iar el a intrat în casă.

O briză răcoroasă venea dinspre largul mării, însă căldura soarelui era copleșitoare. În dimineața aceea o luase pe jos de la hotel până la cabana lui - cincisprezece minute în arșița metalică mediteraneeană - și își simțea deja fruntea ușor arsă de soare.

— Poftim.

Grant se întoarse cu o carafă de lut și o puse pe masă, între ei doi. Și-a umplut paharul și l-a băut.

— Mulțumesc, aveam nevoie.

Grant se așeză la loc.

— Spuneai, cred, că te așteptai ca Megan să fie inocentă?

— Nu chiar. Mai luă o gură de apă și clătină din cap. Am empatizat cu situația ei. Am cunoscut destui bărbați ca Henry, fragili și plini de autocompătimire.

Grant dădu din cap și bătu ușor darabana pe brațul scaunului pe care stătea.

— Megan are și ea eșecurile sale, nu crezi?

— O, da. Julia zâmbi. În fond, l-a ucis, nu?

— Îmi dă impresia, zise Grant alegându-și cuvintele cu grijă, că nu e de încredere. Era suspectă de la bun început.

Julia dădu din umeri.

— Nu știm ce s-a petrecut cu ei la Oxford. Își scoase caietul de notițe și îl așeză pe genunchi, ținând un pix în cealaltă mână. Când ai citit ultima oară povestea asta?

— Înainte să mă mut aici. După cum știi, nu mai am niciun exemplar al cărții. Grant dădu din cap încet. Acum douăzeci de ani, probabil c-am avut. Asta mă face să mă simt foarte bătrân.

Își turnă puțină apă în pahar. Era prima oară când îl vedea să bea ceva în dimineața aceea. Pe plajă, sub ei, era o șalupă din lemn cu susul în jos; semăna cu coconul abandonat al unei insecte uriașe. Poate că se târâse de sub ea, gândise, zâmbindu-și în sinea ei. O ființă extraterestră, imună la căldură, care nu are nevoie dă bea sau să mănânce.

— Și, ce se întâmplă mai departe? întrebă Grant. Mă tem că nu am mai redactat vreo carte înainte. O vom parcurge rând cu rând?

— Ar dura prea mult. Frunzări manuscrisul. Nu vreau să schimb prea mult din text. Câteva locuri unde frazele ar putea fi mai succinte, poate.

— Desigur. Își dădu pălăria pe spate și-și șterse fruntea cu o batistă.

— Am observat însă câteva probleme legate de coerența descrierii casei, dar m-am gândit că au fost intenționate.

Grant se opri o clipă, apoi puse batista pe brațul scaunului, ca să se usuce în briza caldă.

— La ce anume te referi?

— Nimic grav, spuse Julia. Dar așezarea camerelor, de exemplu... Se uită la el. Grant îi făcu semn să continue, cu o mișcare circulară din mână. Camera unde a fost găsit cadavrul e descrisă ca având un geam pe partea umbrită a casei, dar cuțitul proiectează o umbră. Grant se uită la ea în gol, dând din cap dintr-o parte în alta. Așadar, soarele bate prin geam sau este în umbră?

Își ridică bărbia pentru a indica faptul că a înțeles ce voia să spună și trase aer în piept.

— Asta e interesant. E posibil să fi făcut o greșeală.

— Iar holurile de la etajele de sus și de jos par să ducă în direcții opuse. La un moment dat, Henry stă pe scaun, având în stânga scara și un hol ce duce în direcția spre care e îndreptat, în timp ce altundeva scara e din nou în stânga lui, iar apoi coridorul de la etajul de sus începe de acolo. Așadar, etajul de sus se potrivește cu cel de jos? Ochii lui se mișcară repede dintr-o parte în alta, semn că își imagina vila în minte. Julia continuă:

— Apoi e soarele. Pare să apună, deși povestea are loc vara, vreme de câteva ore, după prânz.

Râse ușor de sine:

— Ești un lector extrem de atent.

— Sunt o perfecționistă îngrozitoare, mă tem.

— Dar crezi că aceste greșeli au fost intenționate?

— Îmi cer scuze dacă nu e așa. Păru ușor stânjenită și se foi, ca să-și găsească locul pe scaun. Problema e că multe dintre aceste detalii nu au, aparent, legătură între ele. E ca și cum au fost puse acolo voit, doar ca să strecoare aceste incoerențe.

Își șterse iar fruntea.

— Sunt foarte impresionat, Julia. O atinse cu mâna pe dosul palmei. Și ai dreptate, să știi. Obișnuiam să adaug astfel de incoerențe poveștilor mele ca să văd dacă cititorii le-ar băga de seamă. Un joc pe care-l practicam. Un obicei enervant, sunt impresionat că l-ai descoperit.

— Mulțumesc, zise ea, ușor nesigură de sine. Câteva clipe tăcu, trecându-și în revistă notițele. Crezusem că, poate, povestea se voia o descriere a lui Henry în Iad, cu trimiterile repetate la căldură și la peisajul roșiatic. Greșesc?

— E o teorie interesantă. Grant ezită. Ce anume ți-a lăsat această impresie?

Julia își puse degetul pe o listă pe care o făcuse într-un colț din susul paginii.

— Swedenborg descrie Iadul drept un loc care nu respectă regulile încetățenite ale spațiului și timpului. Asta ar explica incongruențele spațiale și cronologia bizară. Când fața lui Megan apare la geam, e descrisă ca având o „aură demonică". Iar în primul rând unde vorbește, spune: „E-un iad". E chiar și un citat din Milton, când Henry cercetează casa.

Grant își desfăcu mâinile, în semn de capitulare.

— Iarăși, asta e o observație foarte bună. Probabil că ai dreptate. Bănuiesc că aveam în minte ideea asta când am scris povestea. Dar a fost acum atât de mult timp, încât nu pot să fiu sigur.

— Ei bine, zise Julia pentru a schimba subiectul, dacă tratăm toate aceste discrepanțe ca pe ceva intenționat, nu sunt foarte multe lucruri pe care să vreau să le schimb în legătură cu povestea în sine.

Grant își dădu pălăria jos și o roti în mâini.

— Atunci, lasă-mă să îți explic cum se leagă de munca mea în matematică. Ăsta e motivul principal pentru care te afli aici, nu-i așa?

— Ar fi foarte util, zise Julia.

Grant se lăsă pe spate, își duse unul dintre degete la bărbie și se gândi cum ar fi cel mai bine să înceapă.

— Toate aceste povești, zise el, derivă dintr-un articol pe care l-am scris în 1937, când am examinat structura matematică a cărților polițiste. L-am numit „Permutările ficțiunii detectiviste". A fost publicat într-o revistă puțin cunoscută, *Recreații matematice*. Răspunsul a fost unul încurajator, deși era o lucrare relativ modestă. Însă, pe atunci, poveștile cu crime erau foarte la modă.

— Da, spuse Julia. Aceea a rămas cunoscută drept epoca de aur a ficțiunii polițiste. Iar tu erai profesor de matematică la Universitatea din Edinburgh, nu?

— Corect. Grant îi zâmbi Juliei. Scopul acelei lucrări era de a da o definiție matematică speciei thriller. Cred că am reușit, la modul general.

— Dar cum? întrebă Julia. Cum folosești matematica pentru a defini un concept din literatură?

— Asta e o întrebare bună. Permite-mi să o formulez ușor diferit. În acel articol, am definit un obiect matematic, pe care l-am denumit *roman polițist*, cu speranța că proprietățile structurale ale sale vor reflecta, în mod clar, o structură comună a poveștilor de acest fel. Definirea obiectului mi-a permis, apoi, să stabilesc limitele matematice ale poveștilor polițiste și să aplic acele rezultate din nou asupra literaturii. Așadar, putem spune, de exemplu, că o poveste polițistă trebuie să îndeplinească o serie de criterii pentru a fi considerată validă, conform definiției. Iar apoi putem aplica același principiu și poveștilor în sine. Are sens ce zic?

— Cred că da, spuse Julia. Adică este similar cu acea listă de reguli de respectat pentru a scrie o poveste polițistă care variază de la individ la individ?

— Da, există o oarecare suprapunere. Dar un alt lucru pe care îl putem face cu definiția dată este să găsim fiecare structură în parte, care ar putea fi considerată drept o poveste polițistă validă. Așadar, am reușit să fac o listă a tuturor variațiilor posibile din punct de vedere structural, lucru pe care nu-l poți face cu o serie de reguli sau instrucțiuni.

— Iar acelea sunt așa-numitele permutări ale prozei detectiviste?

— Exact, expresie care a dat titlul articolului meu.

Textul „Permutările ficțiunii detectiviste“ nu fusese publicat doar ca articol într-o revistă academică, ci devenise și addenda unei cărți scrise de Grant, care era alcătuită din șapte povestiri polițiste și pe care o numise *Crimele cusute cu ață albă*, publicându-și-o în mod independent, la începutul anilor '40, într-un tiraj mai mic de o sută de exemplare.

Julia îl contactase din partea unei edituri mititele, Blood Type Books. Îi scrisese să-i explice că ea lucra ca redactor acolo și că Victor Leonidas, patronul ei, descoperise de curând un exemplar vechi al *Crimelor cusute cu ață albă* într-o cutie de la anticariat și era hotărât să publice cartea într-un tiraj mai mare. După ce au corespondat o vreme, Julia plecase să îl întâlnească pe autorul alunecos - un bărbat aflat la mijlocul vieții, care trăia singuratic pe o insuliță din Marea Mediterană -, pentru a rezolva toate nelămuririle și a pregăti cartea de publicare. Un lucru asupra căruia căzuseră de acord și ea, și Grant fusese că, în loc să includă articolul lui drept addenda, ar fi fost mai bine ca Julia să scrie un studiu introductiv despre cele șapte povestiri, studiu care să aibă același scop și să dezvolte aceleași idei, dar într-o formă mai accesibilă.

— Trebuie să fie multe astfel de permutări, nu?

— Vorbind la modul strict, există un număr aproape infinit, dar toate se reduc la câteva arhetipuri mari. De fapt, variațiile structurale principale pot fi numărate pe degetele de la două mâini. Poveștile au fost scrise tocmai pentru a ilustra aceste variații principale, inclusiv cea pe care tocmai ai citit-o.

— Poți explica cum?

— Da, zise Grant, cred că pot. Definiția matematică e simplă. Banal de simplă, aș zice. Efectiv, definiția numește cele patru ingrediente care compun orice poveste polițistă, și cele câteva condiții care li se aplică fiecăruia în parte.

— Patru ingrediente. Julia notă în caiet.

— Ele sunt atât necesare, cât și suficiente, astfel că orice text care le conține devine automat o poveste polițistă, iar fiecare poveste trebuie să le conțină. Să le analizăm individual.

— Asta sună bine.

— Ei bine, Grant se apleacă spre ea, primul ingredient este un grup de suspecți; personaje care se poate, sau nu, să fi comis fapta. O astfel de poveste rareori va avea mai mult de douăzeci de suspecți, dar nu există vreo limită a numărului permis de personaje. Dacă poți scrie o poveste cu cinci sute de suspecți, atunci ai o poveste cu cinci sute de suspecți. Nu putem face același lucru în privința limitei inferioare. Aici putem spune cu siguranță că numerele negative, cel puțin, nu intră în discuție. Așa că permite-mi să te întreb: dacă ar trebui să reduci o poveste polițistă la elementele sale de bază, care ar fi numărul minim de suspecți necesari pentru ca istoria să aibă sens?

Julia se gândi la întrebare.

— Sunt tentată să spun patru sau cinci, fiindcă mi-e greu să-mi imaginez romane polițiste cu un număr mai mic ca acesta. Dar mă aștept să-mi spui că răspunsul este doi.

— Corect. Dacă ai doi suspecți, iar cititorul nu știe care din ei este ucigașul, atunci ai o poveste polițistă. Doi suspecți îți pot oferi aceeași structură de bază ca orice alt număr.

— Asta nu limitează când vine vorba de personaje și cadru?

— Poate, dar după cum tocmai am văzut nu e imposibil. Deci primul ingredient este un grup de cel puțin doi suspecți. Și, deși de obicei sunt trei sau mai mulți, povestea care are doar două personaje are ceva special.

Julia luă notițe. Grant o așteptă să termine. Sudoarea de pe palma ei lăsă pe pagină o urmă, irizată de cerneală roșie.

— Continuă, zise ea.

— E o problemă de logică. Dacă sunt doar doi suspecți, atunci ambii știu cine e ucigașul. Asta încetează să mai fie adevărat atunci când sunt de la trei personaje în sus; în acel caz, numai ucigașul știe cu siguranță. Dar cu doi suspecți, personajul inocent poate să-și dea seama cum stau lucrurile folosind un banal proces de eliminare. *Știu că nu sunt vinovat, așa că celălalt suspect trebuie să fie.* Și, apoi, mai rămâne cititorul care nu știe adevărul. De asta am considerat că povestea cu doi suspecți este importantă.

— Și de asta ai scris această poveste?

— Atât Henry, cât și Megan știu care din ei e vinovat. Și știm că amândoi trebuie să știe. Dar în continuare neagă fiecare. Ideea m-a amuzat.

Julia dădu din cap și notă în carnet; părea suficient de simplu.

— Este foarte util, mulțumesc. Se opri să mai bea niște apă, apoi dădu pagina. Aș vrea să includ în introducere și câteva date biografice. Doar câteva propoziții despre tine. Unde te-ai născut, lucruri de genul acesta. Ești de acord?

Grant păru incomodat.

— Dar nu e plictisitor?

— Nu chiar. Facem asta cu toți autorii noștri. Doar unul sau două lucruri interesante despre tine. Cititorii vor vrea să știe cine ești.

— Înțeleg, zise Grant. Se aplecă în față pe scaun, făcându-și vânt cu pălăria. Se uită la mâna care-i tremura ca la ceva necunoscut, și tremuratul încetă. Nu sunt sigur că am ceva interesant de spus. Am dus o viață banală.

Julia își drese glasul și zise, lăsând jos carnetul de notițe și stiloul:

— Grant, ai fost cândva profesor de matematică. Brusc, ai scris un volum cu povești polițiste, după care nu ai mai publicat nimic. Acum trăiești singur pe o insulă, la mii de kilometri de locul în care te-ai născut, în izolare aproape completă. Pentru mulți oameni asta e ceva interesant. Trebuie să existe o poveste în spatele acestei decizii.

Așteptă un moment până să răspundă.

— Nu chiar, doar războiul. Am fost pe front în Africa de Nord. Mi-a fost greu să mă întorc la o viață normală după aia. Dar nu e ceva ieșit din comun pentru un om de vârsta mea. Nu am avut niciun fel de obligații, așa că am venit să locuiesc aici.

Julia notă în carnet.

— Iartă-mă că am intrat în subiecte personale, dar când Victor mi-a cerut să te găsesc, am scris catedrei de matematică de la Universitatea din Edinburgh. Am vorbit cu unul dintre colegii tăi, profesorul Daniels. Și-a amintit de tine. Mi-a spus că, odinioară, ai fost căsătorit.

Grant tresări.

— Da, așa e. A fost acum mult timp.

— Și că plecarea ta a fost precipitată. Ceva te-a făcut să vii aici. E frumos, dar e un loc ciudat unde să trăiești.

Grant își mută privirea de la ea la mare.

— Am vrut să fiu cât mai departe de fosta mea viață, atâta tot.

— Dar de ce? S-a întâmplat ceva?

— Aș prefera să nu-mi explic motivele, nu în scris.

— Nu trebuie să punem și asta în introducere, dacă e ceva prea personal. Dar nu te pot ajuta decât dacă-mi spui adevărul.

Expresia de pe chipul lui Grant deveni extrem de severă.

— Nu ți-am cerut ajutorul.

— Bine, atunci. Julia lăsă momentul să treacă. Poate te pot descrie drept un artist neînțeles, care trăiește departe de lume. Asta pare întotdeauna suficient de romantic.

Grant dădu din cap aprobator, puțin rușinat de lipsa lui de politețe.

— Trăiesc singur pe o insulă, iar hobby-urile mele sunt matematica și pescuitul.

— Mulțumesc, mă ajută. Julia își închise carnetul. Am încercat să iau legătura cu soția ta, dar nu am reușit să aflu unde locuiește. Nu a contat, în cele din urmă, desigur. Profesorul Daniels avea o adresă a ta, aici pe insulă. O adresă veche de douăzeci de ani, dar scrisoarea mea tot a ajuns la tine. Și nu mai ai o altă familie?

Începu să-și facă iar vânt cu pălăria.

— Iartă-mă, dar mă simt puțin obosit. A fost o discuție mult mai antrenantă decât credeam. Te rog, putem să luăm o pauză?

Julia zâmbi; aveau suficient timp.

— Desigur, zise ea.

Iar el își puse pălăria înapoi pe cap.

3
MOARTE LA MARE

Domnul Winston Brown stătea pe o bancă verde într-un costum jigărit, de culoarea cărbunelui, privind marea cuprins de reverie. Mâinile sale înmănușate se odihneau pe măciulia unui baston de lemn, fix sub bărbia sa, iar pe capul cu un păr tot mai fin purta un melon negru uzat. Dacă fața îi semăna cu un cerc rozaliu aproape perfect – așa cum desenează copiii chipurile –, restul corpului părea solid și compus numai din dreptunghiuri cenușii.

O femeie stătea lângă el, cu o sacoșă grea cu cumpărături așezată pe asfalt. Un pescăruș agil și-a întors privirea spre sacoșă și a început să pășească țanțoș spre cei doi, dar bastonul pe care domnul Brown l-a izbit hotărât de asfalt l-a făcut să fugă în direcția opusă.

S-a întors spre însoțitoarea lui:

— Mereu am zis că pescărușii și veverițele sunt hoții regnului animal. E ceva în privirea lor.

Femeia de lângă el a dat din cap, obosită; nu se așezase pentru a face conversație.

— Spuneți-mi, continuă domnul Brown, zâmbindu-i în modul său copilăresc, trăiți în acest loc absolut încântător?

Se aflau în orașul pitoresc Evescombe, pe coasta de sud, oraș ce cuprindea și un port mic și o mână de case aranjate ca o ghirlandă de-a lungul unui golf circular. Era dimineața devreme, iar soarele tocmai ce se ridicase deasupra apei.

— Da, spuse ea scurt. Locuiesc aici de o viață.

Și-a dat jos pălăria și o ținea pe genunchi, balansând-o.

— Atunci poate că-mi puteți spune ceva despre crima care a avut loc aici? Acum o săptămână, parcă, nu?

Buzele femeii s-au deschis în mod instinctiv, iar ea s-a aplecat în față. Domnul Brown recunoscuse în ea o tovarășă într-ale bârfei.

— Acum patru zile. Vorbea cu o voce șoptită exagerat, nu mai joasă ca vocea ei normală. S-a scris peste tot în ziar despre asta. Un tânăr a împins o femeie de pe stânci. El insistă că a fost un accident, bineînțeles. Dar minte. Îl cheamă Gordon Foyle și locuiește în ultima dintre casele albe de pe stânga.

Făcu un gest cu mâna spre capătul îndepărtat al orașului, unde clădirile se împuținau vizibil pe măsură ce coasta se împărțea între plaja îngustă și mizerabilă și zona stâncoasă ce se ridica deasupra plajei, unde se înălța o casă albă, ca un bulb, pe locul cel mai îndepărtat, abia vizibil, al orașului, aproape de vârful dealului.

Domnul Brown și-a ridicat bastonul cu o mână și a arătat, malițios, spre golf. Ca un paratrăsnet, de parcă ar fi vrut să sugereze în tot acel tablou ideea că o furtună se apropie.

— Casa de acolo? Cea atât de neutră?

— I se spune Casa Whitestone, unde a locuit toată viața. Nu că lumea de aici l-ar cunoaște cu adevărat. Își ține viața secretă, în mare parte.

— Extraordinar! Domnul Brown și-a împins ochelarii rotunzi sus de tot pe nas. Și crezi că e vinovat?

Femeia se uită în jur ca să se asigure că nu erau auziți de vreun trecător.

— Toată lumea îl crede vinovat. Victima era bine-cunoscută aici, doamna Vanessa Allen. Știa colinele alea ca-n palmă. Este de neconceput să fi căzut fără să fi fost îmbrâncită.

— Se cunoșteau? Victima și suspectul?

— Erau vecini, oarecum. Ea locuia în casa următoare, cum treci de creastă, dar nu se vede de aici. E o potecă ce duce pe lângă casa lui, de-a lungul culmii colinelor până la o cabană galbenă; un drum de cinci minute de mers pe jos. Acolo locuia împreună cu fiica ei, Jennifer.

— Și care a fost motivul?

— Simplu, spuse femeia, care deja uitase reticența de la început și acum vorbea liber. El voia să se însoare cu Jennifer. Dar doamna Allen nu-l plăcuse niciodată și era împotriva căsătoriei. Așa că a vrut s-o scoată din peisaj, asta-i tot. Acum patru zile mergeau amândoi pe potecă. Doamna Allen o pornise spre oraș, iar el, în direcția opusă. Când au trecut unul pe lângă celălalt, a prins ocazia și a împins-o, apoi a pretins că alunecase. E crima perfectă, dacă stai să te gândești. Nu mai era nimeni în zonă, în afară de mare.

Domnul Brown zâmbea, plăcut surprins de încrederea povestitoarei și se lăsă pe spate, aparent mulțumit de esența sordidă a poveștii, bătând cu bastonul în asfalt de două ori, ca semn de punctuație.

— Chiar și în cele mai inocente scene din tablouri există întuneric pe la colțuri, în funcție de felul în care lumina se proiectează pe ramă.

Femeia dădu din cap.

— Și, iată, ai casa lui, în colțul orașului.

— Unde a așteptat ca un păianjen, agățat de pânza lui albă. Însă păienjenii sunt creaturi inofensive de cele mai multe ori, indiferent de cât de înfiorători pot părea. Poate că tânărul domn este o victimă a neînțelegerii?

— Aiurea, mormăise femeia, indignată vizibil.

— Deci sunteți sigură că nu avea cum să fie un accident?

Femeia ridică din umeri.

— Nu prea au loc accidente în acest oraș.

Domnul Brown se ridică și își dădu jos melonul în semn de salut, apoi îl puse la loc. Femeia rămase uimită; păruse atât de mic așezat, însă avea aproape doi metri înălțime.

— Draga mea doamnă, a fost o discuție foarte plăcută. Să sperăm că problema va fi rezolvată cât de repede. S-aveți o zi minunată.

Și se îndepărtă, luând-o spre casa albă de pe deal.

De fapt, domnul Brown îl găsise plăcut și simpatic pe Gordon Foyle cu o zi înainte, când se așezaseră la o masă dintr-o celulă din secția locală de poliție.

Tânărul se uitase la el cu ochii săi albaștri, imploratori.

— O să mă spânzure.

Între ei erau o coală de hârtie și un creion. Mișcările lui Gordon Foyle erau lente și molcome, în parte din cauza firii sale, în parte fiindcă mâinile îi erau legate cu un lanț de masă. Îndreptă hârtia și se apucă să deseneze.

— Sunt speriat.

— De ce crezi că te vor spânzura?

Gordon continuă să deseneze în timp ce vorbeau.

— Fiindcă duc o viață departe de ochii lumii. Deși poate că pare egoist. Nu este, dar niciodată nu am știut cum să-mi fac prieteni.

— Dar vor avea nevoie de dovezi.

— Oare?

O tăcere grea, stânjenitoare umplea camera. Domnul Brown își alesese cuvintele cu atenție:

— Dacă ești nevinovat, nu ai de ce să te descurajezi.

Gordon flutură din mâna dreaptă a neîncredere. Lanțul căzu de pe masă punând în mișcare o cascadă de metal.

— De fapt, a fost un martor, să știți.

Tânărul îl privea pe domnul Brown drept în ochi. Întoarse bucata de hârtie spre el; desenase un iaht plutind pe linia dreaptă a mării.

— O barcă, la vreo 200 de metri depărtare în largul golfului. Era vopsită roșu. Așa arăta. Era prea departe ca să-i pot vedea numele, dar, dacă puteți afla cine era pe acea barcă, e posibil să fi văzut totul.

Domnul Brown își închise ochii, ca și când urma să dea niște vești rele.

— Dar numai dacă se uitau.

— Vă rog, domnule Brown, trebuie să încercați!

— Un singur lucru este atipic în legătură cu această crimă și anume modul absolut crud în care a fost înfăptuită. Un bărbat tânăr și discret o omoară pe mama femeii de care e îndrăgostit și pentru asta nu e nevoie decât de un brânci lejer.

După vizita sa de la secția de poliție, domnul Brown se întâlni cu vechiul său prieten, inspectorul Wild. Discutau cazul la un pahar de Xeres la barul din hotelul unde era cazat domnul Brown.

— Nu avem nicio dovadă concretă, zise inspectorul. Dar ce dovadă am putea avea? Din acest punct de vedere, e crima perfectă. Fără martori, în afară de păsări.

— Dacă, astfel, el rămâne singurul suspect, aş zice că e, mai degrabă, imperfectă. Nu crezi? Cum poate, bietul om, să-şi dovedească vreodată nevinovăţia? Cu şi mai puţine dovezi decât atât au fost spânzuraţi oameni, iar tu nu-mi poţi spune că, în acest caz, nu există această posibilitate.

Inspectorul Wild şi-a împreunat degetele de-a lungul bărbii sale ascuţite şi şi-a lăsat capul pe spate. A oftat lung.

— Al naibii, sper să fie! Eu cred că-i vinovat ca păduchele.

Domnul Brown îşi ridică paharul:

— În regulă, atunci. În cinstea minţilor curioase şi deschise ale detectivilor.

Inspectorul Wild îşi miji ochii de un verde spălăcit.

— M-aş bucura să mi se demonstreze altfel. Şi-şi termină de băut paharul.

Comandaseră mâncare, iar proprietarul le adusese nişte sandviciuri mediocre, care băteau în roz de la lampa roşie din spatele capului inspectorului Wild.

— Deci, locuieşte singur, întrebă domnul Brown, prietenul nostru Gordon Foyle?

— E mai degrabă un caz tragic, să ştii. Aproape că pricepi cum ar putea derapa. Părinţii i-au murit acum şapte ani, pe când el avea optsprezece, într-un fel de accident de maşină. Dar i-au lăsat casa şi suficienţi bani cât să supravieţuiască, aşa că a reuşit să se descurce. Nu cred să fi muncit vreo zi din viaţa lui.

— Şi nu-l ajută nimeni?

— O doamnă vine din oraş în fiecare zi. El spune că-i convine aşa mai degrabă decât să locuiască cineva cu el. Dar totul a avut loc înainte ca ea să-şi termine treaba, aşa că ştim cam ce a făcut în ziua aia de la o doamnă din oraş, pe nume Epstein.

— Înţeleg, zise domnul Brown. Şi unde o pot găsi?

Casa Whitestone era așezată central – în mijlocul unui gazon întreținut, verde și mărginit de o întindere maronie de buruieni și ulex –, ca un ou culcușit în cuib. În acel moment, nu erau semne de viață la niciunul dintre cele două geamuri, prin care se vedea doar o bucată albă de draperie prăfuită, ce se întindea seducător în jos până în lateralul ramei. Toate încăperile din casă erau întunecate.

Domnul Brown își dădu melonul pe spate cu măciulia bastonului și se uită la toată priveliștea dintr-o singură ochire.

— O pagină goală, își zise-n barbă.

Continuase să meargă și ajunsese la o bancă de lemn din spatele casei, în locul de unde începea poteca. De acolo puteau fi văzute și marea, și orașul. Era o priveliște frumoasă. O femeie stătea pe bancă, cu spatele la el: nu-i putea vedea decât șalul roșu ce-i acoperea spatele și mănunchiul de păr alb, lung. Doi fluturi violet-portocalii pluteau deasupra umerilor ei.

Domnul Brown se apropie și își dădu pălăria jos.

— Ce priveliște frumoasă!

Ea mormăi și își întoarse privirea spre el:

— Sunteți de la poliție, nu-i așa? Mereu îmi dau seama.

— De fapt, mă tem că nu sunt.

Ea dăduse din cap.

— Atunci, sunteți jurnalist?

— Îmi desfășor propriile investigații, de natură privată.

Un cățel pufos, cu blana maronie alerga în jurul picioarelor ei.

— Poliția crede că e vinovat. Și la fel crede și presa. Dar mie mereu mi-a fost drag de el. Oamenii de aici sunt suspicioși când vine vorba de străini. Dumneavoastră unde vă situați în toată istoria asta?

— Exact aici unde mă vedeți, doamnă Epstein.

A clipit, cu zâmbetul pe buze.

— De unde îmi știți numele?

— E scris pe agenda ce vă iese din geantă.

— Sunteți foarte atent la detalii.

— Sper că sunt, a spus el, de aceea mă și aflu aici. Mi s-a spus că erați aici în ziua în care doamna Allen a murit, corect?

— Sunt aici în fiecare zi, de la nouă la nouă și jumătate. Stau aici de la prima bătaie de clopot la următoarea. Jacob se supără dacă nu respect programul până la ultimul minut.

Întinse mâna și și-o lăsă atent pe spinarea câinelui, de parcă ar fi verificat dacă un radiator electric se încălzise.

— Și ce-mi puteți spune despre ziua aceea?

— Vă voi spune ce le-am zis și polițiștilor. Vântul bătea cu putere în acea dimineață. Gordon plecase de acasă și mergea pe potecă, era aproximativ ora nouă și zece minute. Venise alergând înapoi pe aici după trei sau patru minute, strigând ceva legat de un accident. Nu-mi amintesc exact ce a zis, dar era extrem de agitat. L-am urmat în casă și am sunat la poliție și la doctor.

— Și nu ați auzit nimic în minutele cât a fost plecat?

— Nimic. Săracul băiat era într-o stare deplorabilă.

— Vă mulțumesc, spuse domnul Brown.

Nu mai avea alte întrebări. Se uită la ceas: era nouă și cinci minute:

— Vă doresc o zi frumoasă.

Îl privi îndepărtându-se:

— Aveți grijă, strigase ea, arătând spre potecă.

Văzuse deja. Trei excremente de câine ce zăceau pe iarbă ca mâna putrezită a unui cadavru ieșind din mormânt.

— Bineînțeles, spuse el pășind pe lângă excremente.

Pentru a ajunge pe poteca respectivă, domnul Brown trebui să sară peste o poartă din lemn închisă cu lacătul. Un anunț peste care semnele vremii trecuseră deja era legat de mijlocul porții: „Această potecă este închisă din motive de siguranță publică".

— Ei bine, își zise el, mă gândesc că poliția mă va considera excepția de la regulă. Și a sărit peste poartă cu ușurința unui acrobat.

Poteca forma o linie subțire la bifurcarea a două tipuri de vegetație pe unde nu se putea trece. Pe stânga era o bordură deasă de ulex și buruieni – flori galbene și violete, care se legănau în vânt, de parcă erau protagonistele unui spectacol cu marionete, în care binele se ciondănea cu răul, capetele lor plecându-se în bătaia vântului –, care ducea către marginea colinelor și spre abisul de după ele, unde oceanul lucind părea să facă din ochi sub lumina Soarelui. Iar pe partea dreaptă, o pantă abruptă ce ajungea la buza unui deal, care era îmbrăcat în vegetație și presărat, ici-colo, cu copaci.

Domnul Brown nu putea să vadă stânca din partea stângă, însă îi vedea geamănul vreo nouăzeci de metri în fața lui, unde poteca o lua direct spre mare. Acolo întinderea vastă de piatră albă era pătată de gri și, pe alocuri, de roșu, și ducea spre o zonă cu pietre tuberculoase, acoperite de furia mării. Un loc neplăcut pe care să cazi, credea el.

Domnul Brown îl întrebase pe Wild despre starea cadavrului doamnei Allen: avea gâtul frânt și ochii umflați și negri. I se smulsese o bucată de carne de pe braț, iar patru coaste i se zdrobiseră în urma impactului cu o piatră, posibil una ascunsă de apa mării, din moment ce nu găsiseră sânge nicăieri.

Trebuiseră să vâslească de-a lungul colinei într-o barcă mică de lemn și să-i pescuiască trupul cu o ramă și plasă.

— În apărarea lui Foyle trebuie precizat, a spus inspectorul Wild, că nu am fi găsit-o niciodată dacă nu ar fi dat alarma atât de repede. Însă, pe de altă parte, dacă ar fi făcut altfel, ar fi părut vinovat, nu?

Domnul Brown urmase poteca cu mare atenție. Marginea acoperită de iarbă și panta umbrită erau pline de gunoaie - chitanțe, mucuri de țigară, diverse recipiente de mâncare -, dar nimic incriminatoriu printre bucățile mute de resturi ilizibile. Iar pământul nu era suficient de moale pentru urme de pantofi.

Cu toate astea, la fiecare câțiva metri se oprea și examina cu atenție poteca, de ambele părți, folosindu-se de capătul bastonului pentru a ridica și coborî borul melonului în timp ce își muta privirea de la umbra tăcută a pantei la albastrul asurzitor al mării.

După câteva minute bune, găsise o piatră neagră de formă neregulată pe marginea potecii. Se aplecă să o privească de-aproape, apoi clătină din cap. Era un excrement uscat de câine. Îl aruncă în apa mării cu vârful bastonului și îl privi cum pică spre moarte, apoi se întoarse să se uite după doamna Epstein, întrebându-se dacă nu cumva câinele său fusese pe potecă când incidentul se întâmplase.

Acela a fost momentul în care și-a dat seama cât de mult, și cu toate astea cât de subtil, poteca se bifurca din momentul în care sărise peste poartă. Casa Whitestone dispăruse din raza lui vizuală și la fel și doamna Epstein; nu vedea nimic care să-i atragă atenția nici în față, nici în spate. Poteca era într-adevăr ferită de priviri indiscrete.

Era locul perfect unde să ucizi pe cineva.

Și totuși existase un martor, despre care Gordon Foyle îi spusese: iahtul din largul mării.

— Mă întreb, spuse domnul Brown, mijindu-și ochii și privind în larg.

O sută de metri mai în față văzuse un obiect alb, aruncat într-un tufiș, aproape sclipitor pe fundalul verde-închis. Era suficient de bine ascuns, încât se îndoia că altcineva l-ar fi văzut, dar puterea de observare a domnului Brown era aproape supranaturală și era renumit pentru asta. Pipăise buruienile cu bastonul său și, mișcându-l cu răbdare și grijă, reuși să aducă obiectul alb spre marginea tufișului. Apoi l-a scos de acolo.

Găsise ceea ce părea a fi o eșarfă albă, înfășurată în jurul tufișului ca o tenie. Și-o trecuse peste palmele înmănușate. Aparținuse, evident, unei femei și fusese purtată de curând. Nu era pătată de sânge, însă pe una dintre margini se vedea o urmă de toc subțire de bocanc.

Revelator, credea domnul Brown.

Vanessa Allen purta o eșarfă când murise, după spusele fiicei ei. Dar nu o găsiseră împreună cu trupul ei. Au presupus că a luat-o apa.

O împături într-un dreptungi pe care îl puse în buzunar, apoi și-a șters bastonul de iarbă.

Domnișoara Jennifer Allen fusese cea care îl implicase în situația aceasta. Îl vizitase la el acasă, în Londra, la două zile după moartea mamei ei.

— Am auzit că ați reușit să rezolvați cazuri cărora poliția nu a putut să le dea de capăt.

Ochii îi erau încă roșii de la plâns, însă părea a fi o femeie tânără și cu capul pe umeri. Domnul Brown o condusese în camera de zi.

— Oh, mi-a ieșit doar o dată sau de două ori. Cu ce vă pot ajuta?

Domnișoara Jennifer Allen îi expusese cazul, inclusiv versiunea ei în legătură cu desfășurarea evenimentelor. Lua micul dejun acasă în acea dimineață, privind spre grădina din față. De unde era, vedea poteca și o văzu pe maică-sa cum o ia pe-acolo, luptându-se cu rafalele de vânt.

— Și asta e tot ce am putut să văd, până când a apărut doctorul. Aproximativ o jumătate de oră mai târziu. Ca să-mi spună ce se întâmplase.

— Îmi pare rău, spuse domnul Brown. Trebuie să vă fie tare greu acum.

Se holba la încălțările ei.

— Bietul Gordon. Poliția e hotărâtă să îl spânzure, bineînțeles.

Domnul Brown dăduse din cap.

— Și sperați că eu pot dovedi că e nevinovat?

Se ridicase și cuprinse în pumn lănțișorul de argint pe care îl purta.

— Nu știu ce mă fac dacă îl spânzură.

După alți câțiva pași, domnul Brown se opri din nou. Aici, iarba de pe marginea stângă a potecii era clar deranjată: buruienile, în mod normal rezistente, erau călcate în picioare și rupte pe alocuri.

— Am găsit urme de luptă. Așa îi spusese inspectorul Wild. Gordon afirmase că femeia era cu mult în fața lui pe potecă. O văzuse cum alunecă și cade și o luase pe acolo spre marginea colinei ca să vadă dacă ar putea-o salva. Dar când ajunsese, din ea nu mai rămăsese decât pata hainelor peste pietre.

Domnul Brown ridică una dintre ramurile rupte cu bastonul.

— Întruparea verde a urgenței.

Patruzeci de metri mai departe ajunse la locul unde Gordon Foyle declarase că se petrecuse accidentul. Marginea stâncii se întindea până la potecă - rezultatul a zeci de ani de eroziune -, lăsând o indentație în formă de semilună, ca o urmă de mușcătură într-un biscuit. Poteca era încă destul de lată, să fi avut aproape un metru, dar dacă cineva nu era atent, putea foarte ușor să cadă.

— Poate că așa s-a petrecut. Domnul Brown fluierase către sine. Moartea prin distragerea atenției.

Își luă precauții aproape absurde pe măsură ce se apropia de margine ca să privească în jos. Vederea genunii îl ameți puternic și se prinse zdravăn de baston ca să se liniștească. Sub el, stânca înainta foarte puțin în apa mării, în timp ce valurile își arătau colții albi în jurul ei. Era o imagine înfiorătoare de-a dreptul.

Îi întoarse spatele și continuă să meargă mai departe.

Restul potecii era complet anost. Curând se despărțea de linia capricioasă a țărmului și o lua tot înainte, pe platou. De-o parte și de alta a potecii erau acum copaci și o mulțime de tufișuri, alcătuind un coridor tăcut și izolat; lumina era verde, chiar dacă ziua era scăldată de soare. Poteca se depărta apoi tot mai mult de țărm, apucând-o spre un șir de cabane pastelate, care la început fuseseră construite pentru paza de coastă.

Prima dintre cabane, de un galben plăcut vederii, fusese casa doamnei Allen și a fiicei sale. Era așezată departe de potecă, într-o grădină care abunda de flori. Un contrast izbitor cu albul pereților și verdele banal al ierbii care caracterizau casa lui Gordon Foyle. Ușa de la intrare era vopsită într-un roșu-închis, intens.

Domnul Brown bătu de două ori la ușă.

O femeie tânără îi deschise. Era cam scundă, cu părul împletit într-o coadă; părea surprinsă să vadă pe cineva stând în fața ei.

— Pot să vă ajut, domnule?

Probabil menajera, gândi domnul Brown.

— Așa sper, da. Pot vorbi cu domnișoara Allen?

Se încruntă și se uită cu oarecare ezitare în spatele ei.

— Mă tem că domnișoara Jennifer nu este acasă, domnule.

— Păcat. Aș putea să o aștept până se întoarce?

— Îmi pare rău, domnule. Domnișoara Jennifer nu va reveni preț de câteva ceasuri bune.

— Bineînțeles. Domnul Brown îi zâmbi femeii tinere și timide.

Își dădu jos mănușile, scoase dintr-un buzunar interior al hainei o hartă împăturită și o desfășură. Bucata subțire de hârtie se undui în mâinile sale vârâte în mănușile de piele.

— Mă întrebam dacă ar fi îngrozitor de nepoliticos să intru ca să-mi verific harta la adăpost de vânt? Am o memorie foarte proastă în ceea ce privește orientarea și vreau să știu cum mă-ntorc să-mi iau lucrurile.

Femeia trase aer în piept la auzul cererii îndrăznețe, dar se retrase într-o parte și dădu din cap cu obediență.

— Sigur. Intrați.

Acesta îi zâmbi și intră pe hol.

Pantofii domnului Brown erau ușor murdari de noroi și păși de pe covorul de la intrare pe o bucată de ziar așezată în lateralul ușii, lângă o pereche de bocanci Wellington murdari. Stătuse în acea poziție jumătate de minut cu degetul mare urmând vechea linie a coastei, prefăcându-se că studiază ruta.

— Așa, bun, spuse. Acum știu unde mă aflu. Vă mulțumesc; voi pleca acum.

Din spatele uneia dintre ușile închise, care se vedeau pe hol, se auzi cineva mișcându-se. Menajera se îmbujoră, rușinată. Ușa se deschise, iar Jennifer Allen își făcu apariția.

— Domnule Brown. Se uită scurt la menajeră. Vă rog să mă scuzați, i-am zis menajerei că nu doresc să fiu deranjată. Dar nu știam că veți trece pe aici.

— Nu face nimic. Doar îmi văd de investigație.

Se apropie de el și-i șopti:

— Cum merge?

— Am multe la care să mă gândesc. Observase că femeia nu mai purta lănțișorul cu pandantiv. Ați început să aveți îndoieli?

— Nu, răspunse și-și duse mâna la frunte. Nu știu. Oamenii mi-au spus fel și fel de povești. Ați găsit vreo dovadă? Ceva care să demonstreze că e nevinovat?

Considera că trebuie să spună ceva care să o liniștească.

— Mă tem că e prea devreme ca să mă pot pronunța.

Apoi a ieșit din casă și s-a întors pe potecă.

Drumul de întoarcere spre Evescombe a fost relativ ușor: cazul se dovedise a fi simplu, în cele din urmă, și era convins că deja îi aflase rezolvarea. Ba chiar își aprinse pipa și pășea mai departe cu mâna liberă bălăngănindu-se pe lângă el, cu fumul ce ieșea din pipă rostogolindu-se până la copaci și rotocolul de tutun aprins din pipă, vizibil printre arbuștii scunzi, expunându-l privirilor oricui.

Ajunse la banca de lângă Casa Whitestone exact în momentul în care clopotul de la biserică bătea de ora nouă și treizeci de minute. Cerul era înnorat acum, iar ziua fusese cuprinsă de o liniște aparte. Se uita jos, la apa neagră cu reflexii albe, și se gândea la groaza care sigur o cuprinsese în timp ce cădea în gol.

— Un mod de a muri deloc plăcut.

Se așeză și fumă singur, privind valurile și întrebându-se dacă barca neștiută de care vorbea domnul Foyle chiar exista. Apoi, vărsă scrumul de la tabac în apa mării și porni spre gară.

Următoarea seară domnul Brown și inspectorul Wild se întâlniseră la restaurantul de la Hotelul Palas. Amândoi fumau - domnul Brown, pipa lui contorsionată, din lemn, rustică, aducând cu o gheară în mâna sa făcută cupă, iar inspectorul Wild, o țigaretă subțire -, iar colțul lor de cameră era plin de valuri de fum de tutun. Cele două figuri demonice stăteau în haloul negru, bând brandy după o masă copioasă ce a constat în carne roșie și legume, iar discuția lor a ajuns la cazul Foyle.

— Ei bine, începuse inspectorul Wild. Se pare că v-am făcut să vă pierdeți timpul de pomană. Măcar nu-i din vina noastră! Dar acum știu exact ce s-a petrecut pe acea colină din Evescombe. Vă vine să credeți? Barca de care vorbește este reală! Poartă numele *Aventurierul Pensionat*, a sosit în Southampton ieri.

— Am auzit lucruri mult mai bizare decât acesta, recunosc.

— Dar pun rămășag că rareori cu astfel de consecințe. Proprietarul împreună cu soția sa au traversat Canalul Mânecii săptămâna trecută. Nu auziseră nimic despre acest caz până să zărească ceva într-un ziar din Guernsey. Îl cheamă Symons. Pare un tip respectabil. Soția lui a văzut totul și i-a povestit, dar băuse cam mult, iar el n-a crezut-o. Când a văzut știrea în ziar a pus totul cap la cap. Cuprins de vină, s-a întors. Soția lui e încă în Guernsey, dar i-a relatat toate detaliile.

— Pare a fi o adevărată corvoadă. Dar măcar va fi un martor empatic. Și au dat afară fumul de țigară, râzând amândoi.

— În orice caz, spuse inspectorul Wild, permiteți-mi să vă povestesc.

Scăpără un chibrit și era pe cale să-și aprindă o altă țigară, când domnul Brown s-a aplecat și i l-a stins.

— Așteptați puțin, spuse domnul Brown. Nu vreau să vă dau satisfacție. Știu deja ce s-a întâmplat.

— Dar nu se poate să știți. Amândoi am căzut de acord că nu există dovezi.

— Ei bine, am găsit câte ceva. Suficient cât să-mi fac o idee măcar.

Inspectorul Wild se uită la el neîncrezător.

— Înțeleg. Hai să auzim, atunci!

Bărbatul masiv, îmbrăcat într-un costum de culoare pământie se lăsă pe spătarul scaunului:

— Erau doar două posibilități în cazul de față. Fie fusese un accident, fie Gordon Foyle era vinovat. Tot ce trebuia făcut pentru a alege una dintre cele două opțiuni era un indiciu irefutabil.

— Da, înțeleg asta. Și, ați găsit un astfel de indiciu?

— Da. Iar în acel moment, domnul Brown scoase din buzunarul de la haină bucata de material alb pătată și împăturită sub formă de pătrat și i-o înmână domnului inspector, care o despăturise pe masă. Vă prezint eșarfa victimei.

— Unde ați găsit-o?

— Era agățată într-un tufiș. Oamenii tăi probabil că nu au văzut-o.

— Și ce ar trebui să ne spună, mai exact?

— Aici, vei vedea, este o urmă făcută de un bocanc Wellington. Un bocanc de damă, după cum arată urma lăsată de toc. De asemenea, se potrivește cu urma de pe o jumătate de pagină de ziar din cabana victimei. Poți să-mi confirmi, fără îndoială, că a murit purtând o pereche de bocanci Wellington în picioare?

— Da, așa a murit, spuse inspectorul Wild dând din cap.

— Foarte bine. Atunci, răspunde-mi la această întrebare: cum poate o femeie care se prăbușește înspre propria-i moarte să lase o urmă de bocanc pe eșarfă? Pe o zi cu vânt, marginile eșarfei ar fi în spatele ei. Iar apoi, singurul mod prin care ar fi putut să lase o urmă de toc, nu orice fel de urmă, ar fi fost să meargă cu spatele. Sau să fie trasă în spate.

Inspectorul Wild nu părea convins.

— Continuă.

— Ce cred eu că s-a întâmplat pe acea colină este următorul lucru: Gordon Foyle și doamna Allen au trecut unul pe lângă celălalt, iar niște cuvinte deloc drăguțe au fost aruncate din ambele părți. Iar apoi probabil că Foyle și-a dat seama că ar putea să pună capăt întregii situații. Așa că s-a întors, a prins-o de gât, pe la spate. Ea s-a opus, firește. Dar el a smucit-o. Atunci ea s-a împiedicat de propria-i eșarfă, care i-a căzut și apoi a fost dusă de vânt în tufiș. Foyle a tras-o cu forța prin buruieni și a aruncat-o de pe marginea colinei în gol. Acea urmă de pe potecă e numai o simplă coincidență: crima s-a petrecut acolo unde tufișul de buruieni a fost călcat în picioare.

Domnul Brown își luă paharul în mână:

— Ei bine, inspectore, acum e rândul dumitale.

Inspectorul Wild părea ușor confuz, uluit. Îi aruncă prietenului său un zâmbet ironic.

— Ce pot spune? Se pare că ai aflat foarte multe ghicind din aproape-n aproape, dar ai dreptate. Soția omului cu barca a văzut tot ce ai descris tu. Gordon Foyle este la fel de vinovat ca un șoarece. Singurul lucru pe care nu îl înțeleg este de ce ne-a mai spus de barcă, dacă tot se știa vinovat.

Domnul Brown și-a împreunat degetele.

— Presupun că a văzut barca în larg și se gândea că adaugă o pată de culoare. Faptul că declarația lui putea fi coroborată de altcineva îi dădea un aer de credibilitate. Probabil a crezut că nu era posibil ca cei de pe barcă să fi văzut cu adevărat ceva. Nu era cu putință, nu?

— Indubitabil.

— Ghinionul lui însă că au văzut.

Domnul Brown își imagina ochii albaștri și rugători ai lui Foyle.

— O să ajungă în ștreang?

Inspectorul dădu din cap.

— Cel mai probabil. Va muri cu lațul de gât.

Domnul Brown clătină din cap cu gândul la această imagine, iar chipul obosit, răscolit părea a fi al unei marionete, legat cu ață de craniu.

— E păcat, îmi era simpatic. Singura mea consolare este că am salvat-o pe Jennifer Allen de la a se căsători cu un criminal.

Se gândi la cuvintele ei: *Nu știu ce m-aș face dacă l-ar spânzura.* Iar pe chip i se așternu un zâmbet în fața naivității tinerilor.

— Moartea este mereu problematică, spuse inspectorul Wild. Este treaba inculpatului să deplângă consecințele, nu a noastră.

Cei doi bărbați ridicară paharele pentru un toast pe jumătate sincer, apoi s-au lăsat la loc pe spătarele fotoliilor cu brațe roșii și lucioase.

În acea noapte, doamna Daisy Lancaster, de pe Station Road, Evescombe, se trezi din somn și se duse la geam. Marea era acolo, în fața ei, calmă și reconfortantă ca paharul cu apă de pe noptieră. Visase că fața omului pe care îl întâlnise pe malul mării cu o zi în urmă, omul a cărui fotografie era în ziare sub titlul „consultant al poliției", un anume Winston Brown, se ridica deasupra apei ca o lună palidă - ochii săi penetranți fixați asupra ferestrei ei, iar bastonul său incredibil de lung întinzându-se peste golf, ca să-i bată la ușă –, având pe chip o expresie la fel de rece și nepăsătoare precum valurile însele.

Se cutremură și închise geamul.

4
A DOUA CONVERSAȚIE

Julia Hart nu rezistase și se grăbise să citească ultimele pagini.

— „O expresie la fel de rece și nepăsătoare precum valurile însele“, citise. „Se cutremură și închise geamul“.

Pusese manuscrisul pe jos, lângă ea, apoi își mai turnă un pahar cu apă. Povestea aceasta îi amintea de coasta galeză unde crescuse. Grant stătea, bătând din picior, aparent adâncit în gânduri.

— S-a întâmplat ceva? întrebă Julia.

Ridică, parcă surprins de întrebare, capul.

— Îmi pare rău, spuse el, m-am pierdut în gânduri pentru o clipă. Povestea asta mi-a amintit de ceva.

— Deci e bazată pe o poveste adevărată?

Clătină din cap că nu.

— Mi-amintește de ceva ce mi s-a întâmplat odinioară, atâta tot. A răscolit niște amintiri.

— Mie îmi amintește de Țara Galilor, spuse Julia. Familia mea s-a mutat acolo când eram foarte mică.

Grant îi zâmbi, încercând să pară interesat de poveste.

— Și unde te-ai născut?

— Scoția, de fapt. Dar nu am mai fost acolo de atunci.

— Iar eu nu am fost niciodată în Țara Galilor, spuse el, oftând, cuprins de nostalgie. Îți lipsește?

— Uneori. Ție ți-e dor de Scoția?

Grant ridică din umeri.

— Nu prea mă gândesc la asta acum.

Julia simți că ar trebui să schimbe subiectul.

— Deci Gordon Foyle era vinovatul? Presupun că nu se putea termina altfel. Dacă s-ar fi dovedit că fusese un accident, finalul și-ar fi pierdut din greutate. Nu crezi?

Grant se ridică de pe scaun și se întoarse cu fața la soare.

— Nu sunt de acord cu finalurile fericite în poveștile cu detectivi.

Acum, capul îi era doar un contur.

— Moartea ar trebui înfățișată drept o tragedie, nicicum altfel.

Luă o lămâie de pe jos și începu să o învârtă între degete. Toate aceste gesturi frenetice păreau un fel de scuză pentru că s-a lăsat distras de altceva adineauri.

Julia bătu în manuscris cu stiloul.

— De asemenea, pare să-ți displacă ideea detectivului-erou. Domnul Brown este o creatură sinistră. Și pare să improvizeze. Nu pare să fie nicio metodă în toată nebunia sa, chiar și colegul său spune asta.

— Da. Grant strânse din umeri, cumva dezinteresat. Cred că respingeam faptul că poveștile cu detectivi se bazează pe ideea de deducție logică. Ca matematician, pot să-ți spun că, de fapt, nu e deloc așa. Mersul pe dibuite și inspirația de moment, asta fac majoritatea detectivilor din romane. Și, văzuți în această lumină, e ceva fundamental lipsit de onestitate la baza personajului-detectiv. Nu crezi?

Stăteau într-o livadă de lămâi, la mică distanță de cabana lui de pe deal. Grant o lăsase singură acolo după masa de prânz.

— Aș vrea să mă plimb puțin, spuse el. Vrei să vii cu mine?

Dar Julia nu se obișnuise cu căldura, nu încă, simțea cum pielea de pe față o strânge de la soarele matinal, așa că decise să stea în livada cu lămâi, unde era multă umbră, iar briza răcoroasă ajungea până la ea. Se așeză pe o mică pantă și notă câte ceva despre povestea pe care tocmai o parcurseseră.

Grant reveni după treizeci de minute. Julia îl privi apropiindu-se dinspre cabană: de unde era, părea mai întâi de mărimea unei frunze, apoi a unei lămâi, iar în cele din urmă, cât unul dintre lămâii mai mici. Aduse o carafă cu apă – părea să ia una oriunde se ducea – și o așeză la picioarele ei. Își turnă un pahar și se puse pe citit.

— Sunt detectivii din cărți fundamental lipsiți de onestitate? Julia se tot gândise la această întrebare. Ar putea fi scrisă o teză de doctorat pe tema asta. Grant așteptă ca Julia să răspundă, tăcerea fiind întreruptă de ciripitul păsărilor. Aș spune nu, nu mai lipsiți de onestitate decât ficțiunea însăși.

Grant închise ochii.

— Un răspuns înțelept.

Julia își mai turnă un pahar cu apă. Nu se mai desfătă cu altă lectură cu voce tare, nu pe căldura aceea; gâtul i se uscase deja când terminase prima pagină. Însă Grant i se confesă în acea dimineață, spunându-i că vederea îi slăbise în ultimii ani. Nu era niciun oftalmolog pe insulă, iar ochelarii și-i stricase cu ceva timp în urmă.

— Din această cauză, citesc destul de lent. Dureros de încet, din păcate.

— Să înțeleg că nici nu mai scrii?

Clătină din cap.

— Nici nu scriu, nici nu citesc. Doar atunci când sunt nevoit s-o fac.

Astfel că Julia simțise că nu are de ales; îi făcuse pe plac și citise primele două povești cu voce tare. Acum însă, era extenuată.

Briza începu să adie, aducând cu sine un vag miros de mare. Era revigorant, dar și cumva rânced. Mirosul vieții ce se înnoiește. Lămâile îi opuneau un nor de miros dulceag, ca lampadarele pe timp de ceață.

— Dacă stăm prea mult timp aici, adorm, spuse Grant, ridicându-se în picioare și sărind de pe un picior pe celălalt. Purta un sacou peste cămașa albă, dând din nou impresia că nu îl deranja căldura. Hai să începem, vrei? E ceva ce ai schimba la această poveste?

Julia își ridică ochii din manuscris și se uită la el.

— Nimic important. Câteva propoziții. Dar am observat, iarăși, o incoerență. Și din nou cred că este ceva intenționat.

Se întoarse spre ea, un zâmbet ușor așternându-i-se pe chip.

— Ai de gând să-mi spui că și orașul din povestea asta este o metaforă a iadului? Damnarea s-ar putea să pară destul de ofertantă în cazul ăsta, ca un fel de tabără de vară.

— Nu, râse Julia. E undeva spre final. Când domnul Brown revine la banca de lângă Whitestone House, după plimbarea sa de-a lungul colinelor, clopotul bisericii bate ora nouă și jumătate, însă pe bancă nu este nimeni. Și totuși doamna Epstein ne spusese răspicat, cu câteva pagini înainte, că la acea oră era mereu acolo. Înțelegi ce spun? De ce să mai menționezi această rutină, dacă nu tocmai pentru a evidenția discrepanța?

Grant, doar o siluetă din pricina luminii, pășea de colo colo.

— Ar trebui, atunci, să deducem că a fost răpită - sau ceva de felul acesta?

— Nu, răspunse Julia. Cred că implicația este că, de fapt, e nouă și treizeci noaptea când se întoarce din plimbare. Dacă citești propozițiile de pe pagină cu mare atenție, observi că descriu lumina lunii pe o mare întunecată. Apoi mai e și un indiciu în numele orașului.

— Evescombe?

— Exact[1].

— Ah, bătu din palme și le împreună. Ăsta e fix genul de glumă care m-ar fi amuzat în tinerețe.

— Atunci, ce a făcut domnul Brown în tot restul zilei?

— Ăsta e un mister, bănuiesc. Grant stătea, cu hainele largi de pe el, în bătaia brizei, cu ochii măriți de plăcere. Dar ai dreptate, trebuie să fi adăugat acel detaliu dinadins. Ca să văd dacă cititorii erau atenți. Nu mi-l amintesc, însă totodată abia îmi amintesc să fi scris poveștile astea. Se așeză la loc. Tu ar trebui să mi le explici mie, nu eu ție.

Julia ridică o sprânceană.

---

[1] În original este un joc de cuvinte între Evescombe (numele orașului) și *Evening has come*, „A venit seara" - pronunția celor două este similară în engleza vorbită (n. tr.)

— Ei bine, uite ceva ce poți să-mi explici. Grant își scoase pălăria și se aplecă spre ea. Mi-ai zis de dimineață că un grup de suspecți este prima cerință pentru o poveste cu detectivi și că trebuie să fie cel puțin doi suspecți. Dar povestea asta pare să aibă doar un suspect.

Își lăsă capul pe spate și rânji la cer.

— Da, așa pare. Dar doar pare, fiindcă la mijloc e dibăcia prestidigitatorului. Mereu mi-a surâs ideea unei astfel de povești cu un singur suspect, e un fel de abordare paradoxală a genului. Dar, pentru a explica cum îndeplinește definiția, trebuie, mai întâi, să explic a doua cerință.

Julia ținea stiloul într-o mână, iar caietul deschis în poală.

— Sunt gata, spuse ea.

— Al doilea ingredient al unei povești cu detectivi este victima - sau un grup de victime. Acele personaje care au fost ucise în circumstanțe neelucidate.

Julia notă asta în caiet.

— Primul ingredient este un grup de suspecți, al doilea, un grup de victime. S-ar putea să pot ghici care vor fi celelalte ingrediente.

Grant dădu din cap.

— Ți-am spus că e ușor. Singura cerință pe care o avem din partea grupului de victime este că trebuie să fie măcar una. La urma urmei, fără o victimă nu poate exista crima.

— Cel puțin, nu una reușită.

— Deci, în această poveste avem o victimă, doamna Allen, și un suspect, Gordon Foyle. Și se pare că, într-adevăr, acesta a ucis-o, dar erau și alte posibilități. Ar fi putut să fie un accident, iar în cazul victimei, s-ar fi putut ca aceasta să-și fi pierdut echilibrul.

Julia notă în caiet:

— Moarte în urma unei aventuri nefericite. Mereu mi-a plăcut această expresie. Îmi place subînțelesul, că aventura poate să fie ceva ce faci corect sau greșit.

Grant râse.

— Cu siguranță. Sejurul meu prelungit pe această insulă, de exemplu. Asta, cândva, fusese o aventură. Dar, pe măsură ce îmbătrânesc, mă întreb dacă, de fapt, nu a fost făcută în mod incorect.

Ca și timpul petrecut de mine pe această insulă, gândi Julia; era obosită, iar gâtul îi era în continuare uscat. Îi zâmbi.

— Ar fi putut la fel de bine să fie suicid, deși posibilitatea aceasta nu este niciodată menționată.

— Asta așa e, spuse Grant. Iar în ambele cazuri, accident și suicid, pe cine am considera responsabil?

— Nu știu. Victima, poate?

— Da, însăși doamna Allen. Ceea ce înseamnă că fie domnul Foyle era responsabil de moartea ei, fie ea era responsabilă de asta.

— Atunci ea este cel de-al doilea suspect?

— Da, așa e. Definiția ne cere un grup de doi sau mai mulți suspecți și un grup de una sau mai multe victime, însă nu spune niciunde că nu se pot suprapune. Așadar, doamna Allen poate să fie și suspectul numărul doi, deși este totodată victima.

— Nu crezi că ar fi puțin ciudat s-o numim ucigașă, dacă ar fi alunecat și căzut spre propria-i moarte?

— Acest cuvânt ar fi, într-adevăr, nepotrivit. Dar nici nu pare nerezonabil să spunem că, dintre toate personajele din poveste, ea ar fi fost responsabilă de propria moarte. În primul rând, ea a pornit să se plimbe pe acea potecă. Așadar nu pare deplasat să o privim ca pe un suspect. Optica asta simplifică lucrurile.

— Înțeleg, spuse Julia, în timp ce nota. Atunci, ăsta este un alt exemplu de poveste cu detectivi cu doi suspecți?

— Da, cu mențiunea că unul dintre suspecți este și victimă. Deci este o poveste polițistă cu un singur suspect, cu excepția victimei însăși.

— Da, pare să aibă logică. Julia luă o lămâie de pe jos și inhală mirosul dulce. Mai e ceva ce voiam să te întreb.

Grant dădu din cap.

— Ce anume?

— Ai numit volumul ăsta de povești *Crimele cusute cu ață albă*[1]. Am încercat, săptămânile trecute, să îmi dau seama de ce.

Grant zâmbi.

— Și la ce concluzie ai ajuns?

— Ei bine, aici avem Casa Whitestone.

— Iar cealaltă poveste se petrece într-o vilă albă în Spania.

— Iar tema este continuată și în celelalte povești. Dar mă întrebam dacă e mai mult decât simpla culoare.

— Ce vrei să spui?

— Numele îmi suna cunoscut, cumva. Iar apoi mi-am dat seama de ce. Făcuse o pauză. Știai că acum ceva ani cineva a comis o crimă care a fost numită *Crima cusută cu ață albă*?

— Nu, nu știam. Ce coincidență stranie.

— Deci nu ai auzit de ea?

Zâmbetul lui Grant dispăru în acel moment.

— Acum că îmi spui, are un aer vag cunoscut.

— Am publicat mai multe cărți pe marginea unor crime nerezolvate la editura noastră, deci citisem despre ea înainte. Așa am ajuns să aflu numele. S-a petrecut în nordul Londrei, în anii '40. Fusese una dintre acele crime despre care presa scrie obsesiv: victima era o tânără femeie pe nume Elizabeth White. Era actriță și dramaturg, și era foarte frumoasă. Fusese sugrumată pe strada Hampstead Heath într-o noapte. Presa denumise crima *Crima cusută cu ață albă*. Asta fusese înainte să mă fi născut, dar am înțeles că devenise un caz faimos la acea vreme. Nu au reușit niciodată să găsească ucigașul.

— Ce nenorocire.

— Da, este. Dar este oare numai o coincidență?

Grant își sprijini bărbia în palmă.

— Și ce crezi? Crezi că am numit cartea după crima aceea?

Julia își întoarse privirea, se uită la el dintr-o parte.

— Se scrisese în toate ziarele despre asta în perioada în care lucrai la roman.

---

[1] În original, *The White Murders* (n.tr.).

— Ziarele din Londra, spuse Grant. Dar eu eram în Edinburgh, deci ar fi trebuit să caut ziarele respective. Cu siguranță că dacă aș fi văzut numele scris undeva e posibil să mă fi influențat fără să-mi dau seama. Deci ori asta, ori pur și simplu a fost o coincidență.

Ridică din umeri, nehotărât.

— Adevărul este că am ales numele acesta fiindcă mi se păruse a fi un titlu evocator. Aproape poetic.

Vorbea ca cineva care cita ceva într-o limbă străină, punând accente acolo unde nu era cazul: *Crimele cusute cu ață albă*. Dar la fel de bine putea să le spună *Crimele sângeroase* sau *Crimele reci*[1].

Julia se întrebă dacă îi spunea adevărul sau nu.

— Ar fi o coincidență stranie, dată fiind perioada.

Grant zâmbi din nou:

— Depinde de comparația pe care vrei să o faci.

— Da, ei bine...

Mâinile îi obosiseră de la atâtea notițe scrise.

— Vrei să luăm o pauză?

---

[1] În original, *The Red Murders* și *The Blue Murders* (n. tr.).

5
UN DETECTIV ȘI DOVEZILE SALE

Un domn discret, îmbrăcat elegant, purtând un costum albastru-închis mergea pe una dintre cele trei străzi ce delimitau o piațetă din centrul Londrei, când dintr-odată avu nenorocul să calce într-o băltoacă. Mai erau cinci minute până la prânz. Pentru cineva cu starea lui de spirit, agitat și distras în același timp, distonanța asta a fost atât de puternică, încât l-a făcut să se-oprească. Și-a privit pantofii cu un soi de neîncredere și totodată milă de sine; era o zi plăcută de final de vară și nu mai plouase de trei săptămâni.

S-a uitat cum propria reflexie se formează pe măsură ce suprafața murdară a bălții s-a liniștit. Își vedea fața rotundă plutind deasupra umerilor. Își vedea părul negru și mustața ca funinginea strivită între costumul său și cerul albastru. Își vedea gâtul aproape inexistent. Ochii săi au urmat poteca umedă a trotuarului, de la băltoacă și până în punctul din care provenea: un aranjament de ghivece din fața unei florării, de unde o mulțime de flori dădeau din cap în culori copilărești, privindu-l pe jumătate înțelegătoare. Bărbatul înjură pe sub mustață și se întoarse, supărat, cu privirea la clădirile din vecinătate, părând să caute o cale prin care să se răzbune pe strada însăși.

Și așa a început totul.

Piața se numea Colchester Gardens. La fel ca parcul ei privat, dreptungiular, care se afla la intersecția a două străzi și era mărginit de o a treia stradă, mai îngustă și mult mai încâlcită, care le lega pe celelalte două, tăindu-le unghiul. Această a treia stradă se numea Colchester Terrace, iar bărbatul în costumul albastru-închis se afla la jumătatea ei, ascuns de celelalte două, mult mai aglomerate, de grădinile din jur.

Rezidenții din Colchester Terrace erau singurii care aveau chei pentru a deschide porțile parcului; bărbatul în costum albastru-închis, ca oricare alt trecător, nu putea decât să privească printre gratiile gardului negru de fier. Se uită în stânga, apoi în dreapta. Strada era pustie, iar florăria, închisă, fără niciun afiș. Pe colț era un aprozar care părea deschis, dar nimeni nu intra sau ieșea de acolo.

De partea cealaltă a gratiilor erau două fete tinere. Se chinuiau cu un avion mare de hârtie care nu își lua zborul. Era făcut dintr-o minunată hârtie violet, de modelaj, pliată și era cam cât un cățel de talie mică. Râsul lor era singurul zgomot pe care îl putea auzi în timp ce încercau, pe rând, să îl lanseze în zbor. De fiecare dată când îl lansau, zbura câțiva metri, după care părea să întâmpine o rezistență și, atunci, se îndrepta în spirală fie în sus, spre cer, fie pica în gol înapoi pe sol, moment în care ambele țipau teatral și încercau din nou, furioase, și deznădăjduite, și cuprinse de râs.

Bărbatul în costum albastru-închis le-a privit un minut și apoi s-a îndreptat spre grilajul de fier. A înșfăcat barele și și-a împins fruntea printre doi crini ornamentali din vârf.

— Fetelor! strigă el.

Amândouă s-au oprit din râs și s-au uitat spre el. Păreau a fi de aceeași vârstă și purtau rochii albastre asemănătoare.

— Fetelor, cum vă cheamă?

Una dintre ele era mai puțin timidă decât cealaltă; cea care avea o tentă roșiatică a părului. A făcut un pas spre el în timp ce cealaltă s-a așezat pe iarbă.

— Eu sunt Rose, i-a spus. Iar ea e prietena mea, Maggie.

Maggie a privit în jos când și-a auzit numele.

— Ei bine, fetelor, numele meu este Christopher. Iar acum, că nu mai suntem străini, permiteți-mi să vă ajut să lansați acel avion.

A arătat spre avion. Rose s-a uitat la jucăria de care uitaseră. Stătea pe iarbă între ea și Maggie, la fel de trist ca prietena ei.

— Îi trebuie doar puțină greutate în vârf, apoi își va lua zborul.

Rose a privit nesigură la bucata de hârtie, nesigură dacă să o ridice; era o insultă să fii invitată în lumea conversației adulte de către un bărbat care arăta a om serios, ca imediat apoi să fii pusă la loc în postura de copil prin a fi rugată să îi înmânezi o jucărie.

— Uite, spuse el. Ia asta.

Luă o carte de vizită din buzunarul interior al sacoului său și o rupse în jumătate. O jumătate o puse înapoi în buzunar, iar pe cealaltă o împături de trei ori în forma unui dreptunghi îndesat și îl întinse printre gratii. Rose luă bucata împăturită imediat și se holbă la ea, un dar dezamăgitor.

— Pune-l pe partea dinăuntru din față a avionului, pe bot. Apoi încercați din nou.

Era pregătită să protesteze că nu erau interesate în a face avionul să zboare, că doar omorau niște timp și că el era mult prea în vârstă pentru astfel de lucruri. Dar simțise ceva cald în vocea lui ce o făcuse să nu dea glas obiecțiilor, o notă conspirativă pe care o găsise reconfortantă. Puse bucata de carton în avion, așa cum i se spusese. Apoi alergă câțiva pași cu avionul. El îi privi brațele pe măsură ce Rose se pregătea să împingă avionul: de data asta zbură aproape douăzeci de metri, iar apoi alunecă lin până când se opri, ca un cuțit mare tăind cerul pe din două. Bărbatul zâmbi și se uită la cealaltă fată, sperând să obțină un răspuns din partea ei.

Însă Maggie stătea pe jos, smulgând fire de iarbă, părând mai degrabă plictisită. *Ceva nu e în regulă cu fata aceasta*, gândi el. Maggie își ridică puțin privirea spre el și atunci își dădu seama că fata nu era nici supărată, nici plictisită, ci speriată de el. Se dădu un pas în spate, cuprins de îndoială. O mai privi preț de câteva clipe, apoi luă o decizie.

— Să aveți o zi minunată, fetelor.

Se înclină ușor în fața lui Rose. Ea îi făcu din mână încântată. Apoi bărbatul plecă.

La ora douăsprezece și douăzeci, Alice Cavendish trecea prin parcul eponim al Colchester Gardens înspre poarta neagră ce dădea în stradă, când o zări pe sora ei și pe fiica mai tânără a familiei Clements jucându-se cu păpușile.

Alice era binedispusă, așa că schimbă direcția și se îndreptă spre cele două. Ascunsă în buzunarul interior al jachetei de vară era o scrisoare de la Richard, prin care îi spunea cât de plăcut fusese să o vadă săptămâna trecută, că îi cumpărase cadoul pe care ea și-l dorise și dacă i-ar fi plăcut să iasă cu el la o plimbare la un moment dat. Se duse în zona cea mai ascunsă a parcului - la umbra pe care o proiectau trei platani crescuți la câțiva metri unul de celălalt - pentru a se așeza și a citi scrisoarea singură. Iarba era ușor umedă, din moment ce zona era atât de bine ferită de lumina soarelui, dar cuvintele lui din scrisoare fuseseră atât de dulci, încât ea se bucură de fiecare senzație pe care o trăia, chiar și de umezeala ierbii.

— Neața, Maggie, îi spuse ea surorii sale, ce faceți?

Rose se ridică.

— E amiază deja, aiurito.

— Bună, Rose.

— Trebuie să-i spui doamna Clements, spuse Maggie. Ne prefacem că suntem două văduve, iar aceștia, copiii noștri orfani. Arătă spre un grup de păpuși. Alice râse, nesigură dacă să îi atragă atenția surorii ei despre greșeala semantică sau să afle mai multe despre jocul celor două. Decise, în final, să nu facă nimic.

— Unde e avionul pe care ți l-am făcut ieri? Credeam că o să te joci cu el astăzi, dacă vremea va fi frumoasă.

Rose Clements, care mereu trebuia să vorbească prima, din nou se ridică, plină de avânt, și arătă spre un copac din apropiere, făcând câțiva pași înspre acesta în timp ce spuse:

— Acolo!

Avionul violet, prins între frunzele unei crengi înalte, semăna de la depărtare cu o bucată de vitraliu.

— O, vai! spuse Alice. Ghinion!

— E vina bărbatului, spuse Maggie. Ne era bine până să apară el și să schimbe totul!

Comentariul ambiguu sădi în Alice o oarecare stare de neliniște, până în punctul în care nici nu mai știa dacă auzise cum trebuie. Dar apoi afirmația precedentă a lui Rose îi răsună în urechi subit, iar toate celelalte gânduri ale ei se topiseră în neant.

— Ai zis că e deja amiază?

Rose dădu din cap.

— Clopotul de la biserică a bătut acum mult timp.

Alice fusese mult prea ocupată cu reveria ca să observe asta.

— Trebuie să-i fac mamei ceaiul.

Iar tot restul fusese repede dat uitării.

Se grăbi să deschidă poarta și să iasă pe Colchester Terrace, și de acolo până acasă, câteva case mai jos. Abia atunci, când întinse mâna spre clanța porții, își dădu seama cât de murdare îi erau mâinile. „O, vai!", își spuse, uitându-se la mâini cu atenție. Sub unghia de la degetul mare se putea vedea o dungă groasă de murdărie, ca resturile de sos de pe marginea unei farfurii.

Deschise ușa roșie masivă și intră în hol. Elise, servitoarea, își făcu apariția în capătul opus al coridorului. Alice își dădu jos jacheta și i-o dădu Elisei, scoțând din buzunar cu atenție, să nu fie văzută, scrisoarea de la Richard.

— Elise, vrei să-i pregătești mamei ceaiul? O să i-l duc eu sus, dacă e trează.

Elise încuviință și se făcu nevăzută în celălalt capăt al casei.

Alice păși tiptil în biroul tatălui ei, prima încăpere dinspre intrare, pe dreapta, și, având grijă să nu atingă nimic, se așeză la biroul lui ca să recitească scrisoarea.

Câteva minute mai târziu, Elise o aștepta în capătul scărilor, la etaj. Ținea în mâini o tavă pe care avea ceașca de ceai fierbinte, de culoarea cuprului, și o felie mare de lămâie; Alice o luă și o duse sus, la ultimul etaj al casei. Intră în dormitorul principal, nu înainte de a ciocăni, anunțându-se.

— Bună ziua, Alice.

Mama ei, palidă, se ridică în fund, sprijinindu-se de tăblia patului. Semăna mai degrabă cu un semn de carte între așternuturile albe de pat și cămașa de noapte rubinie. Alice puse tava jos și se dusese să deschidă geamul și să tragă draperiile; mama ei se schimonosi și-și trase așternutul până la gât, de parcă lumina era de ajuns s-o facă să-i fie frig. Geamul dădea înspre piață, iar de la înălțimea aceea Alice o putea vedea pe nesuferita de Rose Clements fugărind-o pe sora ei de la un copac la altul, cu o crizantemă în mână, de parcă ar fi ținut o sabie; se vedea, ceva mai departe, și ascunzătoarea ei dintre copaci.

— Cum te simți astăzi, mămico? zise, îndreptându-se spre mama ei și luându-i mâna.

— Acum, că ești aici, mi-e mai bine, draga mea. Deși am dormit prost și mă dor plămânii.

Fiica ei zâmbi, empatică.

— Vai, Alice, draga mea, ești murdară!

Ochii mamei ei se făcuseră mari. Alice își trase mâna de parcă o ținuse prea aproape de o lumânare, frecându-și degetul mare de celelalte, ca să-și șteargă murdăria.

— Știu, mămico. M-am murdărit când am cules flori.

— Și apoi le-ai frecat de față, ca să se vadă mai bine!

— Vai!

Alice se duse repede la oglinda mesei de toaletă și văzu că, într-adevăr, avea fața murdară. Absorbită de scrisoarea lui Richard, își tot trecuse mâna prin păr, după ce smulsese aproape compulsiv fire de iarbă, pe care apoi le mărunțise nerăbdătoare între degete. Era plină de dâre în jurul sprâncenelor și bărbiei.

— Fir-ar să fie! Mămico, mă duc să mă spăl. Mă piepteni tu când ies?

— Bineînțeles, draga mea.

Și fugi repede pe scări, la primul cat, după Elise, care făcea ordine în fosta cameră a copiilor.

— Îmi dai drumul la apă în cadă, Elise?

La ora unu fără șapte minute, Alice Cavendish intră în baia din casa familiei sale, de pe Colchester Terrace, și trase draperia de la geam. Un gest inutil, căci peste drum nu era nicio altă casă, care nu făcu decât să întunece încăperea, dar această senzație suplimentară de intimitate îi era prețioasă. Voia să mai citească o dată scrisoarea de la Richard; o scunsese sub betelia fustei.

Se dezbrăcă și își așeză hainele pe scaunul de lângă ușă, puse scrisoarea peste haine și mută scaunul lângă cadă. Își ținu respirația când se cufundă în cada cu apa plăcut de caldă.

— Și cum îți speli părul când faci baie?

Gândul îi fugi la această întrebare, acum, când nu o mai întrerupea nimic: amintirea prietenei ei, Lesley Clements, care o întrebase asta într-o dimineață de toamnă de vis, când se jucau împreună în parc, iar ea-și scotea frunzele uscate din părul lung, roșcat.

— Adică cum te speli, ce tehnică ai? Eu am propria metodă, dar sunt curioasă de ce faci tu.

— Zi-mi-o tu pe-a ta mai întâi, spus Alice, temându-se să nu se facă de râs.

— Nu, nu, spuse Lesley. Eu am întrebat, deci tu trebuie să-mi spui prima. Nu te sfii, sunt doar curioasă. Mereu ai părul așa curat și îngrijit.

Alice se posomorâse.

— Mămica obișnuia să stea lângă cadă cu un lighean din care îmi turna apă peste păr. Dar, după ce s-a îmbolnăvit, nu a mai putut face asta. Acum însă sunt prea mare pentru asta, și dacă ar mai putea-o face. Elise a înlocuit-o o vreme, dar n-a mai fost la fel. De regulă, mă aplec deasupra unui lighean și îmi torn singură apa.

— Pare complicat, spuse Lesley, care acum mima acțiunea, ca să vadă dacă părea ceva firesc. Nu cred că aș putea s-o fac. Nu am găsit niciodată vreo cale prin care să-mi spăl părul altfel decât să trag aer ca lumea în piept și să mă scufund complet sub apă pentru aproape un minut. Nu e foarte elegant, dar pentru mine e aproape minunat.

— Îmi plăcea și mie să fac asta, spuse Alice râzând. Mămica mereu mă certa. Spune că e periculos să-ți ții respirația chiar și numai pentru câteva secunde.

Lesley își dădu ochii peste cap.

— Ei bine, acum poți s-o faci, iar ea nu are cum să afle, nu?

Și așa era: încă de atunci Alice își făcuse de cap, clătindu-și părul așa cum spusese că o face prietena ei, oricând nu avea chef. Iar astăzi nu era cu nimic diferit de alte zile. Își strânse nările cu mâna dreapta și își scufundă capul tot sub apă, apoi își trecu mâna stângă prin părul deschis la culoare, până când îl simți mătăsos și descâlcit. Reuși să stea așa douăzeci de secunde, până când începu să simtă cum lipsa aerului o afecta; după aceea, senzația revenirii la suprafață fu aproape extaziantă, așa cum lăsase Lesley să se înțeleagă. Inspiră adânc de câteva ori și se scufundă la loc, închizând ochii și gândindu-se la Richard, în timp ce umerii ei coborau sub apă până pe fundul căzii.

Când se scufundă a treia oară, cineva intră peste ea în baie, se apropie de cadă și-și băgă mâna sub apă, deasupra capul ei. Asta fu tot. Nu apăsa, nu încă. O privi din ușa care era așezată undeva în spatele căzii. Știa că va sta sub apă atâta vreme cât își putea ține respirația. Privise din ușă, care era plasată în spatele căzii, și știa că va sta sub apă până când rămânea fără aer. Ar fi fost o pierdere intuilă de timp să facă ceva înainte de asta.

Când trecură cincisprezece secunde de când își ținea respirația, cu ochii închiși, plimbându-și degetele printr-o șuviță de păr trecută peste umărul stâng și peste piept, își ridică ușor fruntea și simți ceva atingându-i pielea. Era ceva aproape imperceptibil; mai întâi, crezu că era doar senzația frunții ce atingea suprafața apei, astfel că nu se panicase imediat. Însă când își mai ridică puțin capul, își dădu seama că nu era suprafața apei, că ceea ce simțea era materialul cald și umed al pieii, iar când deschise ochii văzu doar ceva negru acolo, mâna înmănușată ce-i acoperea ochii. Încercă să se ridice. Mâna se încleștă și o împinse înapoi. Alice își întinse ambele mâini, însă dreapta îi fusese prinsă și țintuită de marginea căzii, iar stângă era neputincioasă în fața brațului ce-i apăsa capul. Întinse mâna acolo unde spera să găsească o față, însă dete de umeri; mâna ce o ținea părea să fie făcută din fier, iar unghiile ei se dovediră neputincioase. Picioarele se zbăteau de marginea din capătul celălalt al căzii, dar nu găseau niciun punct de sprijin. Ceva părea să o strivească. Se afla sub apă de aproape patruzeci de secunde în acel moment. Mai avea aproximativ tot atâtea, înainte ca starea de conștiență să înceapă să se tulbure, iar corpul să-i slăbească. Acest scurt răstimp era singurul avertisment privitor la moartea ei inevitabilă; nu era destul cât să se gândească cine încearcă să o omoare sau de ce. În schimb, folosise timpul rămas încercând din răsputeri să urle.

La scurt timp după ora trei în aceeași după-amiază, inspectorul Laurie și sergentul Bulmer se apropiau de barele negre ale Colchester Gardens. Pentru a se sincroniza, au căzut de acord să meargă în direcția opusă în jurul parcului, astfel încât să se întâlnească în fața casei câteva minute mai târziu, ca două persoane ce dau una peste alta din întâmplare. Bulmer era un bărbat masiv cu mâini mari și grele, îmbrăcat într-un costum ce nu-i venea bine, pe când Laurie era un bărbat slab, cu ochelari mici, rotunzi și păr dat din belșug cu gel: unul l-ar putea întreba pe celălalt cât e ceasul sau să ceară indicații, însă cei doi nu dădeau impresia că s-ar ști.

Bulmer se sprijinise de peretele exterior și se uita la clădirea de trei etaje cu fațada crem.

— Cât de rău crezi că o să fie?

Laurie se uita la grădina plină de flori din fața intrării. În sol era o indentație ovală.

— Destul de rău, dat fiind că era fiica preferată. Arătă vag spre flori, de parcă își luase informația direct de la ele.

Bulmer se apropie de Laurie și privi în jos; apoi se uită la Laurie cu aerul jucăuș și bănuitor cu care începeau mai toate conversațiile lor:

— Nu înțeleg.

— Erau două fete ce se jucau în parc atunci când am trecut pe acolo. Una dintre ele avea o floare mov în păr. Floarea e de aici.

Făcu un gest cu arătătorul ca și cum ar încercui tulpina verde din care fusese smulsă floarea.

— Așadar, cel mai probabil că fata a ieșit de aici. Uite urma lăsată pe pământ! E lăsată de un copil. În casă a avut loc o crimă, iar fetița aceea a fost totuși lăsată afară de capul ei. Tind să cred că părinții, copleșiți de durere, au uitat complet de ea.

Bulmer se uită la cele două fete și salută cu o mișcare a capului măiestria analitică a colegului său.

— Cu toate astea, bănuiesc că nu e în primejdie, adăugă acesta. La fiecare colț de parc este un polițist.

— Chiar și așa, te-ai aștepta ca părinții ei să vrea să o țină aproape de casă într-un astfel de moment. Oricum, camera de acolo, zise și arătă spre geamul de lângă ușa de la intrare, pare să fie biroul tatălui. Fotografiile de pe biroul lui spun aceeași poveste: toate sunt aproape numai cu fiica mai mare.

Bulmer se dusese la fereastră și cită replica pe care o auzise repetată de Laurie cu multe ocazii:

— Fiindcă teoriile nu sunt niciodată fapte. Iar fiecare dintre ele trebuie confirmată de mai multe dovezi. Se uită la colegul său și aprobă din cap, după ce se uită el însuși spre fotografii.

Laurie bătu la ușă.

După câteva clipe de așteptare, un polițist în uniformă, cu chipul livid, deschise ușa. O țigaretă albă îi atârna între buze: aceeași culoare ca și pielea acestuia, dar cumva mult mai solidă, îndreptată în sus ca un întrerupător pe un perete. Când trăgea din ea, țigareta prindea a tremura.

— Slavă cerului că sunteți aici. Nu-mi place casa asta, iar oamenii ăștia nu mă plac pe mine.

Comisarul-șef Davis ținuse laolaltă cioburile acestei case de unul singur, în ultimele două ore. Se așeză acum și scoase de la șold o ploscă. Deșurubă dopul, ținându-l cu grijă, ca pe o monedă rarisimă, și sorbi lung, cu grijă.

— E prima, jur!

Laurie nu-și făcu griji. Cei trei bărbați se adunaseră în biroul domnului Cavendish și se sprijineau de piesele de mobilier din încăpere. Davis continuă:

— E îngrozitor acolo sus. Când a murit înecată, a dat drumul la tot. Sânge și lichide corporale peste tot prin baie. Crede-mă, nu o să te mai uiți la vreo blondă cu aceiași ochi.

Trupul neînsuflețit fusese descoperit la aproximativ unu jumătate. Elise bătuse la ușa de la baie, însă nu primise niciun răspuns; încet, deschisese ușa. Apoi pășise înăuntru pe covorașul verde-smarald de lângă cadă, se uitase jos în apă și apoi începuse să țipe. Bucătăreasa, care tocmai ajunsese acolo, se repezi pe scări, văzu încă de cum puse piciorul în baie fața albă, scufundată a lui Alice și plecă într-un suflet să-l aducă pe doctorul Mortimer, un prieten al familiei ce locuia la câteva străzi distanță. Doctorul Mortimer îl chemase pe comisarul Davis. Comisarul Davis chemase Scotland Yard-ul.

Domnul Cavendish fusese chemat acasă de la birou și după cincisprezece minute ajunsese. Situația rămăsese relativ liniștită după aceea până când doamna Cavendish se târâse, cu multe chinuri, în mâini și genunchi jos pe scări și ceruse să-și vadă fiica; comisarul Davis, temându-se că ar putea compromite scena crimei, nu i-a permis. Îl înjurase și țipase la acesta. Copleșit de primul caz de omucidere din cariera sa, iar acum în stare de panică, o cărase înapoi în cameră, punând-o în pat, în timp ce domnul Cavendish zbiera la el că e „exagerat" ce face. După aceea, cei doi părinți, într-o stare deplorabilă, se închiseseră în camera lor, în semn de protest, menajera dispăruse jos, iar comisarul Davis rămăsese singur să pășească pe holurile și coridoarele casei, un gardian șovăielnic, nesigur de ce trebuia să facă mai departe. Profitase de ocazie ca să verifice corpul lui Alice de fiecare dată când trecea prin fața băii – la început, doctorul stătuse aplecat deasupra ei, apoi se dusese lângă geam, ca să fumeze, apoi, în cele din urmă plecase – până când devenise o compulsie, iar Davis se trezise că revine tot la câteva minute.

Laurie îi oferise o altă țigaretă.

— Acum e treaba noastră. Doar spune-ne tot ce ai reușit să afli, apoi poți pleca, nu mai trebuie să stai aici.

— Nu e mult de zis. Comisarul Davis mai luă o gură. Erau trei oameni în casă. Bucătăreasa era plecată în acel moment. Se dusese la piață, lucru pe care am reușit să-l confirmăm. Tatăl era la muncă, la biroul din apropiere, unde a fost văzut de colegii săi.

Iar sora mai mică a fost tot timpul afară, la joacă. Mama era sus, în pat. Nu se simte bine. Iar menajera, Elise, făcea curățenie jos. La câteva camere depărtare de baie.

— Și nu a auzit nimic?

— Nimic.

— Cât de aproape era? Ar fi auzit strigătele sau țipetele victimei?

Comisarul Davis ridică din umeri.

— A spus că nu a auzit și nu a văzut nimic.

Laurie se încruntă.

— Atunci, se pare că trebuie să discutăm cu ea.

— Am trimis-o să-l aducă înapoi pe doctor, în caz că voiați să-l interogați. O să revină curând.

— Foarte bine, spuse Laurie. Atunci, hai să mergem sus să vedem cadavrul.

Cei trei bărbați s-au dus la baie; nu mai erau aburi, iar condensul se dusese și el. Apa din cadă era nemișcată, iar capul lui Alice era complet scufundat. Un prosop fusese pus în apă pentru a-i păstra demnitatea de ființă, însă se scufundase asimetric. Era o imagine crudă și directă a morții. Pentru o clipă păru cu neputință ca ea să fi fost în viață cu câteva ore înainte.

Bulmer fluieră.

— Om, bestie sau diavol?

Laurie se duse spre cadă și îngenunche. Pe un scaun pus de o parte a ei erau hainele, așezate frumos. Laurie căută rapid printre acestea, de parcă dădea paginile unei cărți, însă nu era nimic acolo demn de remarcat. Își tot așeză ochelarii pe nas în timp ce privea cu atenție marginea căzii, iar cu cealaltă mână atinse, cu un vârf de deget, suprafața apei. Era rece ca gheața.

— Motivul crimei, cel mai probabil, e unul de natură sexuală.

Comisarul Davis vorbi.

— Așa am bănuit și eu, dar nu are sens. Nu a fost atinsă, nici înainte, nici după. Cineva a venit aici, înnebunit de dorință, doar ca să o ucidă și să plece imediat după aceea?

Laurie s-a întors spre el să-l privească, cu un început de zâmbet condescendent.

— Unii bărbați au fantezii ciudate. Poate că a vrut doar să ucidă ceva frumos.

Bulmer, care nu a excelat niciodată în examinarea locurilor crimelor, se dăduse cu un pas mai aproape.

— Știm în mod sigur că a fost crimă?

Laurie își scufundă mâna în apa rece și murdară și întoarse spre el încheieturile mâinilor fetei moarte.

— Mâna stângă e plină de vânătăi; nu a fost o moarte liniștită. Ar fi putut fi te miri ce criză, dar mâna dreaptă e plină vânătăi, are urme de la degete, semn că a fost ținută strâns de cineva.

Din locul în care se afla, Bulmer putea să vadă puțin pe sub cadă.

— Laurie, lângă piciorul tău stâng. E ceva acolo.

— Am văzut asta mai devreme, spuse comisarul Davis. Dar nu am vrut s-o atingem.

Laurie și-a așezat capul pe podeaua de lemn; împinsă cu piciorul puțin sub cadă era o mănușă neagră. O trase afară și o ridică; stătea între cele două degete cu care o apucase de parcă ar fi fost un mic animal mort. Comisarul Davis și sergentul Bulmer s-au apropiat ca să examineze îndeaproape obiectul găsit.

— Asta e arma crimei deci, spuse Bulmer.

Laurie ținea mănușa în mână și o mirosea; era încă îmbibată de apă și nu avea niciun miros anume. Apoi și-o puse pe mână. Nu era nici prea mare, nici prea mică.

— Un bărbat. Constituție fizică medie. Presupunând că nu e o pistă falsă. I-o înmână lui Bulmer. Uite, încearc-o și tu.

Bulmer o puse pe mână, dar nu izbuti s-o tragă dincolo de degetul mare.

— Ei bine, zise Laurie, putem să te eliminăm de pe lista de suspecți.

Comisarul Davis, nesigur dacă fusese sau nu o glumă, își ținu respirația. Bulmer nu reacționă nicicum.

Se auzi o bătaie în ușa din spatele lor. Laurie deschise și văzu un domn cu un cap fin ca o mărgică.

— Sunt doctorul Mortimer. Îi întinse mâna lui Laurie. Am fost chemat înapoi, am înțeles că vreți să vorbiți cu mine.

În spatele lui, menajera stătea învăluită în umbrele de pe hol.

— Eu sunt inspectorul Laurie, iar acesta este sergentul Bulmer.

Cei trei bărbați au dat noroc.

— Trebuie să vă întreb ceva imediat. Cât timp ar fi durat? Pentru cineva de statura aceea vreau să zic.

Doctorul tresări.

— Nu e deloc o imagine plăcută. O știu de când era o copiliță. Se uită în jos, la mâinile sale. Vreo două minute ca să o imobilizeze, cinci ca să se asigure că e moartă.

— Vă mulțumesc. Vom mai avea și alte întrebări, sunt sigur. Domnule comisar Davis, sunteți drăguț, vă rog, să-l conduceți pe doctorul Mortimer în biroul domnului Cavendish? Vom coborî și noi imediat. Mai întâi, trebuie să vorbim cu menajera, așa că vă rog să o aduceți aici.

Doctorul plecă împreună cu ofițerul de poliție, iar Elise intră ezitând în camera ușor întunecoasă; draperia încă era trasă peste geam. Încercă să nu se uite la trupul din cadă, însă prosopul spălăcit și răsucit îi tot atrăgea privirea.

— Nu e nevoie să fiți anxioasă. Laurie închise ușa în urma ei. Trebuie doar să vă punem câteva întrebări. Numele meu este Inspector Laurie.

Prezența acestor doi bărbați la costum, stând lângă o tânără moartă într-o casă, avea un aer amenințător, iar Elise își înghiți saliva cu zgomot. Bulmer se sprijini de perete. Laurie continuă:

— Dumneavoastră ați pregătit baia pentru domnișoara Cavendish?

Elise dădu din cap, iar felul forțat în care o făcu era încărcat de groază, ca și când cei doi sugerau că această tragedie ar fi fost din vina ei.

— Și unde erați în timp ce ea-și făcea baie?

— Făceam ordine în fosta cameră de copii.

— Unde este camera?

— Câteva camere mai jos, pe coridor. Menajera tresări, conștientă de ce implicații aveau vorbele ei. Trei uși mai jos, adăugă cu voce joasă.

— Și nu ați auzit nimic? Nici strigăte sau sunete ale unei lupte?

O înclinare din cap, fără sunet. Urmată de o clarificare inutilă:

— I-am spus și celuilalt bărbat același lucru.

— Și probabil că v-a crezut. Mă tem că mie îmi e greu să cred asta.

Clătină din cap iarăși, ca și când tocmai fusese întrebată altceva. Bărbatul continuă:

— Problema este – Elise, nu?, ea aprobă – că un omor nu este un eveniment silențios. Nici nu e ceva ce are loc repede. Mi se pare puțin probabil să fi fost atât de aproape în cele două minute, cât timp s-a petrecut totul, și să nu fi auzit absolut nimic.

Elise clătină și mai tare din cap; privirea neutră a lui Laurie avea acel aer ludic, atât de caracteristic acestuia.

— Sunteți tânără și necăsătorită, Elise?

Era bucuroasă de această schimbare a subiectului de discuție și răspunse repede:

— Așa e, am optsprezece ani.

— Dar ești o tânără atrăgătoare. Trebuie că ai pe cineva, un bărbat.

Fața i se schimbă la loc.

— Nu înțeleg la ce vă referiți.

— Nu pot să nu observ că porți o brățară care este și nouă, și primită în dar. Așa te-a plătit să taci?

Se uită la încheietură:

— Cum ați?...

— Este scumpă; mult peste ce-ți permiți tu, mă gândesc. Însă nu ai purta ceva așa frumos când faci curățenie; ai putea s-o zgârii. Trebuie s-o fi pus la mână în orele din urmă, ceea ce sugerează că este nouă, nu te-ai obișnuit încă cu ea. Ridică din umeri, ca și când acest fapt era evident.

Clătină din nou din cap, mai ușor de data asta.

— Este nouă, dar am strâns bani pentru a mi-o permite.

— Nu l-ai cunoscut pe colegul meu, sergentul Bulmer.

Laurie făcu cu mâna spre o oglindă fixată pe peretele opus, iar Elise se întoarse să se uite acolo.

— Bulmer are propriile metode, diferite de ale mele. Se uită la oglinda în care se reflecta geamul acoperit, în timp ce sergentul Bulmer plecă de lângă perete și se apropie de ei doi din spate, cu fața mare cât o mască de Halloween; spaima ce o cuprinse o țintuise locului, ca și când ceea ce se întâmpla nu i se întâmpla ei, o spectatoare într-o sală de cinema, ci cuiva de pe ecran. Mâna dreaptă a lui Bulmer se apropie parcă cu încetinitorul de ceafa ei, conducând-o spre marginea căzii. O lovitură cu piciorul o dezechilibră, iar Elise se trezise căzând cu toată greutatea pe mâna lui stângă. Apoi a fost coborâtă cu fața spre apa rece ca un sloi de gheață, în care plutea mirosul morții, unde a fost ținută cât timp Elise se mișca și se chinuia să iasă din strânsoare, lovindu-și fără succes palmele de marginea de email a căzii.

— Un minut, spuse Laurie. Ar trebui să fie destul. Nu vor fi daune permanente.

În fața amenințării, capul lui Elise se smuci și femeia începu să spună tot.

— Am părăsit casa, spuse ea precipitat, urlând fiecare cuvânt. Sunt logodită, el locuiește aproape. Am fost plecată preț de o oră, cât timp Cook nu era aici. Fac asta zilnic, puteți verifica. Vă rog, nu le spuneți. Mi-aș putea pierde slujba. Nu e vina mea. Nu am știut!

Bulmer o lăsă să cadă pe jos, iar Elise se adună în poziție fetală pe covor. Bulmer se uită la colegul său. Laurie părea ușor amuzat de toată situația.

— Cel care a făcut asta o să o facă din nou, spuse el, dacă experiența mea are vreo relevanță. Mâinile tale vor fi pătate de sânge dacă vei mai îngreuna investigația aceasta, spuse Laurie deschizându-i ușa. Dă-i numele logodnicului tău comisarului Davis și îți vom verifica alibiul.

Bulmer nu spuse nimic, doar o privi cum o zbughește din cameră.

— Nu sunt deci martori.

— Și nici vreun suspect.

După ce-și comparaseră notițele, cei doi bărbați au urcat treptele spre camera doamnei Cavendish. Au bătut la ușa dormitorului.

Când au intrat, stătea în pat, sprijinită de tăblie:

— Ah, iar voi cine sunteți?

Doctorul o sedase complet; chipul ei ușor durduliu se ridica dintre așternuturile albe ca bezeaua de pe un tort. Domnul Cavendish stătea pe marginea patului, aplecat și tăcut în suferință, cu spatele spre ușă. Auzindu-i pe cei doi bărbați, se ridică și se întoarse. Laurie îl salută cordial, bătându-l ușor pe umăr.

— Domnule și doamnă Cavendish, eu sunt inspectorul Laurie, iar el este colegul meu, sergentul Bulmer.

Bulmer dădu ușor din cap; doamna Cavendish le făcu un semn leșinat din mână.

— Sper că înțelegeți că trebuie să vorbim cu fiecare în parte. Domnule Cavendish, mă întrebam dacă v-ar deranja să ne lăsați cu soția dumneavoastră și să așteptați în biroul de jos. Îl veți găsi pe prietenul dumneavoastră, doctorul Mortimer, acolo, deci nu veți sta singur.

— Sigur, mormăi el ursuz. Își croi drum pe scări, mergând ușor dezlânat și ținându-se cu ambele mâini de balustradă.

Laurie închise ușa și se apropie de pat; Bulmer se duse la geam și de acolo prinse a privi strada.

— Doamnă Cavendish, spuse Laurie, mă tem că trebuie să vă punem câteva întrebări delicate.

— Delicatețea nu mai este un concept care să aparțină acestei lumi, inspectore Laurie. Nu acum, când fiica mea e moartă.

— Îmi pare rău pentru pierderea dumneavoastră.

Doamna Cavendish se întinse și îl bătu ușor pe mână pe Laurie, așa cum o pisică lovește ușor un șoarece.

— Vreau să-l ucideți. Fie cu propriile mâini, fie să fie spânzurat. Colegul dumneavoastră a rămas fără cuvinte când a aflat că vă trimit pe dumneavoastră. Mi-a spus ce reputație aveți. Toți s-au arătat dezgustați. Oamenii deodată au o conștiință când vine vorba să se confrunte cu cruzimea la nivel abstract. Însă eu v-am luat apărarea dumneavoastră și metodelor dumneavoastră. Vreau să-l torturați până când mărturisește, iar apoi să-l ucideți!

— Doamnă Cavendish, bănuiți cine ar fi fost în stare de așa ceva?

— Știu doar că a fost un bărbat. Asta e o crimă comisă de un bărbat, fără dubiu.

— Dar nu bănuiți pe cineva anume, nu?

Se încruntă, deznădăjduită.

— Dacă aş bănui pe cineva pe care să îl cunosc personal, l-aş vrea spânzurat la fel ca pe un străin. Dar mă tem că nu îmi vine nimeni în minte.

— Unde erați la momentul crimei?

— Inspectore Laurie, înainte de azi nu mă mai dădusem jos din pat de aproape trei ani. Dădu la o parte așternuturile pentru a-i arăta trupul atrofiat.

— Dormeați?

— Închid ochii când vreau să mă odihnesc. Rareori reușesc să adorm. Însă nu am auzit nimic, din păcate.

— Ei bine, este de ajutor ce-mi spuneți. Acum, a doua întrebare indiscretă, doamnă Cavendish, este dacă fiica dumneavoastră avea relații amoroase cu vreun bărbat tânăr de care să știți. Avea un iubit?

Doamna Cavendish se gândi la această întrebare îndelung.

— Nu cred. Acum mai mulți ani, era foarte apropiată de un tânăr pe nume Andrew Sullivan. Erau prieteni din copilărie; îi știam pe părinții lui de ani buni. Dar nu era tocmai de nivelul lui Alice.

— Mai țineau legătura?

— Da. Însă nu am mai auzit nimic de la familia Sullivan de un an, poate chiar mai mult. Nu cred că vă e de mare ajutor, nu?

— Merită să investigăm pista aceasta.

— Dacă el a făcut-o, vreau să îl castrați!

— Haideți să începem cu adresa la care stă mai bine, ce ziceți?

Îl găsiseră pe domnul Cavendish așteptându-i în biroul său de la parter, singur; Bulmer pe urmele lui, de parcă ar fi fost umbra sa musculoasă. Domnul Cavendish se ridică în momentul în care ușa se deschise, însă acum, că se văzu înconjurat, se așeză la loc, ușor temător în legătură cu această întâlnire.

— Unde este prietenul dumneavoastră, doctorul?

Domnul Cavendish își drese glasul.

— Menajera noastră, Elise, intrase să vorbească cu el. Era foarte agitată, așa că a scos-o să ia o gură de aer.

Pe o măsuță cu băuturi fine se afla o tablă de șah; ușor distras, Laurie începuse să se joace cu piesele de șah.

— Am fost puțin duri cu ea atunci când am interogat-o, dar doar fiindcă ne ascundea adevărul. Domnule Cavendish, nu sunteți de acord cu metodele noastre?

Bărbatul tăcut nu părea să fie afectat.

— Păi... bănuiesc că da, nu sunt de acord, spuse acesta ridicând din umeri. Din punct de vedere filosofic, trebuie să spun că nu.

— Însă vreți să îl găsim pe ucigașul fiicei dumneavoastră?

Ochii i se umplură de lacrimi.

— Bineînțeles! Nimeni altcineva nu trebuie să mai treacă prin așa ceva!

— Atunci, vă rog să îmi faceți plăcerea de a-mi asculta raționamentul. Văd că citiți multe romane cu detectivi. Laurie arătă cu mâna spre un raft plin de ediții ieftine.

Domnul Cavendish și-a plecat ochii spre întunericul de sub biroul său.

— Acele cărți sunt ale soției mele. Îi place când îi citesc din ele. Îmi plac și mie, bănuiesc.

Această imagine a vieții domestice, acum schimbată pentru totdeauna, îl copleși. Alunecă de pe scaun și se așeză pe podea, acoperindu-și fața cu palmele.

— Îmi plac și mie, continuă să spună Laurie. Însă ce mă preocupă pe mine este că oamenii se axează mult prea mult pe momentul dezvăluirii de la final, când se află cine este criminalul, și prea puțin sau deloc pe ce are loc mai departe, momentul în care criminalul mărturisește sau e prins în flagrant delict, comițând o nouă crimă. Autorul pune acolo acest amănunt, vedeți, fiindcă știe că dovezile în sine nu sunt niciodată suficiente: când faci un pas în spate ca să vezi situația mai detașat, ce ai? O pată de cerneală, un muc de țigară, colțul unei scrisori ce a fost arsă. Nu poți spânzura pe cineva pe baza acestor dovezi. Așa că autorii de astfel de romane vin cu aceste scene elaborate ale momentului mărturisirii, pentru a acoperi zonele slabe. Înțelegeți?

Ochii roșii au clipit, iar domnul Cavendish a dat din cap încet.

— Bun. Singura problemă este că în viața reală lucrurile nu au loc niciodată astfel. Nimeni nu mărturisește din proprie voință, iar o capcană elaborată nu dă rezultat niciodată. Așadar, dacă avem un număr mare de dovezi care arată într-o direcție anume, iar nouă ne trebuie o confesiune care să confirme totul, singura noastră resursă este violența. Înțelegeți?

— Vreau doar ca fiica mea să fie în viață, domnule Laurie. Torturați pe cine doriți. Doar aduceți-mi fiica înapoi.

Bulmer așteptase până în acest moment pentru a închide ușa de tot. Se auzise un clic în momentul în care se închise complet.

— Cunoașteți pe cineva care să-i fi putut face așa ceva fiicei dumneavoastră?

Domnul Cavendish clătina din cap frenetic:

— Bineînțeles că nu, nu m-aș asocia cu astfel de specimene.

— Biroul dumneavoastră este foarte aproape de casă, am înțeles bine? Oamenii probabil că intră și ies constant; cu siguranță că vă este dificil să țineți socoteala cine intră, cine iese.

Domnul Cavendish privi în sus la Laurie pe sub pleoapele roșii și umflate de la atâta plâns.

— Înțeleg unde bateți. De ce sugerați o asemenea grozăvie? Eu am fost la birou în tot acel răstimp.

— Atunci, permiteți-mi să vă urmez sfatul: dacă v-aș spune că am găsit mănușa stângă a ucigașului, că am întors-o pe toate părțile și am observat că de-a lungul celui de-al doilea deget, înspre capătul mănușii, țesătura este ușor ruptă, ce ne-ați spune că trebuie să facem? Deducția mea este că ucigașul purta o verighetă, un obiect cu o mică protuberanță. Poate o bijuterie simplă, ca a dumneavoastră. Să presupunem că doar unul dintre suspecții noștri este căsătorit. Ei bine, ce ați zice să facem în această situație?

Domnul Cavendish înghiți în sec, clătinând din cap îngrozit:

— Nu știu, vă spun sincer.

— Nu vă faceți griji, atunci; nu o să vă doară deloc.

Laurie se aplecă și îl apucă pe domnul Cavendish de mână. Acesta nu opunea rezistență, iar Laurie ridică mâneca jachetei până la cot, apoi îi desfăcu nasturele de la mânecă. Îi ridică mâneca de la cămașă și se uită cu atenție la mână și încheietură, apoi făcu același lucru și cu mâna cealaltă. Nu găsi nimic demn de notat și îi lăsă mâna să cadă ca pe un ziar făcut sul, nu ca pe o mână de om; brațu se izbi de podea cu un sunet sec.

Se ridică și plecă, făcându-i semn lui Bulmer să-l urmeze.

— Nevinovat? spuse Bulmer, după ce închisese ușa în urma lor.

— Nu fusese nici o clipă suspect. Doar am fost meticulos. Însă nu are urme de zgârieturi sau semne că s-a luptat cu cineva; nu văd cum ar fi putut s-o ucidă. Sincer, nu am văzut niciodată mâini mai bine îngrijite ca ale lui.

Bulmer dădu din cap.

— Și partea cu verigheta și mănușa?

Laurie dădu din cap:

— Nu sunt urme pe mănușă. Doar voiam să-l sperii.

— Așa m-am gândit și eu.

Casa începuse să semene cu o debara veche și anostă, plină de obiecte uitate de mult; cei doi detectivi au ieșit ușurați în amiaza nici prea caldă, nici prea rece. S-au apropiat de un polițist, unul pe care îl strigau Cooper, care bătuse la ușile caselor de-a lungul străzii.

— Ai aflat ceva?

Cooper dădu din cap că nu:

— Foarte puțini oameni au ieșit azi. Pare-se că se ascund de lumina soarelui prin zonele astea. Florăria e închisă de dimineață. Vânzătorul de la aprozar crede că a văzut un bărbat cu un palton lung, negru care se plimba prin zonă pe la prânz, dar nu l-a putut descrie mai în detaliu.

— Nimic, absolut nimic?

— L-a văzut numai din spate. Mi-a spus că purta pălărie și avea o înălțime medie.

Laurie se uită la parc, unde cele două fete încă se jucau.

— Dar sora? A vorbit careva cu ea?

— Nu încă. Am ținut-o sub observație, bineînțeles. Dar nu am crezut că se cuvine să-i spunem noi ce s-a întâmplat.

— Trebuie să se întrebe unde-i este prânzul.

— I-am dat un măr; mi se pare că e obișnuită cu asta.

Laurie se încruntă.

— Păi, sunt mai tinere decât sunt eu obișnuit, dar trebuie să vorbim cu ele. Dacă s-au jucat aici toată ziua, trebuie să fi văzut ceva.

Începuse să pășească spre ele.

Un fel de beție pusese stăpânire pe Maggie și Rose din lipsa atenției parentale, iar acum culegeau flori și le aranjau după propriul gust. Rose îi observase pe Laurie și Bulmer îndreptându-se spre ele și-i făcuse semn prietenei sale; au lăsat florile pe jos și s-au prefăcut inocente.

— Fetelor, strigă Laurie când se apropie mai mult. Ce joc vă jucați?

— Eu sunt florăreasa, spuse Rose arătând spre florăria de peste drum, care încă era închisă.

— Iar eu sunt clienta, spuse Maggie.

Erau amândouă atât de obosite, încât picaseră într-un soi de reverie diurnă, iar totul li se părea moale.

— Ei bine, fetelor, eu sunt inspectorul Laurie.

— Iar eu sunt sergentul Bulmer.

— Haideți să ne jucăm de-a detectivii puțin, ce ziceți? Vedeți casa aceea de acolo, cea cu ușa roșie? Cred că una dintre voi două locuiește acolo.

— Ea locuiește, spuse Rose, iar Maggie se așeză pe iarbă, cu inima bătându-i repede.

— Ce s-a întâmplat? întrebă Maggie.

— Nimic, doar vrem să vă punem câteva întrebări. Ați văzut vreun necunoscut intrând în casa aceea azi cât v-ați jucat pe afară?

Maggie dădu din cap:

— Nu, azi nu. De ce?

Rose își puse mâinile în șold:

— Nu, nu am văzut pe nimeni. Azi a fost o zi foarte liniștită prin zona asta.

— Ei bine, ați văzut pe cineva care să se plimbe pe aici? Cineva suspect, poate?

Rose își duse degetul la gură și căzu pe gânduri.

— Da, spuse ea în cele din urmă. Maggie stătea complet tăcută acum, jucându-se cu iarba.

— Un bărbat? Mi-l poți descrie?

Rose se gândi la întrebare:

— Era un bărbat ca oricare altul, dar cu o mustață mare. Și purta un costum albastru-închis.

— Dar nu a intrat în casa cu ușă roșie?

— Nu cred. Doar a mers de-a lungul străzii și ne-a făcut cu mâna.

Maggie își ridică privirea, părând să vrea să adauge ceva, însă Rose vorbi înaintea ei:

— Asta e tot, apoi a plecat.

— Înțeleg. Ei bine, fetelor, vă mulțumesc pentru ajutor.

Laurie se întoarse spre Bulmer și clătină din cap. Apoi au plecat de acolo împreună. S-au oprit imediat după poartă, iar Bulmer vorbi:

— Un bărbat îmbrăcat în albastru și unul în negru.

— Iar tu în gri, eu în maroniu: ce curcubeu de stiluri vestimentare are cazul acesta.

— Râzi tu, Laurie, dar sunt serios. Este grav, nu crezi? Nu avem niciun suspect, iar timpul trece. Ce facem mai departe?

— O luăm pas cu pas, atâta tot. Aș spune chiar că mai departe ar trebui să îl vizităm pe, scoase din buzunar notița pe care o făcuse mai devreme, domnul Andrew Sullivan, în Hampstead.

Bulmer mârâi.

— Iubitul din copilărie.

Luaseră un taxi până la adresa din nordul Londrei, unde Andrew Sullivan locuia cu mama lui, văduvă, într-o casă din vârful unui deal. Grădina din față era invadată de buruieni care ascundeau mai multe sculpturi: bucăți mari, contorsionate de rocă în diverse nuanțe de gri. Era trecut de amiază, iar lumina începea să scadă.

Laurie bătuse la ușă. Treizeci de secunde trecuseră, apoi o menajeră înaltă, nemțoaică, deschise ușa; ceruseră să-l vadă pe domnul Sullivan.

— Mă tem că nu, spuse ea cu accent forțat. Domnul și doamna Sullivan nu sunt în țară.

Au scos informația de la ea: tânărul domn Sullivan picase într-o stare de spirit sumbră în urmă cu o lună sau două, iar mama lui sugerase să plece în călătorie în Europa pentru a-și lua mintea de la lucrurile care-l apăsau. Acceptase, reticent, și plecaseră în urmă cu zece zile.

Au coroborat informația cu declarații ale vecinilor; nimeni nu-i văzuse pe cei doi de mai bine de o săptămână. Dezamăgiți, se întoarseră la taxi.

— Ei, unde mergem acum?

Laurie oftă:

— Scotland Yard, presupun. Putem să mai trecem o dată peste notițe și să vedem dacă ne scapă ceva.

— Pare puțin probabil.

Laurie îi aruncă o privire cu tâlc:

— Dumnezeu vrea să se facă dreptate, nu uita asta!

Următoarea dimineață, după ce au bătut la fiecare ușă de pe Colchester Terrace, s-au întâlnit înapoi la scena crimei: devenise un fel de centru de operațiuni, tăcut și confidențial. Trupul neînsuflețit fusese luat de către medicul legist târziu în noaptea precedentă.

Bulmer privea pe geam.

— Vânzătorul de la aprozar nu a fost complet onest în legătură cu omul îmbrăcat în palton negru. Nu a putut să-mi spună nimic altceva în afară de faptul că purta și o pălărie, și mănuși negre.

Laurie stătea sprijinit de perete cu ochii închiși.

— Crezi că minte?

— Nu are motiv să mintă, cred că doar vede o grămadă de oameni. Motivul pentru care și-l amintește pe individ este că fusese în parc – la care, în mod normal, au acces doar cei din zonă –, însă bărbatul nu-i părea cunoscut.

— Înțeleg. Ei bine, mănușile negre cu greu pot fi socotite ca fiind ieșite din comun. Vânzătorul de la aprozar are el însuși vreun alibi?

— Doar clienții săi, care toți par a spune același lucru.

Bulmer privea jos, la stradă.

— Crezi că un străin ar fi putut comite crima? Dacă stătea aici, pregătindu-se pentru baie, cineva ar fi putut s-o vadă de afară?

— A avut ocazia și a acționat, adică? Un acces de manie? Se poate, dar genul ăsta de situație este atipic. În mod normal, durează mai mult de atât ca dorința de a ucide să se ivească și să pună stăpânire pe individ.

— Dar dacă se uita la casă și o văzuse pe menajeră ieșind, poate că a considerat că este ceva sigur.

Laurie ridică neputincios din umeri. Bulmer nu-l văzuse; încă privea afară pe fereastră, iar privirea i se fixase asupra parcului, ca și când și el făcea parte acum din toată povestea asta. Laurie se ridică și i se alătură. Efectul optic era ca al obloanelor coborâte, lăsând restul camerei adumbrit de ei. Laurie vorbi:

— O întrebare la care nu avem răspuns este de ce făcea baie?

— Mama ei a spus că avea mâinile murdare de la culesul florilor.

— Și totuși nu a venit cu flori înăuntru; sunt numai vaze goale în casă.

Bulmer se uită la colegul său, se gândi la ce spusese și conchise că avea dreptate. Apoi dădu din cap, dezamăgit de sine. Deducția, unealta supremă a artei detectivului, era o aptitudine pe care nu reușise niciodată să o înțeleagă și totuși, de fiecare dată când lua parte la procesul deductiv, părea atât de simplu! Doar arta de a face afirmații evidente, mereu cea potrivită fiecărei situații. Se uită, stângaci, la pumnii săi umflați.

— Cum altfel ar fi putut să se murdărească pe mâini?

— Fix asta e problema: trebuie să găsim o explicație pentru asta, dar și pentru faptul că a mințit-o pe mama ei. Poate că ascundea ceva în parc.

Bărbatul masiv dădu din cap:

— Să mergem să ne uităm, atunci.

Petrecuseră următoarea oră scormonind prin parc, căutând cu grijă printre flori și tufișuri cu mâinile înmănușate, pășind pe porțiuni de iarbă pe unde se mai călcase deja și inspectând rădăcinile copacilor. Aveau parcul numai pentru ei înșiși cât dura operațiunea, dar un grup de copii curioși tot se formase de-a lungul gardului din punctul cel mai depărtat de Colchester Terrace. Niciunuia nu i se permise să intre în parc, chiar dacă locuiau în apropiere, iar acest spectacol solemn părea să facă puțină dreptate; detaliile mai mondene ale morții tinerei fete fuseseră pasate între ei ca o mărgică rară și prețioasă.

Bulmer îi ignora: se uita plin de mirare la avionul extravagant prins în ramurile de deasupra capului său, întrebându-se și ce era, și dacă vreo deducție putea fi formulată aici, nedând curs impulsului de a zgudui copacul cu brațele sale masive ca să vadă ce ar fi căzut, când îl auzi pe Laurie strigându-l pe nume.

— Bulmer, aici. Am găsit ceva.

Laurie stătea ghemuit într-un loc ferit de o adunătură de platani; trei dintre ei formau un fel de cort. Înăuntru era întuneric; Bulmer se apropie și observă că Laurie râcâia solul cu degetele.

— Iarba este strivită, cineva a stat aici. Vezi acolo unde este ruptă? Și scoarța jumulită de la baza copacului de aici? Așa putem explica cum s-a murdărit pe mâini.

A împins pământul în jur prin mișcări circulare.

— Dar ce făcea aici? Ceva a făcut-o să se simtă emoționată, în mod clar.

Dar Bulmer dădea ghes intuiției sale și privea în sus, spre ramurile celor trei copaci; văzuse ceva ce colegul său mai scund nu observase. Între două crengi ale copacului din dreapta lui Laurie se vedea un plic vechi și îmbibat de rouă, chiar deasupra capului.

Era împins adânc. Se aplecă și-l luă; Laurie se oprise din săpat și se ridică în picioare. Bulmer deschise plicul, scoase o coală și citi. Ochii i se luminaseră de mândrie:

— E o scrisoare de dragoste. De la un anume Richard Parker. Pentru Alice Cavendish. Nu e scrisă nicio dată.

— Are o adresă?

— Da, are.

— Atunci, aș numi asta *indiciu.*

Richard Parker locuia împreună cu părinții în casa lor de la baza Surrey Hills. Cei doi detectivi merseseră acolo împreună. Casa se ivea la orizont pe măsură ce mașina se târa prin câmpul de lavandă, așa cum un bob de apă se prelinge pe geamul unei ferestre. În spatele casei - un conac modest - dealurile semănau, în acel peisaj, cu o coroană. Era dimineața devreme, iar ei își vedeau în aer aburii respirației.

Bulmer conducea; începuse ziua plin de entuziasm, dar acum avea dubii în legătură cu rezultatul călătoriei. Laurie avea dreptate: scrisoarea era un indiciu. Era atât de clar că era un indiciu, încât nu putea fi decât o coincidență, prea evidentă. În plus, o analizase din toate punctele de vedere și nu era nimic de inferat de acolo: omul era îndrăgostit de ea, atâta tot. Iar asta nu le-a dat nimic, nici măcar un motiv.

Au parcat la marginea terenului și au decis să meargă pe jos restul drumului; nu poți vedea nimic prin geamul unei mașini, a spus Laurie. De-a lungul drumului pietruit fusese plantată tisă, fără un tipar anume, cu intenția de a-i oferi celui care se apropia o priveliște încântătoare, dar efectul era haotic. Semănau cu vagoanele unui tren ce deraiase cândva acolo.

— Asta mi-amintește de ceva, spuse Laurie.

Însă Bulmer nu răspunsese; devenise morocănos, simțind că toate astea erau o pierdere de timp. Atât de departe de Londra, că nici nu-și putea folosi informatorii, iar oamenii locului nu ar fi acceptat să facă așa ceva. Era mai bine să nu riște nimic.

— Dar nici să mă pici cu ceară nu știu ce exact, continuă Laurie.

Întreaga scenă părea regizată, de la găsirea scrisorii la apropierea de conac: o impresie se formase în momentul în care dăduseră peste prima persoană care le ieși în cale – un bărbat îmbrăcat într-o salopetă plină de pete de ulei de motor, cu un prosop întins pe pietriș pe care erau așezate mai multe scule, ca pe tava de ustensile ale unui dentist – și care se dovedise a fi persoana pe care o căutau.

— Richard Parker? Bună ziua?

„Arată imposibil de bine", observase Bulmer.

Purta o mănușă de piele pe mâna stângă; le arătă mâna dreaptă, fără mănușă, plină de ulei de motor, ca pentru a explica suplimentar de ce nu-i poate saluta cum se cuvine.

— Scuzați-mă, altminteri aș da noroc cu voi.

— Dar ești Richard Parker, nu? întrebă Laurie.

— Da, chiar el. Cu ce vă pot fi de folos?

— Arăți altfel decât ne-am imaginat.

Tânărul bărbat zâmbi.

— Mașina asta este un hobby al meu. Mă pot schimba înainte să stăm de vorbă, dacă vă va face să vă simțiți mai bine.

— Nu va fi necesar.

— Ei bine, atunci, cu ce vă pot fi de folos?

— Trebuie să vorbim despre domnișoara Alice Cavendish.

Richard dădu din cap.

— Ce e cu ea?

— A murit, spuse Laurie.

Richard Parker căzu în genunchi, zdrobit de veste.

— Dumnezeule! Nu poate să fie adevărat...

Să fi fost doar un gest teatral?

— A fost ucisă ieri după-amiază.

Din genunchi cum era, bărbatul lăsă să-i scape un urlet venit parcă direct din rărunchi și-și acoperi chipul cu mâinile. Bulmer și Laurie au observat amândoi ceva ce, la început, le apăru ca de neînțeles: mănușa de la mâna stângă părea să se strivească de capul lui Richard, de parcă i-ar fi intrat direct în craniu. Laurie însă pricepu și, cu toată diplomația de care era în stare, luă mâna bărbatului și trase mănușa de pe ea. Îi lipseau trei degete și degetul mare.

— Ce ai pățit la mână?

Întrebarea șocantă, venită de nicăieri, îl readuse pe Richard în simțiri:

— Războiul, bineînțeles. Își șterse ochii cu dosul palmei.

Laurie și Bulmer se uitară unul la celălalt; amândoi se gândeau la vânătăile complicate pe care atacatorul le lăsase pe mâna lui Alice Cavendish. Omul acesta era inocent.

Au petrecut încă patruzeci de minute răspunzându-i la întrebări și luând notițe privitoare la relația lui cu Alice și alte lucruri asemănătoare. Ploua când au plecat.

Ajunseră la mașină uzi leoarcă. Bulmer scoase în grabă cheile din buzunar și îl lăsă pe Laurie să intre. Acesta își dăduse jos pălăria și scutură apa de pe ea pe podeaua mașinii.

— Când vorbeam cu el mi-am dat seama că nu am discutat deloc cu o rudă apropiată a lui Alice. Sora ei.

— Fetița? întrebă Bulmer privindu-l pe Laurie. Dar am vorbit cu ea.

— Am încercat, spuse Laurie, dar prietena ei a fost cea care a vorbit tot timpul. Cred că ascunde ceva. Dacă am vorbi numai cu ea?

— Nu-mi cere să-mi folosesc pumnii pe un copil.

Laurie dădu din cap în semn de nu.

— Nici prin cap nu-mi trece una ca asta.

S-au întors la Londra în tăcere.

La ora două după-amiaza au revenit la Colchester Terrace, unde casa vopsită crem i-a primit ca pe doi vechi prieteni. O găsiseră pe Maggie stând în pat cu mama ei bolnavă, dormind liniștite împreună.

Bulmer o ridică pe fată din pat și o dusese cu grijă într-o altă cameră - un dormitor nefolosit, lângă camera mamei, unde cei doi puteau discuta cu ea în liniște - și a pus-o într-un colț.

Laurie îngenunche în fața ei.

— Maggie, e foarte important să te concentrezi ca să ne poți ajuta. O vom găsi pe persoana care ți-a rănit sora. Dar avem nevoie să știm dacă ne poți spune ceva în plus despre bărbatul pe care l-ai văzut în piață ieri. Purta un palton lung și negru?

Plângea deja, în parte din cauza tristeții, în parte din cauza senzației că făcuse ceva greșit.

— Nu, spuse ea dând din cap, purta haine de un albastru-închis.

— Albastru-închis? Ești sigură?

— Da. Și pantofi maronii. Iar piciorul stâng era ud; călcase într-o baltă.

Laurie se uită la Bulmer.

— L-ai văzut de aproape deci?

Răspunse cu o voce șoptită, aproape imperceptibilă, ca sunetul stropilor de ploaie.

— Era un om rău. Voia să se uite la noi și să ne pună întrebări urâte. De asta a ajutat-o pe Rose să repare avionul.

— Avionul? întrebă Laurie.

Maggie încuviință din cap.

— Acel avion? întrebă Bulmer cu voce ușoară. Se uită spre geam și arăta cu degetul către forma purpurie care încă era agățată de crengile unuia dintre copaci.

Maggie se duse la geam să verifice.

— Da, acela. A pus ceva în el.

Laurie se întoarse spre avion, luă o coală și un pix:

— Spune-mi tot ce-ți mai amintești despre el.

Douăzeci de minute mai târziu, avionul se prăbuși brutal pe pământ. Bulmer încercase să scuture copacul, însă în cele din urmă Laurie se cățără în el, cu o agilitate surprinzătoare pentru cineva de statura lui.

Niciunul dintre cei doi bărbați nu se aștepta să descopere cine știe ce indiciu în timp ce despătureau bucata de carton împăturită laborios, însă, în botul avionului, au dat peste premiul cel mare, folosit ca contragreutate: o carte de vizită ruptă, împăturită ca să formeze un dreptunghi mic alb. Laurie izbucni în râs în fața îndrăznelii de care dăduse dovadă necunoscutul.

Bucata ruptă purta un nume, o inițială și două litere ale numelui de familie imprimate pe carte: „Michael P. Ch“. Sub ele se afla singurul cuvânt: „Teatru“. Era imprimat în tuș negru pe o tablă albă. Laurie ținu foaia în bătaia soarelui.

— Ei bine, spuse acesta. Putem lucra cu asta!

Le luase jumătate de zi ca să îl localizeze pe bărbatul neatent cu costum albastru-închis și cu pantofii distruși de apă. Numele lui era Michael Percy Christopher, agent de teatru; dăduseră de el la New City Theatre în West End.

Laurie și Bulmer nu s-au mai întors la Colchester Terrace după aceea; ce mai era de descoperit din caz au rezolvat într-o celulă umedă și rece a Scotland Yardului, unde costumul distinct al suspectului, de culoare albastru-închis, se umplea tot mai mult de pete și praf adunate de pe cărămizile gri, reci ale celulei, în timp ce părul său șaten se făcea tot mai gras și murdar de la sudoare și sânge. Îl încolțiseră la locul de muncă: un birouaș situat deasupra unei săli slab iluminate din spatele unui bar, prin pereții căruia se auzeau râsetele oamenilor și se simțea mirosul podelei acoperite de berea vărsată din pahare. Își începuse pledoaria prin a nega că fusese în apropiere de parcul respectiv pe toată durata acelei zile, apoi refuzase să se explice în momentul în care fusese confruntat cu jumătatea de carte de vizită pe care o lăsase, din neatenție, acolo. Acea atitudine sfidătoare le oferise celor doi detectivi un motiv suficient de bun pentru a justifica arestarea sa, iar apoi l-au lăsat în celula întunecoasă vreme de cinci ore, cât timp i-au verificat istoricul.

Mai avusese probleme cu poliția în trecut: existau numeroase rapoarte în care scria că fusese acuzat de exhibiționism față de femei și copii. Nimic nu fusese dovedit însă, dar suspiciunea în sine era suficientă pentru a-i convinge pe unii; corpul îi era acoperit de cicatrice lăsate de rănile altor confruntări, de când a mai fost prins și interogat. Toți cei care îl cunoșteau – și au vorbit cu cât de multe persoane s-a putut – încuviințau din cap toate aceste zvonuri.

S-au întors în celulă și l-au găsit întins pe podeaua umedă și dură, cu capul sprijinit de un petic de mușchi crescut pe jos.

— Domnule Christopher, nu credeți că e cazul să ne spuneți adevărul?

Nu avea niciun alibi care să ateste că nu se afla acolo la momentul crimei. Doar le-a spus celor doi că îi place să se plimbe pe străzile Londrei și să-și plece pălăria în fața tuturor oamenilor pe lângă care trecea. Bulmer îi râse în față.

Se gândiseră la a o aduce pe fetiță ca să-l identifice, dar au decis în cele din urmă că nu era necesar. Prezența sa la locul crimei nu putea fi tăgăduită. Un singur lucru le mai trebuia pentru a-l lega de fapta însăși, uciderea. Au adus mănușa neagră și l-au obligat să o probeze, după ce Bulmer întinse bine degetele suspectului, pentru a se asigura că nu-și va strânge mâna pumn: se potrivea suficient de bine.

— Este o înscenare, strigă acesta.

Îi percheziționaseră casa pentru a găsi cealaltă mănușă, dar conchiseră că scăpase de ea. Pe brațe, avea mai multe urme de zgârieturi și vânătăi.

Laurie nu era pe deplin mulțumit.

— Dovezile sunt copleșitoare. Dar aș vrea și o confesiune.

Bulmer era de acord.

— Încă nu știm de ce sau cum a făcut-o. Tot ce avem este un nemernic care nu spune nimic concret. Nu are noimă.

— Cred că a sosit momentul, Bulmer.

— Fiindcă teoria nu e niciodată fapt.

Cei doi detectivi și-au dat mâna. Laurie descuie ușa celulei, cheia îi scăpă printre degete din cauza nerăbdării ce îl cuprinse și trase aer adânc în piept, parcă nesigur dacă să-i dea sau nu drumul leului din cușcă. Bulmer păși în celulă, punându-și o pereche de mănuși de piele maronie.

Laurie se uita printre barele celulei. Bulmer îl ridică pe presupusul criminal și-l lipi de perete, limitându-se să-și folosească doar pumnii; pete de sânge înfloreau pe pereți așa cum răsar florile printre crăpăturile din beton. După zece minute, ieși pentru o pauză, lăsându-l pe suspect să se gândească la opțiunile pe care le avea la îndemână.

— A reușit să reziste până acum, îi spuse Bulmer lui Laurie.

— Au trecut doar zece minute.

— Sunt suficiente, de regulă. S-ar putea să încerc ceva puțin mai dur.

— Dacă e necesar, o să te acopăr. E, la urma urmei, un caz de omucidere, nu un simplu jaf.

Bulmer fumă o țigaretă, iar apoi intră înapoi. De data asta, luase la el o lamă de ras.

Timp de treizeci de minute, Michael Christopher a pierdut, treptat și în diferite grade ale permanenței, simțul gustativ, doi dinți din față și o măsea, văzul cu ochiul drept, o parte din păr, o sprânceană, mustăcioara, o unghie, un sfert de centimetru din buza de jos și abilitatea de a-și putea folosi trei degete de la mâna stângă. Pe fața lui Laurie nu se citea niciun pic de compasiune în timp ce privea la acțiunea care se derula între umbrele aruncate de zăbrelele întunecate, ci doar calcul. După jumătate de oră de țipete, acuzatul era pregătit să declare tot. Se prăvălise pe jos.

— Da, am ucis-o.

— Cum ai făcut-o?

— Am înecat-o în cadă.

— Ai văzut-o prin geam.

— Am văzut-o la geam; sunt un om slab.

Scuipă un cheag de sânge.

— Am urmărit-o pe menajeră cum s-a furișat afară din casă și mi-am dat seama că nu e nimeni. M-am strecurat pe trepte și am ucis-o.

Bulmer se holba la el de sus, mulțumit. În timp ce ieșea din celulă, Laurie l-a bătut cu căldură pe spate.

— Astăzi am reușit să salvăm vieți, sergent Bulmer. Cred că tu și cu mine merităm o băutură.

Câteva ore mai târziu, în aceeași seară, Michael Percy Christopher a făcut dintr-o mânecă a costumului său zdrențăros un laț în jurul gâtului, iar pe cealaltă a trecut-o printr-o gaură din perete ca să o lege de barele de deasupra celulei. S-a spânzurat ținându-și genunchii îndoiți, în timp ce degetele de la picioare atingeau constant podeaua, lucru care cerea efort continuu și voință înnoită, ca atunci când încerci, disperat, să adormi, deși nu ești deloc obosit. I-a luat douăzeci de minute îngrozitor de lungi ca să reușească.

Unul dintre ofițerii în uniformă care bântuia sediul poliției bătu la ușa biroului lui Laurie și îi transmise veștile; era aproape de miezul nopții. Inspectorul Laurie își plecă fruntea, făcu semnul crucii și îi mulțumi omului că l-a informat.

Bulmer deja plecase, obosit de efortul pe care îl depusese. Va afla de dimineață și probabil că va fi mulțumit. Era cel mai bun sfârșit, la urma urmei. Aveau suficiente dovezi pentru ca fapta să poată fi clasată drept rezolvată, fără să mai fie nevoie de un proces lung și sinuos; și nu le luase decât o săptămână. Își aprinse un trabuc și-și turnă într-un pahar whisky pentru a sărbători.

Cum era singur, începu să se uite la birou: auster și secretos ca el însuși. Pe un raft de pe peretele opus se afla colecția lui de romane și povești cu detectivi: în total erau cincisprezece volume jerpelite. La capătul raftului, în partea dreaptă, era un volum pe care-l luase din biroul domnului Cavendish – rapid ca un prestidigitator –, ca suvenir al acestui caz. Ridică paharul spre becul aprins care făcea ca whisky-ul să pară de un portocaliu bolnăvicios, satisfăcător.

— Pentru justiție, își spuse sieși. Pentru suspectul perfect.

Și slavă cerului pentru asta, gândi. Domnul Christopher picase la țanc. Ce om nenorocit. Un măgar care abia aștepta să fie încărcat cu vină; acoperit de ea. Și, sincer, și-a meritat-o. Persoana ideală să fie acuzată. Fiindcă într-o poveste cu detectivi, Laurie o știa bine, uneori trebuie să-i suspectezi pe detectivii înșiși. Și nu voia asta, ba chiar deloc. Nu după tot efortul pe care îl depusese.

Își acoperise urmele foarte bine. Migala cu care alesese acea piață! Un loc unde nimeni nu se oprea, dar pe unde treceau tot felul indivizi, la fiecare oră. Paltonul lung, negru, ales tocmai pentru ca, în cazul în care cineva îl ținea minte, tot ce și-ar fi putut aminti cineva ar fi fost un bărbat îmbrăcat în negru. Pălăria și eșarfa maronii pentru a-i acoperi fața. Nimeni nu observase eșarfa. Iar Alice Cavendish, ea însăși aleasă cu atenție și răbdare. O fată incredibil de frumoasă, care obișnuia să meargă în parc zilnic. Și stătea așezată pe jos, ascunsă de ochii celorlalți între cei trei copaci. Acolo ar fi ucis-o, repede, înainte să apuce să țipe. Dar sora ei și cealaltă fată erau în parc. Crezuse că își ratase șansa. Apoi o zărise prin geamul de la baie când trăgea draperia. Tocmai atunci plecase și menajera, așadar aceea era ocazia lui. O scurtă licărire excitantă a corpului ei gol în cadă, iar apoi actul crimei, înecarea. Mănușa lăsată acolo fusese o lovitură de maestru. Subtextul sinistru pe care-l emana ar fi fost recunoscut imediat. Unul care ar fi băgat groaza în oricine. Un subtext pe care el ar fi fost chemat să îl investigheze. Reputația lui garanta asta, fără dubiu. Și așa s-a și petrecut. Cu scrisoarea la fel. Se gândise să o ascundă, astfel încât vina să pice pe partenerul romantic. Dar nu-i ieșise. Apoi domnul Christopher apăruse la momentul oportun. Cu o tolbă de dovezi care să îl acuze. Iar acum ea îi aparținea lui Laurie. Pe o masă rece din morga de la subsolul sediului poliției. La îndemână, să o poată vizita oricând voiește.

6
A TREIA CONVERSAȚIE

Julia Hart tocmai terminase de citit și sorbi din paharul de vin.

— „Iar acum ea îi aparținea lui Laurie. Pe o masă rece din morga de la subsolul sediului poliției. La îndemână să o poată vizita oricând voiește".

Soarele apusese în cele din urmă, iar cerul la înserat se făcuse aproape negru. Luna luminoasă, ce răsărise repede, se reflecta în trei farfurii albe, așezate în formă de elipsă pe masă. Cu privirea îndurerată, Grant scosese un sâmbure de măslină din gură și îl așezase pe marginea farfuriei sale.

— Asta n-a fost deloc o poveste plăcută, spuse. Nu țin la ea.

Mâncaseră împreună midii, iar farfuria din mijloc era plină de scoici aruncate grămadă - unghii negre și lungi de ființe mitice. Grant nu-și mâncase toată porția, fiind distras de câteva ori, iar atât discuția, cât și mâncarea se sleiseră, astfel că Julia, din politețe, lăsă și ea niște resturi de mâncare în farfurie. Acum, cele trei farfurii stăteau așezate între ei, un testament al relației lor stranii - el, autorul, și ea, redactorul.

Julia luă șervețelul din poală și se șterse la gură.

— Descrierea crimei face ca lectura să fie greu de dus la capăt, într-adevăr. Iar tortura de la finalul poveștii este brutală.

Grant horcăi sarcastic.

— Niciunul dintre personaje nu se face plăcut, iar locul în care are loc acțiunea este anost. Londra, dintre toate locurile.

Julia zâmbi.

— Pari aproape ofensat, dar tu ești cel care a scris povestea.

— Asta așa e. Însă, pe atunci, eram tânăr și naiv.

Grant râse în hohote și înțepă aerul cu o scobitoare, pentru a-și sublinia punctul de vedere.

— Unele dintre aceste povești îmi par frivole acum. Nu ți se pare că povestea pe care tocmai ai citit-o e mai degrabă sordidă?

— Nu tocmai. Cred că, atunci când citești despre moarte doar din amuzament, asta ar trebui să îți creeze o stare de disconfort, ba chiar să te afecteze somatic. Credeam că asta ai vrut să faci.

— Asta e o interpretare favorabilă, spuse Grant. Sau poate, de fapt, eram un tânăr cu înclinații morbide. Nu crezi?

— Tu știi mai bine decât mine. Dar, după ce am citit, pot să înțeleg de ce ai vrut să publici cartea pe spezele tale, anonim.

— Era și prea explicită, și prea academică pentru a fi publicată de o editură cunoscută.

— O alăturare neobișnuită de cuvinte. Julia mai luă o gură de vin. Și nu ai mai scris nimic altceva după aceea?

— Din moment ce nimeni nu a vrut să publice ce am scris, ce rost avea să continui?

— Lucrurile s-au schimbat de atunci.

— Ei bine, ridică acesta din umeri, o să te cred pe cuvânt.

Julia își ridică paharul și propuse un toast.

— În cinstea unei prime zile productive.

Grant își ridică paharul cu vin și ciocni cu Julia.

— Și fie ca ziua de mâine să fie la fel ca aceasta.

În ziua aceea, la amiază, după ce terminaseră de lucrat la a doua poveste, Grant îi spusese Juliei că, de regulă, el se odihnește preț de o oră sau două, când aerul devine torid. Îi pusese la dispoziție o cameră liberă, în caz că dorea să facă la fel. Însă Julia se simțise presată să continue lucrul la manuscris, așa că mersese de-a lungul plajei și se ascunsese de soare la umbra unui stânci mai mari. Acolo lucrase pentru câteva ore la unele dintre povești, până când se trezise și Grant, care se trezise târziu, iar ei erau amândoi înfometați. Julia se oferise să îi facă cinste cu cina.

— Putem citi următoarea poveste cât mâncăm.

Așadar, au mers pe jos cale de cincisprezece minute până la un restaurant din apropiere, ajungând nu foarte departe de hotelul la care era cazată Julia. S-au așezat la o masă de pe terasă, de unde puteau vedea marea. Mai erau doi clienți, la câteva mese depărtare, iar Julia fusese nevoită să citească povestea încet, aproape șoptit.

— Bănuiesc că deja nu mă mai afectează violența, spuse ea, dregându-și vocea. Cred că am citit vreo trei sute de romane polițiste în ultimii ani.

Grant făcu ochii mari.

— Trei sute de romane?

Roti paharul de vin vizibil agitat, ca și când numărul pe care-l auzise îl intimidase.

— E într-adevăr mult.

— Nu e chiar așa mare surpriză, nu? Doar știai că asta mi-e profesia.

— Bănuiesc, răspunse el, dar nici nu pot spune că mă gândisem la asta în mod serios. Probabil că ai mai multe de zis despre poveștile astea decât aș putea eu s-o fac.

Căldura insuportabilă a dimineții o moleșise pentru tot restul zilei. Iar acum, cu un ușor sentiment de vinovăție, încerca s-o alunge, străduindu-se din răsputeri să pară energică.

— Explicațiile tale au fost de foarte mare ajutor.

Mai bău din pahar puțin și spuse:

— Mulțumesc.

Își ridică însemnările.

— Iar acum poți continua să mă ajuți prin a-mi explica importanța structurii poveștii citite. Presupun că are de-a face cu faptul că inspectorul Laurie este și detectiv, și suspect deopotrivă, nu?

— Da, așa este. Este un individ morbid, nu crezi? Și în povestea pe care o citisem înainte de prânz victima era un suspect. În aceasta, detectivul este suspect. Și așa ajungem la cel de-al treilea ingredient.

Julia dădu din cap.

— Un detectiv?

— Da sau un grup de detectivi. Acele personaje care încearcă să rezolve crima. Inițial, considerasem că acest tip de personaj poate fi opțional, adică grupul de detectivi poate să nu aibă niciun membru. De aceea de regulă discut despre *povești cu crime* în loc de *povești cu detectivi*. Uneori, pur și simplu nu există un detectiv în poveste. Așa că nu există nicio restricție a numărului acestor personaje; poate să nu existe, uneori, niciunul. Și îi permitem acestui personaj să se poată suprapune peste grupul de suspecți, ca în cazul de față. Se poate chiar să fie subscris categoriei victimei, deși e puțin mai dificil să reușești acest lucru.

Julia nota de zor în carnetul ei și, deși băuse destul, mâna nu avea niciun tremur, nicio ezitare. „Suspecți, victime și detectivi. Primele trei ingrediente ale unei povești despre o crimă."

Își ridică privirea din carnet.

— Da. Iar acum e rândul tău, spuse Grant, dregându-și vocea. Vinul îl făcuse să vorbească mai direct, mai îndrăzneț.

— Adică?

— E rândul tău să-mi oferi explicații. Nu e ăsta obiceiul nostru? Eu expun teoria, iar apoi tu-mi indici anumite detalii care mi-au scăpat din vedere? Sunt sigur că ai găsit niște incongruențe și în această poveste, nu?

Julia privea foaia de carnet, continuând să scrie. Cât timp vorbise Grant, ea nu-și ridicase privirea, însă pe buze i se așternu un zâmbet.

— Am impresia că mă testezi. Ai creat aceste puzzle-uri din povești ca un fel de capcană în care să pic?

— Ba chiar deloc, spuse el rânjind. Le-aș fi pus mai degrabă ca pe un soi de glumă, nimic mai mult.

— Ele îmi testează abilitatea de analiză și observare a detaliilor până la limită, recunosc. Din fericire, sunt o persoană care își ia notițe în mod obsesiv.

— Și ce ai observat de data asta?

Julia se opri din scris și îl privi în ochi pe Grant:

— Ei bine, că tot ai adus vorba, e ceva ce am observat la această poveste. O discrepanță, să spunem.

Grant își scoase scobitoarea din gură.

— Spune-mi, sunt curios să aflu.

Julia bătu cu degetele în masă.

— Descrierea bărbatului îmbrăcat în costum albastru de la începutul poveștii este contrazisă complet, prin fiecare element de detaliu, de descrierea bărbatului îmbrăcat în albastru de la finalul poveștii.

— Aaah, spuse Grant. Dar e un aspect interesant, nu crezi?

— Dacă o iei de la capăt și citești cu atenție, observi. Personajul nu mai are fața rotundă și păr negru, nici gât mic și mustață mare, ci are o față mare, albă, gât lung și mustăcioară. Și nu ni se oferă nicio explicație pentru asta.

— Da, înțeleg, spuse Grant privind înspre mare. În acest caz este probabil să fi greșit. Dar cred că ai dreptate. Nu cred că a fost chiar o greșeală.

Julia notă ceva în carnet.

— Mă roade, zise ea, s-o las așa, necorectată. Dar, dacă e să ne gândim la restul de nepotriviri din poveștile anterioare, pare să se încadreze într-un tipar.

— Da, așa cred și eu. Ce simț al umorului aveam și eu pe atunci.

Julia oftă, copleșită de oboseală.

— Haide să lăsăm lucrurile așa și să încheiem pe ziua asta, ce zici? Mi-ar plăcea să pot să-mi las carnetul și stiloul deoparte și să-mi mai torn un pahar de vin, dacă nu te deranjează.

— Te rog, spuse acesta, poți să termini carafa.

Și își turnă restul carafei de vin în pahar gândindu-se totodată la munca de redactare care îi rămânea de făcut. Apoi se lăsă pe spate și privi stelele.

— Ce e atât de special la insula asta, Grant?

Întrebarea păru să îl ia prin surprindere.

— Ce vrei să spui? Este o insulă superbă.

— Da, este, însă e atât de liniștită, atât de goală. Nu îți vine niciodată să pleci de aici?

— Niciodată. Toate amintirile mele sunt aici.

Sorbi destul de mult din paharul de vin.

— Ești un om foarte secretos.

— O să consider că e un compliment.

— Eu cred că tu ești un spion. Care lucrează la ceva top secret. Sau că fugi de lege.

Prelungi ultimul cuvânt rostit timp de aproape o secundă, mai degrabă părând a-l borborosi.

— Ești pregătit să vorbești acum, că ai ceva la bord?

— Despre ce anume?

— Despre *Crima cusută cu ață albă*. Strangularea lui Elizabeth White în vecinătatea Spaniards Inn de pe Hampstead Heath, în august, 1940. Și motivul pentru care i-ai dat cărții tocmai acest titlu.

Grant, vizibil obosit, ridică din sprâncene.

— Ți-am spus deja tot ce știu despre acest caz. E doar o coincidență.

— Să înțeleg că alcoolul nu te-a ajutat să-ți amintești totul, nu?

— Nu știam că ăsta e unul dintre efectele secundare ale alcoolului.

— Stimulează mintea, zise Julia ridicând din umeri.

— Stimulează imaginația, asta e sigur.

— Ce e sigur e m-am îmbătat puțin, spuse ea cu paharul în mână, însă nu mi-a luat mult ca să văd potrivirea. Azi-dimineață te-am întrebat de ce te-ai ascuns pe această insulă. Nu mi-ai răspuns. Iar astăzi, la prânz, am evidențiat legătura dintre cartea ta și o crimă nerezolvată. Deci între toate astea există o legătură; de asta ești aici?

Grant era extrem de amuzat:

— Crezi că eu sunt ucigașul?

— Nu știu ce să cred, eu doar pun întrebarea care trebuie.

— Atunci, ți-aș spune să-ți regândești munca de detectiv. Ce sugerezi este că am ucis pe cineva, apoi am scris o carte al cărei titlu este același cu felul în care a fost botezată crima. Iar apoi, la câțiva ani distanță, am fugit?

— Ei bine, ai un alibi?

Grant zâmbi.

— Nu am unul care să-mi vină acum în minte, nu.

— Atunci, poți să-ți demonstrezi nevinovăția prin a-mi spune motivul real pentru care ai venit pe această insulă. Ți-ai părăsit soția și locul de muncă pentru a locui ca un eremit aici - dar de ce?

Grant era tot mai amuzat, iar pe față i se așternuse un zâmbet larg:

— Discuția asta a devenit dintr-odată foarte personală.

Julia observă că mâna lui era încleștată în jurul paharului de vin și tremura ușor:

— Da, așa e, zise ea, dar nu e doar ca să fac conversație. Într-un anume sens, prin publicarea acestei cărți, ne angajăm amândoi într-o relație de afaceri. Trebuie să pot avea încredere în tine.

Grant clătină din cap.

— Nu vreau să discut despre lucruri care au avut loc acum mai bine de douăzeci de ani. Mă poți întreba despre orice altceva, spuse el ridicându-și mâinile într-un gest defensiv.

Le lăsă apoi să cadă pe masă, însă făcuse gestul neatent, atinse piciorul paharului, care se ciobi. Bucata de sticlă se roti pe fața de masă și se opri în fața Juliei, un obiect care semăna doar cu un mănunchi de linii translucide peste țesătura albă a feței de masă.

— Nu te-ai recăsătorit în douăzeci de ani. Putem discuta despre asta?

Grant lăsă din mână paharul spart și începu să desfacă midiile care mai erau în farfurie; o compulsie fără rost.

— Nu, nu putem, răspunse el.

— De ce nu mai scrii?

— E târziu. Întrebările astea mă obosesc. Ultima scoică nu se lăsă deschisă, așa că, pentru a pune un ultim punct conversației, Grant ridică farfuria de la mijlocul mesei și o goli peste stâncă, lăsând midiile să cadă în mare, urmate de sunetul scoicilor lovindu-se de pietre și o bufnitură puternică, în momentul în care așeză farfuria înapoi pe masă.

Julia își închise caietul de notițe.

7

UN INFERN ÎN LUMEA TEATRULUI

Inițial, focul era doar un fir de fum ce ieșea pe un geam de la etajul doi al unei clădiri pe care câțiva trecători îl arătau cu degetul și despre care discutau. Părea că cineva se juca cu un zmeu pe cer. Apoi s-a îngroșat într-un șomoiog perfect curbat care semăna cu șuvițele cârlionțate dintr-o reclamă la șampon. Curând se extinse dincolo de acel geam și toată partea de sus a clădirii fusese cuprinsă de fum. Imediat apoi surveni o altă modificare: ramuri complexe, dense de fum negru începuseră să apară, înflorind în căldura fertilă și înăbușitoare. Clădirea era, în fapt, unul dintre cele mai mari magazine din Londra – cu mii de oameni înăuntru, ticsită de haine și mobilier – și părea că va fi zdrobită de o mână demonică gigantică, ale cărei degete subțiri zgâriau cerul.

Helen Garrrick, care stătea singură la o masă pentru două persoane, privise toată tărășenia timp de treizeci de minute; curba pe care o făcea strada unde se afla o lăsa să vadă totul foarte bine de pe locul ei de lângă fereastră, deși focul se declanșase la numai câteva sute de metri, pe aceeași parte de stradă.

La început, a părut un fel de distracție, o diversiune bine-venită de la actul de a mânca, dar când prima victimă se târâse afară din clădire, după evacuare – un bărbat în vârstă îmbrăcat în haine de portar care fusese călcat în picioare de oamenii grăbiți să iasă mai repede din clădire – s-a simțit extrem de vinovată și jenată, într-atât, încât abia dacă a reușit să se atingă de ce comandase la felul întâi. Câțiva tăiței, atât. Dar, pe cât de oribilă era priveliștea aceea, nu se compara cu imaginea îngrozitoare dinspre partea de sus a clădirii, unde ultimele două rânduri de ferestre lăsau să se vadă mișcările repetitive și ineficiente ale oamenilor, care își dădeau seama că rămăseseră blocați acolo. Țipau, și spărgeau geamurile, și se tot aplecau pe ferestre, privind în jos, dar nu aveau unde să se ducă. Helen pricepu că, deși incendiul îi păruse inițial că nu ar fi un pericol - un șir de văpăi incolore risipite de vânt -, încă de la început oamenii rămăseseră blocați acolo, de când scările se umpluseră de fum. În clipa aceea, tot entuziasmul pe care îl resimțise se transformase în vină, iar ea termină de mâncat cu lacrimi în ochi.

Conversațiile din restaurant erau o coloană sonoră numai bună pentru incendiul din clădirea alăturată, un amestec de voci tot mai ridicate și murmurul continuu, haotic, în vreme ce sunetul unei linguri lovite de un pahar de vin părea să imite perfect o alarmă.

Gestul continuă până când sunetele din restaurant s-au oprit, iar toți cei prezenți, tăcuți, s-au uitat spre șeful de sală, de parcă era un circar, gata să ingereze un ou uriaș de sticlă.

— Doamnelor și domnilor, spuse acesta, gesticulând cu paharul și lingura. Avem din întâmplare vreun doctor printre noi? Sau vreun polițist? Un militar, poate?

Șeful de sală era slab de tot, ca un fus, vorbea cu un accent puternic, iar fața îi era acoperită de o barbă de diavol. Din sală se auzi un murmur, în timp ce lumea dădea din coate, însă nu se desluși nimic concludent.

— Cineva care ocupă o poziție oarecare cu un grad de responsabilitate în cadrul comunității?

Încăperea era în continuare tăcută. Șeful de sală continuă:

— În regulă. Vă rog să îi comunicați ospătarului dacă aveți informații.

Încheie și se apleacă în semn de recunoștință, după care ieși, lăsându-și clienții să-și continue masa.

— Vrea să știe dacă cineva poate ajuta cu evacuarea, opină un bărbat așezat bine cu spatele-n scaun, la o masă lângă Helen. În caz că se va ajunge la asta.

Nu se va ajunge la asta, gândi Helen. Focul era în continuare la două sute de metri depărtare. Dacă ar evacua zona asta, de ce nu ar fi evacuat și restul vestului Londrei?

Un ospătar trecu pe lângă masa ei; Helen făcu un semn cu mâna pentru a-i atrage atenția, iar acesta se aplecă să întrebe:

— Este totul în regulă, doamnă?

Simțea foarte multă simpatie pentru șeful de sală. Știa cum este să cauți voluntari și să nu găsești vreunul; era ca și cum împingeai un bolovan până în vârful dealului pentru ca apoi să cadă iarăși la baza acestuia, țintuindu-te, gata-gata să izbucnești în lacrimi. Iar mai grav era faptul că știai că trebuie să te iei de cineva și apoi să te simți ca un om rău tot restul zilei. Să fi fost oare simpatia sau vina în care se complăcuse timp de douăzeci de minute motivul pentru care a făcut un pas în față? Sau poate impulsul demonic, ce-o copleșea uneori, de a face exact lucrul la care nimeni nu s-ar fi așteptat? Poate puțin din toate trei.

Vorbi încet.

— Mă gândeam să îi spui colegului tău că sunt profesoară la o școală de fete din Guildford, dacă îl ajută în vreun fel. Dar bănuiesc că i-ar fi mai de folos un bărbat.

A fost imediat condusă la șeful de sală, domnul Lau, ca o victimă gata de jertfire sau ca și când ar fi avut din nou treisprezece ani și fusese trimisă în biroul directoarei. Din moment ce era nouă în profesia ei, deseori își petrecea timpul comparând tot ce făcea cu propriile experiențe legate de școală - care, la urma urmei, nu erau atât de îndepărtate, de vreme ce călugărițele continuau să îi bântuie unele dintre coșmarurile sale ocazionale -, iar teama de atunci semăna cu cea de acum. Și jena părea să fie asemănătoare, ca atunci când porți haine nepotrivite.

Domnul Lau o aștepta într-un colț ascuns al restaurantului, undeva la capătul treptelor acoperite de un covor roșu aprins, ca o limbă atârnând de la etajul de sus.

— Domnule Lau?

Treptele dispăreau într-un spațiu întunecos din spatele lui; a făcut câțiva pași înspre ea pentru a discuta în liniște, punând-o într-o postură de inferioritate, dominând-o de sus, cu trupul său zvelt profilat pe fundalul roșu; părea un preot sau un judecător.

— Doamnă, zise el înclinându-se, iar gesturile lui umplură spațiul parcă.

— Helen, Helen Garrick, zise ea și îi întinse mâna, pe care el o sărută.

— Te aștepți să găsești măcar un om de bună credință în orice restaurant aglomerat, dar trebuie să admit că am avut îndoielile mele.

— Cu plăcere, a răspuns Helen, ușurată să vadă că îi vorbește ca unui egal, uitând astfel de anxietățile sale privind orice încercare de a disciplina. Cu ce vă pot ajuta?

— Trebuie să vă cer să faceți ceva mai degrabă delicat, zise cu o ușoară ezitare. Dar veți avea toată recunoștința mea.

— E legat de incendiu?

— Incendiul? Nu, nu tocmai. Focul este o scamatorie, o diversiune doar.

— Ah, zise Helen, ușor dezamăgită.

Domnul Lau se holba la covor cu o privire îngrijorată, răsucindu-și cu un gest afectat barba cu vârful degetelor.

— Trăim vremuri tulburi. Îmi pare rău să vă spun, dar a avut loc un deces în restaurant.

Helen murmură:

— O, Dumnezeule!

— Avem câteva camere sus. Una dintre ele este folosită în această seară pentru ceea ce bănuiesc a fi o aniversare. O ocazie festivă. Însă gazda a fost ucisă. Omorâtă, mai bine spus.

Cuvântul răsună, cu prestanță, din pricina accentului bărbatului, care rosti toate silabele la fel.

— Ucisă? Ochii i s-au mărit; ce anume, oare, urma să îi ceară să facă? Păi, în acest caz, trebuie chemată poliția.

— Avem un telefon; tocmai ce-am vorbit cu poliția. Tonul vocii deveni tot mai grav: Situația e însă delicată. Vor trimite pe cineva, desigur. Dar polițiștii din zonă sunt ocupați cu incendiul de afară. Mi s-a dat de înțeles că se închid drumuri și se evacuează clădiri. O urgență, desigur.

Helen încuviință din cap:

— Bineînțeles.

— Până când situația respectivă nu este sub control, este greu de imaginat că vor trimite pe cineva ca să asigure și să izoleze scena crimei. Am fost rugat să mă ocup eu de asta.

— Aha. Începea să-și dea seama unde ducea discuția.

— Mi-au spus că, una peste alta, nu e ceva urgent, de vreme ce nimeni de aici nu este într-un pericol imediat.

— Ei bine, asta este foarte bine, măcar atât.

— Nu am angajați pe care să-i deleg, continuă domnul Lau. Mai mulți dintre cei care trebuiau să ajungă până acum sunt blocați pe drum din pricina incendiului. Am explicat asta poliției. Mi s-a spus că orice doctor sau profesor este de ajuns, doar să fie cu ochii în patru la locul crimei până apare cineva de la poliție.

Helen era convinsă că nu au spus profesor, dar nu a vrut să-l provoace.

— Da, înțeleg.

Nu mai putea să refuze de-acum, nici dacă asta însemna să piardă trenul, așa că zise:

— Ce am de făcut, mai exact?

— Simplu: să fiți cu ochii în patru. Să vă asigurați că nimeni nu deranjează scena crimei, că nu e contaminată de nimeni și că musafirii nu părăsesc locul. Nu ar trebui să dureze prea mult.

— Oaspeții sunt încă acolo?

Încercă să-și ascundă dezamăgirea; își imaginase cum bea vin, doar ea și un cadavru, privind apusul.

— Cinci dintre ei. Pe cei care urmau să sosească, îi vom întoarce din drum. Dar am fost rugat să mă asigur că niciunul dintre cei cinci nu pleacă de aici până când polițistul care va fi trimis nu le ia declarațiile.

— Iar criminalul? Unul dintre ei?

Domnul Lau a oftat, îndelung, părând serios pus pe gânduri.

— E posibil, da. Dar nu v-aș cere să faceți așa ceva dacă aș considera că există un real pericol la adresa dumneavoastră. Doar să stați cu grupul de musafiri, ca să fie o certitudine a numărului de persoane.

— În regulă.

Helen se nelinişti pe dată; se înjura că s-a oferit să dea o mână de ajutor. Crezuse că va fi ceva de care s-ar fi putut ocupa în doi timpi şi trei mişcări.

Domnul Lau îi cuprinse mâna într-a lui.

— Doamnă, desigur, vă voi invita aici, într-o zi aleasă de către dumneavoastră pentru a cina cu noi din nou. Pentru a cina cu mine chiar. Şi nu va trebui să plătiţi. Cum nici azi nu trebuie să plătiţi.

— Vă mulţumesc, răspunse Helen cu voce slabă.

— Voi fi jos, dacă aveţi nevoie de mine; nu trebuie decât să mă strigaţi.

Odată spuse toate astea, a condus-o pe treptele pline de sânge şi a deschis uşa din faţa lor de la ultimul etaj. În timp ce păşeau înăuntru, formele lor parcă s-au contractat, ca un pumn care se strânge sau un gât care tocmai înghite ceva.

De data aceasta, senzaţia că e dusă la tăiere a devenit mult mai pregnantă; cei cinci musafiri formau un semicerc în jurul camerei, ca un orizont de carne de om, şi o priveau circumspecţi pe Helen, întrebându-se cine este şi ce urma să facă acolo. Au schimbat câteva ocheade între ei, apoi s-a produs un fel de declic, care a însufleţit întreaga scenă.

Domnul Lau a făcut un pas în faţă şi li s-a adresat:

— Am vorbit la poliţie. Pe cele cinci feţe s-a aşternut o expresie de mirare. Ofiţerii vor ajunge curând. A făcut câţiva paşi, ca actorul pe scenă. Sunteţi rugaţi să rămâneţi cu toţii aici până atunci. Din pricina incendiului, însă, deocamdată totul în jur este blocat. Domnişoara Garrick este aici din partea poliţiei.

Le-a făcut cu mâna în semn de prezentare; zece ochi s-au îndreptat spre ea.

— Va prelua comanda între timp şi se va asigura că nimic nu este mişcat sau atins. Şi că nimeni nu pleacă.

Această delegare de autoritate - de la cineva cu greutate spre un impostor - ar fi fost de mai mare impact dacă Helen nu ar fi stat chiar în spatele lui, eclipsată de constituția lui subțire. Se simțea ca un truc de magie care eșuase. A făcut, apoi, un pas timid înainte.

Cei cinci oaspeți erau un bărbat și o femeie extravaganți – evident, un soi de cuplu –, care stăteau foarte aproape de ușă; un alt bărbat și o altă femeie ce stăteau, într-un fel bizar, unul lângă celălalt în colțul cel mai îndepărtat al încăperii și o altă femeie ce se sprijinea de perete.

Femeia extravagantă discuta cu domnul Lau, ignorând-o pe Helen.

— Nu putem merge afară pentru o gură de aer proaspăt, acum cât încă e lumină, și să revenim deîndată ce poliția reușește să ajungă aici?

Domnul Lau îi zâmbi, răbdător. Făcuse un pas în spate.

— Mă tem că nu se poate, am fost instruit să vă rețin aici.

— Este absurd, spuse aceeași femeie pe un ton gâtuit și plin de neîncredere. Este dezgustător! Să fim blocați aici, cu un cadavru la nici zece metri depărtare.

Femeia din colț – slabă, cu ochi mari, albaștri și îmbrăcată cu o rochie albastru-închis – țipă la auzul acestor cuvinte și se sprijini de bărbatul de lângă ea. Își trecu mâna pe după umărul lui și își sprijini capul pe brațul său; era limpede că nu erau într-o relație amoroasă. Bărbatul purta un costum maro. Avea sprâncene aproape negre, stufoase, iar părul era grizonant, deși nu putea să aibă mai mult de 40 de ani.

Este ca o excursie cu clasa, gândi Helen.

Fusese în excursie la St. Albans la începutul verii. Trebuise să conducă un grup relativ mare de fete – douăzeci și cinci, sau pe acolo – de la gară până la ruinele romane, un grup de fete ale căror capete păreau un mozaic de tunsori. În timpul acelei excursii, Helen descoperise și ajunsese să-i urască pe cei care aveau darul să stârnească numai probleme în astfel de deplasări, iar oamenii care se aflau acum în fața ei erau la fel: femeia care vorbise era calmă, genul aparent rezonabil care, în mod instinctiv, s-ar opune autorității și s-ar folosi de întrebările pe care le pune pentru distragerea atenției. Cu acest gen nu se poate discuta niciodată, e ca și când te-ai lupta cu apele mării.

— Sunt de acord, spuse Helen. Nici mie nu-mi place să fiu aici. Dar vom face cum ni s-a cerut.

Femeia îmbrăcată în rochia albastră avea ochii înlăcrimați și vorbi răstit la auzul cuvintelor lui Helen:

— Poți spune asta, dar tu nu ai văzut cadavrul! Nu ai văzut ce i s-a făcut.

Femeia arțăgoasă zâmbi și se uită la Helen.

— Și cine ești tu, mai exact? Nu ești din partea poliției?

— Eu abia am ajuns, ca să fiu cu ochii pe voi. Helen râse și încercă să facă o glumă: Bănuiesc că sunt mai trează decât mulți dintre voi.

Nimeni nu-i răspunse.

Se auzi un scârțâit de podea din spatele ei. Se întoarse. Domnul Lau, satisfăcut în mod vizibil de cum păreau să se aștearnă lucrurile, se strecura afară din cameră. Făcu o plecăciune atât de adâncă, de parcă se făcu nevăzut, apoi deschise ușa și ieși.

Helen se răsuci la loc spre cameră; cele cinci continuau să se holbeze la ea.

Partenerul femeii extravagante - un bărbat tânăr, atrăgător, cu puf blond pe fața cu trăsături frumoase, bine definite - făcu un pas înainte, zâmbi șarmant și îi întinse mâna.

— Unde-mi sunt manierele? Numele meu este Griff, Griff Banks.

S-au salutat cu căldură.

— Mulțumesc. Eu sunt Helen. Se întoarse spre ceilalți; situația îi părea familiară. N-ar fi rău să ne prezentăm.

Griff făcuse un pas înapoi și își puse brațul în jurul femeii de lângă el, care-și feri privirea.

— Ea e Scarlett.

Helen se întoarse spre celălalt cuplu, șleampăt, prin comparație. Bărbatul în costum maroniu privea pe fereastră, probabil la incendiu; lumina îi bătea direct în părul care începuse deja să i se rărească. Se întoarse încet înspre Helen, ca și când s-ar fi eschivat, într-un moment critic din timpul unui meci de box și, preț de câteva secunde, păru să-și fi uitat replica.

— Ah, numele meu este Andrew Carter. Îmi pare bine de cunoștință.

Îi zâmbi lui Helen, iar zâmbetul îi scoase la iveală dinții stricați. Își strânse de talie partenera care plângea, ca pe un fruct care era mult prea copt. Toată tristețea aceea părea să se reverse din ea în timp ce rochia albastră i se boțea.

— Ea este sora mea, Vanessa. Îmi pare rău, toată situația asta a afectat-o destul de puternic.

— O, nu trebuie să vă cereți scuze, spuse Helen.

De fapt, se întreba de ce ceilalți nu fuseseră la fel de afectați. *Din cauza șocului,* presupuse ea. Vanessa își șterse lacrimile și veni să dea mâna cu Helen, mergând cu un șchiopătat ușor.

— Îmi pare bine.

Helen se întoarse înspre colțul camerei unde stătea, vizibil agitată, cea de-a treia femeie, îmbrăcată în rochie verde; ultima membră a grupului bea un pahar de vin rece, ascunsă în colțul umbrit. Își puse paharul pe una dintre măsuțele împrăștiate prin cameră și își drese vocea.

— Bună. Numele meu este Wendy Copeland.

Neștiind ce să facă mai departe, făcuse vag cu mâna către ceilalți oaspeți.

— Bună, tuturor.

— Mulțumesc, spuse Helen. Și poate cineva să-mi spună, vă rog, unde este cadavrul? Mă tem că mi-au fost date foarte puține informații.

Griff ridicase mâna.

— Este în baie.

— Îmi arătați, vă rog? Dacă nu vă supărați.

Griff se încruntă.

— Sunteți sigură? Nu e o priveliște plăcută.

Helen nu era mânată decât de curiozitatea ei morbidă. Dar simțea și ea că, la o adică, ar fi putut argumenta că era necesar să cunoască scena crimei, pentru a ști ce anume are de păzit. Așa că insistă.

— Da, vă rog. Sunt sigură.

Griff o privi din cap până-n picioare.

— Bine, atunci, spuse și se întoarse spre peretele din stânga ei. Deschise ușița de acolo. Helen merse după el. Scarlett, lăsată singură lângă geam, se uită la cei doi cu o privire suspicioasă.

Camera era mai mare decât se așteptase, cu o chiuvetă și o oglindă față în față cu ușa, iar toaleta era în dreptul peretelui din dreapta lor. Între cei doi era un gemuleț spart. În încăpere mai erau un raft plin de prosoape, în dreptul toaletei, și un coș de gunoi lângă ușă. Cadavrul era cel care evidenția toate trăsăturile încăperii: zăcea în diagonală pe podea, cu capul în colțul dinspre ei.

Era cadavrul unui bărbat așezat pe spate, cu fața acoperită cu un sacou negru, care îi fusese scos și pus peste el. O dâră de sânge aproape închegat pornea de acolo de unde ar fi trebuit să-i fie bărbia. Părea ca și când ar fi mâncat ceva imposibil de digerat și, prin urmare, scuipase totul la loc.

— Cine este?

— Asta este gazda noastră, Harry Trainer. Dramaturgul. Astăzi era ziua lui.

Îngenunche pentru a ridica sacoul și văzu, sub el, chipul unui om cam de vreo 30 de ani; o față palidă, fără trăsături ieșite din comun, acoperită de o barbă îngrijită și perciuni. Privirea îi era ațintită ușor spre stânga, cu capul îndreptat tot într-acolo; ceafa fusese lovită puternic, iar capul îi stătea pieziș față de podea. O băltoacă de sânge desenase un halou negru în jurul său. Priveliștea era una de tristețe amară. Îi prinse fruntea între degetul mare și arătător și o mișcă puțin, detectând traiectoria inegală în care se deplasa pe faianță.

În jurul trupului, sângele formase un model dezlânat.

— Așa l-ați găsit?

— Era pe burtă. Rana de pe ceafă era de neprivit, așa că l-am întors pe spate. I-am verificat pulsul. Apoi i-am dat sacoul jos și l-am acoperit. Dar tot restul a rămas neatins.

Niciuna dintre haine nu-i era deranjată.

— Nu arată ca cineva care tocmai se pregătea să folosească toaleta.

— Nu. Ucigașul probabil că s-a mișcat repede.

— Doar dacă nu cumva tocmai ce terminase. Helen se ridică. Săracul Harry.

— Cred că asta e tot, spuse Griff, îndreptându-se spre ușă.

Helen nu era sigură dacă să continue sau nu discuția. Instinctul îi spunea să răspundă grabei lui Griff, dar știa și că dacă reține acum cât mai multe detalii, le-ar putea folosi mai târziu, când martorii și-ar pierde din claritate.

— Deci asta era petrecerea de ziua lui? întrebă Helen.

— Ceva restrâns. Nu era un om cu care să te înțelegi ușor, dar câțiva dintre noi îl plăceau, spuse Griff, oftând.

— Pot să întreb cine a descoperit cadavrul?

— Toți, bănuiesc. Harry se scuzase. La un moment dat am observat că dispăruse de ceva timp. Am bătut la ușă, dar nu a răspuns nimeni, așa că am spart ușa.

Se întoarse pe loc și examină încuietoarea. Era numai un zăvor. Unul metalic, prins în cuie pe ușă și deplasat acum cu circa un centimetru; abia se mai ținea în vârful cuielor, ca cineva care merge pe picioroange.

— Deci voi, toți cei cinci, erați aici când cadavrul a fost găsit?

— Da, spuse și ridică din umeri, în semn că nu-și bătuse capul prea mult cu situația. Așa cred.

— Dar nu era prezent niciun angajat al restaurantului?

— Nu. Abia ce ajunseserăm. Cred că mâncarea urma să fie servită puțin mai încolo, dar aduseseră vinul, mult vin, până când urmau să ajungă toți musafirii.

Se duse la geam. La prima vedere, părea să dea înspre o curte din spatele străzii, ascunsă vederii, dar, de fapt, era amplasată pe o latură a clădirii și dădea direct deasupra acoperișului magazinului de lângă restaurant.

— Dacă ușa era încuiată pe dinăuntru, ucigașul trebuie să fi ieșit pe geam.

— Da, și tot pe acolo trebuie să fi și intrat.

Helen și-l imagină pe făptaș pe acoperiș, așteptând, în bătaia ferestrelor clădirilor de vizavi, privind pe furiș în baie ori de câte ori auzea zgomot.

Griff continuă:

— Harry își avea detractorii săi, cum ziceam. Nu știu cine mai fusese invitat la această petrecere, dar lumea trebuie să fi știut de ea. Nu i-ar fi fost prea greu unuia dintre cei care-l urau să se urce pe acoperiș și să stea la pândă. La un moment dat, tot ar fi trebuit să folosească toaleta.

Imaginea asta i s-a părut absurdă lui Helen.

— Dar nu ai văzut pe nimeni?

— Mă tem că nu.

Inspectă fereastra. Sticla, în mare parte, dispăruse, iar cioburile ascuțite acopereau pervazul și podeaua de sub el. Fusese spartă din afară. Cu batista pe care o avea la ea, a ridicat un ciob triunghiular, încă agățat de tocul ferestrei: pe vârf era sânge.

— Cineva s-a tăiat.

— Ai grijă, spuse Griff.

Se aplecase și privea afară. Pe partea cealaltă a acoperișului se putea vedea un ciocan care părea mâncat de rugină, dar considera că era peste atribuțiile sale să iasă pe geam și să-l recupereze. O pisică neagră stătea lângă ciocan, lingându-se pe labe, pe blana presărată cu cenușă. Ziua era caldă, iar cerul de deasupra acoperișurilor era brăzdat de câțiva nori negri.

— Mă întreb dacă o fi suferit?

Griff începu să se agite.

— Conversația asta devine mult prea morbidă. Harry și-ar dori ca noi să-i celebrăm viața, nu să ne gândim cum a murit.

— Îmi pare rău, spuse Helen.

Interacționa foarte puțin cu bărbații în viața sa de zi cu zi și schimbările astea de stare la care asista o nelinișteau, chiar dacă era convinsă că vorbise cât se poate de detașat. Mai aruncă o ultimă privire asupra camerei, încercând să rețină toate detaliile. Spațiul îngust începuse să miroasă a fum.

Helen întrebă:

— Crezi că ar trebui să acoperim fereastra? Toate astea vor fi, în scurt timp, pline de cenușă.

— Știu exact ce putem folosi, răspunse Griff. Plecă și reveni cu două meniuri mari dreptunghiulare cu vinurile: se potriveau perfect în rama ferestrei, iar cele câteva bucăți de sticlă rămase le fixaseră-n loc.

Helen afișă un zâmbet timid.

— Îți mulțumesc pentru tot ajutorul tău - Griff, nu?

— Te rog. Harry mi-a fost prieten; fac orice ca să pot ajuta, spuse și îi strânse iar mâna. Înainte să-i dea drumul, îi strânse o clipă vârfurile degetelor.

— Iar acum, că am transferat toată înțelepciunea în creierul altei persoane, pot în sfârșit să mă duc să beau.

Când Helen ieși din baie cu Griff, îl găsi pe Andrew Carter în fața ușii:

— Sora mea se simte slăbită, o poți ajuta?

— Desigur, răspunse Helen. Era ceva des întâlnit la școală. O conduse la o masă la care stătea Vanessa Carter; Helen o împinse în spate, apoi i-a turnat un pahar cu apă.

Andrew o privea muncind:

— În mod normal nu este așa, să știi.

Helen nu era obișnuită cu oamenii care se justificau în fața ei. Situația i se părea jenantă:

— E în regulă, serios, e o reacție de înțeles.

— Dar, pe de altă parte, asta nu e o crimă obișnuită, așa cum, probabil, ți-ai dat seama.

Helen intuia că voia să-i spună ceva:

— La ce te referi?

— Ți s-a părut neobișnuită scena crimei?

Încerca să pară că se gândește.

— Pare că ucigașul a intrat pe fereastră. Dar mi-e greu să-mi dau seama cum ar fi reușit să-l ia pe Harry prin surprindere astfel.

— Altfel spus, Andrew dădea din cap cu un entuziasm pe care încerca să-l mascheze drept resemnare, crima este una imposibil de comis.

— Sau poate că a intrat pe geam și l-a lovit cu ceva.

Andrew își încleștă mâinile în jurul mesei, dând la iveală toată sălbăticia din el:

— E ceva ce trebuie să știi, dar nu am crezut că ne vei crede, nu înainte de a fi admis că e o crimă imposibil de înfăptuit.

Helen nu știa cum să reacționeze la auzul acestor cuvinte; a râs nervos, spunând:

— Voi încerca.

— Ceea ce probabil că nu ți-a spus Griff, continuă Andrew cu un licăr de dispreț pe chip, este că fix înainte ca crima să aibă loc s-a auzit un schelălăit terifiant. Nu era foarte puternic, dar a durat aproape un minut. Sunetul era identic cu cel pe care un câine mare l-ar scoate.

Helen încercă să-și mascheze entuziasmul.

— Când s-a auzit, mai exact? Fix înainte să fie ucis, ai zis. Dar fix înainte de ce anume?

— Cu aproape trei minute înainte să observăm că lipsește. Numai eu și Vanessa l-am auzit.

Vanessa își ridică de pe genunchi capul; își recăpătase culoarea în obraji.

— Am văzut totul, spuse ea și părea sinceră. Venise din foc. Eram la fereastră, mă uitam cum se înalță primele flăcări și deodată pur și simplu a sărit din foc: un câine imens, negru, fosforescent, de parcă era făcut numai din fum. Aici s-a petrecut ceva drăcesc, spuse cu ochii ei albaștri mari cât cepele.

Helen vorbi cu un ton neutru:

— Crezi că a fost ucis de un spirit?

Când era la școală, fantomele și spiritele formau un fel de monedă de schimb cu care fetele își cumpărau una de la cealaltă vizibilitatea; se zvonea că sunt peste tot. Însă Helen nu văzuse niciodată nimic; doar forme în întuneric, din când în când, și, desigur, călugărițele care bântuiau pe coridoarele întunecoase. Și chiar și atunci când era într-o stare extrem de credulă, niciodată nu auzise ca vreo fantomă să facă ceva atât de direct pe cât părea să sugereze Vanessa: să omoare pe cineva cu ciocanul.

— Nu, răspunse Vanessa. Cel mai probabil a fost ucis de-o mână de om, dar una ghidată și ajutată de ceva malign. Poate diavolul însuși.

— Harry, spuse Andrew, era un om chibzuit. Eu însumi sunt actor. Vorbeam deseori, uneori ore în șir, despre arta actorului; îl consideram prieten. Dar, în rest, viața lui era cuprinsă de un soi de imoralitate pe care eu nu puteam s-o tolerez. Totul la el se rezuma la băutură și femei. Nici sora mea nu a fost ferită de asta.

Vanessa își lăsă privirea în jos, rușinată.

— Era seducător când l-am cunoscut. Eram tânără, iar el era fermecător.

— Ce credem noi că s-a petrecut, continuă Andrew, este că focul din josul străzii a devenit, pentru scurtă vreme, o ușă spre iad, iar diavolul a găsit ocazia perfectă ca să-și recupereze unul dintre demoni.

Helen încuviință, dar nu credea un cuvânt din cele spuse. A stat în tăcere câteva secunde, cât să se limpezească apele, apoi a îndrăznit să întrebe:

— Ai menționat femei. A fost vreo femeie în viața lui de curând?

Andrew dădu din cap în semn de nu. O privi pe Vanessa; ea ridică din umeri.

— Nu, din câte știm.

— Dar ea? Ea-i aici singură. Helen a arătat cu degetul, discret, spre celălalt oaspete, cu care încă nu vorbise. Femeia timidă îmbrăcată în rochie verde încă stătea sprijinită de perete.

— Nu o cunoaștem, spuse Andrew.

— Era cu voi când ați descoperit cadavrul?

— Da, era, zise Andrew. Sau, cel puțin, așa cred.

Helen mută o masă în fața ușii de la baie și trase un scaun lângă ea. Își turnă un pahar cu vin și se așeză, apoi închise ochii. Încercă să-și imagineze diversele feluri în care crima, teoretic, ar fi putut fi înfăptuită, în caz că domnul Lau i-ar fi cerut părerea mai târziu. Murmurul vocilor aproape că o adormise de tot.

Deschise ochii.

Wendy, femeia timidă în rochie verde, încă stătea în capătul opus al încăperii. Helen făcu un gest cu mâna invitând-o să se apropie.

Wendy ajunse la masă cu un zâmbet de recunoștință pe chip:

— E greu să stai la o petrecere unde nu cunoști pe nimeni.

Helen îi zâmbi, la rândul său:

— Mai poate fi aceasta considerată o petrecere, dat fiind tot ce s-a întâmplat?

Wendy nu-i răspunse.

— Ei bine, îmi pot imagina că ție ți-e mai greu, având în vedere ce responsabilitate ai. Să menții ordinea în timp ce afară este haos complet.

— Eu sunt Helen, spuse ea întinzându-i mâna.

— Wendy. Îmi pare bine. M-am tot întrebat în ultimele douăzeci de minute dacă ar trebui să vin încoace sau nu.

— Mă bucur că ai făcut-o. De unde îi știi pe acești oameni?

— Ah, sunt actriță. Părea stânjenită. La drept vorbind, e mai degrabă un hobby. Suntem cu toții actori, bănuiesc. Chestia e că nu prea-i cunosc pe oamenii ăștia, eu îl știam doar pe Harry.

Helen se îndreptă în scaun, bucuroasă să afle că nu era singura izolată de aici. Lucrurile se mișcaseră așa de repede, încât nu-i trecuse prin minte că acești oameni erau doar printre primii sosiți la petrecere - adunați laolaltă de punctualitate - și că era foarte posibil să nu se cunoască între ei.

— Te rog, ia loc.

Wendy trase un scaun și-și turnă un pahar de vin.

— Să înțeleg că, de regulă, nu te joci de-a detectivul?

Ambele femei mai fuseseră în situații ca aceasta, la periferia unui eveniment, căutând solidaritatea semenilor introvertiți. Sentimentul era reconfortant, cunoscut, iar Helen râse la auzul acestei întrebări.

— Nu, sunt profesoară.

— Ah, trebuie să fie atât de frumos!

Se gândi să spună nu, că în cele mai multe zile era de-a dreptul dificil, că zidul de fete așezate în fața ei, același zi de zi, cu atitudinile lor precoce și remarcile lor zdrobitoare, deseori păreau zăbrelele temniței în care era prinsă. Dar nu era făcută nici pentru profesia ei, nici să exprime astfel de lucruri.

— Da, răspunse în cele din urmă Helen. Îți poate aduce împliniri.

— Ascultă, aș putea să-ți spun asta, deși nu am spus-o nimănui altcuiva. Wendy îi luă mâna într-a ei și vorbi cu o voce șoptită, dar ușor de auzit: Harry și cu mine eram logodiți și urma să ne căsătorim.

Ridică un deget pe care purta un inel puțin prea larg, cu o piatră lipită de o montură. Se pătase de la transpirație și de la condensul din încăpere.

— E prea larg, știu. A fost al mamei lui. Era o femeie mai corpolentă decât sunt eu. Dar bărbații nu înțeleg lucrurile astea, nu-i așa? Zâmbi cu jumătate de gură, învinsă de cuvintele sale, pe care nici ea nu le credea. Acum, ești prima persoană căreia i-am spus.

Helen o privi pe Wendy cu un fel de uimire, în timp ce-n mintea ei se aglomerau întrebări de pus și clișee de spus.

— Îmi pare atât de rău pentru pierderea suferită.

— O, asta, spuse Wendy încruntându-se. Să știi că e mai complicat decât pare.

Helen nu răspunse.

— Vezi tu, eu nu sunt din Londra. L-am cunoscut pe Harry pe când eram în Manchester, pentru un spectacol de teatru, cam acum două luni și jumătate. Mă cuprinsese un fel de valvârtej al îndrăgostirii; a ținut doar două săptămâni. Apoi ne-am logodit. Asta se voia a fi ziua minunată în care le spuneam tuturor. Cel puțin, tuturor prietenilor săi. Dar se pare că am ajuns aici prea târziu.

— Da, așa cred și eu. Îmi pare rău, sincere condoleanțe.

— Mulțumesc. Wendy ezită, vocea îi tremură, nesigură de răspunsul dat. Știu că este oribil, ar trebui să fiu distrusă în acest moment. Problema este că totul s-a derulat mult prea repede, încât am avut dubii vreme de două luni, din momentul în care ne-am logodit. Adică am petrecut de patru ori mai mult timp având dubii decât trăind sentimentele de iubire. Înțelegi? Apoi, de fiecare dată când le spuneam oamenilor despre logodnă, toată lumea părea să aibă ceva oribil de spus despre Harry Trainer. Am fost atât de neliniștită; pur și simplu asta mă rodea pe dinăuntru. Căutam o cale de scăpare. Așa că, atunci când i-au găsit trupul, o mică parte din mine s-a bucurat. Nu e oribil?

Helen o privi într-un mod care o liniști pe Wendy, dar care totodată nu zicea nici da, nici ba.

— Nu sunt în măsură să judec.

— Le-am spus celor de aici, de la petrecere, că sunt o prietenă de-a lui din zona de nord. Nu le-am spus nimic despre logodnă.

— Îți mulțumesc că ai împărtășit toate astea cu mine. Ești în regulă?

Gura ei mică, pe care se citea neliniștea, se încreți la colțuri și în bărbie, semn că se concentra intens:

— Da. Mi-a fost greu când l-au găsit. Dar totodată am încercat și un sentiment de ușurare. Mă tem că nu pot să simt nimic altceva decât ușurare. Eu sunt ultima persoană care a ajuns aici. Am ajuns după ce Harry s-a dus la baie, dar înainte să-i găsească cadavrul. Așadar nici nu am apucat să îl văd astăzi. Aproape uitasem cum arată, sincer vorbind.

— Deci nu i-ai văzut trupul neînsuflețit?

— O, Doamne, nu. Nu sunt suficient de puternică să fac față.

— Pot să întreb dacă ai auzit ceva înainte să-i fie găsit cadavrul?

— Desigur, răspunse Wendy. Sunetul de sticlă spartă. S-a auzit un sunet puternic. Cred că sunt singura care l-a auzit însă, fiindcă ceilalți nu au avut nicio reacție. Însă, pe de altă parte, toți stăteau lângă fereastră, deci probabil au crezut că s-a auzit de afară.

— Toți erau lângă fereastră?

— Da, exact. Am crezut, inițial, că am greșit încăperea, fiindcă nu-l vedeam pe Harry. Stăteam în ușă, iar ei se uitau la ceva de afară. Bănuiesc că spre incendiu. Prin urmare, nu m-a văzut nimeni. Mă întrebam dacă să bat la ușă sau să mă retrag. Și atunci, în acel moment, am auzit sticla spartă. Din locul în care stăteam mi-am dat seama că sunetul se auzise din baie. În fine, tipul acela,

Griff, probabil că a auzit ceva, fiindcă s-a întors. I-am zis că îl caut pe Harry, iar el m-a invitat înăuntru. Iar de aici au început să discute despre faptul că Harry lipsea de ceva timp și se întrebau unde o fi dispărut și-așa mai departe. Apoi, un minut mai târziu, dărâmau ușa de la baie.

— Și toți erau la fereastră? Toți patru musafirii?

Wendy se uită prin cameră și răspunse:

— Da, cred că da, așa e.

După aceea, mai trecuseră alte cincisprezece minute, și poliția tot nu ajunsese. Senzația de confort pe care Helen o simțise inițial discutând cu Wendy dispăru, iar timp de câteva minute o tăcere stânjenitoare se așeză între cele două, la fel ca o pisică în fața unui șemineu: răcirea inevitabilă a unei conversații dintre doi introvertiți.

O idee încolți în mintea lui Wendy; se ridică și vorbi cu o voce dulce, demnă:

— Am nevoie să folosesc baia; se poate?

Helen fusese luată prin surprindere de întrebarea ei; cineva de aceeași vârstă îi vorbea ca unei profesoare:

— Da, sigur, zise ea bâlbâindu-se. Te rog.

Pe fața lui Wendy se vedea un zâmbet strâmb:

— Păi, să mă duc la cea de la parter sau o pot folosi pe cea a bărbaților?

Helen se întoarse și se uită la ușa pe care nu era nimic scris de pe peretele de lângă ea, care ascundea un cadavru. Litera „B“ era lipită pe mijlocul ușii.

— Unde e toaleta femeilor, întrebă Helen?

— Asta e toaleta femeilor, spuse Wendy. Cea a bărbaților este afară, pe hol.

Helen se mai uită o dată și observă că „B“ nu era tocmai B. Era prins cu un cui înfipt exact la mijloc. Se ridică și se uită mai cu atenție și observă că era, de fapt, un „F". Era clar, odată ce a șters puțin ușa, că nu văzuse bine inițial[1].

Harry Trainer fusese ucis în toaleta femeilor. În tot acest timp, Wendy încă stătea acolo.

— Folosește-o pe cea a bărbaților, te rog, spuse Helen. Wendy îi mulțumi și plecă.

Toaleta femeilor, gândi Helen.

Imaginea pe care Griff i-o plantase în minte – a cuiva care se cațără pe acoperișul de lângă, care așteaptă ore în șir, fiindcă se gândește că la un moment dat Harry va folosi toaleta – păruse ușor absurdă inițial; dar, dacă fusese ucis în toaleta femeilor, ideea era pur și simplu implauzibilă. De ce ar fi folosit toaleta femeilor? Asta însemna că erau doar două opțiuni: fie cineva a modificat semnul de pe ușă, fie l-au forțat să intre în acea toaletă. Ambele însă implicau ideea ca cineva din încăpere să fi acționat ca un complice.

Timpul trecea pe măsură ce Helen încerca să proceseze ambele opțiuni și posibilitățile ce decurgeau din ele. Se întreba dacă putea să-și aducă aminte de toate ideile și concluziile la care ajunsese. Închise ochii și-și sprijini bărbia în palmă.

— Hai să bem împreună, spuse Griff, așezându-se față în față cu ea.

Paharul gol de vin era singurul lucru de pe masă, singura piesă într-un joc de șah pe care îl pierdea.

— Nu ne place când vedem că cineva este atât de pierdut la o petrecere. Asta se dorea a fi o ocazie festivă plină de bucurie. Harry ar fi vrut ca noi să continuăm să ne simțim bine.

---

[1] În original, în engleză, este vorba despre literele M și W, care înseamnă *Men*, „bărbați", respectiv *Women*, „femei". În text, este descris procesul prin care Helen descoperă că litera „M" este, de fapt, litera „W", răsucită, astfel încât să inducă victima în eroare. Am modificat și adaptat textul, fiindcă nu putea fi redat așa cum este descrisă scena în original (n. tr.).

Scarlett stătea în spatele lui. Dădu din cap, dându-și acordul la acest unic act de bunătate și se așeză și ea la masă. Helen își zise că alcătuiau un cuplu incredibil de frumos.

— Vă mulțumesc, spuse ea. Sunteți foarte drăguți.

Scarlett umpluse cele trei pahare.

— Ai idee cât va trebui să mai stăm aici? Afară parcă e sfârșitul lumii.

— Nu, răspunse Helen, încurcată de întrebare. Nu am părăsit camera.

Scarlett ignoră acest detaliu.

— Locuiești în afara orașului?

— Da, în Guildford. Cum ți-ai dat seama?

— Mereu îmi dau seama, spuse Griff rânjind. Ce faci aici?

— Cumpărături, zise Helen. De fapt, eram fix în clădirea cuprinsă de flăcări.

— Ai avut noroc, ai scăpat la mustață, zise Griff, fluierând admirativ.

— Da. Foarte norocoasă, completă ea, vizualizându-se în clădirea cuprinsă de flăcări, înecată de fumul dens de la haine și asurzită de urletele copiilor ce aleargă în jurul ei.

Scarlett își puse coatele pe masă:

— Și cu ce te ocupi în Guildford?

— Sunt profesoară.

— Aha, Scarlett se gândise la această variantă. Nu ești tocmai pregătită, atunci, să o faci pe detectiva?

Helen bău; nu mai era lucidă, iar alcoolul o făcu un pic necugetată.

— De fapt, spuse ea, am o teorie. S-ar putea să vă intereseze.

Griff se lăsă pe spată, pufnind în râs. Lovi masa cu palma și zise:

— Hai, atunci, să vedem ce teorie ai.

— Ei bine, spuse Helen, ai sugerat mai devreme că ucigașul a stat și a așteptat ca Harry să meargă la baie, în tot acel timp uitându-se pe fereastră. Ce nu era clar, la momentul respectiv, este faptul că asta e toaleta femeilor. Indică spre ușa care trona lângă ei, al patrulea musafir la masa lor. Harry a fost păcălit să o folosească pe asta, în loc să meargă la cea a bărbaților, ceea ce înseamnă că cineva din această încăpere este implicat.

— Poate, spuse Griff.

— Dar asta m-a făcut să mă gândesc, continuă Helen, că dacă cineva din această cameră este implicat, probabil că o soluție mai simplă ar trebui luată în considerare. Dacă ucigașul era în baie, în spatele ușii? Când Harry a intrat, ucigașul l-a luat prin surprindere. O singură lovitură puternică. Apoi sparge geamul și așază cioburile de sticlă astfel încât să pară că a fost spart din afară. Așteaptă până când intrați voi în baie, ascunzându-se după ușă, iar apoi se alătură grupului fără să zică nimic. Ar fi observat cineva de aici toate astea?

— Da, spuse Griff, eu cred că aș fi observat. Când am deschis ușa.

Helen sorbi din pahar, sceptică la auzul răspunsului lui Griff:

— Bineînțeles. Doar dacă nu cumva ești mână în mână cu criminalul. Lăsă paharul din mână și rânji. Griff izbucni în râs.

Scarlett sâsâi, ușor iritată:

— Chiar ne acuză sau e vreun fel de glumă bizară?

Griff se întoarse spre Scarlett:

— O, nu pe tine, dragă. Știe că nu ți-ai mânji mâinile în felul ăsta.

— E pueril.

Scarlett se ridică și se duse înapoi la fereastră.

— Îmi pare rău, e foarte sensibilă, spuse Griff. Corpul lui era cuprins de un ușor tremur cauzat de râs, ca și când restaurantul în care se aflau era zguduit de un tren subteran.

Încă râdea în timp ce se îndepărta de masă.

Helen își simțea capul greu, iar peste ei se lăsa noaptea. Privi pe fereastră, care era mare cât peretele: Scarlett și Griff stăteau la un capăt al ferestrei, Andrew și Vanessa în capătul opus. Helen se ridică și se împletici până ajunse între cele două cupluri. Afară, totul era cuprins de haos. Focul era o vâlvătaie sălbatică de-acum; nu era niciun semn de mișcare din interiorul clădirii, în afară de limbile roșiatice de foc. Strada era cuprinsă de fumul negru și dens. Nu se vedea nicio mașină, doar polițiști și pompieri.

Or fi uitat de noi? se întrebă Helen, cuprinsă subit de teamă. *Am fost lăsați aici, sinistrați la etajul acestui restaurant?* Din dreapta ei auzi o tuse puternică. Vanessa se aplecase, cu una dintre mâini sprijinindu-se de pervaz.

— Sora mea este foarte sensibilă la fum, spuse Andrew Carter încruntându-se.

Poate că nu ar trebui să stea lângă fereastră, gândi Helen, dar nu spuse nimic.

— Ar fi crud din partea lor să ne mai țină mult timp aici.

Helen se apropie de cei doi:

— Ați mai văzut ceva în incendiu? Alte forme?

Vorbea sarcasmul sau vinul din ea?

— Nu, sughiță Vanessa printre accesele de tuse. Dar dacă mai era vreun dubiu că e lucrarea diavolului..., zise ea arătând spre un șir de cadavre care fuseseră așezate pe trotuarul de peste drum. Unii s-au aruncat, alții au ars. Nu cred că mesajul poate fi mai clar de atât.

Helen nu era de acord. Se uită pieziș la flăcări, încercând să vadă un contur de persoană sau obiect. Orice, absolut orice. Însă efortul îi dădu dureri de ochi.

Era gata să mai pună o întrebare, când deodată au auzit un țipăt puternic care venea de jos. Vanessa a sărit în spate, de parcă prin cameră tocmai zburase o pasăre speriată. Helen încercă să vadă prin fum și să localizeze sursa zgomotului. Peste drum erau doi muncitori plimbându-se liniștiți, cărând cuști pline de păsări exotice. Papagali obișnuiți și papagali cacadu, inclusiv o cușcă cu prepelițe. În spatele lor mai era unul care plimba un leopard legat cu o lesă. Menajeria unui om excentric care era evacuată dintr-o casă din apropiere; un microcosmos bizar, întrerupt de incendiu.

Helen i-a urmărit cum mergeau pe stradă, întrebându-se unde se duceau.

— Într-adevăr, chiar pare că lumea este pe cale să se termine, își spuse sieși. Apoi observă mișcarea din încăpere care se reflecta în geam.

Wendy cea în rochie verde distinctivă a plecat din locul în care stătuse până în acel moment, s-a rotit ușor și a ieșit repede pe ușa ce ducea jos. Ușa s-a deschis, iar rochia a dispărut.

Helen clipi văzând îndrăzneala lui Wendy, se răsuci și o luă la fugă în urma ei.

O găsi pe Wendy pe holul de afară; aproape de al doilea șir de trepte.

— Wendy, strigă Helen, unde pleci? Wendy se întoarse spre Helen.

Femeia care se îndepărta ridică din umeri:

— Vai, Helen, urma să îți spun. Am un tren de prins. Consider că am contribuit cât am putut aici.

— Dar nu avem voie să părăsim locul.

Wendy se mișcă, vizibil agitată; tonul ei era implorator:

— Nu-l cunosc pe niciunul dintre oamenii aceștia. Abia îl cunoșteam pe Harry. Și, conform tuturor mărturiilor, a fost ucis înainte să ajung aici.

— Dar tu ești logodnica lui; ești un martor-cheie.

— Nu vreau să fiu nepoliticoasă, Helen, dar tu ești doar o profesoară. Nu-mi cere să-ți satisfac halucinațiile tale de detectiv.

Helen roși din cauza acelei remarci din partea acestei femei care fusese, inițial, foarte respectuoasă.

— Șeful de sală nu te va lăsa să pleci.

— Nu, dar speram să nu observe.

— Îi voi spune!

Wendy oftă, obosită:

— Da, m-am gândit că o vei face. Urcă înapoi, îndreptându-se spre Helen și își dădu jos inelul de logodnă; acesta alunecă la fel de ușor ca un fular de pe un om de zăpadă care se topește. Dacă tot sunt forțată să stau, pot să-ți spun adevărul acum. Wendy îi întinse inelul. L-am împrumutat de la o prietenă, de asta e prea larg pentru degetul meu.

Helen privi la bucata de argint, care era zgâriată în mai multe locuri:

— Nu erați, de fapt, logodiți?

— Eu chiar sunt actriță. Și sunt din Manchester. L-am cunoscut pe Harry la spectacolul despre care ți-am zis. Dar nu a fost niciun pic de romantism, totul a fost doar o înțelegere. Am fost rugată să vin astăzi aici și să joc, în public, rolul logodnicei.

— Rugată de cine?

— De Harry, bineînțeles. Mi-a scris o scrisoare. Cineva îl hărțuia, o femeie. Fiind puțin cam prea insistentă, ba chiar băgându-l un pic în sperieți. A crezut că, dacă vin la petrecerea lui și ne prefacem că avem planuri de nuntă, i-ar transmite un mesaj tipei. Apoi, subtil, odată ce tipa ar pune ochii pe altcineva, ar desface logodna. Nu e cel mai decent plan, recunosc. Dar, sincer, aveam nevoie de lucru.

Helen devenise curioasă:

— Dar nu știi cum o cheamă pe femeia misterioasă?

Wendy clătină din cap:

— Henry nu mi-a spus.

— Nu înțeleg totuși. M-ai mințit, de ce? De ce ai continuat cu teatrul chiar și după ce a fost ucis?

— Am vrut să văd cum ai reacționa. Uite, nu ești singura care o poate face pe detectivul. De-ndată ce ne-ai fost prezentată, m-am întrebat dacă femeia aceea nu ești chiar tu. Cea care îl hărțuia pe Harry.

— Eu? Helen râse la absurdul celor spuse. Dar eu nici măcar nu l-am văzut vreodată pe Harry.

— Ei bine, ai apărut de nicăieri și erai foarte agitată. Acum îmi dau seama că am greșit.

Urcă încet spre Helen și îi luă mâinile într-ale sale, vorbindu-i conspirativ:

— Niciunul dintre oamenii ăștia nu-mi știe numele real. Chiar nu poți să mă lași să plec de aici înainte să apară poliția? Ne-ar scuti pe amândouă de multe probleme.

— Nu pot să te învinovățesc pentru că vrei să pleci. Dar trebuie să facem ceea ce ni s-a spus.

Cele două femei s-au întors în cameră; cei dinăuntru s-au uitat puțin spre ele, apoi și-au reluat conversațiile din ce în ce mai obositoare. Helen se așeză la masa ei de lângă ușa de la baie, iar Wendy, cu un aer rușinat, se așeză singură la o altă masă. Camera era aproape cufundată în tăcere; toată lumea aștepta ca ceva să se petreacă.

Și, într-adevăr, ceva s-a întâmplat. Ușa se deschise și o voce se auzi de afară:

— E mai greu să intri la petrecerea asta decât la Palatul Buckingham.

Un tânăr plin de energie - undeva la 30 de ani și extrem de chipeș - intră în cameră. Fusese primit în șocul și tăcerea celorlalți. Își scoase eșarfa de la gât și o agăță împreună cu pălăria sa de cuierul din spatele ușii.

— Afară e un fum ca atunci când fumează bunic-mea; ar fi trebuit să scot vechea mască de gaz a unchiului meu. Dar băieții de jos nu se puteau decide să-mi spună dacă petrecerea asta a fost anulată sau nu, așa că am dedus că trebuie să fie ceva ce nu-mi spuneau. A trebuit să aștept până când au fost ocupați să care castroane cu supă și să mă strecor aici.

După ce puse pălăria în cuier, un cap cu un păr negru strălucitor se întoarse cu fața spre grup:

— Ei bine, unde e sărbătoritul nostru?

Griff făcu un pas în față:

— James, nu e un moment bun. Ar fi trebuit să asculți de băieții de jos.

— Aiurea, spuse James, turnându-și un pahar cu vin roșu. Lăsă sticla pe masa lui Helen. Nicio ocazie socială nu este vreodată o cauză pierdută: dacă nu aș fi crezut asta, nu aș vorbi atât de mult.

Helen observă cum Andrew își dă ochii peste cap și se-ntoarce la fereastră.

— James, am ceva să-ți spun, Griff vorbi din nou, între patru ochi.

Cei doi bărbați s-au dus în colțul îndepărtat al camerei. Dar vocea lui James se auzi la fel de limpede ca fumul:

— Harry e mort?! Dumnezeule!

Se întoarse către ceilalți și-și ridică paharul de vin:

— Ei bine, în cinstea prietenilor plecați dintre noi. Răspunsul fusese apatic; James coborî paharul. Mă rog, cum s-a petrecut?

Griff șopti:

— A fost ucis.

— Ucis, spui? Sper că nu de Rhonda, nu?

— Rhonda, ultimul coleg de apartament al lui Harry. O tânără destul de frumoasă, undeva la 19 ani. Devenise puțin posesivă, din ce am înțeles. Se lovi peste frunte. Se gândea numai la căsătorie.

Andrew Carter se uită țintă la sora lui:

— Dar Rhonda este numele de scenă al Vanessei...

Helen întrerupse discuția vărsând sticla cu vin roșu pe podea. Căzu, spărgându-se și lăsând o pată nu cu mult diferită de sângele și cioburile de pe pardoseala băii. Grupul se întoarse să se uite la ea; James amuți și el, surprins de sunetul auzit. Dacă era vreun dubiu că Helen ar fi dărâmat sticla de vin pe jos intenționat, clarificase situația împingând un pahar de vin peste marginea mesei cu vârful degetelor. Stătea în mijlocul unei insule de cioburi de sticlă.

— Nu cred că am făcut cunoștință, spuse James, care se apropie de Helen și îi întinse mâna. Eu sunt James.

Helen se holba la el:

— Te-am mai văzut înainte, James.

Asta îl contrarie și zise:

— Într-un spectacol de teatru, poate?

— Se poate spune așa, da, zise ea întorcându-se către ceilalți. Pe toți v-am mai văzut înainte. Și vă recunosc. Vă recunosc pe toți. Și toată situația de față mi-e familiară. Cea mai tăcută persoană din încăpere e hăituită de către ceilalți.

Helen se întoarse înapoi către James:

— Nu-i așa că se spune că nu trebuie să lași ca spectatorii să vadă vreodată cum se pregătește o scenă? Odată ce i-ai văzut pe actori fumând, ciorovăindu-se în afara teatrului și dând câte-un șut recuzitei, iluzia este distrusă.

Helen era beată; James se uită la ceilalți musafiri, neștiind sigur ce să facă în continuare.

— Îmi pare rău, nu înțeleg la ce te referi.

— După ce ai ajuns aici mai târziu decât toți ceilalți, ar fi trebuit să te prefaci că nu știi unde este cuierul. E destul de ascuns vederii, acolo, după ușă.

James părea insultat, dar ușurat de faptul că avea o acuză clară pe care să o poată combate:

— Păi, am mai fost aici înainte.

Spune primul lucru care-i vine-n minte, gândi Helen; *toată lumea se gândește la copilărie atunci când minte.* Nu era cu mult diferit de o fată în vârstă de cinci ani, care pretinde că o pasăre i-a aruncat ceva de contrabandă în cameră, pe fereastră.

— Așa este, spuse Helen. Intrarea ta, la care am fost cu toții martori, a fost, de fapt, revenirea ta. Ai fost aici mai devreme.

James își frecă palmele. Se simțea ciudat, izolat de ceilalți de această acuzație, în timp ce ei se adunaseră laolaltă, aproape de masa lui Helen. Cioburile de sticlă îi țineau la distanță. Când formaseră cât de cât un semicerc - până și Wendy se apropiase, mânată de curiozitate -, Helen se uită pe rând la fiecare în parte. Griff rupse tăcerea:

— Ce insinuezi?

— Acum știu cine sunteți voi, fiecare dintre voi, spuse Helen, presându-și capul de perete, încercând să-și adune laolaltă forțele, știind că alcoolul ce-i curgea prin vene o făcea să vorbească. Văd șase extrovertiți. Toți, chiar și cei mai timizi, și se uită la Wendy. Șase extrovertiți care cred că pot manipula, vorbind mai violent, pe cineva care are ceva mai multe rezerve decât ei.

— E beată, spuse Vanessa.

— Puțin, dar nu-mi afectează raționamentul. N-ar trebui să vă îndoiți de cât de bine cunosc această situație. O întâlnești cel mai bine la vânzători. Își dau seama că vorbesc cu cineva mai tăcut și totodată mai atent, iar ochii lor scapără; ei cred că vor reuși să ia deciziile în locul tău, de parcă a nu fi dornic să-ți spui opinia este la fel cu a nu fi în stare să îți formezi una. Helen ezită pentru o clipă. De ce nu păstrăm acest moment pentru a discuta toate astea cu un polițist, bând un ceai? Așa că v-am ascultat cu răbdare minciunile pe care mi le-ați vândut toată seara; a fost ca o după-amiază la școală. Dar planul vostru, așa puțin credibil cum a fost, are un singur punct slab: nu v-a dat niciunuia dintre voi prin minte că, înainte să fiu rugată să vin aici și să fiu cu ochii pe voi, voi fi stat preț de o oră la parter. În fix acest restaurant, chiar aproape de ușă.

Încăperea se întuneca, soarele apunea, iar ferestrele erau aproape negre de la fum. Vorbea unei audiențe formate din siluete, nu persoane.

— Probabil că stăteam la parter în momentul în care crima avea loc, mâncând supă. Și bănuiesc că stăteam la masă în momentul în care fiecare dintre voi sosea. Nu am fost foarte atentă, desigur. Dar nu am putut să nu observ cum un bărbat îmbrăcat elegant îl căra pe un altul.

Un sunet care exprima șocul umplu camera. Cineva dinspre marginea semicercului scăpă un pahar. Helen i se adresă lui James:

— Dacă nu ai fi avut o intrare într-atât de dramatică taman acum, probabil că nu mi-aș fi amintit acest detaliu, dar s-a întâmplat. Iar acum pot să pun toate bucățile laolaltă. Pe tine te văzusem mai devreme, conducându-l pe Harry; bietul om, era atât de beat, că abia se putea ține pe picioare. L-am văzut numai din spate, mai exact ceafa și partea din spate a capului său, înainte să fi fost lovite, desigur, dar sunt sigură că el era. Bărbatul respectiv avea constituția sa, barba și perciunii lui, costumul făcut pe comandă. Pe tine, pe de altă parte, te recunosc fără dubiu.

— E adevărat, spuse Vanessa. Harry era incredibil de beat când sosise. Noi am bănuit că băuse toată ziua.

Fratele ei dădu aprobator din cap:

— Da, așa e, Harry era teribil de beat.

Griff făcu un pas înainte, zdrobind un ciob de sticlă:

— Oricine l-a cunoscut pe Harry se aștepta ca el să fie extrem de beat până în ora șase de ziua lui. Nu văd cum asta schimbă ceva.

— Cu toții m-ați mințit, spuse Helen apăsat. Am auzit multe povești astăzi – de la câini-demon la femei fanatice –, dar niciuna dintre ele nu a explicat faptul că Harry a fost adus aici prea beat ca să se poată ține măcar pe picioare. Îmi dau seama ce s-a întâmplat. Când am intrat în cameră la începutul serii, cu toții ați fost surprinși. Vă așteptați să fie poliția, dar, în schimb, v-ați ales cu mine. Apoi, unul dintre voi a găsit o ocazie. Ați crezut că, dacă-mi spuneți fiecare câte o poveste, fără să fie două la fel, aș fi fost complet amețită în momentul în care aș fi vorbit cu poliția. V-aș fi reprodus minciunile și aș fi amestecat și mai mult lucrurile. Tot ce am reprezentat eu pentru voi a fost un mod de a mai încurca puțin ițele. Așa m-ați văzut voi. Și de ce, fiindcă nu m-am impus suficient de mult?

Se lăsă o tăcere stânjenită, de parcă toată încăperea se umpluse cu apă:

— Mi s-a spus, continuă Helen, cel puțin o dată în această seară, că Harry avea mulți inamici. Inițial, mi s-a părut un detaliu ciudat asupra căruia să insiste prietenii lui. Doar dacă nu sunteți prietenii lui. Voi sunteți inamicii lui – un schimb de priviri vinovate avu loc între musafiri; apoi, toți șase s-au uitat la încălțările lor. Nu știu ce v-a făcut fiecăruia în parte – ruperea logodnelor și abandonurile probabil că au avut un rol de jucat, îmi dau seama din modul în care mi l-ați descris –, dar mă gândesc că v-a greșit într-un fel sau altul și că fiecare dintre voi îi purta pică lui Harry. Așa că v-ați adunat cu toții aici, v-ați împărtășit poveștile întristătoare și ați decis că lumea ar fi un loc mai bun dacă l-ați ucide. Așa că ați organizat această petrecere de ziua lui Harry și ați venit cu toții pentru a poza în prietenii lui. Probabil că nu avea, de fapt, prea mulți prieteni reali care să-l fi oprit sau cu care să-și fi făcut alte planuri.

Nimeni nu vorbea. Helen se ridică.

— Cum s-a întâmplat? James aici de față dă din întâmplare peste Harry undeva pe la prânz și-i propune să bea un pahar, nimic mai mult decât o coincidență, nu-i așa? El e genul de persoană care îi face pe toți cei cu care vorbește să simtă că prezența lor e dorită, așa că Harry zice da. James se înroși tot. Îl îmbeți pe Harry și-l aduci aici; nu e în stare să comenteze ceva. Apăreți și voi, toți ceilalți. Apoi, scena crimei, care nu are rezolvare aparentă, este pregătită: tot ce trebuia să faceți era să vă încuiați în baie și să lăsați pe altcineva să spargă ușa, cu Harry în colțul de aici tot timpul. Probabil dormea. Apoi, unul dintre voi sparge geamul și așază cioburile de sticlă pe jos și pervaz în așa fel încât să pară că a fost spart din afară. Apoi, odată ce ultimul invitat ajunge, spectacolul poate începe. E așezat frumos pe veceu, cu spatele sprijinit de bazin și capul așezat pe genunchi. Unul dintre voi aduce un ciocan. E destul de ușor de strecurat un ciocan înăuntrul restaurantului, ascuns sub haina unuia dintre bărbați. Un ciocan oarecare, cum este cel acoperit de sânge de pe acoperișul de afară. V-ați pasat de la unul la altul ciocanul și l-ați lovit pe Harry, trotilat fiind, în cap. Șase lovituri puternice. Sărmanul om abia mai are craniu. Ce altceva? Pe unul dintre cioburile de sticlă încă prinse în rama ferestrei este o mică pată de sânge care spune multe; presupun că este doar un mijloc de a induce lumea în eroare, pentru a-i face pe investigatori să creadă că ucigașul a ieșit pe geam. Niciunul dintre voi nu are vreo urmă de tăietură la vedere; dar, Vanessa, numai tu șchiopătezi ușor. Cumva ți-ai dat pantoful jos și te-ai tăiat pe talpă în acel mic triunghi de sticlă? O frumoasă încercare de inducere în eroare. Apoi, James, tu trebuie să fi luat restul dovezilor cu tine și să te fi strecurat afară din restaurant. Ce era? Poate o cârpă însângerată?

Privirea lui James dezvăluia cât era de înspăimântat:

— O față de masă, pătată de vomă, spuse, lăsând să-i scape un oftat lung și inutil. Am intrat în clădirea în flăcări și am aruncat-o acolo, apoi am ieșit din clădire și am părut un erou. M-am dus acasă să mă schimb.

Cei șase musafiri erau, cu toții, tăcuți. Helen îl privi pe fiecare în parte:

— În cele din urmă, v-ați petrecut restul serii împuindu-mi capul cu povești, fără ca vreuna să conțină cea mai mică urmă de adevăr.

Se auzi un ciocănit în ușă. Se deschise cu un scârțâit. Capul șefului de sală se ivi de după ușă; Helen presimțise că va reveni pentru scena finală. Avea un rânjet pe fața-i semănând cu cea a unui drăcușor:

— Îmi pare rău să vă deranjez, doamnă, dar ni s-a adus la cunoștință că trebuie să evacuăm clădirea de urgență.

Apoi dispăru; Helen se întoarse pentru a-i înfrunta pe cei acuzați. Aceștia se holbau la ea. James rupse tăcerea, izbucnind în râs:

— Ei bine, l-ați auzit. Se pare că suntem liberi să plecăm.

Toată tensiunea din încăpere dispăruse, cei șase vinovați simțindu-se relaxați. Andrew își luă sacoul, James, pălăria, iar Vanessa se uită cu atenție la pantofii ei negri întrebându-se cum ar putea să facă să fie mai comozi, apoi întreg grupul a pornit spre ușă.

— S-ar putea să afli, spuse Scarlett în trecere, că povestea pe care ai țesut-o devine mult mai puțin plauzibilă odată ce am plecat cu toții.

Restul au trecut în șir pe lângă ea.

— Nu-ți face griji, spuse Griff. Harry era un om groaznic. Am făcut lumii întregi o favoare.

Griff se îndepărtă, iar Helen rămase singură.

Andrew deschise geamul, un mic gest de sabotare, iar fumul începu să umple camera. O metaforă potrivită, consideră Helen. Apoi se concentră, își puse haina și plecă. Restaurantul era pustiu, iar din pricina asta avea un aer straniu, pe care Helen îl resimți în timp ce coborî scările și care se ținu după ea până ce ieși.

Păși în jos pe stradă și privi clădirea cuprinsă încă de flăcări. Imaginea era una de groază: cui i-ar mai fi păsat de un cadavru dintr-o baie, din moment ce crima avusese loc lângă o asemenea abominație? Și totuși, în ciuda întregului haos care se ramifica în toate direcțiile și viețile, focul era, în ultimă instanță, un act divin, în timp ce crima fusese planificată și executată cu sânge-rece. Cele două evenimente păreau să acopere toate cazurile de mefiență, făcând ca această banală stradă din vestul Londrei să pară o diorамă expusă într-o expoziție a unei școli duminicale. Se uită la foc și simți cum căldura sa o purifică.

8
A PATRA CONVERSAȚIE

„Cele două evenimente păreau să acopere toate cazurile de mefiență, făcând ca această banală stradă din vestul Londrei să pară o dioramă expusă într-o expoziție a unei școli duminicale. Se uită la foc și simți cum căldura sa o purifică." Julia Hart termină de citit și își mai puse o cană de cafea.

Grant bătu de două ori în masă:

— Ei bine, spuse cu o voce ușor adormită. Ce crezi despre această poveste?

— Toți sunt criminali, zise răsfoind paginile cu stânga, în timp ce cu dreapta ținea cafeaua. O poveste apocaliptică, într-un scenariu apocaliptic. Mi-a plăcut.

— Este genul de poveste în care toți suspecții se dovedesc a fi vinovați.

Julia dădu din cap și zise:

— Ideea a mai fost pusă pe hârtie.

— Într-adevăr, iar povestea a fost una faimoasă chiar. Dar fără doar și poate reprezintă una dintre permutările poveștilor cu detectivi. Definiția îi permite, prin urmare nu poate fi ignorată.

— Trebuie să spun că nu mă așteptam la un asemenea deznodământ.

— Foarte bine. O privi cu ochii roșii. Unul dintre motivele folosite extrem de mult în astfel de povești este cel al minciunii. Dar, dacă toți suspecții sunt vinovați, aceștia pot minți despre orice. Fără să se teamă de vreo pedeapsă.

— La prima citire, am crezut că Helen este cea vinovată. Părea, Julia căuta cuvântul prin care s-o descrie pe Helen, neliniștită.

— Detectivul-criminal, din nou? Grant clătină din cap. Ar fi un truc ieftin dacă două povești ar avea același tip de încheiere.

— Dar nu este ceva care să încalce regulile, spuse Julia zâmbind.

Stăteau la o masă din lemn masiv, unul în fața celuilalt. Între ei era un vas mare de apă, cu două jumătăți de lămâie ce pluteau ritmic la suprafața apei. Pe lângă vasul cu apă, era și un ibric mare de cafea neagră. La capătul îndepărtat al mesei, un geam acoperit de picături de apă. Picăturile formaseră un model umed.

Era a doua zi a Juliei pe insulă. Sunetul ploii o trezise; puțin mahmură, fugi în grabă la cabana lui Grant, ba alergând, ba în pas alert. Grant era deja afară atunci când ajunse Julia, mânca o pară și privea cu o expresie amară pe chip cum ploaia lovește apa mării.

— Nu știam dacă vei veni, spuse el, ud leoarcă.

— Avem treabă.

Julia se apropie mai mult și îl întrebă:

— Te simți bine?

El zâmbi, un zâmbet fals, și aruncă cotorul de pară în pietrișul de pe malul mării:

— Nu am dormit bine deloc.

Nici Julia nu dormise prea mult, dar nu spuse nimic. Decise să aibă răbdare cu el.

— Sper că ziua de ieri nu te-a obosit prea tare.

Grant o conduse pe Julia înăuntru fără să-i răspundă și s-au adăpostit în bucătărie:

— Trebuie să fac niște cafea.

Julia îl urmări, întrebându-se dacă să-l ajute. După ce Grant puse ibricul pe foc și umplu un vas cu apă, Julia vorbi:

— Îmi pare rău mi-am băgat nasul unde nu-mi fierbe oala aseară. Cred că mi se urcase vinul la cap.

Grant tăie o lămâie pentru a o pune în apă:

— Nu face nimic, răspunse și privi pe gem.

Julia îi zărise chipul reflectat în fereastră. Fața lui însă spunea altceva.

— Îmi pare rău, a fost urât din partea mea. Nu voi mai pune alte întrebări personale.

Grant apăsă cuțitul prea tare, iar pulpa lămâii se storcoși sub lamă. O picătură de suc de lămâie ateriză pe încheietura mâinii Juliei. Decise să schimbe subiectul:

— Să citesc următoarea poveste cât timp te ocupi de asta?

Grant se întoarse spre ea și încuviință din cap.

— Vremea asta e mai rea decât sunt eu obișnuită, spuse Julia. Ieri simțeam că iau soarele cu mine oriunde merg, ca un glonț ce mi-ar fi lovit ceafa. Nu știu cum reziști tu în fiecare zi.

— Cu timpul devine mai puțin personal decât o rană de glonț. O tumoare, poate. Grant râse în bărbie, amuzat de ce spusese.

— Atunci, mă voi bucura de vremea de afară cât voi putea. Julia își scoase caietul de notițe din geantă, unde-l pusese înfășurat într-un prosop; ploaia nu-l udase. Ieri, îi aminti Julia lui Grant, ai enumerat primele trei elemente pe care orice poveste cu detectivi trebuie să le aibă.

— Da. Doi sau mai mulți suspecți, una sau mai multe victime și, opțional, unul sau mai mulți detectivi.

— Prin urmare, al patrulea element trebuie să fie ucigașul, nu?

Starea de spirit a lui Grant se îmbunătăți considerabil pe măsură ce-și bău cafeaua. Acum era iarăși tot numai un zâmbet.

— Așa este, povestea asta o demonstrează foarte bine. Un ucigaș – sau un grup de ucigași; cei responsabili pentru uciderea victimelor. Fără acest element, cu siguranță nu poate fi o poveste cu detectivi.

— Nu una foarte bună, asta e sigur. Julia lua notițe. Și trebuie să fie cel puțin un criminal?

— Da, cel puțin unul. Dacă moartea este una accidentală sau comisă de victima însăși, atunci o considerăm pe victimă responsabilă și deci și criminal. Din acest motiv, am folosit termenul *ucigaș*, în loc de *criminal*. Îmi părea că acoperă mai multe tipologii.

— Un joc de cuvinte intenționat. Julia mai luă o înghițitură de cafea. Dar nu există limită în ceea ce privește numărul ucigașilor, nu și dacă putem lua povestea asta drept etalon?

— Nu tocmai. Singura condiție este ca ucigașul - sau ucigașii - să facă parte din grupul de suspecți. În matematică numim asta *subset*[1] și spunem că ucigașii trebuie să fie un subset al grupului suspecților, dar vom reveni la asta mai târziu. Cu alte cuvinte, toți cei care sunt expuși drept unul dintre ucigași trebuie să fi fost înainte unul dintre suspecți.

— Așadar, asta îi permite cititorului să încerce să găsească soluția el însuși, ceea ce pare a fi o trăsătură definitorie a genului?

Grant aprobă:

— Dar dincolo de asta, nu mai impunem alte limite în ceea ce privește ucigașul sau grupul ucigașilor. Așadar, am observat deja că victimele și chiar și detectivii se pot suprapune cu grupul ucigașilor. Totodată, am mai observat și că există situații în care doar unul dintre suspecți este ucigașul și, bineînțeles, ne putem imagina situația în care doi suspecți sunt totodată și ucigașii. Această poveste acoperă cazul-limită în are toți patru suspecții sunt și ucigașii.

Julia își duse stiloul la gură:

— Încă ceva, spuse ea, făcând o scurtă pauză și gândindu-se la ce va spune în continuare. Sunt de acord că e rezonabil să spunem că ucigașul sau ucigașii trebuie să fi fost și suspecți, dar nu e însă irelevant, atâta timp cât cititorul știe cine sunt suspecții? Naratorul poveștii, de exemplu, se poate dovedi a fi ucigașul. Și s-ar putea să nu-i fi trecut nimănui prin minte că naratorul era unul dintre suspecți.

— E o întrebare bună, spuse Grant, deși ne îndepărtează de domeniul matematicii. Singurul răspuns pe care ți-l pot da este că fiecare personaj în parte trebuie considerat suspect, asta dacă autorul nu a dat de înțeles că are alte planuri cu acele personaje. Un detectiv al zilelor noastre, care investighează o crimă veche de secole, nu ar trebui să fie considerat suspect.

Julia notă ce spusese Grant:

---

[1] Subsetul este o mulțime matematică ale cărei elemente, ale unei mulțimi A, sunt comune unei mulțimi B (n. tr.).

— Așadar, orice personaj pe care cititorul îl va accepta drept ucigaș ar trebui considerat, într-un fel sau altul, suspect?

— Corect. Grant privea afară pe fereastră. S-a oprit ploaia, cred.

Prin geamul murdar, Julia putu să vadă marea și dealurile, cele două mâini de la orizont care jonglau cu soarele și luna, ca două palme deschise, în așteptare. Cerul de deasupra lor era înnorat.

— Așteaptă puțin, spuse Grant, lasă-mă să arunc zațul de cafea.

Luă ibricul de pe masă și ieși pentru a arunca rămășițele în tufișul de lângă bucătărie.

Julia privi în jur.

O tabacheră de argint era așezată pe pervaz, însă nu părea să se potrivească în decorul camerei. Julia o ridică și o deschise. Era goală, însă pe interiorul capacului era gravat „Pentru Francis Gardner, cu ocazia absolvirii". Julia se încruntă și o așeză înapoi pe raft.

Grant se întoarse și se așeză în fața ei:

— Acum, unde rămăseserăm?

Voia să-l întrebe despre Francis Gardner, dar se temea de reacția lui, în special după seara trecută:

— Nu știam că fumezi.

Grant râse, întrebându-se ce anume ar fi putut să vadă pe geam ca să ajungă la o asemenea idee nebunească:

— Nu fumez, de fapt.

Grant se întoarse spre tabachera plată, argintie, de care uitase, iar Julia observă expresia de panică de pe fața lui:

— Obișnuiam să fumez. Când eram tânăr. Dar tabachera asta e goală de mult timp.

Julia înțelese și dădu din cap, își luă stiloul în mână:

— Deci asta e definiția?

— Da, zise Grant și zâmbi, încercând să se stăpânească. Acestea sunt cele patru elemente. Putem să discutăm în amănunt odată ce ne mai trezim puțin.

— Și, atunci, permutările ficțiunii detectiviste, acoperă ele cazurile și în care elementele se suprapun? Deci, avem situația în care detectivul este și ucigașul și așa mai departe?

— Da, așa este. Definiția este suficient de simplă încât să existe un număr relativ mic de variații structurale. Elemente care se pot suprapune pot sta mărturie pentru unele, grupurile de diferite mărimi stau mărturie pentru altele. Iar apoi avem situația de față, unde grupul de ucigași este egal cu cel al suspecților.

Manuscrisul era pe banca de lângă ea. Julia îl ridică din nou și începu să-l răsfoiască.

— Ai observat că au fost mai multe momente în această poveste în care cuvântul *negru* a fost folosit, deși era evident că cel intenționat fusese, de fapt, cuvântul *alb*.

Grant ridică din sprâncene:

— Nu, nu chiar.

— E un moment în care în poveste este menționat *vin negru*, de exemplu. Julia mai găsi un pasaj în care subliniase câteva cuvinte. Este o descriere a unei zile însorite cu *nori negri și rari*.

— O altă discrepanță intenționată?

Continuă să caute prin paginile din manuscris.

— „Un câine *fosforescent negru*... Un costum la comandă *negru*... Și o pisică neagră cu *blana înnegrită de cenușă*." Ca descrieri, sunt complet în afara contextului, dar toate se potrivesc la fix dacă înlocuiești negru cu alb. Poți explica asta?

— Nu mai mult decât tine.

Julia păru că se gândește:

— Sunt patru elemente deja, deci consider că în acest moment putem enunța regula generală. Când scriai aceste povești, adăugai ceva fiecăreia dintre ele, ceva ce nu se potrivea în economia textului respectiv. Un detaliu, o discrepanță. E de parcă toate, puse laolaltă, ar putea alcătui un fel de puzzle, un puzzle răspândit în șapte povești diferite. Crezi că așa ceva ar fi posibil?

Grant se încruntă:

— Sunt mai bine de douăzeci și cinci de ani de când am scris aceste povești. Nu mai țin minte așa bine acea perioadă a vieții mele, am uitat-o aproape de tot. Dar te asigur că sunt doar glume. Nu e niciun puzzle ce trebuie rezolvat. Mi-aș fi adus aminte dacă ar fi fost vorba despre așa ceva.

— Da, bănuiesc că așa e. Julia tăie ceva ce scrisese în carnet.

Grant se freca la ochi:

— Azi-noapte am avut un coșmar. Visasem că am publicat această carte, iar insula era asaltată de jurnaliști. Nu am putut să mai dorm după aceea.

— Îmi pare rău, spuse Julia. Ți-am întrerupt programul. Ai parte de mulți vizitatori aici?

— Nu chiar așa de mulți, de fapt. Dar îmi place așa.

— Trebuie să fie o schimbare plăcută, bănuiesc, să ai pe cineva cu care să poți discuta în engleză.

— Câțiva dintre locuitorii de pe insulă vorbesc și ei engleza foarte bine.

— Dar bănuiesc că niciunul dintre ei nu este britanic, nu?

— Asta așa este, Grant aprobă din cap. Din acest punct de vedere, ești ceva nou. Și este plăcut să aud un accent care se aseamănă cu al meu. Spune-mi, zise el aplecându-se și luându-i mâna într-a lui, crezi că *Crimele albe* va fi o carte care se va vinde bine?

Julia trase adânc aer în piept. Fața ei era imposibil de descifrat:

— Greu de spus. Este diferită de ceea ce publicăm noi.

— Ce crede angajatorul tău? Trebuie să creadă că are potențial, din moment ce a fost dispus să te trimită aici.

— Victor e un om bogat. Iar cărțile cu detectivi sunt pasiunea lui. A înființat Blood Type nu din dorința de a face bani. Dar deja ne imaginăm că această carte va avea parte de cititori pasionați. Este, cu siguranță, o carte unică.

— Sper să fie așa. Mă doare să o spun, dar sunt aproape falit. Își luă ceașca de cafea. Ești trimisă deseori peste hotare în interes de serviciu?

— Niciodată, spuse Julia. Dar am ținut să te cunosc.

Părea că voia să spună mai multe, dar Grant se ridică și se duse să-și spele ceașca la chiuvetă.

— Sunt flatat, spuse Grant.

Julia se uită prin bucătăria întunecată. Murdăria se strânsese pe la toate colțurile.

— Sper că nu te deranjează că te întreb, dar cum reușești să locuiești aici? Lucrezi?

Grant oftă și clătină din cap.

— Moștenire de familie. Bunicul meu fusese proprietar de fabrici. Afacerea nu mai e ce-a fost odinioară, însă unchiul meu îmi trimite lunar o sumă de bani.

Julia puse manuscrisul jos și-și masă mâna cu care scria:

— Desigur, spuse și privi din nou afară, pe fereastră. Dacă ploaia s-a oprit, poate ar trebui să ieșim să ne bucurăm de niște aer curat cât avem ocazia, ce zici?

9
PROBLEME PE INSULA PERLA ALBASTRĂ

Tatăl lui Sarah murea în camera de la etaj. Îl privea din ușă. Capul lui, mișcându-se deasupra așternuturilor, părea ba înspăimântat, ba îndurerat, ba șocat; privea ca un înotător care se zvârcolește la suprafața apei în timp ce creaturi subacvatice terifiante îl atacau.

— Sarah, spuse el cu glasul gâtuit, în timp ce-i aducea bolul cu supă. Micul meu geniu.

Își petrecea mare parte din timp îngrijindu-se de grădină, așteptând ca totul să se termine. După ce se lăsa noaptea, mergea de-a lungul camerelor de la parter și încerca să uite de el. Jucase trei partide de șah prin corespondență, dându-se drept bărbat. În dimineața celei de-a treia victorii, urcase la etaj și-și găsise tatăl mort.

O lună mai târziu, descoperi câte datorii avusese și, la scurt timp, totul dispăruse: casa, mobilierul, afacerea. Sărăcise la numai douăzeci și cinci de ani.

Petrecuse o după-amiază zgribulită la o masă dintr-un restaurant în care era frig – încă purta hainele de doliu, o apariție în negru –, spera să se angajeze ca guvernantă. În afară de a-și îngriji tatăl, nu lucrase niciodată. „Va fi exact ca în *Jane Eyre*", își spuse sieși.

CV-ul ei era impecabil: vorbea patru limbi, știa să cânte la pian și știa matematică, istorie și gramatica limbii engleze. Dar, fără dubiu, fusese cuprinsă de panică în momentul în care depusese CV-ul în cutia poștală.

Trecuseră două săptămâni, iar în acel răstimp își cunoscuse posibilul angajator într-o cameră ai cărei pereți erau acoperiți cu un tapet cu mici modele în formă de diamant. Venise în oraș pentru o zi:

— Acesta nu este un interviu, spuse bărbatul, așezându-se la masă cu o foaie de hârtie și un stilou. E doar o discuție amicală.

Se înclină, sperând să pară asertivă.

— Am fost în armată, spuse fostul colonel. Sunt pensionat în prezent. Am doar o fiică. Soția mea nu mai este printre noi.

Era genul de bărbat care se simțea confortabil vorbind numai dacă mai făcea ceva pe lângă asta; își scoase ochelarii și începu să-i șteargă cu mâneca.

— Mă numesc Charles.

Ajunsese imediat după prânz și toată întâlnirea încercă discret să-și scoată un rest de mâncare rămas între dinți, de parcă mustața lui ar fi fost o draperie care îi putea ascunde gesturile.

— Dacă vei veni să locuiești cu noi, vei fi ca un membru al familiei. Henrietta este, își alese cuvintele cu grijă, dornică de companie.

Se înclină din nou.

Când terminară de vorbit, Charles se uită la ea, îngrozit:

— Cred că mi-am pierdut ochelarii.

Sarah îi luă de pe masă, unde îi lăsase, și i-i înmână.

Locuia într-un sat incredibil de mic, pe o fâșie sălbatică a coastei. Sarah nu locuise niciodată în afara orașului înainte, dar avea doar două opțiuni, fie asta, fie să moară de foame.

Tot ce avea Sarah încăpea lejer într-o singură valiză.

O mașină o aduse în fața ultimei case de la capătul unui drumeag podit. Charles o ajută să-și care valiza înăuntru, apoi îi făcu turul casei. Era mică și întunecată; copacii blocau mare parte din lumina naturală. Însă era casa lui părintească și se învârtea încântat prin camere fără să observe că ea era mai înaltă decât el și trebuia să se aplece, că la fiecare pas tavanul se prăvălea ca un pumn peste ea.

Camera în care avea să stea avea un covor maroniu, un birou și un pat de o persoană. Frigul se făcea simțit pe lângă geamuri, dar priveliștea îți tăia respirația. La capătul opus al grădinii era o o coamă a colinei unde crescuseră buruieni, iar de nicăieri se ivea marea, o apariție letală, strălucind ca o mărgea.

Fiica, Henrietta, fusese timidă în preajma lui Sarah în primele câteva săptămâni. Dar nu rata niciodată vreo lecție. Studiau trei ore în timpul dimineții și două ore la prânz – „nu sunt școli aici", spuse Charles – într-o cameră unde pereții aveau un tapet imprimat cu căluți de lemn. Avea numai treisprezece ani, dar era avansată și era limpede că era neobișnuit de inteligentă. Nu semăna deloc cu tatăl ei, avea ochii verzi și pielea arămie, iar Sarah se întrebă dacă Henrietta era cu adevărat copilul lui Charles. Mama ei murise de malarie când Henrietta era foarte mică.

Sarah nu știa nimic despre copii și-i vorbea fetei ca unui adult. Henrietta se dezvoltase foarte armonios, iar cele două femei deveniseră prietene bune.

Charles își petrecea mare parte a timpului lucrând la memoriile sale din timpul multilor ani petrecuți în India. Munca era epuizantă, iar în timpul iernii contractase o boală necunoscută; Sarah îl îngrijise așa cum se îngrijise și de tatăl ei, ducându-i supă în camera rece de la etajul casei.

Începuse să aibă febră. Când se simțea foarte rău, prindea mâna lui Sarah, care îi aduce apă, și spunea un singur lucru lucid.

— Dacă mor, ai grijă de Henrietta.

O surprinse faptul că aceasta era principala sa grijă și atunci când din vocea rațiunii nu mai rămăsese decât o șoaptă; rareori îi vedea pe cei doi în aceeași cameră și ajunse să îi vadă pe tată și fiică drept două entități complet diferite, pe care nu le lega nimic. Fu la fel de surprinsă de reacția Henriettei: fata era aproape tăcută, tremurând, în timp ce Sarah stătea în fața ei la masa unde serveau cina.

Cu câteva zile înainte de Crăciun, soarta lui Charles se schimbă. Mâncă un castron întreg de supă, se dădu jos din pat și se autodeclară din nou sănătos. Sarah era acolo, lângă el. Îi mulțumi pentru bunătatea și devotamentul ei în această perioadă de boală, și așa cum era – încă neras și îmbrăcat în pijamale – o ceru de soție, într-un mod prin care părea să dea de înțeles că îi face un cadou.

— Îmi pare rău, bolborosise Sarah. Nu cred că ar funcționa.

Charles, pe moment, păru șocat, apoi își coborî privirea:

— Înțeleg.

A doua cerere în căsătorie se petrecu ceva mai subtil, la câteva săptămâni de la prima, când era îmbrăcat și se purta adecvat; o mască sub un gest de smerenie:

— Sarah, trebuie să-mi cer iertare pentru indiscreția de acum câteva săptămâni. Eram febril. Gândurile îmi erau în continuare neclare. A fost neadecvat să te supun unei asemenea presiuni.

O stare de relaxare o cuprinse.

— Totuși, continuă el, trebuie să-ți spun că sentimentul în sine nu fusese cauzat de delir, ci era o manifestare sinceră a inimii mele.

Relaxarea i se făcuse nod:

— Nu pot nega că am un anumit tip de afecțiune față de tine. Într-adevăr, ești o femeie remarcabilă.

Scoase ceasul de buzunar și începu să se joace cu el, mutând limbile ceasului, ca și când nu ar fi însemnat nimic.

— Ia-ți puțin timp de gândire. Își linse buricul degetului și frecă apoi cadranul murdar al ceasului. Oricât ai nevoie. Singura mea grijă este ca nu cumva, într-o zi, prezența ta să devină prea dureroasă pentru mine, ca o dorință neîmplinită. În cazul respectiv, ar fi mai bine ca amândoi să ne aranjăm treburile în concordanță. Iar tu să-ți găsești de muncă în altă parte.

Interpretă ultima propoziție drept o amenințare voalată, care nu îi lăsa prea multe opțiuni; o referință proastă îi putea distruge posibilitatea de a se angaja în altă parte.

S-au căsătorit primăvara – el cu părul său grizonant pieptănat frumos, iar al ei legat la spate cu o panglică. Charles rosti cuvintele jurământului său în dezordine. Sarah le repetă ca un papagal sobru îmbrăcat într-un costum gri. *E fie asta, fie sărăcia*, gândi ea.

Veni vara, iar Sarah și Henrietta făceau lecțiile în casa de vară, o structură de lemn și sticlă înghesuită, amplasată în punctul cel mai de sus al grădinii. Oferea o vedere limpede asupra mării. Într-un colț era așezat un telescop; un cadou de ziua Henriettei.

Într-o dimineață liniștită de iunie, Sarah intră în casa de vară și o găsi pe Henrietta ghemuită lângă telescop, privind spre coastă. Fetița auzi ușa închizându-se în spatele ei și se întoarse.

— Sarah, vino și te uită. Pe Insula Perla Albastră sunt necazuri.

Sarah se apropie de Henrietta:

— Ce vezi?

— Ușa de la intrare e deschisă. Vântul o izbește de colo colo. Mai văd un geam spart și pe iarbă un morman de haine.

Insula Perla Albastră era o bucată de piatră, la aproximativ trei sute de metri în largul mării, așezată într-un inel de roci negre și ascuțite, acoperite de mare, ceea ce făcea ca bărcile să ajungă greu. Acest lucru devenea posibil doar atunci când marea se umfla, de două ori în timpul zilei, dar numai cu condiția ca barcagiul să știe să cotească printre stânci. Când mareea era joasă, însă, apa se ivea în jurul stâncilor de parcă ar fi fost în fierbere, de unde și numele dat locului, de Insula Iadului. Cu toate astea, colonelul găsise numele lipsit de gust și mereu se referea la el așa cum o făcuse și în copilărie: Insula Perla Albastră.

În urmă cu douăzeci de ani, un milionar american, inspirat de decorul dramatic, a pus să fie construită o casă în vârful insulei. Însă piatra nu se supunea, iar casa văruită fusese construită cu toate unghiurile ușor strâmbe, ca un iceberg ce se topește. O nesăbuință costisitoare, care mai târziu a fost abandonată din cauza lipsei sale de folosire și rămăsese goală multă vreme. Însă undeva sigur fusese pus un anunț, fiindcă ocazional cineva venea să stea aici. Un artist locuise acolo o vară întreagă, lucrând la o serie de tablouri cu marea. O familie austeră reușise să locuiască acolo vreme de un an, înainte să se mute. Iar militarii din Marină o folosiseră drept bază de antrenament. Cu toate acestea, deseori ferestrele sale rămâneau scăldate în întuneric.

— Avem o barcă pe care s-o folosim?

Henrietta verifică micul dig unde erau, de regulă, amarate bărcile:

— E doar o funie tăiată, nici urmă de barcă.

— De unde știi că funia a fost tăiată?

— E legată de un par, dar nu e suficient de lungă, încât să ajungă la suprafața apei. Și nu are de ce să fie așa, decât dacă a fost tăiată.

Sarah o mângâie pe Henrietta pe păr:

— Ai dreptate. S-ar putea să fie ceva serios. Dacă singura barcă a dispărut, ceva se întâmplă, nu e doar un furt oarecare. Pot să mă uit?

Știa că ceva straniu avea loc în casa aceea fiindcă îi văzuse pe vizitatorii ajunși în urmă cu câteva zile; de regulă, casa era ocupată de cei care căutau liniște și singurătate sau să trăiască în comuniune cu natura, nu de grupuri mari de oameni care discutau frenetic între ei. Se întreba dacă erau o societate secretă sau membrii unui partid politic, deși cu siguranță ei nu semănau nici cu unii, nici cu alții. Părea, mai degrabă, a fi o reuniune între prieteni.

Începuse în ziua de miercuri, când un anume domn și doamnă Stubbs sosiseră la timp ca să poată ajunge până la insulă. Un pescar de-al locului, urmat de un câine cu blana galbenă, îi însoțea pentru a le explica traseul. Sarah era afară, citea, profitând de ultimele raze de lumină ale zilei, așezată pe un scaun în grădina de lângă poteca de lemn, care ducea în josul dealului. La capătul aleii era o mică fâșie de nisip unde mulți localnici își țineau bărcile. Îi salutase - rar putea fi văzut cineva care să treacă la o oră atât de târzie –, iar cei doi se opriseră pentru a spune cât de frumoasă era casa în care locuia Sarah.

— Un colț de lume extraordinar, spuse domnul Stubbs.

— Minunat de liniștit, spuse doamna Stubbs.

— Mergeți spre insulă? întrebă Sarah.

Pescarul se bâțâia pe picioare, cuprins de nerăbdare, în spatele lor – câinele se învârtea în jurul picioarelor stăpânului său –, în timp ce domnul Stubbs explica scopul plimbării lor. Amândoi erau angajați; fuseseră rugați să sosească mai devreme și să pregătească casa pentru a primi un grup mare de oameni care urmau să sosească în vinerea următoare. Nu știau nici cine urma să sosească, nici cine era angajatorul lor.

— Sperăm să vă revedem când plecăm înapoi spre casă, au spus, apoi și-au continuat drumul.

Oaspeții sosiseră două zile mai târziu, la ore diferite. Veniseră în perechi, ținând în mână, ca într-o gheară, bucăți de hârtie galbenă pe care Sarah le considera a fi instrucțiuni. Își petrecea mare parte a zilei afară, îngrijindu-se de grădină. Numărase opt oaspeți; bărbați și femei, în vârstă, dar și tineri, însă cu toții păreau înstăriți. Erau zece, cu tot cu domnul și doamna Stubbs. Un număr destul de mare pentru o insulă atât de mică.

Singurul indiciu pe care îl observase privitor la identitatea acestora era dat de un singur nume.

— De unde îl știi pe acest om, Unwin? întrebase unul dintre musafiri pe când trecuseră pe lângă grădină.

— De fapt, nu îl cunosc, răspunsese celălalt.

Nu mai auziseră nimic despre petrecerea de atunci. Plouase în ultimele două zile, și nimeni, nici Sarah, nici Charles sau Henrietta nu se aventuraseră afară, nici măcar până în grădină; din casă nu se vedea mai nimic afară, din cauza rododendronilor. Dar acum, prin telescop, părea că un val enorm îi luase pe oaspeți, aruncându-i în largul mării.

Sarah își găsi soțul în biroul său, citind un ziar, cu un termos de cafea alături. Cartea sa de memorii, pe jumătate terminată, se clătina pe marginea biroului, proiectând pe podea o umbră mare.

— Trebuie să mergem pe Insula Perla Albastră, spuse ea. Oamenii de acolo sunt în pericol.

Bărbatul se uită la ceas să vadă cât e ora, apoi inspectă o hartă de pe perete:

— Mai sunt două ore până la fluxul de dimineață. Ce fel de pericol?

— Nu știu să spun. Dar ușa de la intrare este deschisă, iar locul pare pustiu. Cel puțin unul dintre geamuri este spart.

— Poate că oamenii care stăteau acolo au plecat?

— Barca lor a fost tăiată de la ponton.

Charles o privi pe Sarah de parcă gândurile-i erau scrise pe un geam, transparent și fragil:

— Sarah, iubita mea, mereu crezi ce e mai rău despre oameni. Probabil că au dat o petrecere, au făcut dezordine în casă, iar apoi au fugit de responsabilitățile ce le reveneau.

— Charles, spuse ea, trăgând aer adânc în piept, neîncrezătoare în ce i se zisese, nimeni nu fuge din cauza unui geam spart.

— Atunci, ce sugerezi?

— Ar putea fi morți. Ar fi putut avea loc un incendiu. Este greu de spus. Pe iarbă sunt haine întinse.

Henrietta apăru în cadrul ușii din spatele lui Sarah:

— Poate unul dintre ei s-a îmbolnăvit și le-a dat și celorlalți.

Charles se ridică și puse ziarul jos cu o mică explozie de energie:

— Și tu, Henrietta? Nu vreau să mai aud despre asta.

Se posomorî. Charles își dorise un al doilea mariaj de parcă ar fi fost vorba de câștigarea unui pion al adversarului, într-o partidă de șah; în schimb, noua lui soție nu doar că îl învingea în multele lor discuții, dar o mai încuraja și pe fiică-sa să facă la fel:

— Hainele aruncate pe iarbă pot indica mai multe tipuri de imoralitate.

Colonelul a văzut negru în fața ochilor și și-a descheiat un nasture de la guler:

— Dacă ceva nerespectuos a avut loc acolo, ar trebui să-l trimitem pe unul dintre localnici să investigheze. Nu se cuvine ca o femeie să facă așa ceva.

— Nu avem timp, spuse Sarah. Dacă mergem în sat, vom rata fluxul. Charles, aș vrea să mă însoțești, iar eu sunt decisă să merg pe insulă acum. Henrietta se va descurca de una singură.

Charles oftă, căci fusese din nou făcut șah mat de către femeile din viața sa:

— În acest caz, dacă trebuie să mergem, haide să ne grăbim.

— Mulțumesc.

Luă un revolver și o pelerină de ploaie, deși ziua era luminoasă și calmă. I-au lăsat Henriettei un sandvici pentru prânz și o carte cu care să-și umple timpul, apoi au pornit în grabă spre golful de la capătul drumului, unde aveau o barcă și două rame. Charles a împins barca în apă, iar apoi el și Sarah s-au suit în barcă.

Crescând în sat și fiind un băiețandru aventuros, știa cum să se strecoare printre roci și cu ochii închiși; învățase drumul înainte să fie construită casa, când insula era un loc sigur pentru copii să se joace:

— Ce crezi că vom găsi acolo? întrebă Charles apucând bine ramele.

— Dezordine, răspunse Sarah, așezându-se lângă pupa bărcii. Dar, te rog, lasă-mă să mă concentrez și să memorez ruta.

Charles râse ușor, așa cum făcea deseori când simțea nevoia ei constantă de a învăța.

— În caz că trebuie să mă întorc singură, adăugă ea.

De la distanța aceea, rocile ce pândeau sub apă creau efectul optic al unui fir subțire de spumă de-a lungul suprafeței mării. Bărcuța lor de lemn tăia spuma la fel de ușor cum taie lama unui cuțit tortul de nuntă. Colonelul nu-și întoarse capul, dar viră pe lângă obstacolele din calea lor, cu neînfricarea periculoasă a unui adolescent.

Din când în când, gândea Sarah, e ceva de admirat la el.

Drumul îi ducea în partea dreaptă a insulei, așa cum se vedea de pe mal, iar apoi în spatele ei, unde puteau andoca pe partea stângă. În spatele insulei – partea care pătrundea în mare, într-o zonă umbrită –, rocile îngrămădite unele în altele se ridicau surprinzător de mult deasupra apei; o parte dintre ele aveau vârful retezat, formând un fel de colină. Din această cauză, ceea ce rămăsese era un perete plan de piatră neagră ce supraveghea marea, ca un petic de ochi. La fundul acestei coline erau câțiva metri de pantă nisipoasă ce ducea spre mare, un loc prea abrupt pentru a fi numit plajă.

Sarah, privind înainte, a fost prima care a văzut. Pe acel petic îngust, gri, de nisip, presărat cu iarbă densă și alge marine, erau două cadavre acoperite: înclinate în așa fel, încât să fie văzute. Charles privi peste umărul său și-și șterse sudoarea de pe sprâncene. Se întoarse cu fața spre Sarah, cu o expresie întrebătoare:

— Sunt morți, Charles. Trebuie să ne grăbim.

Apucă ramele din nou. Pe măsură ce se apropiau de plajă, devenea tot mai clar că erau corpul unei femei și al unui bărbat, ambele răsucite în niște unghiuri inumane, ca și când fuseseră ridicate de o creatură marină monstruoasă și aruncate ca niște costume de baie ude pe nisip, să se usuce.

Sarah se aplecă înainte; le recunoscu:

— O, Dumnezeule, sunt domnul și doamna Stubbs. El era atât de prietenos, iar ea părea atât de drăguță. Își făcu semnul crucii în dreptul inimii.

Colonelul stătea acum în centrul bărcuței, cu veșnica încredere în sine și cu pistolul ridicat spre cer, dereglând echilibrul ambarcațiunii:

— Ce s-a întâmplat? Au fost uciși?

— Au căzut, spuse ea. Se poate să fi fost suicid. Sau un accident. Sau, poate, au fost uciși.

— Amândoi? Charles părea confuz.

— Așa pare. Nu-i spusese de imaginea ce se forma în mintea ei, cu cei opt musafiri care, beți fiind, își aruncau servitorii de pe colină.

— Atunci, ar fi nebunie curată să continuăm. Dacă ucigașul este încă pe insulă?

— Casa părea abandonată.

— Azi-dimineață? Dar se poate ca ucigașul doar să fi dormit.

Sarah știa că și asta era o posibilitate, dar, de fapt, pericolul o atrăgea:

— Dovezile indică altceva.

Se auzise un hârșâit puternic. Colonelul se așeză repede la loc și îndreptă ramele spre bărbie. Barca plutea.

— Rocile. Nu suntem în siguranță dacă mai stăm mult timp aici. Să continuăm sau mai bine să ne întoarcem acasă?

Câteva minute mai târziu, ajunseră la singurul loc unde puteau acosta. Niciun semn de viață în răstimpul acela. În timp ce-și masa mâinile obosite de la vâslit, de parcă ar fi fost de lut, colonelul privi în sus, spre casa din vârful pantei acoperite de iarbă:

— Insula Infernului.

Cuvintele o șocaseră pe soție, ca și când tocmai ar fi înjurat. Îi făcuse semn să îl aștepte cât debarca, cu arma ținută la vedere. Apoi a legat barca, s-a întors cu fața spre casă și se oferi să-i dea soției sale o mână de ajutor. Ea acceptă, doar ca să-i facă pe plac, însă gestul se sfârși cu el ținând-o de mână în timp ce ea stătea mai sus decât el, tronând asupra-i: un părinte cu un copil după el. El se încruntă și-și aranjă ochelarii pe nas.

— Așteaptă aici, draga mea.

Păși ezitând în față, punând cu grijă un picior înaintea celuilalt. În aer se simțea un puternic miros de excremente ce venea dintr-un tufiș din apropiere, iar Sarah se rugă să grăbească pasul.

În vârful pantei, acesta urlă. Un urlet de dezgust mai degrabă decât de teamă sau durere, cu un ușor gest de vomă, mascat de țipetele sale. Sarah alergă spre el. Îi făcu semn să rămână în spate, repetând până când Sarah se opri în dreptul lui, apoi își scoase batista din buzunarul de la haină și-și acoperi gura. Un alt cadavru. Un bărbat, culcat pe burtă, cu fața în pământ.

Sarah vorbi imediat ce pricepu:

— Mormanul de haine de pe iarbă.

Soțul ei privi spre ea și fu de acord; casa lor de vară, dacă știai încotro să te uiți, se vedea de acolo.

— Henrietta, spuse Sarah, întrebându-se dacă fetița îi urmărea în acel moment.

Colonelul se duse în fața cadavrului:

— Nu vreau ca ea să vadă asta. Nu sunt sigur nici că tu ar trebui să vezi. Mai bine aștepți în barcă, floarea mea. În barcă, unde ești în siguranță.

Sarah se uită la el, iar pe chip avea o privire jucăușă:

— Charles, dacă ai rămâne singur în casă, te-ai pierde cu siguranță. Și, în plus, nu ai niciun motiv să crezi că aș putea fi mai în siguranță în barcă.

Charles se încruntă:

— Are un fir de ață în jurul gâtului, mă întreb dacă asta e cauza morții.

— O garotă, legată de o greutate. A fost făcută astfel încât să se strângă laț când greutatea este aruncată, cu o piedică, pentru a nu putea fi lărgită. O moarte dureroasă. Sarah se cutremură. Și este o capcană urâtă. Care e folosită pentru a prinde iepuri.

Colonelul examină clema metalică din spatele gâtului cadavrului și se întrebă cum ajunsese ea să înțeleagă tot mecanismul acela:

— Haide, să plecăm de aici, spuse el. E o imagine oribilă.

Sarah îl ignoră:

— Avem trei cadavre acum.

— Crezi că au fost uciși de aceeași persoană?

— Este posibil. Deși metoda folosită diferă de la victimă la victimă.

Se întrebă dacă vreunul dintre oaspeți înnebunise și încercase să-i ucidă pe ceilalți, iar aceștia o luaseră la fugă. Sau, poate, s-au asmuțit unii asupra celorlalți.

— Mai mulți ucigași? Nu unul singur? O sugestie tulburătoare.

— Este posibil.

Sarah îngenunche și privi de-aproape trupul neînsuflețit de pe iarbă. Se gândea la fețele pe care le văzuse în trecere pe potecă vineri, în timp ce tăia florile moarte din tufișurile de trandafiri. Fețe zâmbitoare, nerăbdătoare. Oare cel care acum era mort fusese una dintre persoanele nerăbdătoare? Ea așa credea. Și-l imagina îmbrăcat în costum maroniu, mergând cu un bărbat mai tânăr, ținând foaia cu instrucțiuni împăturită în buzunarul de sus al hainei. Purta ochelari în acea zi. Bărbatul mai tânăr fusese cel care menționase numele Unwin, iar acesta, cel care mărturisise că nu știe cine este Unwin. Sarah se ridică.

— În ciuda faptului că în ultimele două zile a tot plouat, hainele sale sunt uscate. A murit de curând.

Charles se încruntă:

— Vrei să spui că a murit azi-dimineață?

— Se poate, da.

Ușa casei se trânti în urma lor. Vântul sufla cu putere acum, împroșcând insula cu stropi de apă; mii de picături mici ce semănau cu niște peștișori. Charles se apropie de casa albă ca zăpada, din care nu se auzea niciun zgomot, ținând arma pregătită în mâini și, preț de o clipă, se opri în fața ușii negre, devenind un simplu contur alb, în contrast cu ușa casei, vopsită într-un negru intens, apoi ușa se deschise larg din cauza vântului, iar el intră.

— Alo? E cineva? Am o armă. Vă rog, faceți-vă prezența cunoscută!

Casa răspunse cu o tăcere la fel de neplăcută ca un castron cu ciorbă rece.

Sarah merse în spatele lui Charles până în hol. Era o cameră de o formă ciudată, cu scări ce duceau spre pod, iar pe jos fusese pusă faianță albă. O băncuță pentru încălțat și descălțat era așezată în dreapta ușii, dar nicio altă piesă de mobilier. Vizavi de băncuță era o scară din lemn ce ducea la etajul de sus. Pe prima treaptă se afla o conservă nedesfăcută de fasole.

Pe jos se vedeau urme de noroi lăsate de labe, de la un animal care intrase și alergase în cerc pe gresie.

Charles și Sarah se uitară în cameră, iar ecoul pașilor răsuna prin toată casa. Toate ușile erau închise, cu excepția uneia, construită prost și înghesuită sub trepte, cu partea de sus în diagonală și cu un mâner magnetic în loc de încuietoare. Magnetul nu făcuse față rafalelor de vânt, iar acum ușa se mișca înainte și-napoi în ritmul vântului, ca și când toată casa respira. Dincolo de ușă se auzea sunetul șoarecilor care mișunau.

Charles se apropie de ușă și vârî țeava pistolului prin crăpătura ei, apoi o împinse cu piciorul stâng. Încăperea, în care cu greu se putea vedea ceva și care nu avea nicio fereastră, era plină de dulapuri cu vitrină. Un muzeu în miniatură. Erau ticsite de ceasuri. Ceasuri de diferite culori, din perioade diferite, unele cu mecanisme complicate, altele, cu mecanisme simple. Multe dintre ele încă ticăiau. Iar întins pe jos, sub nasurile lor, zăcea un cadavru, așezat atent și cu respect aproape și având capul acoperit. O femeie, judecând după haine.

Sarah îngenunche și dădu la o parte vălul. O femeie tânără, undeva la 30 de ani, cu fața gri, însă părul încă plin de culoare. Purta un cardigan roșu pe deasupra unei cămăși albe, pătată în partea de sus de sânge. Chipul îi împietrise într-o expresie de tristețe, iar ochii îi erau mari, cu o privire temătoare; doi cercei extravaganți i se sprijineau pe obraji. Sarah își aminti că o văzuse trecând pe lângă grădină cu două zile în urmă, în același cardigan roșu. Se plimbase cu un bărbat mai în vârstă; discutau despre un subiect asupra căruia nu cădeau de acord și erau complet absorbiți de polemica lor.

Corpul femeii era puțin prea mare în raport cu încăperea în care fusese pusă, întinsă pe diagonală. Sarah o atinse în jurul gâtului, apoi sângele uscat din colțul buzelor și îi deschise gura.

Charles stătea de pază, urmărind orice mișcare în holul din spatele lor și din când în când se uita în cameră.

— Toate ceasurile astea arată ore diferite, Sarah. Crezi că e vreun soi de cod?

— Cred că ceasurile sunt doar de decor.

Scoase un mârâit plin de îndoială.

— Ei bine? Ce a ucis-o?

— Nu îmi pot da seama. Ceva dinăuntru. Pare să fi înghițit ceva.

Se înecase cu niște vomă și-și duse dosul palmei la buze, gest ce-i făcu degetele să se miște ca un soi de creatură marină.

— Haide, spuse, Sarah trecând pe lângă el, să mergem.

— Chiar vom da peste zece cadavre?

— Este posibil, spuse ea. Deși e mult mai probabil să găsim doar nouă.

Trase repede aer în piept:

— Iar al zecelea?

— A fugit, cred. Ori asta, ori se ascunde.

Două uși, cele mai mari, de la intrare duc spre o sală mare unde se servește masa, cu tavanul înalt și pânze de păianjen pe la colțuri. Geamurile dintr-o parte erau așezate până aproape de tavan, oferind o priveliște nemaipomenită asupra mării furioase, înspumată. După ce au intrat, au închis ușile, iar Charles a baricadat ușa cu o masă și un scaun.

Camera în sine era destul de ordonată. Masa fusese pregătită pentru un ospăț bogat și apoi nu fusese debarasată. Musafirii nici nu apucaseră să servească desertul; farfurii pe jumătate pline cu mâncare care părea gustoasă stăteau de-a lungul mesei, pete de sos, care se uscaseră și deveniseră forme crestate și prăfoase, semănând cu bășicile unei boli iritante. Charles numără farfuriile. Opt. Ăsta fusese tot grupul, fără cei doi servitori. Opt scaune fuseseră date în spate în momentul în care toată lumea se ridicase de la masă: unele frumos, altele de-a valma. Două se răsturnaseră pe spate.

— În timpul cinei a avut loc o dispută, spuse Charles, răzuind una dintre petele de sânge sau, poate, de sos de pe fața de masă.

— Ceva trebuie să li se fi întâmplat servitorilor, spuse Sarah, ceva ce i-a oprit din a face curățenie aici. Să fi fost aruncați de pe stâncă? se întrebă.

Sarah examină un cuțit și o furculiță. Unul dintre dinții furculiței lipsea, în locul lui căscându-se un gol. O puse jos și ridică o farfurie. O bucată pătrată de carton alb era ascunsă sub farfurie.

Pe una dintre laturi era scris un mesaj scurt. Sarah citi textul cu voce tare:

— „Doamna Annabel Richards, profesoară, este acuzată de a fi obținut plăcere sexuală prin torturarea copiilor mici".

Charles se cutremură la auzul cuvintelor mesajului. Pe spate nu era nimic scris.

— Cred că al ei este corpul din camera cu ceasuri, spuse Sarah.

— Cum poți să știi?

— Copiii mi-au spus. Când au trecut pe lângă mine, acum două zile, ea și bărbatul care era cu ea discutau despre educația copiilor. El era doctor, mi-am dat seama, iar ea vorbea ca o profesoară.

— Uite, încă unul.

Charles ridică o poșetă de pe masă; sub ea erau un șervețel pătat de sânge și, la fel, un carton alb, curat. Citi mesajul scris pe el:

— „Andrew Parker, avocat, este acuzat că și-a omorât familia".

Ridică petecul de hârtie la lumină, dar nu se mai vedea nimic altceva.

— Oare să fie bărbatul de afară, prins în laț?

— Nu știu. Poate.

Cât timp Charles rămase hipnotizat de brutalitatea situației la care asista, holbându-se la cartonașul pe care îl avea încă în mână, Sarah mai găsi două pe podea, sub masă. Pe primul scria:

— „Socialistul Richard Branch este acuzat că a hărțuit un vârstnic până l-a ucis".

Pe celălalt scria:

— „Thomas Townsend, un alcoolic, este acuzat că și-a ucis soția".

— Nu au niciun sens, spuse Charles oftând. Misterul nu se luminează, ci se adâncește tot mai mult.

Sarah clătină din cap, în semn că nu:

— Aceste cartonașe explică totul. Oamenii ăștia au fost aduși aici pentru a fi judecați.

— Dar de ce ar fi venit dacă urmau să fie judecați?

— Presupun că au fost păcăliți. De către cineva cu un simț justițiar dereglat. Sau de cineva dornic de răzbunare.

Charles mormăi:

— Deci asta se dorise a fi un fel de sală de judecată?

Ochii i se măriseră, cuprins de uimire, la acest gând; Sarah îl bătu pe umăr:

— Așa ceva, Charles. Și se pare că, cel puțin aceștia patru, au fost condamnați la moarte.

În capătul îndepărtat al camerei mai erau două uși, care duceau spre un salon decadent, o încăpere care se întindea de-a latul casei în unghi drept până la sala unde se servea masa. Geamurile aveau draperii de un roșu intens, care în atmosfera casei păreau urme dense de sânge. Toată mobila parcă era îndreptată fie înspre ei, privind spre valurile dinspre coastă, fie înspre șemineul din mijlocul peretelui opus. Tapiseria era toată de un roșu-sângeriu, asemenea vinului roșu.

Centrul camerei era acoperit de cenușă; un semicerc format din pete de cenușă gri – părând mai degrabă pene, nu cenușă – se întindea de la șemineu, acoperind suprafețele meselor și pernele. Sarah urmări poteca de deșeuri arse. Găsise fire de blană și așchii carbonizate împrăștiate pe podeaua de lemn, bucăți de cărbune și rămășițe ale unui cartonaș alb.

Unul dintre acuzați probabil că a fost ars de viu.

— Privește aici, spuse ea, luând un buștean din coșul de lângă șemineu și întinzându-l spre Charles. La un capăt, cineva dăduse o gaură în el și-l umpluse cu un praf negru, aspru la atingere.

Îl atinse, apoi își mirosi degetele.

— Praf de pușcă. Cunosc prea bine acest miros, îl pot recunoaște oriunde.

— O farsă odioasă de făcut cuiva. Lemnul ar arde câteva minute, după care ar exploda.

Sarah își plimbă mâna peste scaunul care era cel mai aproape de șemineu și simți o grămadă de bucăți ascuțite de lemn ieșind prin țesătură, foarte puțin vizibile în contrast cu materialul închis la culoare:

— Nu e nicio urmă de sânge aici, se pare că nu a căzut nimeni victimă.

— E un miracol că nu a ars toată casa.

— Asta ne dă de înțeles că violența nu a fost îndreptată spre cineva anume. Oricine ar fi putut fi ucis de asta, ceea ce înseamnă că toți au fost aduși aici pentru a fi uciși.

— Atunci, cine a fost acuzatorul lor?

Se gândi la un răspuns:

— Haide să mai cercetăm locul.

O ușă mai mică dădea înapoi în holul de la intrare. Sarah îl așteptă acolo pe Charles, care privea pe fereastra din salon, încercând să-și zărească propria casă. Când acesta termină, Sarah deschise ușa către următoarea încăpere:

— Ai grijă! strigă el.

Sarah păși înăuntru. Era o cameră de studiu, dar aproape fără niciun obiect de mobilier. Un birou și o bibliotecă de sticlă; în mod inexplicabil, ambele erau acoperite de un strat gros de funingine. Sarah își trecu degetele peste birou, lăsând o urmă în spuza care se simțea ca mâlul la atingere.

Pe una dintre laturile bibliotecii era o ferestruică, iar sub ea se mai puteau vedea alte două cadavre. Erau așezate ca produsele la piață, aruncate la întâmplare într-o grămadă. Două femei, una tânără, cealaltă bătrână. Sarah și le amintea în mod limpede; cu două zile în urmă, plivea grădina când cele două persoane trecuseră pe lângă casa ei.

O femeie înstărită și însoțitoarea acesteia, asta era clar ca lumina zilei. Femeia mai vârstnică se purta cu cea mai tinerică într-un mod autoritar, chiar despotic; era clar din modul timid în care răspundea femeia mai tânără la tot ce i se zicea, cu cuvinte conciliante, monosilabice, și din modul necontenit în care vorbea femeia mai vârstnică, discursul ei nefiind, măcar o dată, descurajat de vreo lipsă aparentă de interes a interlocutoarei sale.

Charles se uită în cameră:

— Miroase a fum aici.

Ușa era deschisă și el șovăia în dreptul pragului, ca un copil care a petrecut prea mult timp într-o galerie de artă.

Cele două cadavre erau toate acoperite de depuneri de la fum. Părul femeii mai tinere devenise gri, iar cel al femeii în vârstă, aproape negru. Charles se strecură pe lângă Sarah ca să deschidă geamul, bucurându-se de puritatea brizei mării. Privi cele două cadavre și scoase un sunet dezaprobator:

— Nț. Cred că sunt șase, cu astea două. Și tot nu știm ce-i cu ucigașul. Cred că am văzut suficient pe aici, ar trebui să plecăm.

— Mai avem de cercetat.

— Dar nu suntem în siguranță.

Sarah nu-i răspunse; examină o găurică dintr-unul dintre pereții laterali ai camerei. Prezența acelei găuri nu avea nicio explicație. Câteva conserve de mâncare, o Biblie, un flacon cu pastile și un urcior cu apă înnegrită, toate erau ascunse sub birou, dar în rest nu era mare lucru în cameră. Examină cele două femei moarte cu o privire rapidă și observă că buzunarele lor erau goale. Le văzuse pe ambele purtând poșete, dar presupuse că acestea se pierduseră în panica ce se crease.

Sarah se îndreptă spre ușă:

— S-ar putea ca ele două să fie cele care și-au ars acuzațiile aduse.

— Se prea poate.

Charles o opri:

— Sarah, știu că îți place să arăți cât de decisă ești, dar chiar nu te afectează deloc acest spectacol terifiant și tot acest potențial pericol în care suntem? Nu vrei să ne odihnim puțin înainte să mergem mai departe?

Sarah simți în tonul lui jena și nota de rugăminte:

— Charles, dragule, sunt în regulă.

Și, cu o mână pe umăr, îl conduse afară din cameră.

În timp ce ieșeau, Sarah își plimbă mâna pe tocul ușii, unde funinginea nu ajunsese:

— Interesant, își spuse ca pentru sine.

Următoarea cameră era o mică bibliotecă. Nu se vedea nimic demn de atenție, cu excepția unui birou mare făcut dintr-o combinație de lemn și metal. Un raft de fier era prins deasupra biroului pe perete, la nivelul capului, și părea cumva legat de birou. Sarah studie raftul cu atenție, în timp ce Charles stătea de pază în cadrul ușii.

Casa în sine nu era foarte mare, iar, cu excepția unei cămări ce părea neatinsă, restul camerelor de la parter erau toate destinate preparării mâncării. Faianța cu model alb-negru din holul principal se continua până în partea aceasta a casei, unde era simțitor mai rece, iar pașii lor răsunau mult mai puternic. Charles mergea în față, cu arma țintind înainte, iar celălalt braț și-l ținea protector în fața soției sale, care pășea liniștită în spatele lui. Au cercetat împreună bucătăriile și debaralele, fără însă a mai găsi ceva. Niciun alt cadavru și niciun supraviețuitor, numai haos și dezordine.

Le era clar că, la un moment dat, în timpul panicii produse în casă, ocupanții deciseseră că era prielnic să strângă arme și provizii, astfel că bucătăriile fuseseră scotocite temeinic în căutarea lor. Conservele toate dispăruseră cu excepția celor pe care le scăpaseră din mâini și care se împrăștiaseră prin colțurile încăperilor sau fuseseră lovite cu piciorul, în timpul asaltului, ajungând pe te miri unde pe podeaua acoperită cu gresie. O conservă de pere în sirop se afla pe preșul de la ușa din spate a casei, alături de o conservă de carne de vită și o pereche de cizme Wellington. Cutiile cu mirodenii căzuseră din agățătoare, iar tigăile fuseseră rechiziționate drept recipiente de apă.

Într-una dintre cămăruțe podeaua era lipicioasă, rezultat al făinii amestecate cu borcanele sparte de miere de albine. Urme de pași duceau la hălci de carne congelată în care rămăseseră urme de mușcături. Pentru cele câteva provizii, pe care cei doi le văzuseră sub birou în camera pătată de funingine, și pentru orice aveau să descopere în camerele de la etaj prețul plătit fusese toată acea dezordine. În multe feluri, aceste rămășițe erau un testament cu mult mai îngrozitor al torturii aplicate în urma judecății decât cadavrele însele.

— La un moment dat, comportamentul civilizat a fost distrus, spuse Sarah. Iar ei cel mai probabil că s-au retras în camerele lor cu tot cu provizii. Asta confirmă ceea ce am tot bănuit.

— Și ce anume ai bănuit, draga mea?

— Acuzatorul a fost unul dintre cei zece oaspeți. Dacă ar fi fost altcineva, oaspeții și-ar fi unit puterile împotriva acestuia. Dar, în schimb, s-au întors unul împotriva celuilalt. Așadar, ucigașul trebuie să-și fi păstrat identitatea secretă.

— Cât timp i-a ucis, unul câte unul, pe ceilalți nouă? Deci tu crezi că una dintre acuzații a fost falsă?

— Fie falsă, fie a fost o confesiune.

Charles înghiți în sec, cu mare greutate:

— În acest caz, probabil că mai sunt încă trei cadavre de găsit. Și unde crezi că s-a dus ucigașul odată ce a terminat de împărțit judecata și pedeapsa?

Charles stătea cu sufletul la gură în așteptarea răspunsului lui Sarah.

— Poate că a luat barca și a plecat. Sau poate că încă e pe aici.

Etajul casei era mai puțin impresionant. Scara fusese construită în așa fel încât, la capăt, după ce parcurgeai spirala treptelor, ajungeai la un prag cu un geam mare, iar de acolo cele două holuri duceau în direcții diferite către capetele casei.

Fiecare cameră de la etaj era fie un dormitor, fie o baie. Dormitoarele erau de mărimi și decoruri disonante, iar unele dormitoare aveau băi proprii:

— Dacă mai e cineva care să fi supraviețuit, spuse Charles, probabil că se află într-una dintre aceste camere.

Acesta insistă ca Sarah să deschidă prima ușă cu vârful degetelor și să stea lipită de peretele de lângă ușă, în timp ce el se proțăpi în prag, ținând arma cu ambele mâini. Sarah i-a făcut pe plac, chiar dacă metoda lui i se păru comică; ușa se deschise, dând la iveală camera celor doi servitori.

Înăuntru erau două paturi cu așternuturile de un gri fad. Mobilierul era pentru strictul necesar. Camera era aproape de capătul scărilor și fusese, probabil, aleasă pentru că puteau pleca dimineața devreme fără să deranjeze pe nimeni. Ambele paturi erau făcute, iar draperiile, trase; cu excepția unei Biblii deschise, membrii familiei Stubbs nu lăsaseră nicio urmă a faptului că fuseseră cazați acolo.

Vizavi era o altă cameră modestă, cu un singur pat maroniu. Geamul de deasupra patului era spart. Era geamul pe care-l văzuseră prin telescop, deși acum le era clar că mare parte a cioburilor de sticlă fuseseră strânse cu mâna.

— Poate că a avut loc o bătaie, spuse Charles.

Sarah se uită prin sertarele unui birouaș; nimic, erau goale. Lângă acesta era un coș de hârtie în care se afla o lumânare mică, dar groasă și verde.

— Sau, poate, cineva și-a făcut o rută de evadare.

Mai erau două dormitoare în acea parte a casei: unul exagerat de mare, cu propria baie și propriul balcon, iar celălalt, ceva mai modest și fără dependințe. Ambele aveau paturi în care se dormise, deși doar unul dintre ele fusese strâns, iar ambele aveau măsuță de toaletă acoperite cu felurite accesorii feminine.

— Reședința celor două femei de jos, remarcă Sarah. Poți ghici cine-i cine?

Charles mormăi, jumătate amuzat, jumătate dezaprobator:

— Acum sunt la fel în ochii lui Dumnezeu.

Ultima cameră de pe hol era anodină, fiind dotată doar cu o toaletă, o chiuvetă și un duș. Draperia de la duș era ruptă, iar podeaua era acoperită de apă, dar nu existau alte urme de distrugere.

Se întoarseră și trecură pragul spre celălalt hol. Cinci uși îi priveau de sus, fiecare de pe propria-i poziție din hol, toate închise.

Prima dădea într-o baie cu un covor a cărui culoare, oliv, era complet lipsită de gust. Un dulăpior deasupra chiuvetei fusese scotocit în grabă, dar nu era nimic care să atragă atenția.

Următoarea ușă era încuiată. Charles bătu în ea preț de câteva minute cu patul pistolului, fără să primească un răspuns. Se uită după cheie, dar nu o găsi.

— Un semn de rău augur, spuse el.

— Mai sunt încă trei uși, spuse Sarah. Și încă trei cadavre care lipsesc. Va trebui să revenim la această ușă mai târziu.

Următoarea ușă era, și ea, încuiată. Cea de-a treia se deschidea spre o cameră îngustă, fără să fie dotată cu mare lucru, în afară de un pat așezat de-a lungul peretelui. Pe pat era o femeie, îmbrăcată în hainele de zi. Încă avea încălțările în picioare. Părea că doarme, dar amândoi știau că nu este așa. Celelalte alte câteva obiecte de prin cameră erau un birou lângă pat și o carte rusească de proză scurtă lăsată acolo și așezată într-un unghi care dădea de înțeles că fusese citită de curând. Bagajul, din care nu fusese scos niciun lucru, se afla la piciorul patului. Câteva cărți erau așezate pe un raft deasupra biroului, una lipsea, semn că cineva o luase de acolo.

— Mi-aduc aminte de ea, spuse Sarah, amintindu-și de nuanța de fard albastru de pleoape pe care femeia îl purtase cu două zile în urmă. Trecuse pe lângă mine cu un tânăr arătos. Era destul de tăcut, iar ea întreținuse mare parte din conversație. Vorbea despre mediul rural.

Charles dădu din cap:

— E o imagine într-adevăr întristătoare, e cam de aceeași vârstă cu tine. Dar nu pot spune că mă surprinde.

Nu a explicat acest comentariu criptic și au ieșit amândoi din încăpere.

În spatele ultimei uși au găsit cadavrul unui tânăr bărbat, care fusese și el așezat pe pat, numai că el era îmbrăcat în hainele de noapte și era acoperit de cuverturi. Camera era la fel de goală.

— Tânărul tăcut?

Sarah încuviință din cap. Geanta lui era golită; Sarah simți o undă de optimism când o atinse.

— Ce păcat! spuse ea. Păruse a fi un tip foarte de treabă.

— Ei bine, cert e că era atrăgător. Spunând asta, Charles trase cuvertura și-i acoperi fața.

Sarah îngenunche pentru a recupera ceva de sub pat; era o altă carte. *Masca Morții Roșii*[1]. Sarah se întoarse la biroul aflat vizavi de pat. O lumânare de un verde-închis fusese așezată acolo și era pe jumătate topită. Trecuse cu degetele cu grijă peste ceara fărâmițată:

— În camera de lângă era o lumânare verde, exact ca asta, care fusese și ea aprinsă. Aceste ultime două camere nu au iluminat electric. Cred că lumânarea conține o substanță otrăvitoare.

— Vrei să spui că substanța este eliberată pe măsură ce lumânarea arde?

— Da. O otravă amestecată cu ceara care creează vapori toxici. Probabil că asta i-a ucis pe cei doi, pe bărbatul acesta și pe femeia

---

[1] *Masca Morții Roșii* este titlul unei povestiri de Edgar Allan Poe, care a dat și titlul unui volum de proze scurte (n.tr.).

din camera vecină; este singurul obiect care se aseamănă și care se găsește în ambele camere. Probabil că sunt primii care au murit. Am văzut o lumânare exact ca asta în coșul de gunoi dintr-una dintre camerele celelalte.

Charles era sceptic:

— Cum poți să știi că au murit primii?

Sarah arătă spre pat:

— Au fost examinați și așezați frumos, aproape respectuos. Toate celelalte cadavre pe care le-am găsit au fost pur și simplu lăsate acolo unde au murit, cu excepția femeii din camera cu ceasurile. Cei trei trebuie să fi murit înainte ca panica să îi cuprindă pe toți, înainte ca cineva să își dea seama de ce se întâmplă. Iar aceștia doi trebuie să fi murit în același timp; lumânarea otrăvitoare este o capcană ce-ți sare în ochi și nu poate fi folosită de două ori.

Charles o luă pe Sarah de mână:

— E foarte inteligent, draga mea. Dar nu putem sta aici să teoretizăm toată ziua. Afară e un hambar; s-ar putea să găsim acolo un topor sau ceva. Pentru a dărâma cele două uși încuiate. Apoi trebuie să plecăm.

— Te aștept aici. Sarah voia să continue cercetările.

Charles clătină din cap, îngrozit:

— Dumnezeule sfinte. Nu e sigur. Ucigașul ar putea să se ivească din spatele vreuneia dintre cele două uși în orice clipă.

— Voi fi în regulă, Charles. Fiecare mișcare din casa asta este anunțată de un scârțâit puternic. Iar acele două uși sunt încuiate. Dacă aud un singur pas sau vreo cheie ce se lovește de metalul încuietorii, în clipa următoare alerg afară și te caut.

— Prea bine, fie, spuse el necăjit, presupun că are sens ce spui. Dar te rog să fii atentă, laleaua mea.

— Și în plus, adăugă ea, ucigașul, cel mai probabil, se ascunde în hambar.

Charles păli, însă încercă să pară brav:

— Bine.

O sărută și plecă, înainte ca Sarah să îl dea la o parte.

Sarah era singură la capătul coridorului; absența lui Charles, liniștea dată de absența acestuia era ca o baie caldă.

Și-a sprijinit fruntea de perete. Era un gest nepotrivit pentru o doamnă – Charles nu l-ar fi aprobat –, însă o ajuta să se concentreze. Fără distrageri, doar ea, și gândurile ei, și senzația de cald de pe frunte, rezultată din mișcarea imperceptibilă pe care o făcea capul ei sprijinit de tapet. Iar în acel moment i-a venit ideea:

— Unde poți să ascunzi o frunză cel mai bine? Într-o pădure. Și unde poți ascunde o bucată de hârtie cel mai bine?

A intrat în camera în care se afla cadavrul femeii tinere. *Povești scurte rusești*, își spuse ea, ridicând volumul greu de pe birou:

— Iartă-mă, dar nu păreai genul. Această carte a fost aleasă din pricina mărimii sale.

Sarah căuta prin filele cărții:

— Și cu toate astea, din multe puncte de vedere, tu ai fost cea mai dibace.

Între filele sale era o notiță împăturită, scrisă de mână și un mic pătrat alb de carton, împresurat de linii fine care indicau că, la un moment dat, fusese făcută ghemotoc. Pe carton scria:

— „Scarlett Thorpe, adulteră, este acuzată că ar fi sedus un bărbat și l-ar fi convins să se sinucidă pentru beneficiul ei".

Acuzația părea chiar mult mai dură în tăcerea care domnea în dormitor.

Notița era mult mai călduroasă prin tonul cu care fusese scrisă. Sarah se așeză pe pat pentru a o citi:

— „Mă aflu într-o circumstanță de nedescris. Am fost invitată aici pentru a petrece weekendul de către un domn pe nume Unwin, care a făcut rost de datele mele de contact de la unul dintre foștii mei angajatori. Nu a spus care anume. Avea nevoie de cineva care să joace rolul nepoatei sale în timpul unei întâlniri cu potențiali clienți. A insistat asupra faptului că era vorba despre o afacere de familie. Mie îmi revenea sarcina de a face o primă impresie bună, de a părea competentă în domeniul meu; genul ăla de rol. Așadar, i-am urmat instrucțiunile și m-am trezit călătorind cu alți câțiva oameni, toți fiind abordați de către acest

Unwin. Nu-mi era clar dacă ei erau clienții în cauză, așa că m-am prezentat drept nepoata sa, pentru mai multă siguranță. Nu știam că urma să mergem pe o insulă. Acest lucru mi se păruse straniu, dar nu m-am gândit să dau înapoi. Banii promiși erau peste ce aș fi putut spera. Argatul lui Unwin, Stubbs, ne-a dus cu barca pe insulă. Ne-a spus că Unwin fusese prins cu ceva și că ni se va alătura mai târziu. Eram opt oameni, plus Stubbs și soția sa".

Sarah dădu pagina:

— „Totul mi se păruse suspect de la bun început. Era mult prea multă vorbărie, iar peste noi plana un aer de confuzie. Apoi, la cină, doamna Stubbs ne-a dat tuturor un plic cu numele nostru scris pe el, doar că ea încă nu aflase cum ne cheamă și a trebuit să ne strige ca pe elevi. Fiecare scrisoare își acuza destinatarul de o fărădelege nedescoperită încă. Acest fapt a cauzat agitație mare între noi. Unul dintre bărbați și-a citit sentința cu voce tare, iar apoi a urmat o polemică dacă ar trebui și noi să facem la fel sau nu. Am sfârșit cu toții prin a face același lucru. Mai puțin două doamne, fapt ce a declanșat un scandal uriaș. O pasăre exotică trecută de prima tinerețe, doamna Tranter, și companioana ei în colivie, Sophia. Ea, genul acela insuportabil de persoană religioasă care n-ar recunoaște nici în ruptul capului că ar putea avea și defecte. Am stat în spatele lor însă și am putut să citesc mare parte din conținutul plicului. Ceva despre cum au călătorit cele două în Amsterdam și au împins un cerșetor într-un canal. Absolut odios. Apoi doctorul – genul de bărbat care nu-mi place – a făcut lucrul cel mai bărbătesc cu putință, anume să preia frâiele situației".

Sarah știa la ce bărbat se referă; trecuse pe lângă casa ei cu profesoara în cardiganul roșu. Încă nu-i descoperiseră trupul printre cadavrele pe care le văzuseră deja.

— „Doctorul se întoarse spre Stubbs, însă el insistase că doar urma instrucțiunile și că nu îl întâlnise niciodată pe Unwin. Aproape că izbucnise o bătaie între cei doi. Doctorul ăsta e un sălbatic, zău. Am primit și eu niște întrebări bizare, fiind nepoata bărbatului, așa că am recunoscut toată șarada. Partea amuzantă este că, în mare parte, acuzațiile ce mi-au fost aduse sunt adevărate.

Practic se spunea că l-am sedus pe Benny și apoi l-am convins să se sinucidă. Ei bine, ne-am sedus reciproc, dar e adevărat că i-am dat pastilele și i-am zis să le ia. Lumii îi e mai bine fără astfel de oameni; prea era dornic să-și folosească palmele. Nu mulți oameni știau despre asta însă. Se vede că Unwin și-a făcut temele. Apoi, în toiul acestei situații, de parcă nu era suficient haos, o femeie arțăgoasă de la masă s-a înecat deodată. Am crezut, inițial, că era doar o reacție cauzată de șoc, dar apoi situația s-a agravat. I s-a dat să bea apă, dar a vomitat-o într-o baltă ușor roșiatică. Au încercat să o bată pe spate, dar asta nu a făcut decât să înrăutățească lucrurile. Apoi a început să alerge în jurul camerei, agitându-se în jurul mobilierului și scoțând cele mai înfiorătoare sunete pe care le-am auzit vreodată. În cele din urmă a căzut peste draperii, moartă. Într-un fel, ne-a făcut nouă, tuturor, un serviciu. Orice fel de șantaj pe care Unwin îl pregătise urma să înceteze pentru că era imposibil de-acum să nu chemăm poliția să ancheteze. Stubbs spune că va merge cu barca pe partea cealaltă la prima oră mâine-dimineață. Pur noroc, dacă e să ținem cont de situație. Nu voi putea dormi la noapte. Cineva tușește în capătul celălalt al holului".

Notița se încheia aici.

Charles reveni după câteva minute:

— Draga mea, ai plecat de unde te-am lăsat. M-am temut de ce-i mai rău.

Sarah i-a arătat însemnarea. El ținea un mic topor într-o mână, pistolul în cealaltă; le așeză pe ambele jos, lângă carte, și citi cu atenție:

— Deci moarta pe care o descrie la final este femeia pe care am găsit-o în camera cu ceasuri?

— Așa se pare.

— Crezi că a fost otrăvită? I s-a pus ceva în mâncare?

— Am găsit pe masă o furculiță căreia îi lipsea un dinte. Cred că s-a înecat cu aia. În locul în care ar fi trebuit să fie dintele era o gaură. Odată prinsă într-o bucată mai tare de carne ar fi alunecat din furculiță și ar fi fost înghițită cu ușurință. Charles își miji ochii și mimă mâncatul cu furculița:

— Gaura are formă de pană, ca și când capătul ascuns fusese ascuțit. O lamă menită să rămână înfiptă în gât.

— Este oribil. Săraca femeie.

Sarah se înfioră la acest gând:

— Fusese o torționară, așa se pare. Ai mai găsit ceva afară?

Își trase umerii în spate:

— Am sfârșit prin a cerceta toată insulița. Când eram în hambar am auzit zgomot și am mers să investighez. Era doar un pescăruș, dar, din moment ce începusem, am decis să verific peste tot. Nu e nici urmă că ar fi cineva viu și nici nu am mai găsit alte cadavre. Singurul loc unde nu am căutat este plaja, unde i-am găsit pe soții Stubbs. E o potecă ce duce jos, dar este destul de periculoasă și am vrut să mă întorc la tine.

— Știm că Stubbs și soția sa au fost a patra și a cincea victimă. M-am înșelat, bineînțeles, în legătură cu cei doi. Nu au fost primii care să moară. Prima care a murit a fost profesoara. Apoi, când toată lumea s-a dus la culcare - devreme, probabil, după toată drama serii -, amândoi soții și-au aprins lumânările și au rămas treji. Unul ca să scrie, iar celălalt ca să citească. Ambii au murit, otrăviți de fumul lumânărilor. Trei morți: acela a fost momentul când toți au avut revelația a ce se întâmplă de fapt. Unul putea să fie mai ghinionist, dar nu și trei. Presupun că Stubbs și soția sa erau deja morți când aceste două cadavre au fost descoperite. Trebuie să fi fost uciși a doua zi, dimineața devreme, înainte ca sala în care a avut loc dineul să fie curățată. Explicația evidentă este că Unwin le-a cerut să se întâlnească în vârful colinei - probabil ca să își pună poveștile la punct înainte să anunțe poliția despre micul accident din timpul cinei - și i-a împins când nu erau atenți.

— Însemnarea nu menționează că Stubbs sau soția sa ar fi fost acuzați de ceva. De ce să-i aducă aici?

— Ca să ajute la pregătiri. După ce au ajutat la pregătirea casei pentru a-i primi pe musafiri, probabil că au fost considerați cantitate neglijabilă. Nu ar fi fost practic, presupun, să încerce să găsească un servitor cu o infracțiune nedescoperită din trecutul său care, în același timp, să fie dispus să lucreze pentru o sumă infimă de bani.

— Înțeleg. Charles avea un aer posac. Măcar, morțile lor au fost rapide și ei nu au suferit. Poate că asta explică modul în care au murit.

— Unwin are și el suflet, într-un fel sau altul.

— Trebuie să verificăm și celelalte camere. Vino.

Charles a lovit în prima ușă cu toporul, izbind în balamale până când aceasta s-a desprins cu totul. Arma i-a scăpat din mână și a fost cuprins de panică, iar ușa, în mișcarea-i, l-a izbit de perete – ca pe un copil ce construiește un fort din mobilier –, totuși, nimeni nu s-a repezit să-l atace. Sarah intră în camera goală. Nu era niciun cadavru, ci doar un pat gol și un bec. În fața ei era un geam mic. În cameră nu era nimic, nici măcar o lumânare. Un țânțar singuratic privea scena de pe tavan, de lângă bec.

În spatele ușii erau o valiză, nu era nici închisă, nici complet deschisă, și un stoc de mâncare la conservă. Pe podea, lângă conserve, o furculiță, un cuțit mare, pentru tranșat carnea, și un bol plin cu apă.

— Cineva s-a asigurat că e pregătit bine, spuse Charles, a încuiat ușa și apoi nu s-a mai întors.

Au dărâmat ușa de la următoarea cameră într-o manieră similară. De data asta, Charles s-a dat în spate imediat ce ușa a început să se bălăbănească și a așteptat cu ambele arme pregătite.

— Camerele astea nu ar fi fost cine știe ce adăpost, dacă cineva ar fi forțat ușa.

Camera era mai mare, cu un pat dublu și baie în capătul ei. Au observat urme de zgârieturi, pline de sânge și așchii sărite, în jurul tocului ușii.

— Aici s-a dat o luptă violentă, spuse Charles.

— Bineînțeles, spuse Sarah, este camera cea mai sigură. Are o rezervă de apă și nu are balcon sau o altă intrare. Probabil că oaspeții s-au luptat între ei pentru a ocupa camera.

Patul era răvășit: așternuturile împrăștiate, acoperite de conserve de porumb dulce. Conținutul servietei era împrăștiat pe podea.

— Văd forma a ceva în cadă.

Charles păși cu grijă, apropiindu-se încet de baie, având arma pregătită. Odată ajuns la ușă, privi în jos:

— Încă un cadavru.

Sarah venea din spatele lui. Acesta se întoarse spre ea:

— Sarah, nu intra.

Sarah se strecură pe lângă el. Corpul mort și dezbrăcat al unui bărbat era așezat în cada încă plină de apă. Trupul era plin de bășici și porțiuni de carne arsă, părul îi mirosea a pârlit. Pe jos era apă.

— Vino, spuse ea. S-ar putea să nu fim în siguranță aici.

S-au așezat amândoi pe marginea patului, loc din care nu se putea vedea figura scheletică și plină de răni.

— Mă întreb dacă nu cumva acela este domnul Townsend.

Charles aprobă:

— Nouă victime, ceea ce înseamnă că mai avem un singur musafir care nu a fost găsit.

Sarah părea îngrijorată:

— Mi-l amintesc pe al zecelea. Era doctor, cred. Nu părea a fi o persoană plăcută.

— Crezi că el era Unwin? El i-a ucis pe ceilalți nouă?

— Asta pare să fie singura concluzie. Sarah oftă. Ceva însă nu este tocmai în regulă.

— De ce?

Sarah clătină din cap:

— Îmi lipsesc niște elemente ca să pot ajunge la o explicație clară.

— Ei bine, mai e un singur loc pe care nu l-am explorat.

— Plaja, acolo unde Stubbs și soția sa au fost aruncați.

— Da, spuse Charles. Obișnuiam să mă joc acolo când eram mic. Acum plaja este o ruină.

O privi pe Sarah:

— Bărbatul acela din baie, cum crezi că a murit?

Sarah răspunse brusc:

— A fost ars.

— Crezi că s-a umblat la țevi să curgă apă fierbinte din ambele părți, și de la apă caldă, și de la apă rece?

Sarah a dat din cap că nu.

— Ai fi simțit mirosul înainte să intri în baie. Nu, a fost electrocutat. Cada este de porțelan, dar gura de scurgere e de metal. Poate fi legată de o sursă electrică prin centrul acelei guri de scurgere. Este o capcană bine gândită. Se poate ca victima să fi încercat apa cu mâna și să fi văzut că nu riscă nimic, apoi, doar după ce a intrat complet în cadă, apa s-a ridicat suficient de mult, cât să ajungă la gura de scurgere. Și atunci a fost electrocutat. Iar apoi s-a deconectat automat; odată ce sursa de curent și-a făcut treaba, nivelul de apă scade la loc. După cum arată cadavrul, estimez că a durat ceva până când a murit.

Ceva în Charles s-a rupt, un zid de apărare a cedat, iar acesta a fugit în baie și a vomitat în chiuvetă, având undeva, în coada ochiului, imaginea cadavrului fiert. Sarah a intrat după el și l-a mângâiat pe spate, așezată pe marginea căzii.

— Ai grijă, a bolborosit acesta, arătând cu degetul la apă.

— Am grijă. Sarah oftă. Când ești gata, haide să mergem și să explorăm plaja.

Soarele era la amiază deja. Marea era la reflux, iar de jur-împrejurul insulei pietrele străpungeau suprafața apei, părând niște cicatrice. Imaginea aducea cu o adunare de monștri ce dorm sub valuri. Era o priveliște familiară, însă Sarah nu o mai văzuse până atunci de aproape.

Cerul era acoperit de nori cenușii, iar vântul bătea neîncetat dinspre coastă. *Ce loc mizerabil ca să mori*, își spuse Sarah.

Charles merse înainte, traversând în fața lui Sarah cele câteva movile ce alcătuiau partea îndepărtată a insulei, iar când au ajuns la marginea stâncii, amândoi s-au ferit să se apropie mai mult.

— Pe aici.

Charles i-a arătat o potecă printre tufișuri: se unduia înainte și înapoi, iar apoi, după ce trecea de o stâncă, dădea direct pe plaja nisipoasă.

Au pășit atenți la fiecare pas.

Când au ajuns pe vârful stîncii, Stubbs se holba la ei, iar ochii săi morți păstrau întipărită expresia de spaimă, bărbia fiindu-i ușor proptită pe o moviliță de nisip. Restul corpului era poziționat într-un unghi ascendent, urmând panta: probabil că avea gâtul rupt. Doamna Stubbs părea mult mai liniștită, cu fața în jos într-un halou de nisip ud. Atât brațele, cât și picioarele păreau a-i fi fost rupte.

— Cred că a căzut ca o pisică, spuse Charles.

I-a ridicat corpul cu o mână și a văzut că nisipul dedesubt era roșu. Impactul cu pământul îi împinse mandibula în sus, care acum era ușor separată de restul corpului; gâtul moale se frânsese. Hainele îi erau ude. O scotoci prin buzunare și găsi într-unul dintre ele un cartonaș alb, umezit; Sarah descoperi, înfășurată într-o batistă pătată de sânge, o versiune mult mai îmbibată de apă a aceluiași tip de cartonaș într-unul dintre buzunarele domnului Charles. Păreau a fi similare celor cu acuzațiile, dar pe ambele erau tipărite doar cuvintele: „Nu mai e nevoie de serviciile dumneavoastră".

— Asta e o cruzime dincolo de orice limită, spuse Charles.

— Se potrivește cu teoria mea.

Nu au mai găsit nimic altceva, așa că au făcut cale întoarsă:

— Ne-ar trebui ceva echipament ca să îi mutăm, spuse Charles din senin.

Când a ajuns în vârf, se întoarse și privi întinderea mării, ca și când numai imaginea aceea ar fi putut avea un efect purificator, deși totul în jurul insulei părea atins de molimă.

— A fost un an neobișnuit de rece, a spus Charles cu o voce întristată.

Cuvintele lui au făcut ca mintea lui Sarah să înceapă să unească punctele izolate ale evenimentelor; ea privi mișcările valurilor în sensul acelor de ceas, în căutarea conexiunilor. Obrajii i s-au îmbujorat:

— Asta ne-a scăpat!

Fugi spre casă. Charles, neînțelegând ce voise să spună, se chinui să țină pasul cu ea.

În timp ce treceau pe lângă cadavrul din fața casei, acoperit de iarbă, Charles reuși să o prindă de braț și să o facă să meargă mai încet.

— Acel om sugrumat de laț, spuse el, respirând greu. Ai spus că ai crezut că murise recent, poate chiar azi-dimineață. Crezi că a fost mână în mână cu Unwin?

— Vom reveni la el. I-a dat mâna la o parte și a trecut de ușa de la intrare, a urcat scările și a luat-o pe holul din stânga, în camera goală unde fuseseră cu câteva minute în urmă.

— Spune-mi ce nu se potrivește în camera asta, Charles.

— Camera nu a fost folosită, patul e făcut, însă avem o valiză.

— Asta așa e, dar mai e o discrepanță mult mai evidentă. Anul acesta este mai rece decât de obicei, după cum ai spus tu. Nu am văzut un singur țânțar până acum. Cu excepția celui de pe tavan.

Țânțarul singuratic era încă pe tavan, lângă bec.

Sarah testă patul cu mâna: era suficient de tare cât să o țină. S-a suit pe pat și s-a uitat la insectă. Nu se mișcă. Îl atinse cu degetul și căzu pe jos, într-unul dintre colțurile camerei.

Charles îl recuperă:

— Este un țânțar de jucărie. De metal. Crezi că este important?

Era deja ocupată să tragă așternuturile de pe pat. Nu era saltea, ci doar un cadru dur de metal acoperit de o pânză groasă.

— Ajută-mă.

Au prins bara de la capătul patului și au reușit să o ridice; patul era acoperit de un fel de capac de metal. Înăuntru, era gol. O plasă fină era întinsă pe de-a lungul deschiderii, cu o gaură mare în mijloc, iar prin ea se putea vedea al zecelea cadavru. Charles veni lângă Sarah:

— Doctorul?

Sarah aprobă.

— Acesta e Unwin?

Sarah dădu din cap în semn că nu.

— Nimeni nu și-ar face așa ceva singur. Am mai văzut genul ăsta de plasă la echipamentul ieftin de camping. Poți să te așezi sau să stai întins pe ea și o să îți suporte greutate, dar încearcă să stai în picioare pe ea: din cauza presiunii o să cazi prin ea. Capacul trebuie să fi fost ridicat, părând parte din perete. Deci când s-a ridicat în picioare, probabil stătea pe plasă.

Rupse restul cuverturii de pe margini.

— Baza e acoperită cu sârmă ghimpată; a rămas prins în el. Iar această manetă ar fi eliberat arcul odată ce greutatea era așezată, ceea ce a dus la închiderea capacului. A sângerat în întuneric până a murit.

Sângele adunat, vreo zece centimetri, acoperea baza patului gol.

— Iar țânțarul?

— Doar un truc care să îl facă să stea în picioare în pat.

Charles izbi cu pumnul în perete.

— Ce urzeli diabolice! Poate că Unwin nu era unul dintre oaspeți, atunci. Te-ai gândit că se poate să fi venit aici cu câteva săptămâni în urmă și să fi pus toate capcanele, fiecare la locul ei? Nu trebuia să fie aici ca să vadă desfășurarea acțiunii.

— Teoria ta nu rezistă. Capcanele, ele singure, nu ar fi fost de-ajuns. Gândește-te la omul sugrumat cu lațul, de exemplu.

— Dar toți zece sunt morți, nu?

Sarah și-a dus mâna la frunte.

— Știu, dar unul dintre ei trebuie să fie vinovatul. Trebuie doar să aflăm care anume.

— Ei bine, dacă am ajuns într-un impas, propun atunci ca, de aici încolo, poliția să preia cazul. Fluxul e bun acum.

Sarah își dădu ochii peste cap.

— Nu, Charles. Vino cu mine.

S-au dus înapoi la parter, în salonul acoperit de cenușă și bucăți de lemn.

— Cronologia evenimentelor este relativ ușor de stabilit. Însă trebuie să clarificăm situația, iar restul puzzle-ului ar trebui să se rezolve. Prima zi este cea a sosirii. Apoi sunt acuzațiile din timpul cinei și primul deces, femeia care s-a înecat cu dintele de la furculiță. Mă gândesc că se retrag devreme, cuprinși de șoc și nemaifiind în stare să discute cu ceilalți străini. Iar servitorii, probabil, sunt prea ocupați cu cadavrul ca să mai strângă masa. De strânsul mesei se puteau ocupa dimineața următoare. Între timp, doi dintre oaspeți se otrăvesc cu lumânările pe care și le-au aprins. Ceilalți cinci oaspeți se trezesc a doua zi, dimineața devreme, și coboară la parter. Dar de servitori făptașul se descotorosise deja, iar micul dejun nu va fi servit. Poate că, își zic musafirii, soții Stubbs au plecat împreună pe țărm, dar, în cele din urmă, încep să se suspecteze unul pe altul. Doi dintre oaspeți dorm incredibil de mult. Toți cercetează camerele și găsesc cadavrele; este limpede că se petrece ceva sinistru. Aș sugera că, în acest punct al evenimentelor, încep să cerceteze insula, nu cumva să fie vreun intrus, și găsesc cadavrele soților Stubbs pe plajă. Atunci, mai mult ca sigur, situația începe să scape de sub control; au avut loc cinci crime și mai sunt cinci rămași în viață. Nu găsesc pe nimeni în plus pe măsură ce cercetează insula, așa că sunt convinși că unul dintre cei cinci trebuie să fie cel care a pus totul la cale. Are loc o ședință de urgență în salon, ședință ce se încheie cu bușteni care explodează. În loc să încerce să se protejeze reciproc, fiecare adună provizii și se închid în camerele lor. Ba chiar se dă o luptă pentru cea mai bună dintre camere. Mă urmărești?

Charles aprobă frenetic.

Sarah continuă:

— E posibil ca lucrurile să se fi petrecut astfel în a doua zi până spre seară sau până a doua zi dimineață, dar în același moment cele două femei își părăsesc camerele și își mută proviziile în camera de studiu de alături. De ce? Fiindcă dormitoarele nu sunt sigure. Un om este fiert în cadă, un altul moare, sângerând lent în interiorul propriului pat. Țipetele celor două victime la un loc străbat întregul etaj. Și ambele victime se află în spatele ușilor închise. Bărbatul mai în vârstă, cel de pe iarbă de afară, este singurul oaspete care mai trăiește, în acest moment. Cele două doamne se cunoşteau de dinainte să vină aici, deci încep să îl suspecteze pe acest individ. Fie că motivul este întemeiat sau nu, acestea fug în camera de studiu și se baricadează acolo blocând ușa cu biroul.

— Dar, atunci, cum au murit?

— Ah, asta e simplu.

S-a dus la perete și a împins o cărămidă.

— Când piesa asta este scoasă din perete, creează un loc liber în spatele șemineului, iar fumul tot intră în camera imediat următoare, printr-o gaură în perete. Ușa de la camera respectivă nu are încuietoare, însă, ori de câte ori geamul este deschis, ușa se încuie. Ai deschis geamul, iar eu am văzut încuietoarea ieșind din tocul ușii; am auzit pârgiile învârtindu-se în interiorul pereților.

— Iar geamul era prea mic ca să se poată ieși pe acolo. Deci ele mor asfixiate, iar singura modalitatea prin care se pot salva este să închidă geamul, singurul lucru pe care nu vor încerca să îl facă? Unwin are un simț morbid al umorului. Așadar, se presupune că bărbatul mai în vârstă de afară e cel care a aprins focul? Dar tu nu crezi că el e Unwin, nu?

— Lasă-mă să mă gândesc la asta puțin.

Sarah se așeză pe unul dintre fotoliile tapițate și înfăptui din nou ritualul de a-și aplica presiune pe frunte pentru a se putea concentra, de data asta cu podul palmei. Nu mai conta acum că Charles o putea vedea făcând acest gest; nu ar fi întrerupt-o. Acesta doar privea, cu gura larg căscată, uimit. Nu o putea auzi respirând și începu să se îngrijoreze, apoi aceasta s-a ridicat tremurând, părea că tocmai se trezise dintr-un coșmar. Discursul, însă, și tonul vocii îi erau perfect inteligibile.

— Nu, nu era Unwin. Cu toate acestea însă, cert este că moartea lui e cel mai greu de explicat. Tot timpul a mai fost cineva prezent aici, deși nu puteam să-l leg de nimic. Profesoara, domnișoara Richards, s-a înecat cu un dinte al furculiței ei. Sau, cel puțin, așa ți-am spus, dar m-am uitat în gura ei și i-am pipăit gâtul și nu am simțit niciun obiect care să-i blocheze căile respiratorii. Fie m-am înșelat în legătură cu gâtul ei, fie cineva a scos dintele ulterior. Am găsit două lumânări arse lângă două cadavre, dar nu am găsit niciun chibrit. Corpul din pat era acoperit de un capac, capacul însuși acoperit de așternuturi pentru a semăna cu un pat. Capacul fusese pregătit dinainte, ca să pice în loc cu o viteză mare și totuși, când l-am găsit, cearșafurile de pe el erau perfect aranjate. Iar asta era în interiorul unei camere încuiate, însă nici urmă de cheie. Apoi, cele două femei care au murit în camera plină de fum erau închise înăuntru de un mecanism care se activa la deschiderea geamului, dar când le-am găsit, geamul era închis. Iar biroul era aranjat lângă perete.

— Ei bine, ultimul om rămas ar fi putut să facă aceste lucruri. Bărbatul întins pe iarbă. Iar dacă el era Unwin, ar fi trebuit să aibă o cheie pentru fiecare cameră.

— Da, dar moartea lui seamănă mult prea mult cu o crimă. A fost cea mai greu de dedus fiindcă nu a rămas mare lucru din metoda folosită. Însă Unwin nu l-ar fi atacat direct, ba chiar cu o garotă: prea multe necunoscute. Trebuie să fi fost o schemă aici. Și, bineînțeles, metoda devine evidentă când te dai un pas în spate și meditezi puțin la situație. I-am găsit cadavrul fix lângă locul unde bărcile sunt legate: nu avea niciun motiv să fie acolo, doar dacă voia să ia o barcă să plece. Și cum convingi un bărbat care e gata să plece cu barca să-și pună un fir în jurul gâtului?

Charles nu avea un răspuns.

— Dându-i o vestă de salvare. Sau ceva ce seamănă cu una, cu un fir în țesătură. N-ai nevoie decât de niște carton și de un material ieftin. Se trage peste cap, apoi firul ajunge în jurul gâtului persoanei, iar greutatea este eliberată. Și asta ne aduce la celălalt lucru care pe mine mă nedumerește: de ce niciunul dintre ei nu a încercat să plece cu barca a doua zi, când jumătate dintre musafiri au fost găsiți morți. Marea era agitată atunci; nu ar fi supraviețuit. Dar m-aș fi așteptat ca măcar unul dintre ei să încerce să plece; e o moarte mult mai elegantă decât oricare dintre cele de aici. Doar dacă nu cumva era cineva care să-i convingă să nu facă asta, care să-i convingă să mai aștepte o zi, cineva a cărui autoritate privind situația de față le-a fost revelată.

— Vrei să spui?

— Stubbs.

Charles rămase fără aer, mut de uimire.

— A fost clar de la început, nu mă voi ierta pentru faptul că mi-a scăpat din vedere. Era singurul care știa ruta printre pietre. Când furtuna s-a dezlănțuit, a doua zi, el i-a convins pe toți să rămână pe insulă. Le-a câștigat încrederea fiindcă soția lui murise; l-au considerat o victimă. Morțile din pat și din baie trebuie să fi avut loc fie în acea noapte, fie a doua zi, dimineața devreme, apoi cele două femei au fost ucise de focul făcut în dimineața aceea. La flux, Stubbs anunță că pot pleca în siguranță și descoperă că mai sunt doi rămași în viață. Trucul cu vesta de salvare rezolvă persoana în cauză, apoi Stubbs taie funia bărcii și pleacă să i se alăture soției sale. Are toate cheile, deci poate să facă ordine mai întâi. Ar fi trebuit să fie evident, moartea lui este singura care seamănă a suicid.

— Dar nu înțeleg. Care a fost motivul său?

— Cred că era pe moarte. Noaptea, tușise. Și am găsit o batistă în buzunarul hainei sale, pătată de sânge. Dacă a decis să nu moară singur? Să pedepsească niște oameni care scăpaseră nepedepsiți. Doar un servitor ar cunoaște atâtea secrete. Și fusese un om credincios; adu-ți aminte de Biblia găsită în camera lui. Dacă și-a considerat misiunea drept una justițiară sau vindicativă, asta nu știu.

Charles era aproape mult prea șocat ca să vorbească:

— Dumnezeule mare, omul a fost un diavol. Nu pot înțelege.

Sarah îl privi cu milă.

Charles făcu o pauză și o luă de mână.

— Sarah, sunt foarte mândru de tine. Chiar ai o minte pentru genul ăsta de activități.

Ea aprobă timid.

— Dar haide să nu fim atât de direcți cu poliția. Nu vrem să le dăm impresia că ne-am băgat nasul în toată afacerea asta. Sunt sigur că își vor da seama și singuri.

Soarele tocmai apunea când cei doi s-au dus la barcă; fluxul era în toi, iar stâncile cele mai dificile erau acoperite de apă.

Sarah vorbi:

— Charles, tocmai mi-a trecut prin cap o idee: ar trebui să punem un anunț pe ușa de la intrare, în care să spunem că am plecat să anunță poliția? În caz că mai vine cineva înainte să ne întoarcem?

Charles mormăi.

— E o idee nobilă, dar nu am niciun stilou la mine, nici hârtie. Dar e puțin probabil să mai vină cineva aici la ora aceasta.

— Dar dimineață s-ar putea. Și nu știm când ne vom întoarce. Era un birou în bibliotecă, lângă bucătărie. Raftul de sus avea și un stilou, și niște hârtie, am verificat eu adineauri.

— Bine, atunci. Așteaptă aici și încearcă să te încălzești.

Charles se ridică; barca se mișcă.

— Mă întorc repede.

Păși repede pe panta mică și intră.

Geamul de la bibliotecă dădea înspre zona de andocare unde se afla Sarah. În casă domnea întunericul; generatorul se oprise de mult. Dar Sarah putu să vadă forma corpului lui Charles intrând în încăpere, observă pata întunecată în timp ce trecea de fereastră, apoi îl auzi înjurând în timp ce trăgea de sertarul blocat, auzi clinchetul metalic și scârțâitul făcut de o balama, elemente ale unei capcane pe care Sarah le văzuse mai devreme acolo, care s-au sincronizat în mișcarea lor. Urmă un țipăt scurt, iar capul lui Charles fu separat de trup. A fost o moarte rapidă.

— Charles, spuse ea, ți-am spus că nu va merge între noi. Iartă-mă, Henrietta.

Apucă vâslele. Și privi în direcția casei în care locuiseră ei toți, întrebându-se dacă fetița încă se mai uita prin telescop la ei. Era aproape mult prea întuneric ca să poată vedea ceva.

Pe măsură ce naviga printre stânci, de-a lungul rutei pe care o memorase în dimineața aceea, Sarah văzu că vâslise de câteva ori pe o traiectorie care pornea direct dinspre plaja mizerabilă cu cele două cadavre. Iar în lumina lunii reflectată pe suprafața apei, au fost câteva momente în care i s-a părut că Stubbs însuși îi face cu ochiul.

10
A CINCEA CONVERSAȚIE

Julia Hart a terminat de citit a cincea poveste: „Iar în lumina lunii reflectată pe suprafața apei, au fost câteva momente în care i s-a părut că Stubbs însuși îi face cu ochiul". Julia lăsă manuscrisul din mână.

Ploaia se oprise, cerul de un albastru spălăcit era presărat cu nori de diverse forme și mărimi, ca un aranjament de pălării într-o vitrină. Grant și Julia stăteau în curtea liniștită a unei biserici din vârful unui delușor, la cam un kilometru distanță de cabana lui Grant; merseră pe jos până acolo după prânz. Pământul era deja uscat.

— Asta a fost o poveste slabă.

— Da, așa e. Zece cadavre descoperite pe o insulă. Este un omagiu adus romanului meu favorit cu detectivi.

Grant își ridică pălăria și-și șterse fruntea cu o batistă.

— Atâta lucru am crezut și eu.

— Sfârșitul a fost puțin cam brutal, când Sarah l-a ucis pe Charles fără motiv.

— Presupun că nu a fost complet nejustificat, spuse Julia, dat fiind contextul.

Grant dădu din cap în semn dezaprobator.

— E o altă portretizare a detectivului malefic, un personaj arogant care se crede mai presus de lege.

— Și este o altă poveste plasată lângă mare. Julia își scoase carnețelul. Este marea o obsesie a ta?

— Nu, nu aș spune asta. Îmi amintește de copilărie, atâta tot.

Julia vorbi cu pauze, ezitând, amintindu-și de efuziunea sa din seara trecută.

— Ai crescut lângă mare deci?

Pentru o clipă, Grant păru pierdut, urmărindu-i stiloul care se mișca înainte și înapoi.

— Doar vacanțe, asta e tot.

Julia așteptă ca Grant să continue, dar acesta nu adăugă nimic.

— Cred că e preferata mea, spuse ea. În ciuda faptului că e așa de searbădă.

Își trase pălăria peste ochi.

— Mă bucur să aud asta.

Julia privi niște pietre aflate la câțiva metri depărtare de ei. I se păru că vede un șarpe strecurându-se printre ele. Unul mic. Dar la fel de bine se poate să fi fost o iluzie optică.

Grant se ridică în picioare și își împinse pălăria până în creștet.

— Hai să facem niște matematică. Cred că e timpul să trec prin definiția *de facto*, nu crezi? E chiar destul de simplă.

Julia privi în sus.

— Mi-ar plăcea să o ascult.

— Prea bine.

Grant găsi pe jos o ramură de măslin ruptă, chiar lângă pietrele de pe drum. Se așeză la loc și începu să deseneze în terenul nisipos dintre ei doi.

— Asta este direct din teza mea, *Permutările ficițiunii detectiviste.* Capitolul unu, subcapitolul unu.

Desenă patru cercuri în terenul prăfos și le denumi *S*, *V*, *D* și *U*.

— Știi ce e asta? o întrebă.

Julia se holbă la formele desenate, neștiind cum anume să le interpreteze.

— Se cheamă diagramă Venn, continuă acesta. Asta este o diagramă în forma sa embrionară. Fiecare cerc reprezintă un set sau o grupare de obiecte.

Desenă un oval mare în jurul celor patru cerculețe, înglobându-le pe toate, și scrijeli un *C* în colțul cel mai apropiat de Julia.

— Seturile sunt toate formate din membri ai grupului. *Grupul* este numele colectiv pe care-l dăm personajelor din carte. Chiar și celor secundare. Deci seturile sunt colecții de personaje.

— Continuă, spuse Julia.

— Cercurile reprezintă cele patru ingrediente pe care le-am discutat deja: un set de personaje denumit *suspecții*, un altul, *victimele*, apoi *detectivii* și, la final, *ucigașii*. Acestora le adăugăm patru cerințe. Numărul de suspecți trebuie să fie doi sau mai mare; altfel, nu avem mister, iar numărul de ucigași și victime trebuie să fie cel puțin egal cu unu, fiecare; altminteri, nu avem crimă. Matematic, le putem exprima folosind conceptul de *cardinalitate* sau mărime a seturilor: cardinalitatea lui *S* este cel puțin doi, iar cardinalitățile lui *U* și *V* sunt, fiecare, cel puțin unu.

— Da, spuse Julie. Foarte clar până acum.

— Ultima cerință este și cea mai importantă: ucigașii trebuie să fie extrași din setul suspecților. *U* trebuie să fie un subset al lui *S*.

Pentru a ilustra acest ultim raționament, șterse cercul denumit *U* și-l desenă iar, mai mic, în interiorul cercului denumit *S*.

— Așa arătăm subseturile în cazul unei diagrame Venn.

— Până acum avem un rezumat al discuției purtate ieri și azi-dimineață, nu-i așa?

— Corect. Dar acum a fost stipulat în mod formal. Iar asta definește o structură matematică simplă pe care o vom denumi *crimă*. Următoarea replică este foarte importantă. Am muncit enorm pentru a-mi da seama cum să o formulez.

Julie așteptă cu stiloul pregătit să noteze.

— Continuă.

— Spunem că o poveste poate fi calificată drept *poveste cu detectivi* dacă cititorul poate ordona personajele în aceste patru seturi, iar - ceea ce este crucial - setul de ucigași este identificat după ce celelalte seturi au fost completate. Acea propoziție este cea care unește lumea matematicii de cea a literaturii, lumea imprecisă a literaturii.

— Iar asta este toată definiția?

— Da, asta e tot. Orice alte stipulări ai vrea să faci - reguli despre când să fie introduși suspecții, când trebuie să aibă loc crima și așa mai departe - doar ți-ar deschide loc pentru o serie de excepții și contraexemple.

Julie păru să nu înțeleagă.

— Presupun că simplitatea formulării este ceea ce face ca ideea să fie atât de greu de înțeles. Nu structura în sine mă încurcă, ci de ce ar trebui să o considerăm importantă.

Grant ridică din umeri.

— Matematica de multe ori începe așa.

— Nu se discută nimic despre indicii, de exemplu, care sunt esența genului.

— Da, întocmai, zise Grant și se apleacă în față. De asta este importantă aserțiunea. Odată ce avem definiția, putem acum argumenta că indiciile nu sunt o parte esențială a romanului cu detectivi. Citește orice roman de acest gen și scoate indiciile; tot ai un roman din același gen. Atâta timp cât se potrivește structurii. Deci definiția este eliberatoare până într-un punct. Înțelegi?

— Cred că da.

— Să luăm un alt exemplu, cel al crimelor supranaturale. Deseori sunt considerate ca interzise în romanele cu detectivi, dar nu avem un motiv pentru care crima să nu fie comisă de o fantomă ce trece prin pereți, atâta timp cât fantoma este prezentată ca un suspect înainte să fie prezentată ca fiind ucigașul. Definiția ne spune că povestea se încadrează în reguli, deci va fi o poveste validă.

— Și, atunci, cum rămâne cu poveștile din *Crimele cusute cu ață albă*?

— A-ha, spuse el și bătu din palme. Acesta este al doilea lucru pe care îl putem face cu ajutorul definiției, putem face calcule. Povestea standard are un detectiv, o victimă și niște suspecți, fără ca aceștia să se suprapună, și un singur ucigaș în tot grupul de suspecți. Ei bine, acum putem să ne uităm la ceea ce am putea numi *cazuri aberante*, în care fie mărimea grupului este neregulată, fie două sau mai multe grupuri se întretaie. Există doar patru elemente într-o astfel de poveste, deci numărul de permutări este relativ mic. Putem calcula și face o listă cu fiecare dintre ele. Fiecare structură posibilă. Asta e ceea ce voiam să explorez prin acele povești pe care le-ai menționat.

Julia răsfoi carnetul până la o pagină anume.

— Deci am avut o poveste cu doi suspecți, una în care victimele și suspecții se suprapun, o alta în care detectivii și ucigașii se suprapun și una în care ucigașii și suspecții sunt una și aceeași persoană?

— Așa este, spuse Grant. Iar trăsătura definitorie a poveștii pe care tocmai am citit-o este că victimele și suspecții sunt aceiași. Cu alte cuvinte, nu există alți suspecți în afară de victime și nu există alte victime în afară de suspecți. Știm că una sau mai multe victime i-a ucis pe toți ceilalți. Diagrama, în acest caz, ar arăta așa.

Șterse cercul denumit *V* și puse un alt *V* lângă *S*.

Julia notă în carnețel.

— M-am gândit la ceva, în schimb.

Grant îi făcu semn să continue, mișcând circular ramura de măslin ca substitut al mâinii.

— Cum abordezi situația în care au loc crime diferite în cadrul unei singure povești, fiecare crimă cu ucigașii și victimele sale?

Grant se lăsă pe spate și-și acoperi fruntea cu pălăria. Se încruntă.

— Asta e o întrebare bună. Trebuie să le tratăm ca pe niște povești cu detectivi care sunt puse, din întâmplare, laolaltă. Nu avem altă metodă. Este, sincer, o formă de a trișa.

Julia continuă să scrie.

— Înțeleg, spuse ea și închise carnețelul. A fost foarte util. Vrei să ne întoarcem la cabană, cât e încă înnorat?

Grant nu-i răspunse la întrebare.

— Îmi fac plăcere aceste discuții, să știi. În ultimii ani n-am prea avut conversații la fel de interesante și antrenante ca și cele cu tine.

Răceala dintre cei doi apărută în dimineața aceea se topi odată cu ivirea soarelui.

— Mă bucur, răspunse Julia.

Grant își puse mâna caldă pe umărul ei. Încă ținea ramura de măslin, iar Julia o simți zgâriindu-i ceafa. O durea puțin.

— Înainte să mergem, a spus Grant, nu ai nimic să îmi spui?

Julia râse.

— Da, uitasem.

Și-a deschis carnețelul din nou. Rutina lor aducea de-acum a ritual.

— Ei bine, am găsit încă o incongruență. Sau un detaliu ce nu a fost explicat, cum vrei să-i spui. Pe Insula Perla Albastră era un câine. Ce s-a ales de câinele acela?

Grant zâmbi.

— Acesta e puzzle-ul pentru după-amiaza asta?

— Da, spuse Julia. Așa pare. Când Sarah îi întâlnește pe domnul și doamna Stubbs pe drumul de lângă casa ei, în spatele lor e un câine ce se plimbă cu pescarul. Suntem lăsați să presupunem că îi aparține pescarului, dar prezența lui nu e explicată deloc. Singura concluzie rațională este că le aparține domnului și doamnei Stubbs. Și că stă cu ei pe insulă.

— De ce spui asta?

— Charles și Sarah găsesc multiple semne ale existenței câinelui pe insulă pe măsură ce explorează casa. Ce altceva ar putea explica resturile de carne mestecată de pe holul din bucătărie, mirosul de excremente de afară, firele de păr de animal de pe covorul din salon și urmele de labe din hol? Alte făpturi, cu excepția câtorva păsări, nu mai sunt pe insulă.

Grant zgârie solul cu ramura lui.

— Presupun că ai dreptate. E puțin probabil ca altă ființă, una mai mare, în orice caz, să supraviețuiască acolo.

— Dar câinele a dispărut până să ajungă Sarah și Charles. Deci, ce a pățit?

— A fost o altă victimă, mă gândesc.

— Poate. Dar și-ar ucide Stubbs propriul câine? Și ce s-a întâmplat cu trupul câinelui? Julia zâmbi. Mi-ar plăcea să cred că a înotat înapoi pe țărm.

Grant aprobă.

— Este, măcar, o posibilitate. Putem să ne gândim la asta pe drumul de întoarcere. Mergem?

Julia se ridică.

— Mergi înainte, spuse ea. O idee tocmai îi încolțise în minte. Vreau să mai stau puțin aici și să mai notez câteva lucruri.

— Bine, spuse Grant. Atunci, ne vedem la cabană.

Julia se sprijini de peretele jos al curții bisericii și așteptă până când Grant ieși din raza ei vizuală. Apoi, merse până în partea îndepărtată a bisericii, unde văzu câteva pietre funerare. Soarele era acoperit de nori, iar niciuna dintre pietre nu proiecta umbre. Numele inscripționate pe pietrele funerare abia se înțelegeau. Julia trecu încet de la una la alta, privind cu atenție în stânga și-n dreapta. În cele din urmă, s-a oprit în partea unde curtea se apropia cel mai mult de mare. Înaintea ei se ivi o piatră funerară de culoarea untului.

Julia închise ochii. Suspectase încă de la prima lor conversație că Grant îi ascundea ceva despre trecutul său. Acum știa despre ce anume era vorba.

11
SATUL BLESTEMAT

Doctorul Lamb privea apusul prin două ferestre dreptunghiulare. *Aceasta este ultima priveliște frumoasă pe care o voi vedea*, gândea el, în timp ce se uita pe fereastră. Însoțitorul său, un domn pe nume Alfred, stătea în fața geamului, blocând ce intra de afară.

— Ei? Cât de gravă e situația?

Doctorul Lamb se așeză pe vine. Alfred se întoarse spre pat. Ochii îi erau înlăcrimați.

— Dacă îți dau oglinda, poți să pui diagnosticul singur.

— Așa de rău e?

Vocea doctorului era gravă.

— E limpede ca lumina zilei, spuse Alfred. Zona ta lombară este de un galben-deschis.

Doctorul Lamb înjură, iar atitudinea sa rezervată a fost înlocuită de un șir de accese de tuse. Una care suna ca frunzele uscate ale toamnei sub tălpi; totul îi amintea de inevitabila prăbușire a corpului său.

— Ce vei face acum? întrebă doctorul.

Alfred a pus o mână pe fruntea doctorului, indexul său pliindu-se pe conturul frunții.

— Trebuie să îmi iau lucrurile și să plec. Nu pot risca să fiu găsit aici. Înțelegi, nu?

Doctorul mormăi.

— A fost o aventură pe cinste, nu?

— Da, spuse celălalt om, oftând. Este păcat că trebuie să se termine astfel.

Doctorul Lamb îl urmări pe Alfred cum își împacheta lucrurile, iar apoi a alunecat în lumea somnului. Se trezi la auzul ușii care se închidea. Adună toate păturile și le puse pe el ca să se ducă la geam. Alfred pășea pe stradă, îndepărtându-se cu fiece pas. Abandonat de ultimul său amant.

S-a întors în pat.

— Ei bine, iată-l. Patul meu de moarte, literalmente.

Restul camerei era gol. Doar un birou în colț, cu un dreptunghi din hârtie albă în capăt pe care l-a pus el cu o zi în urmă.

Dacă boala era acum în ultimele stadii, știa ce însemna asta; în baie îl așteptau o doză de morfină și o seringă curată. Dar mai era un lucru pe care voia să îl facă înainte de orice.

Merse împleticindu-se la birou și se așeză pe scaun. Păturile au alunecat, măturând podeaua. A tras coala de hârtie aproape, a luat un stilou și a scris în partea de sus numele lui Lili Mortimer.

Cu cinci ani în urmă, ea venise să îl vadă. A luat metroul până la el în cartier, a ieșit de sub pământ și a pășit pe strada rece.

Un individ a încercat să-i vândă un ziar. A scuturat puternic din cap că nu și a pășit mai departe pe caldarâm privind la indicatoarele rutiere. Reușise să prindă trenul în stația Piccadilly, unde străzile uriașe, pline de magazine, păreau ușor de navigat, dar dincolo de stație erau doar case și clădiri de birouri, iar toate păreau amestecate. Clădiri înalte, vopsite în culori șterse cu uși negre, impozante, aliniate de-a lungul străzii înghețate de ger ca pietrele funerare acoperite de zăpadă.

Era prima oară când se afla în Londra, de fapt, prima oară când părăsea satul de una singură. Avea doar șaptesprezece ani.

Când i-a spus lui Matthew că intenționează să vină aici, el doar oftase și își așezase cățelul în poală, de parcă gestul acesta i-ar fi exprimat sentimentele față de chestiunea în discuție.

Una dintre străzile rezidențiale înguste avea un nume care îi era cunoscut și, după câteva minute, era în fața clădirii care o interesa. Sună la ușă. O femeie tânără i-a deschis.

— Bună ziua. Sunt aici să îl văd pe doctorul Lamb.

— Și cum vă cheamă?

— Lily Mortimer.

Doctorul Lamb o întâmpină în ușa biroului său, îi oferi un scaun pe care să ia loc și rugă recepționista să le aducă ceai.

— Lily, spuse doctorul Lamb luându-i paltonul. Au trecut atât de mulți ani, însă nu ai îmbătrânit deloc. Cred că ești cel mai de încredere pacient pe care l-am avut vreodată. Când erai mică, biata sora ta te aducea ca să te văd ori de câte ori te loveai la genunchi. Cred că era puțin stresată de responsabilitatea pe care o avea. Dar nu cred că-ți mai amintești ceva de atunci.

Lily zâmbea.

— Pentru mine, viața a început când mi-am rupt mâna. Aveam cinci ani. Am căzut dintr-un copac.

Doctorul își lăsă capul pe spate și râse, un râs afabil.

— Uitasem de asta. Întâmplarea aceea aproape că a îngrijorat-o de moarte. Ce mai face sora ta?

— Ah, Violet o duce bine. Desigur, s-a căsătorit cu Ben. Acum câțiva ani. Locuiesc în Cambridge.

Doctorul Lamb zâmbi larg, imaginându-și-o pe fetișcana mică și palidă pe care o cunoscuse acum mulți ani purtând un văl de mireasă peste chip.

— Iar restul consătenilor? Unchiul tău, Matthew?

— Ca de obicei. Matthew are un câine acum. Și nici satul sau sătenii nu s-au schimbat. Încă l-ai recunoaște, dacă ai voi vreodată să te întorci acolo.

— Bun, bun.

Doctorul potrivi un stilou de pe biroul său și mută niște hârtii de ici-colo, semn că introducerile au luat sfârșit.

— Și cum te pot ajuta? Are a face cu moartea lui Agnes, bănuiesc?

Tăcerea stranie puse stăpânire pe încăpere, așa cum o pată de cerneală se întinde pe foaia de hârtie pe care a fost vărsată.

Menționarea acelui nume părea să aducă gerul de afară înăuntru.

— Am vrut să te văd, începu Lily, știind că e rândul ei să pună întrebări.

Însă întrebările ei erau mai sumbre și mai directe decât cele ale doctorului și se gândea cum să abordeze subiectul în sine.

— Vreau să te întreb, de ce ai părăsit satul la atât de scurt timp după întâmplarea respectivă?

Doctorul respira sacadat.

— Nu crezi că întrebarea e puțin cam personală? Crezi că e relevant?

— Cred că da. Te deranjează că întreb?

— Nu cred. Dar spune-mi, te rog, ce vrei, de fapt, să știi.

— Așa cum ți-am spus și în scrisoarea trimisă, încerc să înțeleg circumstanțele felului în care bunica mea a fost ucisă. Ai locuit și muncit în sat timp de douăzeci de ani, apoi, la un an de la crimă, ai plecat. Și la fel de brusc ți-ai lăsat și pacienții în urmă. Așa tare te-a afectat?

— De fapt, cele două situații nu au legătură. Am vrut un alt fel de viață, atâta tot. Poate că omuciderea m-a grăbit puțin. Oamenii se uitau la mine cu alți ochi după aceea. Poți să o învinovățești pe mătușa ta pentru asta.

— Strămătușa mea, l-a corectat Lily.

— Nimeni nu m-ar fi considerat un suspect, dacă ea nu ar fi insistat. Însă toată lumea vrea să creadă că un doctor poate fi și un criminal; este atât de macabru, atât de sucit. Oriunde mergeam, toată lumea șoptea. Mă simțeam de parcă străbăteam un loc plin de iarbă înaltă.

Lily l-a aprobat.

— Dar, în timp, toată situația ar fi fost dată uitării. Ce e diferit în viața ta aici? De afară, pare extrem de familiar totul.

Lily se gândea la cabinetul său de chirurgie din sat: o cameră mare, întocmai ca aceea în care se aflau.

Lamb se ridică de pe scaun, ușor rănit în amorul propriu de cele spuse de Lily, și se duse la geam. În acel moment, recepționista le-a adus ceaiul. Doctorul Lamb îi privea mâinile frumoase aranjându-i lucrurile de pe birou și chipul delicat în timp ce se îndrepta spre ușă, pentru a se întoarce la postul ei.

— Am o recepționistă aici, pentru început. Într-o zi vei înțelege cât de *mic* este satul acela.

Lamb se așeză înapoi pe scaun. Lily îi zâmbi și ea arogant.

— Oh, sunt conștientă de acest lucru, doctore Lamb. Și sunt sigură că îmi voi croi propria cale în viață, destul de curând. Dar aș vrea să știu adevărul despre uciderea bunicii mele, mai întâi. Este un capitol al vieții mele pe care doresc să îl închei.

— Atunci, ești prizoniera unei crime pe care nu ai comis-o. Nu poți lăsa trecutul în trecut?

— Dar încă este prezent pentru mine. Mi-a schimbat cursul vieții așa cum nimic altceva nu a reușit până acum. M-am tot gândit la întâmplare încă din ziua în care a avut loc. Poate că nu ai înțelege acest lucru.

Doctorul o privi cu ochi triști.

— Îmi pare extrem de rău, trebuie să fi fost groaznic să treci prin așa ceva. Din păcate, nu-ți pot spune nimic ce să nu fi auzit deja din gura târgului.

Spuse asta și sorbi din ceașcă până când nu mai rămăsese nimic altceva în afară de punctele negre de ceai pe fundul ceștii, pe care o puse înapoi pe farfurioară.

Dar, bineînțeles, mințea. Și iată-l aici, cinci ani mai târziu, copleșit de cancer și cu un picior deja în groapă, nemaiavând pe nimeni care să îl protejeze și nicio rămășiță a carierei de odinioară pe care să o apere. După ce Lily plecă în acea zi, se trezi dorindu-și să-i fi dat fetei un indiciu sau măcar o vagă idee, ceva care să o ajute să progreseze în cercetările sale și să-i redea suflul acela de adrenalină al primelor săptămâni de după crimă, când lumea părea divizată în îngeri și demoni. Nu făcuse astfel atunci, însă nu mai era nimic care să-l împiedice acum.

Trecuseră cinci ani de la vizita ei și zece ani de la crimă. Nu îi mai știa adresa, normal, dar, dacă trimitea scrisoarea lui Lily Mortimer, prin grija Sanctuarului Familiei[1], cu siguranță i-ar fi parvenit.

Așadar, doctorul Lamb a luat stiloul în mână și a început să scrie.

— Din păcate, nu-ți pot spune nimic despre faptă, nimic care să nu fi fost spus deja de gura târgului.

Lily își sorbea ceaiul încet, ca să-i arate că nu putea pune capăt conversației așa repede.

— Poate că nu știi cine a ucis-o, dar orice detaliu care-ți vine în minte este de folos. Eram așa de tânără când s-a întâmplat, că mi-e greu să separ amintirea de fantezie. Iar unchiul Matthew refuză să vorbească cu mine despre asta; spune că este prea dureros. Sperasem însă că tu mă vei ajuta.

Doctorul zâmbi.

— Voi completa conturul poveștii și voi adăuga detaliile necesare, dacă mi le amintesc. Dar, cronologic, povestea începe cu tine, nu? Cu tine și William. Nu ar trebui să începem cu modul în care ați găsit cadavrul?

— Da. Lily aprobă. Pot să încep eu.

Crima avusese loc cu șase ani în urmă.

Curtea Sanctuarului era plină de secrete, iar Lily și William - având unsprezece și, respectiv, nouă ani - nu păreau foarte surprinși de barca pe care o găsiseră plutind pe micul heleșteu de sub salcie, chiar dacă nu o mai văzuseră vreodată acolo. Ar fi putut la fel de bine să fie un artefact extraterestru scăpat dintr-o navă spațială ce zbura noaptea pe cer. Dar, pentru ei, era, înainte de orice, o jucărie supradimensionată, aproape la fel de mare ca heleșteul însuși, iar cei doi nu au ezitat să-și facă planurile pentru

---

[1] În engleză, în original, The Grange, prescurtare pentru The National Grange of the Order of Patrons of Husbandry - organizație al cărei țel este să promoveze conlucrarea între membrii comunităților rurale, socializarea între familii etc. A fost fondată în 1960, în Statele Unite (n. tr.).

dimineața, toate având în centru barca aceea. Știau că în grădină erau obiecte cu care li se interzisese să se joace, însă niciodată nu li se spusese să nu se joace cu ceva făcut din lemn.

Lily urcă în vasul ce se mișca pe suprafața apei și se așeză pe bancheta joasă din spatele bărcii, ținându-și umerii perfect drepți, de parcă exersa postura perfectă. Barca se mișca încetișor sub greutatea ei. William a rămas pe mal și s-a întins pentru a prinde pupa.

— Mă aflu pe ocean, a spus Lily.

— Mai precis? a întrebat, suspicios, William.

— Oceanul Arctic.

William a început să o miște dintr-o parte în alta cu putere.

— Este furtună pe ocean, a spus. O furtună de gheață.

Lily și-a păstrat echilibrul într-un mod grațios.

— Pare, mai degrabă, un vârtej. Suntem trași în jos spre abis. Căpitanul s-a înecat.

William a început apoi să lovească cu pumnii în marginea bărcii.

— E un rechin pe aproape.

— E o balenă, l-a corectat ea. O scufundătoare de nave și vase.

Un măr zbură pe lângă capul lui William și lovi barca, ricoșă și căzu în apă. Lily și-a deschis ochii; atât ea, cât și William s-au întors, bănuind cine ar putea să fie.

— O grindină puternică, spuse un bărbat, să tot fi avut spre treizeci de ani, cu părul vâlvoi și o mustață deasupra rânjetului de om mulțumit de ce făcuse.

— E răutăcios ce ai făcut, unchiule Matthew, a spus Lily. Puteam să cad!

— Joc după regulile voastre, nu? Își puse mâinile în șold și se uită de sus la cei doi. Și, în plus, nu pe tine te ținteam, Lily.

William rămase tăcut și-și privea reflexia în apă.

— În orice caz, ce cauți aici, unchiule Matthew? l-a întrebat Lily. Mereu ne bagi în bucluc.

Bărbatul clătină din cap, ca și cum nu i-ar fi venit să creadă.

— Bucluc? Amețită mică ce ești. Mă duc să mă văd cu mătușa Dot în stație. Am venit împreună cu Lauren. Ea are grijă de mămica, ca să-i lase dimineața liberă surorii tale. Vom veni și noi la prânz.

William privi pe furiș casa albă. Din partea în care se afla nu vedea decât fereastra de la pod; partea de jos a casei era acoperită de copaci. Înjură printre dinți.

Matthew se lăsă în jos spre cei doi copii.

— Vreți un măr?

— Da, te rog, a spus Lily.

Matthew i-a dat un măr. William nu răspunse, însă Matthew îngenunche lângă el fără să stea pe gânduri.

— Cred că al tău s-a dus în apă. Poate vei încerca, data viitoare, să-l și prinzi.

— Îl urăsc, îl urăsc, îl urăsc!

Acum și Lily, și William erau în barcă, așezați pe bancheta din spate. Matthew plecase cu zece minute în urmă, mulțumit de micul său act de cruzime.

Familia care locuia în Sanctuar era o entitate incompletă și amestecată, născută din tragedie și șansă. Lily și William, cei doi copii, erau veri, iar Matthew le era unchi amândurora. Bunica lor, Agnes Mortimer, avusese trei copii: pe tatăl lui Lily, pe mama lui Williams, însă și tatăl lui Lily, și mama lui William muriseră – fiul în război, iar fiica la nașterea lui William – și pe Matthew, care rămăsese singurul ei copil încă în viață. Mama lui Lily a murit la câțiva ani după soțul ei, de gripă spaniolă, iar Lily și sora ei, Violet, se mutaseră în Sanctuar pentru a locui cu Agnes. William sosise în anul următor, după ce tatăl lui a dispărut într-o după-amiază. Deci acum cei trei orfani locuiau cu bunica lor, ea însăși văduvă, în această casă albă înaltă de la marginea satului.

Agnes era prea bătrână și bolnavă ca să poată avea grijă de ei cum trebuie, dar Violet era suficient de matură ca să ajute, iar Matthew, care se căsătorise cu Lauren și se mutase cu ea într-o casă mai mică din sat, le venea în ajutor ori de câte ori aveau nevoie. Singurul punct nevralgic din toată înțelegerea erau relațiile dintre William și unchiul său Matthew, care vedea în băiat o versiune în miniatură a brutei care a luat-o pe sora lui de lângă el. Cei doi se urau.

— Ei bine, spuse Lily, într-o zi vei fi la fel de mare ca el și nu o să te mai poată hărțui.

William a pus o mână de frunze, și ramuri, și câteva fire de iarbă pe bancheta din fața lui, pentru a face o marionetă a torționarului său. A aranjat frunzele astfel încât să semene cu o mustață peste o gură formată din rămurele. Un ochi era din pietricele, iar un altul dintr-o bucată de pământ întărit.

— Ce-ar fi să luăm toate frunzele astea, a spus William, și să le punem în cutia lui poștală?

Lily a dat din cap că nu.

— Dar cum rămâne cu biata mătușa Lauren?

William a tăcut; nu era încă sigur ce simțea în legătură cu Lauren.

— I le-am îndesa în buzunare, atunci, când se-ntoarce. Frunze, și limacși, și bălegar.

— Nu ar merge, a spus Lily. Ar ști că tu i le-ai pus.

— Atunci, putem să-l urmărim pe câmp și să aruncăm cu pietre în el. Nu ne va vedea dacă stăm ascunși.

Lily se încruntă și vorbi ca un adult.

— Este mult prea periculos, William. Ai putea să-l omori așa.

William lovi scândura de lemn cu pumnul, iar frunzele luară calea aerului.

— Vreau să-l omor! Vreau să-l omor!

Lily nu răspunse. O speria când îl vedea pe William astfel. Barca se mișcă ușor pe apă.

— Nu pot să te sufăr când ești așa.

Încerca din răsputeri să-i vorbească așa cum i-ar vorbi un adult.

— Te voi lăsa singur și poți să stai aici până când îți trec nervii. Oceanul este foarte relaxant.

William o privi cu bărbia sprijinită în palme.

— Pot să iau o gură din mărul tău?

Lily se gândi la întrebarea lui, apoi a spus nu.

— Îmi pare rău, dar a mai rămas foarte puțin din măr. Nu ai avea ce să muști.

— Deci, i-a spus o Lily mai în vârstă doctorului Lamb, șase ani mai târziu, William și cu mine nu eram împreună când a avut loc crima. Am fost în locuri diferite timp de o oră. Eu am mers în casă și am găsit-o pe Violet într-o stare de spirit sumbră, stătea cu tava cu micul dejun al lui Agnes pe genunchi și nu se mișca deloc, de parcă făcea pocăință pentru ceva. Sora mea se purta așa uneori. I-am spus ceva și nu mi-a răspuns, așa că am luat o carte cu mine și am citit sub unul dintre copaci.

— Și William?

— Nu știu. Nu l-am mai văzut decât când a venit el după mine. Citisem preț de patruzeci de minute, cam așa. Se calmase între timp. De fapt, părea chiar încântat de ceva.

William și Lily petrecuseră câteva minute jucându-se într-una dintre camerele nefolosite de la etaj. Sanctuarul fusese dintotdeauna prea mare pentru cei câțiva locuitori ai săi și nu se arunca nimic, deci multe obiecte, care, însumate, aveau cincizeci de ani de istorie întipărită în ele, zăceau îngrămădite în diversele colțuri ale casei sau, în anumite cazuri, puse laolaltă în adevărate cabinete de curiozități. Agnes locuise în casa aceea decenii întregi, atât de mult încât simțea că face parte din familie. Arogantă și retrasă la exterior, dar cu o personalitate puternică și multe cuvinte nespuse adunate în ea, mereu acolo pentru a-i dojeni pe copii. Pentru cei doi copii, Agnes era o oază nesecată de minunare.

Lily se uita la tipurile de scaune împrăștiate prin cameră și a ales unul făcut din lemn negru, delicat, lucios de la lacul cu care fusese vopsit, și i l-a oferit lui William. Acesta l-a pus cu grijă deasupra unui birou mare. Apoi, au pus două măsuțe în stânga și dreapta biroului, improvizând două brațe, și au găsit un ornament care să stea deasupra fiecărui braț improvizat. Un opritor de ușă în formă de leu, din alamă, și o statuetă de câine din porțelan. Încercau să construiască un tron.

— Lasă-mă pe mine primul, spuse William cățărându-se pe birou.

În timp ce se așeza, unul dintre picioarele scaunului a alunecat, iar el a căzut pe spate spre perete. Picioarele i-au zburat în lateral, izbind una dintre mese și răsturnând scaunul, iar leul de alamă a căzut cu o bufnitură puternică.

William a coborât ca să recupereze leul. Lily l-a apucat de mână.

— Lasă-l. M-am plictisit de jocul ăsta, a spus ea.

— Ce vrei să facem?

— Am putea să desenăm.

Ideea nu îi surâdea. Ea se pricepea mai bine la desenat decât el, iar el știa că tocmai de asta și propusese. Apoi, fața i se lumină de expresia cruzimii de care numai copiii pot da uneori dovadă.

— Știu, haide să-ți arăt ceva.

— Ce anume?

— Vino după mine. A prins-o de cot și a întors-o cu fața spre ușă.

Casa avea două șiruri de scări, deci era ușor să te strecori fără să fii văzut. Au urcat la etaj și s-au oprit la capătul treptelor, unde cele două scări se întâlneau. Îngustă și șubredă, scara ducea de-aici spre ceea ce ei numeau dormitorul din pod, unde dormea Agnes.

William a împins-o pe Lily înspre cameră.

— Stai, dacă e supărată? șopti Lily.

— Doarme. E în regulă.

William a pășit încet pe scări până la ușa înaltă din lemn și a răsucit clanța sferică.

Ușa s-a deschis. Camera era aproape goală, doar un geam și patul alb pus în fața geamului. Nu era nimic pe pat în afară de un morman de pături vechi și perne. Lily, în timp ce pășea cu grijă în jurul mormanului de rufe, se întreba dacă bunica ei – care nu se mai purta ca înainte de incidentul care avusese loc cu câteva săptămâni în urmă – petrecuse dimineața construind o cazemată cu acele așternuturi. William mergea în spatele lui Lily.

Aceasta a ajuns la geam și s-a oprit. Picioarele bătrâne și contorsionate ale bunicii se iveau de sub grămada de perne și pături de pe pat. Erau gri-gălbui și nu se mișcau deloc. William s-a lovit de Lily, care stătea cu spatele la el. Ea s-a întors spre el cu o privire înspăimântată. Împreună au luat păturile și au tras. Totul a căzut pe podea.

Lily a țipat când de sub ele s-a ivit bunica ei, întinsă pe așternuturi, ca un animal adus de ape pe mal. William, nevenindu-i să creadă, se holba la chipul mort, deformat și a început să plângă. Nu asta își imaginase el că se va întâmpla.

Doctorul din sat, doctorul Lamb, a fost chemat și a ajuns după vreo cincisprezece minute. Fusese acolo de multe ori în ultimele două luni, încă din acea după-amiază când Agnes căzuse din picioare și au trebuit s-o care în pat. Suferise un atac cerebral minor, iar doctorul venise de atunci de mai multe ori pe săptămână ca să îi verifice starea de sănătate.

Sora lui Lily, Violet, îl însoțise în podul casei, sperând să găsească un minimum de sprijin în prezența acestuia. A așteptat la capătul scării, în vreme ce el a examinat corpul. Imediat ce deschisese ușa, pricepuse.

— Sufocată în propriul ei pat.

Gura îi era deschisă într-un mod inform, ca un fir de ață răsfirat de-a lungul unei mese. Restul feței parcă îi dispăruse în acea cavitate. Gâtul ei lung și fragil era plin de vânătăi. Doctorul se cutremură când dădu cu ochii de el. Cineva își lăsase toată greutatea corpului pe gura ei. Oare chiar îi dizlocase mandibula sau era doar expresia goală pe care moartea i-o întipărise pe chip?

A ieșit din cameră, ușor zguduit de ceea ce văzuse. S-a așezat pe ultima treaptă a scării înguste, de lemn, pe care urcase și și-a aprins pipa. Violet stătea la capătul de jos al treptelor, sprijinită de perete și uitându-se la doctor. El privea spre ea ca un rege pe tron.

— Eu nu pot face nimic. Așteptăm să vină poliția, atât.

Fuma din pipă.

— Poliția? întrebă Violet șoptit.

— Bunica ta a murit din cauza asfixiei. Sufocare. La prima vedere, cineva a acoperit-o cu toate păturile și pernele acelea în timp ce ea dormea, apoi s-a lăsat cu toată greutatea peste ea. Nu s-a trezit un moment măcar.

Acesta era verdictul doctorului Lamb. La auzul cuvintelor sale, tânăra femeie a început să plângă.

— Și, după șase ani, mai este acesta verdictul tău?

Doctorul Lamb i-a oferit lui Lily un pahar de whisky când s-a ridicat să-și toarne el unul. Lily nu mai băuse whisky înainte, însă aceasta era o zi a experiențelor noi.

Pentru a sublinia întrebarea, sorbi din pahar, neștiind cât de înțepător era gustul de alcool tare. Gâtul i se înroși tot. Doctorul zâmbi.

— Că a fost sufocată? Da, nu e dubiu în legătură cu asta. Nu mai erau alte urme pe ea, nu fusese lovită sau zgâriată. Doar sufocată sub toate păturile acelea.

Lily își ținu paharul foarte strâns cât timp vorbi.

— Oare a fost o moarte dureroasă?

— Da, spuse doctorul Lamb, privind podeaua. Mă tem că a fost o moarte oribilă. Ca o pisică înecată într-un sac. Doar că în patul ei.

— Și, deși cineva i-a provocat moartea unei femeie bătrâne și inocente, nimeni nu a fost vreodată prins; criminalul ei și-a văzut liniștit de viață.

— Știu, pare mai degrabă ireal când pui problema așa. Am crezut că strămătușa ta, Dorothea, ar putea elucida crima, inițial. Cu siguranță că a încercat. Dar, dacă a reușit, a păstrat pentru sine soluția.

— Ăsta e lucrul pe care mi-l amintesc cel mai puțin: acele câteva zile ce au urmat crimei, când Dorothea era prin preajmă. Eram atât de speriată, nu puteam fi atentă la nimic din ce zicea. Pentru mine, erau doar o grămadă de adulți care vorbeau între ei.

Doctorul a încercat să detensioneze atmosfera.

— Am citit câteva romane polițiste care ar putea fi descrise fix așa.

Lily nu a răspuns. Se concentra asupra fiecărei sorbituri de whisky, îngrijorată că, dacă nu făcea asta, i s-ar putea face rău.

— Te rog, a spus ea, povestește-mi ce-ți amintești.

Dorothea Dickson, sora victimei, se apropia de ușa Sanctuarului, pantofii lovind ritmic pietrișul. Se pregătea să sune la ușă când a văzut-o pe Lauren mergând de-a lungul straturilor de flori din grădină; o femeie zveltă, ea însăși ca o floare. Lauren era soția lui Matthew și nora lui Agnes. Părul ei lung și blond era la fel de mătăsos și lucea ca sticla.

— Dacă mai continui așa, vei face miere. Sau vei ajunge să țeși pânză.

Lauren s-a întors spre Dorothea cu o expresie surprinsă în ochii ei albaștri.

— Oh, Dot, spuse ea. Așteptam să sosești, desigur. Dar uitasem complet că vii.

Cele două femei s-au apropiat, iar cea mai în vârstă a luat-o de mâini pe cea mai tânără.

— Ce s-a întâmplat, draga mea? Trebuie să fie ceva legat de sora mea, a spus ea, știind că nicio altă durere n-ar aduce-o pe Lauren în casa și grădina asta.

— Da, mă tem că da. Cum să zic. Of, Dorothea.

Capul blond s-a mișcat, cuprins de spasmele durerii.

— E moartă. Agnes, e moartă. Îmi pare rău că eu sunt cea care îți dă veștile proaste.

Femeia mai în vârstă și-a păstrat cumpătul.

— Gata, gata. S-a întâmplat lucrul pentru care cu toții ne-am pregătit. Încă de când a căzut.

Lauren a dus o batistă la ochi; batista s-a înmuiat de la atâtea lacrimi șterse.

— Nu, mă tem că nu înțelegi. Nu a fost deloc asta. A fost ucisă, s-a întâmplat azi-dimineață.

— Ucisă?

Dorothea a dat drumul mâinii femeii mai tinere și a făcut un pas în spate. Privi de jos casa, înaltă și subțire ca o țepușă. Un polițist se uita spre ea de sus, de la unul dintre geamurile de la etaj.

— Da, cel puțin așa spune doctorul. El spune că Agnes a fost – of, abia pot pronunța cuvântul. Asfixiată, spuse Lauren, fără greutate.

Dorothea îi luă mâna înapoi într-a ei și o strânse.

— Unde este Matthew?

— E înăuntru, cu poliția. Haide, să mergem la el.

Lauren a condus-o printre straturile de flori, spre ușile duble de sticlă care se deschideau spre salon. În timp ce intrau, Dorothea îl observă pe Raymond - grădinarul Sanctuarului - mergând cu Violet printre pâlcurile de meri de pe unul dintre câmpurile din vecinătate. Pășea lângă ea, cu o mână petrecută pe după umerii ei; Dorothea se întreba dacă între cei doi se înfiripase o poveste de dragoste.

A intrat în casă și l-a văzut pe Matthew așezat pe vine, complet vlăguit de orice speranță, sprijinit de un colț al camerei. Mustața, ca o frunză, îi era udă de la lacrimi.

— Biata mămica. Mătușă Dot, îmi pare atât de rău!

În timp ce zicea asta, tremura sprijinit pe umărul ei.

— Gata, gata. Îl bătea ușor pe spate, apoi l-a ținut în fața ei, cu mâinile pe după umeri. Matthew, ești alb ca varul. Știi cine e responsabil?

— Nu, spuse el clătinând din cap. Le-am spus polițiștilor ce cred că s-a întâmplat, dar nu știu nimic cert.

În timp ce spunea toate astea, în el creștea dorința de a fi convingător.

— Când s-a petrecut?

— Lauren a fost ultima care să o vadă în viață, cred.

Ultima persoană care să spună că ar fi văzut-o pe Agnes în viață, gândi Dorothea. Se întoarse spre Lauren, dar nu mai era acolo; o adusese pe Dorothea până aici, la Matthew, iar apoi plecase cine știe unde.

— A tot venit aici ca să o ajute pe Violet, de când cu accidentul mamei de luna trecută. I-a dus micul dejun la pat și se simțea bine. Asta a fost la zece azi-dimineață. Crima bănuim că s-a petrecut pe la unsprezece.

— Unde sunt copiii?

— Amândoi sunt cu medicul.

— Iar Agnes?

— În pat.

Dorothea se uită la trepte.

— Poliția este sus, tușico. Nu te vor lăsa să o vezi.

— Ei bine, pot măcar să încerc!

Cincisprezece minute mai târziu, Dorothea și-a luat un ultim adio, cu vocea spartă și ochii înlăcrimați, de la trupul neînsuflețit al surorii ei, apoi a coborât înapoi la parter. L-a găsit pe doctorul Lamb în bibliotecă, distrăgându-le atenția lui Lily și William, dându-le tot felul de detalii scabroase despre fragilitatea ființei umane.

— Există ceva denumit oxigen. Este pentru sânge ca mâncarea pentru noi. De aceea, dacă-ți ții respirația, simți ceva similar cu foamea. Și te sufoci dacă nu primești suficient oxigen. E senzația pe care o avem când ne e foame.

William era împietrit.

— Dar cum rămâne cu spânzurarea? îi șopti el medicului la ureche.

— Da, e o senzație similară, doar că atunci e din cauză că cineva îți blochează fluxul sângelui spre creier. Deci creierul tău nu primește hrană deloc. Observi?

Și, zicând asta, a cuprins gâtul copilului cu mâna sa caldă.

Lily, care stătea tăcută într-o parte, o văzuse pe Dorothea intrând în cameră. I-a făcut cu mâna. Dorothea s-a aplecat s-o sărute pe frunte.

— Doctore Lamb, spuse Dorothea, pot discuta cu tine?

S-a uitat spre ea, încuviințând solemn, apoi le-a făcut semn copiilor să părăsească încăperea.

Doctorul locuia în oraș de aproape la fel de mult timp ca Agnes și era la fel de chipeș ca prima oară, numai părul îi încărunțise complet. Însă avea un chip băiețesc, iar privirea îi era ca a unui om înțelept.

— Domnișoara Dickson, nu-i așa? zâmbi empatic. Îmi pare atât de rău pentru pierderea dumneavoastră.

— Nu-mi amintesc de partea asta, spuse Lily, care avea din nou șaptesprezece ani și paharul de whisky gol pe masă.

— Nici nu ai de ce, spuse doctorul Lamb, slăbindu-și gulerul de la cămașă. E cald aici, nu-i așa? Vrei să deschid un geam?

— Mi-e frig, spuse Lily, ușor rușinată.

Își întinse mâinile în semn de resemnare.

— În fine, strămătușa ta, cum îi spui tu, dorea să îi povestesc tot ce știam despre crimă. Era o bătrână foarte curioasă.

— Asta îmi amintesc și eu despre ea. Mereu voia să știe ce învățam la școală, cu cât mai multe detalii.

— Un detectiv înnăscut, spuse doctorul Lamb aprobând-o pe Lily. Mă rog, m-a întrebat dacă aș dori să particip la o ședință de familie mai pe seară. *După apus*, a spus ea, făcând tot ce avea să urmeze să pară cu mult mai dramatic. Îi întrebase deja pe polițiști și credea că sunt șanse mai mari ca situația să fie rezolvată în sânul familiei.

Doctorul Lamb privi pe geam cu un mic zâmbet pe chip.

— Bineînțeles, credeam că m-a chemat în calitate de martor principal. Nu de suspect.

Rudele lui Agnes Mortimer stăteau înșirate de-a lungul unui perete din salon, avându-i pe cei doi musafiri drept opreliști la ambele capete. Fiul ei, Matthew, și soția acestuia, Lauren, stăteau în mijloc, cu Violet și doctorul Lamb în stânga lor, iar cei doi copii – Lily și William –, împreună cu Raymond, grădinarul, în dreapta. Dorothea îi privea pe toți și începu să străbată încăperea înainte și înapoi.

— Agnes a fost o bătrână cu opinii puternice, spuse Dorothea, și una cu multe secrete. Iar uneori putea să fie la fel de dură ca pământul pe care încerci să-l sapi iarna. Dar știu că voi toți ați iubit-o.

Raymond privi în jurul încăperii pentru a vedea dacă vor exista obiecții la cele auzite. *Iubită ca o zi ploioasă*, gândi el. Dar nimeni nu vorbi. Doar Lauren se întoarse să se uite la el, iar acesta și-a ferit ochii, ca și când tocmai fusese surprins făcând ceva rușinos.

— În orice caz, continuă Dorothea, a fost ucisă astăzi dimineață, cu sânge-rece, în patul ei. Sora mea mai tânără.

Poliția a preluat trupul neînsuflețit într-o mașină rablagită. Au petrecut după-amiaza luând declarații de la angajații casei - cel mai mult interogându-l pe Raymond, străinul -, dar nu au arestat pe nimeni și au părăsit casa înainte de apus, ca un roi de insecte ce se mișcă sincron.

— Poliția crede că Agnes a fost ucisă de cineva cunoscut. Dorothea îi privi pe toți pe rând. Motivul nu este clar încă, dar eu am bănuielile mele.

Își ținu mâna sus, un deget ridicat pe care îl plimbă, ca o acuză neprecizată, peste toți cei de față; brățările ei mari au prins a zdrăngăni, transformându-i brațul într-un instrument muzical.

— V-am adunat în această cameră pe toți cei care ați fost aproape de casă la momentul crimei, da?

Raymond își drese vocea.

— Nu chiar, doamnă. Ben Crake a dat târcoale toată ziua. L-am văzut eu.

Matthew a făcut un pas în față; ideea ca cineva să fie suspectat îl îmboldise să ia măsuri, precum un lup încrezător în forțele sale odată ce-și simte prada în apropiere.

— Ben Crake, așa e. L-am văzut și eu. Le-a spus cineva polițiștilor de el?

Dorothea părea confuză și puțin agasată de întrerupere.

— Cine e Ben Crake?

Violet scosese o batistă din buzunar și o răsucea compulsiv în jurul degetelor.

— Un tânăr, a spus Matthew, care locuiește în sat. A fost coleg cu Violet la școală. Caută mereu pretexte ca să vină aici.

— E prietenul meu, a spus Violet, încet.

— Este genul de prieten cu care e rău să umbli.

— Știi, e chiar destul de plăcut ca persoană, a spus Lauren, contracarând tonul optimist al soțului ei. Nu e genul care ar comite o crimă.

— Aparențele pot fi înșelătoare, a spus Dorothea. S-a întors spre nepoata ei. Unde l-ai văzut?

Matthew se plimbase pe câmpuri pe drumul spre stație, când cineva îmbrăcat într-un palton maro a ieșit de nicăieri, părând a se îndrepta spre el. Deși cunoștea peisajul foarte bine și știa că e doar o iluzie a perspectivei, tot s-a speriat.

— M-ai făcut să tresar, i-a spus el apariției.

Ben nu răspunse.

— Oh, Matthew, tu ești. Ce cauți aici?

Ben își mângâia obrazul.

— Matthew te cheamă, nu? Ești unchiul Violetei. Eu stau să urmăresc păsările.

Și ridică binoclul ca pentru a ține un toast.

— Aha. Matthew dădu din cap. M-ai speriat de moarte.

— Stăteam nemișcat ca să nu sperii vrăbiile.

Matthew, care crescuse toată viața la țară și încă le vedea ca pe o pacoste, se holba la el neînțelegând ce se petrece.

— Ei bine, trebuie să plec.

Ben a pus binoclul la ochi și s-a uitat la un copac. Câteva forme au zburat din el ca un cod Morse tomnatic.

— Salut-o pe Violet din partea mea.

Când Matthew ieșise din raza vizuală, Ben s-a întors din nou cu fața spre casă și și-a dus binoclul înapoi la ochi. Latura imobilului spre care era îndreptat avea un singur geam, sus de tot.

— Oare se uita la casă? întrebă Dorothea.

— Oarecum, a răspuns Matthew.

Violet și-a tamponat ochii cu batista.

— Așa părea să facă, a răspuns Raymond.

— Este foarte curios.

Doctorul Lamb i-a întrerupt. Avea vocea obosită, sacadată, a cuiva epuizat de nerăbdare.

— Ascultați, Ben e nevinovat. E doar un tânăr îndrăgostit de o tânără domnișoară.

Inima Violetei bătea cu putere, aproape din cauza tensiunii.

— Îi cunosc familia de atâta timp; tatăl lui este proprietarul unui anticariat din oraş. Sunt nişte oameni amabili, cu binoclu sau fără.

— Şi totuşi, dacă se uita la ce se întâmplă în casă, trebuie să fi văzut ceva. De ce nu a vorbit cu poliţia?

Cerul afară era şters, se întuneca, dar când Dorothea a vorbit a lăsat să se dezlănţuie o furtună, fiecare propoziţie a ei fiind parcă punctată de un tunet sau fulger.

— A mai văzut cineva ceva suspect?

Nimeni nu a răspuns.

— Atunci, ar trebui să vorbim pe rând şi să spunem unde eram la momentul crimei şi dacă am observat ceva notabil.

— Ne suspectezi pe vreunul dintre noi? întrebă Violet anxioasă. Îl suspectezi pe Ben?

Dorothea s-a apropiat de ea.

— Nu pot spune nimic, e prea devreme să mă pronunţ.

O mângâie pe Violet pe păr când termină de vorbit, un gest de duioşie. Acum făcea parte din semicerc, lăsând mijlocul camerei gol, ca şi când ar fi fost aşezaţi în jurul unui foc de tabără, gata să spună poveşti.

— Cine vrea să înceapă?

Întrebarea a rămas în aer, urmată de tăcerea celor din jur.

— Bine, cine e ultima persoană care a văzut-o pe Agnes în viaţă?

Lauren s-a întors să o privească pe Dorothea.

— Bănuiesc că eu.

Zi de zi, de când avusese atacul, Agnes se trezea copleşită de o stare de ameţeală şi dezorientare. Stătea nemişcată, luptându-se cu starea de rău, şi îşi spunea că dormitorul ei din lemn era prora unei nave sau că se afla într-un balon cu aer cald, bălăbănindu-se dintr-o parte în alta. Lumina ce intra pe fereastră era atât de puternică, orbitoare, încât obiectele dinspre marginea camerei deveneau una cu pereţii şi îşi reluau forma cunoscută în cele mai neaşteptate clipe.

— Este un act de iresponsabilitate să țineți în voi secrete într-un astfel de moment.

O față se ivi, ieșind parcă din lemn; Lauren intrase în cameră fără ca Agnes să observe.

— Dacă te simți mai rău, trebuie să ne dai de știre.

Lauren era o femeie blondă, care părea că plutește când mergea, și era măritată cu Matthew, fiul lui Agnes; aceasta înțelesese ce anume îl atrăsese pe Matthew, dar de plăcut, nu o plăcuse niciodată.

— Hai să luăm o gură de aer, ce zici?

Lauren dechise geamul și rămase în picioare, admirând priveliștea.

— Uite-l pe Raymond, mătură potecile. Nici nu știi cât de norocoasă ești să poți să stai și să-l privești toată dimineața. O figură rafinată de bărbat, numai mușchi și sudoare. Bineînțeles, te rog să nu-i spui lui Matthew.

Lauren s-a întors și i-a făcut cu ochiul soacrei. Agnes o considera pe nora ei insuportabilă, dar își dăduse seama că cel mai bine era să nu spună nimic, în cele din urmă Lauren se plictisea să tot vorbească.

Acum, Lauren ciugulea niște pâine prăjită pe care o adusese pe tavă.

— Și doctorul ăla, toată ziua stă aici, nu? Voi doi rămâneți mereu singuri. De ce nu vorbești cu mine?

Lauren întrebă și se întoarse să o confrunte pe Agnes cu o privire acră, încărcată de dispreț.

Agnes și-a dus o mână la gât și pe cealaltă a întins-o spre tavă. A scos sunetul pe care-l scoate podeaua când scârțâie, ca și când plămânii săi ar fi fost o casă bântuită.

Lauren privi paharul cu lapte de la marginea tăvii și apoi se întoarse spre bătrâna Agnes.

— Poți să ți-l iei și singură. Ce crezi că sunt eu, servitoarea ta?

Lauren zâmbi. Preț de o secundă își imagină cum arunca mâncarea pe geam – două felii de pâine ca două urme de mâini pe pământ, iar apoi zgomotul pe care-l face laptele când atinge pământul, ca voma scuipată într-un tufiș de flori –, dar a rezistat impulsului.

— Încearcă să te aranjezi înainte de prânz.

Se pregătea să iasă.

— Și nu uita că astăzi vine în vizită sora ta.

S-a auzit un scârțâit și apoi o bufnitură, după care apariția blondă a dispărut.

Dorothea își ținea capul plecat.

— Ultimul chip prietenos pe care avea să îl vadă.

Lauren a aprobat.

— Da. Am lăsat-o pe Agnes și am venit jos. Violet dormea pe canapea, așa că nu aveam ce să fac și am plecat acasă. Am crezut că am timp să fac ordine prin casă vreo oră înainte să mă întorc să luăm prânzul împreună. Când m-am întors, murise deja.

— Mulțumesc. Dorothea i-a strâns mâna Violetei. Poate că ai putea să continui, draga mea.

Violet se cutremură.

— Da, în regulă.

Însă abia putea vorbi, copleșită de teamă și vină.

Visa numai la Ben.

Ce bizar i se părea că în urmă cu două luni Ben era doar o imagine din copilăria ei, iar acum îi ocupa fiecare colț al minții, în fiecare moment al zilei. Parcă nu era suficient de rușinos că îl dorea pe Raymond cu fiecare fibră a ființei ei.

La parterul Sanctuarului erau trei saloane anodine, legate unul de altul ca tracturile sistemului digestiv. Matthew a găsit-o pe Violet dormind pe o canapea joasă în cel mai puțin iluminat dintre cele trei saloane, cu obloanele trase și greu de atins din pricina unui șir neîntrerupt de birouri și mese.

Matthew s-a apropiat de nepoata sa. Era plictisit. Prefăcându-se îngrijorat, și-a pus o mână pe fruntea fetei, ca să-i verifice temperatura. Atingerea o trezi, iar Violet deschise gura, gata să țipe, apoi, în lumina slabă din încăpere, și-a dat seama că era unchiul ei, iar țipătul deveni un suflu cald superficial, ca un strănut înă-bușit. Era o reacție potrivită față de prezența acestuia acolo.

— Biata de tine, a spus el. Cred că ești epuizată.

Ceva în atingerea lui era neplăcut, atingere ce a survenit după un vis care îl avea ca personaj principal pe Ben. Părea rușinată în acel colț de cameră întunecos.

— Unchiule Matthew, iartă-mă. M-am trezit devreme ca să pregătesc prânzul, dar am dormit atât de puțin azi-noapte. Voiam doar să mă odihnesc puțin.

— Nu ai de ce să te scuzi, Violet. Eforturile tale în casa asta sunt eroice. Ai doar șaisprezece ani și ești, pur și simplu, capul casei. Lauren i-a dus micul dejun mămicii sus. Am crezut că ar fi mai bine să nu te trezim.

Șaptesprezece, își spuse ea, însă nu îl corectă. Între timp, Violet se ridică și se duse în bucătărie. Matthew o urmă și continuă să vorbească.

— Într-un fel, când totul se va fi terminat, va fi ca o binecu-vântare. Apoi vom putea să ne ocupăm cum trebuie de tine.

Violet schiță un zâmbet. Simți cum o cuprinde tristețea la gândul sănătății șubrede a bunicii.

— Sper că totuși nu se va întâmpla curând.

— Dot ar trebui să ajungă într-o oră. Mă gândeam să mă duc să o aștept la gară. Violet se încruntă, întorcându-și privirea de la el. Vizita strămătușii ei însemna mai multă muncă de făcut.

— Da, zise ea. Ar fi drăguț din partea ta.

— Cred că plec și eu curând, în cazul ăsta.

Violet privi pe geam.

— Uite, îi spuse ea în timp ce el se îndrepta spre ușă. Copiii se joacă lângă heleșteu. Du-le un măr fiecăruia, te rog.

A dat din cap, iar ea a luat dintr-un bol și i-a întins două mere mari și verzi ca mingile de tenis.

Violet a cercetat chipul fiecăruia în parte.

— După aceea m-am dus înapoi să dorm până când m-a trezit țipătul surorii mele o oră mai târziu.

— Mulțumesc, spuse Dorothea. Se uita cu drag la Lily, care stătea pe jumătate ascunsă în spatele lui Matthew. Copiii sunt cei care au găsit cadavrul. Acesta ar fi, în țesătura logicii narațiunii, momentul în care să ne povestești tu ce s-a întâmplat, Raymond.

Raymond părea surprins că e menționat. Se ridică în picioare, drept, mândru să își joace rolul.

— Așa e. Am auzit țipătul. Eram afară în grădină, culegeam frunzele de pe jos.

Agnes fusese insuportabilă în ultima vreme. Fiind izolată în camera ei, având un singur geam de unde să poată privi afară, spre grădină, începuse să urmărească și să comenteze tot ce făcea Raymond. Petrecuse o parte din timp, în zilele din urmă, reparând o barcă pe care o găsise în garaj; ieri făcuse greșeala de a munci la ea – o întorsese cu susul în jos pe aleea de acces și se apucase s-o vopsească – direct sub geamul ei. Mare parte din zi trecuse neobservat, însă spre înserat o auzise strigându-l încet. Nu putea să țipe, o durea gâtul, așa că a deschis geamul și a dat cu un băț în marginile de sus și de jos ale ramei ferestrei.

Raymond privi spre geam: un ochi cu un ac înfipt în el. *A luat-o razna,* se gândi el.

— Nu te plătesc ca să te joci cu jucării de lemn, îi spuse Agnes după ce el a urcat trei șiruri de trepte. Ea vorbea cu el, sau mai degrabă despre el, doar în termeni de bani.

În schimb, îi spusese să adune toate frunzele căzute din grădină, să facă ordine pentru vizita surorii ei.

— Da, doamnă, desigur.

Apoi a coborât la loc cele trei trepte, imaginându-și trupul ei fragil lovindu-se de fiecare treaptă, până jos, unde ar ateriza și și-ar frânge gâtul.

În ziua în care Agnes a murit, Raymond se trezise devreme, sperând să termine de reparat barca. Cu toate astea, oboseala fusese copleșitoare și lovi lemnul, frustrat, lăsând o urmă de picior în vopseaua proaspăt aplicată. Apoi, a târât-o până la heleșteu și a împins-o în apă. Voia să vadă dacă plutește. Vopseaua albă s-a dispersat în apă.

Apoi a luat o lopată și o roabă și a început să strângă frunzele. Stătea aplecat peste un gard viu în momentul în care Lauren și Matthew au ajuns, dar niciunul dintre ei nu l-a observat. Iar roaba era aproape plină atunci când l-a văzut pe Ben peste câmp, ascunzându-se după un copac și ducând la ochi binoclul. Când nu mai putu pune frunze în roaba plină, a împins-o până la un morman de compost în colțul unde se intersectau două garduri, a ridicat roaba, apoi s-a dat în spate ca să admire grămada adunată. Unele frunze începuseră să se facă maronii, dar majoritatea erau verzi ca otrava, iar grămada părea mai degrabă un bol de salată. Ulterior a observat o indentație pe margine; o găurică unde, probabil, un obiect contondent a fost aruncat în roabă.

Și-a băgat mâna și a scos o veveriță moartă. Corpul, în mâinile lui înmănușate, era greu, deja în *rigor mortis*, cu excepția capului veveriței, care atârna peste marginea palmei, de parcă ar fi fost legat cu o ață. A pipăit-o în jurul gâtului cu degetul mare. Nu era nimic acolo, doar piele moale ca o țesătură învechită cu câteva tendoane pe interior. Creatura fusese sugrumată, pentru început, apoi toate oasele i-au fost rupte.

A aruncat veverița înapoi în compost și a mormăit:

— De ce ai făcut-o, William?

O oră mai târziu, treaba era terminată, iar Raymond punea lopata înapoi în hambar, când a auzit un țipăt din casă și a văzut-o pe Violet ieșind în fugă pe ușa din față, urmată de cei doi copii.

În câteva secunde era deja lângă ea.

— Violet. Ce s-a întâmplat?

O prinse de încheieturile mâinii cu forță, însă fără a o răni.

— Agnes e rănită.

Raymond a încercat să o dea la o parte și să intre în casă, însă Violet și-a pus mâna caldă pe pieptul lui, oprindu-l.

— Nu, du-te și adu-l pe doctorul Lamb.

Nu a stat să se gândească, ci s-a întors și a rupt-o la fugă.

Casa doctorului era la peste un kilometru depărtare, în partea opusă a satului și, chiar dacă se grăbea, Raymond alerga în ritm constant ca să poată să ajungă în cât mai scurt timp, fără să facă multe pauze. Prin urmare, când a ieșit de pe drumul ce lega Sanctuarul de șoseaua principală și l-a găsit pe doctorul Lamb așezat pe gardul ce înconjura statuia în cinstea eroilor căzuți în război, fumându-și pipa, a crezut, inițial, că are vedenii.

— Mulțumesc, Raymond, a spus Dorothea. Foarte interesant, într-adevăr. Doctore Lamb, ați dori, poate, să continuați? Ce făceați în momentul în care Agnes era ucisă?

Doctorul Lamb părea confuz.

— Îmi pare rău, nu înțeleg.

— Ce făceați în momentul în care a murit?

Doctorul era uimit; ceilalți oameni se holbau la el cu priviri goale.

— Am crezut că am fost chemat aici în calitate de martor, nu de suspect. De ce, Dumnezeule, ați putea crede că ce făceam are vreo importanță?

— Poate că nu are, dar erați în apropiere când a fost ucisă. Iar acest lucru este, încă, neexplicat.

— Ce am făcut în ziua aceea nu este treaba voastră. Să discut cu voi ar putea încălca dreptul la confidențialitate al pacienților mei.

Nimeni nu păruse surprins de argumentul prezentat și au continuat să îl privească, așteptând ca doctorul să vorbească.

— Dacă vreți să știți ce motiv aveam să fiu la monument, ei bine, mă plimbam în jurul satului. E un obicei de-al meu, dimineața devreme. Doar m-am oprit acolo, preț de câteva minute, pentru a mă odihni și a-mi fuma pipa. Raymond m-a găsit acolo, l-am trimis la poliție și am venit singur pe potecă. Desigur, până am ajuns eu, ea era deja moartă. De treizeci de minute, după cum arăta.

— Ei bine, spuse Dorothea, ușor intimidată de tonul ridicat al vocii sale. Vă mulțumesc pentru informații.

Lily asculta aceeași voce, șase ani mai târziu.

— Nu a îndrăznit să mă mai acuze după aceea, cel puțin nu în față.

— Și chiar ai crezut că nu avea motiv să te considere un suspect, sau doar ai dat dovadă de meschinărie?

Doctorul Lamb râse față de această insultă nevoalată.

— Nu sunt sigur că îmi amintesc. Dar, într-adevăr, doar mă plimbam. Întreaga situație era absurdă.

— Bănuiesc că da.

— Dar permite-mi să continui. Asta e partea care îți va atrage atenția cel mai mult.

Doctorul începu să pășească prin cameră, în jurul semicercului în care se așezaseră toți cei de față.

— Raționamentul tău, Dorothea, este greșit. Oricine putea să se strecoare în casă din orice parte. Grădina este plină de garduri vii și copaci, iar casa în sine are mai multe uși decât pereți. Dacă vrei să afli cine a comis crima, mai bine ai căuta un motiv.

— Și nimeni de aici nu are motiv, spuse Matthew. Deci trebuie să fie cineva din afara familiei.

— Exact, a spus doctorul Lamb.

— Motivul sunt banii.

Dorothea spuse asta cu o voce joasă, dar toată lumea s-a oprit din vorbit ca să o asculte.

— Agnes mi-a scris acum mai bine de o săptămână. Credea că cineva încerca să o otrăvească. Se trezise într-o dimineață, săptămâna trecută, și se simțea în pragul morții, era convinsă că i-a fost pus ceva în băutură.

Starea ei era diferită de amețeala cu care se trezea în fiecare dimineață. Se simțea de parcă în corpul ei trăia ceva înaripat; o lebădă neliniștită făcută ghem în stomac, cu capul ridicat până în gâtul ei. Își strepezea dinții în agonie și trase concluzia limpede ca lumina zilei: cineva a încercat să o otrăvească, dar nu pusese suficientă otravă. Oricare dintre ei ar fi putut să o facă; avusese toată ziua carafa de apă lângă pat, dar cine știe cine umblase cu ea înainte de asta?

Doctorul părea scos din sărite.

— Ai spus asta polițiștilor?

— Am crezut și am sperat că nu va fi nevoie. Tot Agnes bănuia că cineva îi cotrobăise prin cameră. Câteva obiecte nu erau la locul lor.

Dorothea îl privi în ochi cu blândețe.

— Dar, a spus Matthew, mămica nu avea nimic care să merite furat.

— Nu e tocmai adevărat, a spus Dorothea. Tatăl tău, când trăia și când recolta era bogată, obișnuia să cumpere bijuterii. Câte una pe an, pentru aniversarea lor.

— Da, am auzit povestea, a spus Matthew. Dar ea le-a vândut pe toate. Când au venit vremurile grele peste noi.

— Nu, a spus Dorothea. Te-a mințit. A vândut orice altceva, dar nu putea să se despartă de diamantele ei.

— Vai, este groaznic, spuse Lauren destul de încântată de poveste. Și? Au fost furate?

— Nu știu, a răspuns Dorothea. Nu știu unde le ținea. Au fost ascunse undeva, mai întâi, fiindcă se simțea rușinată că te-a mințit. Apoi, pentru a fi puse la loc sigur.

— Mai știa cineva despre acest lucru? Matthew îi privi pe cei din încăpere.

— Știam că avea în cameră câteva bijuterii, a spus Violet. Dar nu diamantele. Am curățat camera aia, fiecare colț al ei. Nu avea unde să le țină.

Ultima rază de lumină s-a risipit la orizont, dar Agnes încă stătea acolo: lângă fereastra deschisă, o șipcă de lemn crăpată din ramă, ca un zăvor tras peste fereastră ca să stea închisă. În spatele ei era o crăpătură ce se extindea până în perete, o ascunzătoare cioplită în cărămizi. De acolo a scos un săculeț jerpelit și a vărsat pe măsuța de lângă scaun tot ce era înăuntru. Un șir de bijuterii a căzut cu un mic clinchet pe tava de argint. Rubine, smaralde și diamante, toate pe jumătate negre sub lumina lunii. Nu se simțea în siguranță să le admire ziua, ci doar când scările care duceau la camera ei, ce scârțâiau la fiecare pas, amuțeau noaptea. Erau treizeci de bijuterii, ce formau o grămăjoară cu vârf; semăna cu un cufăr de comori scos dintr-o carte de aventuri pentru copii.

Asta căutau cu toții, această mică, neprețuită comoară.

Doctorul Lamb a mai turnat în pahare.

— Nu cred că încă ți-e frig.

Lily și-a frecat brațele.

— Cred că discuția asta mă face să mă simt așa.

— Îmi pare rău. Ne putem opri, a spus doctorul Lamb.

— Nu, nu. Mi-e bine, serios.

— Cred că am ajuns la finalul poveștii, oricum. Am lăsat-o pe mătușa ta Dorothea să-și vadă de jocurile ei aiurite.

— Strămătușa mea, doctore Lamb. Este important să nu încurcați detaliile.

— Prea bine, am lăsat-o pe strămătușa ta cu speculațiile sale și am ieșit de acolo, așa că aici, inevitabil, se oprește istorisirea mea. A continuat să o facă pe detectiva câteva săptămâni, luându-i la întrebări și pe ceilalți din sat. Desigur, asta nu a făcut decât să convingă lumea că noi eram suspecții. Și atunci am început să mă gândesc serios să mă mut. Am auzit că a murit acum câțiva ani?

— Da, la un an după Agnes. În cazul ei, a murit de bătrânețe.

— Condoleanțe.

— Nu m-a suspectat niciodată pe mine, desigur.

— Am observat această omisiune. Îți mai aduci aminte ceva din ziua aceea, în afară de faptul că ai găsit cadavrul?

— O, desigur. Totul îmi este clar în minte.

După ce Dorothea a terminat ședința, William și Lily s-au trezit într-una dintre debaralele înguste de la etaj. Se întâmpla rar de tot să fie treji atât de târziu. Ar fi trebuit să doarmă, însă toată lumea era distrasă și nimeni nu voia să admită că o zi atât de importantă se încheiase deja. Acum, cei doi erau singuri.

Lily jupuia o fâșie de tapet desprinsă.

— Dottie se joacă de-a detectivul. Crezi că va rezolva crima?

William nu a răspuns. Stătea lângă un pervaz uitat de lume, plin de felicitări de Crăciun vechi de ani buni și privea oamenii și felul lor haotic de a umbla. S-a apropiat de el din spate.

— William, când am mers să ne uităm la cadavru, știai deja ce vom găsi.

William a clătinat din cap.
— Nu știam!
— Ai spus că vrei să-mi arăți ceva.
— Nu știam că va fi așa...
Băiatul plângea. Lily s-a apropiat ușor de el și și-a pus mâna pe umărul lui într-un mod împăciuitor. S-a întors spre ea. Lacrimile îi curgeau șiroi pe obraz. Lily l-a privit. William ținea o palmă durdulie făcută pumn în aer. Ridicată așa, părea luna de afară. Cu cealaltă mână, Lily l-a atins și i-a deschis pumnul; privi la palma lui făcută căuș, roșie și plină de indentații. În palma lui sclipea un diamant.

— Și asta a fost, a zis Lily cea în vârstă. Rezolvasem crima. Vărul meu mai mic o ucisese. În mintea mea de unsprezece ani, eram cel mai mare detectiv din Europa.
— Ei bine, a spus doctorul Lamb. E clar că ai păstrat acest secret numai pentru tine.
— Bineînțeles. Eram șocată de crima comisă, dar tot am vrut să îl feresc de necaz. Mereu îi luam apărarea. Și, mult timp, am crezut că într-adevăr el a ucis-o. Doar îmi arătase o dovadă a acestui fapt.
— Dar acum nu mai ești atât de sigură?
— Când lași deoparte imaginația copilărească, nu se prea leagă lucrurile, nu crezi? Nu mărturisise nimic, ci doar îmi arătase unul dintre diamantele care lipseau. Mai mult ca sigur că a găsit cadavrul de unul singur - înainte să-l vedem împreună - și găsise și inelul, care era pe jos, lângă pat.
— Sau poate că i l-a dat cineva. Dar nu l-ai întrebat niciodată de unde avea diamantul, nu?
Lily s-a întristat.
— I-aș fi cerut mai multe detalii, după ce aș fi trecut de șocul inițial. Dar nimic nu m-a pregătit pentru ce a urmat, viteza cu care am fost separați unul de celălalt. Cred că trecuseră doar câteva săptămâni. Matthew a moștenit casa și nu a vrut ca William să locuiască acolo. Mereu îl urâse din cauza faptului că era fiul tatălui său.

— Așa e? A locuit cu grădinarul?

— Cu Raymond, care mereu l-a simpatizat pe William. S-au înțeles bine, iar Raymond și soția lui nu aveau copii. Deci părea o întâmplare fericită și complet neprevăzută. Însă cei trei s-au mutat de acolo aproape imediat. Raymond nu a mai vrut să lucreze la Sanctuar după incident și tocmai ce găsise un alt loc de muncă. Așa că au plecat. Toate astea s-au întâmplat în câteva săptămâni, iar de atunci nu mi-am mai văzut vărul. William nu a mai vrut să aibă de-a face cu noi după aceea, după ce cu toții l-am respins.

— Păi și asta e singura pistă pe care o avem? Un suspect, care probabil era prea tânăr ca să o ucidă?

Doctorul ridică dintr-o sprânceană, sceptic.

— Ar mai fi..., a spus Lily, umezindu-și buzele după o altă sorbitură din paharul cu whisky.

Se obișnuise deja cu aroma și se întreba dacă ar putea cere o țigară.

— Mai întâi, a fost înmormântarea Dorotheei, la un an distanță. Evenimentul a fost urmat de nunta Violetei.

— Cu Ben Crake?

— Corect, cu Ben Crake, care tot dăduse târcoale în jurul casei în ziua morții bunicii. Nu a plecat după moartea lui Agnes. Cred că Violet s-a simțit eliberată de tragedie și a putut să vorbească deschis cu el. Curând după, s-au logodit.

— Unchiul tău trebuie să fi fost încântat.

— O, lui Matthew nu i-a convenit deloc situația. Dar nu a făcut tam-tam. A fost drăguț să ne lase pe mine și pe Violet să continuăm să locuim la Sanctuar, chiar dacă cu William se purta despotic. Dar în continuare simțeam că îi eram o povară și sunt sigură că a fost ușurat să scape de ea. Violet însăși era disperată să evadeze. Căsătoria era ceva inevitabil.

— Cât de romantic, a spus doctorul Lamb.

— În orice caz, niciunul dintre noi nu l-a suspectat pe Ben. Ideea părea ridicolă; nu știa aproape nimic despre familia noastră. Cu siguranță nu avea de unde să știe despre diamante. Unchiul

Matthew a fost singurul care a insistat să-l tratăm pe Ben ca pe un suspect.

— Însă cumva ai început să fii de acord cu unchiul tău.

Mica familie - Lauren, Matthew și Lily - stătea în jurul mesei din bucătărie, luând cina. La ușă a bătut cineva. Era Violet.

— Unchiul Matthew, Lauren, Lily.

Violet a intrat în bucătărie.

— Ce mai faceți?

S-a așezat pe un scaun.

— Nu puteam să nu vin să vă arăt inelul pe care mi l-a luat Ben.

Erau căsătoriți de șase luni deja.

— A făcut economii. Veți înțelege de ce când am să vi-l arăt.

Și-a pus mâna pe masa pe care erau și mâinile celorlalți, expunând un diamant mare montat pe un cerc simplu din argint.

— Nu-i așa că arată minunat?

Lauren și Matthew s-au privit în ochi.

— Da, e foarte frumos, a spus Lauren.

— Foarte, a spus Matthew.

Lily nu a spus nimic, deși a observat asemănarea izbitoare cu inelul pe care William i-l arătase cu optsprezece luni în urmă. Oare să fi fost Ben implicat în moartea bunicii ei? Era, oare, posibil?

De ar mai fi trăit Dorothea..., gândi Lily.

— Dar ai făcut mult mai multe progrese în a rezolva cazul decât a reușit Dorothea vreodată, a spus doctorul Lamb.

— Oare? Ben, William, toți ceilalți. Toate sunt fire care nu se leagă de nicio culoare.

— Dar ai suspecți concreți; ea doar suspecta că cineva a comis crima.

Lily simțea că mai era ceva ce-i scăpa printre degete.

— Până și tu trebuie să fi auzit ce s-a întâmplat apoi. A fost fenomenal.

Doctorul Lamb aprobă.

— Incidentul cu Raymond, grădinarul?

În seara în care Lily împlinea cincisprezece ani – Lauren îi cumpărase o rochie și o privea făcând parada modei în salon –, Matthew a sosit acasă de la muncă într-o stare de panică.

— L-am auzit pe șeful de gară vorbind. Nu o să-ți vină să crezi.

Uitând cu totul de ocazia specială, ziua lui Lily, și-a turnat niște vin de Xeres într-un pahar și s-a așezat.

— Ceva cu adevărat straniu!

Părul îi era răvășit; unghiile, pline de grăsime.

— E vorba de Raymond, a spus el.

Lily se așeză pe scaunul de lângă Lauren. Numele fostului grădinar, pe care nu-l mai văzuse niciunul dintre ei din luna în care avusese loc crima, îi țintuise pe marginea scaunului. Știau că orice urma să zică Matthew va duce la uciderea lui Agnes.

— E mort. Nimeni nu se clinti de pe scaun, nevrând să rupă tensiunea. Ucis în Londra. Se pare că ar fi fost jefuit. Aparent, umbla prin oraș încercând să vândă niște diamante. La periferia orașului, încerca să evite orice magazin serios. Păcătosul a fost și jefuit, și omorât. A fost înjunghiat.

Lily își imagina cum Raymond se chinuie să respire, cu un nod în gât, în timp ce cu mâinile presează gaura din stomac.

Matthew și-a mutat privirea de la ea la mătușa ei.

— Știi ce înseamnă asta?

Ambele știau ce înseamnă asta. Lauren doar a formulat.

— De unde altundeva să facă rost de diamante, dacă nu ucigând-o pe mama ta?

— Exact! a spus Matthew. Mereu mi s-a părut că e ceva în neregulă cu el.

— Asta a fost acum aproape trei ani, a spus Lily. Am încercat să-i scriu lui William, să văd dacă este bine, dar scrisoarea nu a ajuns niciodată la el. Mi-a fost returnată, nedeschisă. Se pare că văduva lui Raymond se mutase din nou și îl luase pe William cu ea.

— Un copil bătut de soartă.

Lily a oftat.

— Săracul de el. Cred că are cincisprezece ani acum. Iar asta ne aduce în momentul prezent.

— Ai înfruntat-o vreodată pe sora ta?

Lily, puțin amețită de alcool, și-a mijit ochii la doctor.

— Ce vrei să spui?

— Nu vreau să insinuez că ar fi, cumva, implicată în crimă, însă este limpede că te-a mințit în legătură cu locurile prin care a trecut în dimineața aceea.

Lily și-a pus paharul jos.

— Nu ești un detectiv prost, doctore. Doctor, detectiv. Cele două cuvinte, acum, că le spun cu voce tare, mi se pare că au un sens similar.

— Ia-o ușor.

Doctorul i-a luat paharul din mână.

— Da, ai dreptate. Când am văzut-o pe Violet în dimineața crimei, era într-o stare deplorabilă, tremura toată și era cu mintea în altă parte. Am întrebat-o despre eveniment după aceea. Urcase la Agnes pentru a lua tava cu micul dejun, după ce a plecat Lauren, iar Agnes țipă la ea și o acuză pe Violet că o vrea moartă. Ei bine, nu e ceva ieșit din comun, însă Violet a rămas cu sechele. Nu a mărturisit niciodată poliției cele întâmplate.

— Deci Violet e ultima persoană care s-o fi văzut pe Agnes în viață?

— Și ultima care-ar recunoaște-o!

— Desigur. Doctorul era îngândurat.

— Mai am o întrebare pentru tine, a spus Lily, căreia alcoolul îi dăduse curaj. O amintire, de fapt, despre care vreau să te întreb.

Doctorul aprobă.

— După ce l-am lăsat pe William în barcă și înainte să mă așez cu cartea sub copac, am dat câteva ture în jurul grădinii. Căutam un loc unde să mă așez. La un moment dat, m-am uitat peste gardul viu și v-am văzut pe tine și Lauren îmbrățișându-vă în capătul îndepărtat al potecii. O sărutai.

Doctorul se trase ușor cu scaunul spre perete, ca și cum s-ar fi ferit de acuzație.

— Așa e, mătușa ta și cu mine. Te deranjează?

— Asta depinde... ce-ați făcut împreună?

Doctorul a oftat și s-a uitat la ceas: fie ca să caute un pretext de a pune capăt conversației, fie ca să aibă timp să își amintească de acele momente din trecut, Lily nu era sigură.

— Am mințit poliția, sigur. Ne-am pus la punct în legătură cu unde am fost în ziua aceea pentru a nu fi nevoiți să menționăm mica noastră întâlnire. Dar adevărul e că ne întâlneam de luni bune până în acel moment și eram împreună când a avut loc crima, în fosta casă a unchiului tău din sat.

— Sunteți respingători! a spus Lily, plutind într-o stare de reverie.

Doctorul mormăi. A luat un stilou de pe birou și s-a aplecat spre Lily.

— Poate că ești prea tânără ca să înțelegi ce înseamnă, de fapt, dorința.

Lily a privit cu ochi rușinați paharul de whisky din mâna lui.

— Recent, am ajuns să cred că sistemul reproducător uman, zise el făcând cercuri în aer cu stiloul pe care-l ținea ușor îndreptat spre pântecul ei, este mai degrabă un mecanism ce ucide, și nu unul care dă naștere.

Lily și-a ridicat genunchii ca să-și acopere trunchiul și și-a sprijinit tălpile de marginea scaunului.

— Vrei să spui că nu regreți nimic?

— Ce am este un alibi, dacă într-adevăr vrei să rezolvi crima.

A ignorat replica lui spusă pe un ton moralizator.

— Ei bine, poate cineva să confirme alibiul? Dacă nu, ceea ce spui nu mă ajută prea mult.

— Ai întrebat-o pe mătușa Lauren despre asta?

Lily a închis gura, iar buzele i s-au strâns, într-o expresie de tristețe.

— Îmi pare rău. Credeam că ai aflat. A murit anul trecut.

Și-a amintit de trupul lui Lauren în coșciug, cu ochii însângerați și gâtul umflat.

— A murit de la o infecție virală, ceva periculos.

Culoarea i-a fugit doctorului din obraji.

— Nu am știut.

A amuțit și a căzut pe gânduri. În ciuda șocului cauzat de imaginea pe care și-o formase în minte cu trupul lui Lauren cuprins de convulsii pe podeaua rece, nu putea să nu se lase cuprins de o senzație de triumf. Ea fusese pentru el ispită și păcat, iar el i-a supraviețuit. Poate, de fapt, când toți vor fi murit, el va fi supraviețuitorul.

— Îmi pare rău să aud, a spus el. Dumnezeu știe prin câte a trecut familia ta.

— Ei bine, a spus ea pentru a încheia discuția într-un mod formal, mai ai ceva ce dorești să adaugi legat de ziua aceea?

Doctorul s-a ridicat în picioare.

— De fapt, da.

Și-a reumplut paharul cu whisky și a continuat:

— După ce ieși din cameră, s-ar putea să te întrebi cum am știut noi, Lauren și cu mine, că un astfel de loc de întâlnire, fosta casă din sat a lui Matthew, într-o zi când nu lucra, va fi un loc sigur. Motivul este că mergea la gară ca să o întâmpine pe Dorothea, sau așa a pretins el. Drumul, din orice direcție, durează douăzeci de minute. Dar nu s-a întâlnit cu ea niciodată, nu? A sosit singură. Lucru care te va pune pe gânduri, pentru că se ivește întrebarea unde s-o fi dus el.

Să îl lăsăm pe doctorul Lamb suspendat între două momente diferite ale vieții sale: biroul său și patul de moarte și să facem un pas în spate.

Aici, datoria mea ca autor al acestei povești este de a-l asigura pe cititor că i-au fost prezentate suficiente dovezi pentru a afla singur deznodământul situației. Cititorii mai ambițioși vor dori, poate, să facă o mică pauză și să încerce să deducă cine este făptașul.

Iar acum, ajungem cinci ani mai târziu în istorisirea noastră.

Doctorul Lamb vedea asfințitul prin două dreptunghiuri. Prin lentilele ochelarilor, privea afară pe fereastră. Scrisese pe foaie numele ei și nimic altceva.

— „Dragă Lily".

Apoi a fost copleșit de tristețe. Păcatele sale păreau imposibil de justificat acum, când ajunsese la capătul vieții și observase ce puțin afectaseră modul în care și-a trăit viața; din același motiv nu simțea regret față de păcatele comise.

— „Cu cinci ani în urmă ai venit la mine și mi-ai pus întrebări despre moartea bunicii tale. Nu ți-am spus atunci tot ceea ce știam, însă motivele vor deveni clare imediat. De fapt, am făcut opusul, iar ultimul indiciu pe care ți l-am dat a fost, de fapt, unul înșelător; unchiul tău a mers la gară, dar la ora greșită. Poate ai crezut asta, însă ai fost prea politicoasă și nu ai spus nimic? Întâlnirea cu tine m-a impresionat și sper că anii pe care i-ai trăit apoi, i-ai trăit cu rost. Dorothea cu certitudine ar fi fost mândră de tine".

Doctorul a oftat adânc.

— „În cadrul acelei întâlniri m-ai făcut să-mi mărturisesc unul dintre păcatele mele, aventura cu mătușa ta, Lauren. Însă nu și pe celălalt, rolul meu în moartea lui Agnes. Totul a început cu Ben Drake".

— Scuzați-mă.

Doctorul se plimba pe lângă monumentul eroilor căzuți în război într-o zi de sfârșit de vară, când tânărul bărbat l-a strigat pe doctor.

— Bună ziua, Ben. Ce faci?

Ben s-a ridicat în picioare.

— Cumva tocmai veniți dinspre Sanctuar, doctore? Vă deranjează dacă facem câțiva pași împreună?

— Da, vin; nu, nu mă deranjează. Hai să mergem. Vrei să îți spun despre Violet?

— Nu, nu azi, a spus Ben. Azi vreau să vă întreb despre diamante.

„Era prima oară când auzeam că are diamante", a scris doctorul Lamb. „Însă Ben insistă. Agnes îl rugase pe tatăl lui să o ajute să le vândă, într-un impuls de moment; știa multe despre afacerile cu diamante, din moment ce lucra în industria anticariatului. Când a anulat vânzarea, l-a pus să jure că nu va sufla o vorbă nimănui. Dar, bineînțeles, i-a spus fiului său despre asta. Ben știa că Agnes stă adesea în camera ei și m-a întrebat dacă le văzusem. Nu, dar am întrebat-o pe Lauren despre asta. Mi-a spus povestea, când soțul lui Agnes trăia și amândoi priveau spre viitor încrezători, iar el i-a cumpărat câte un diamant pentru fiecare aniversare. Înainte de război. Însă credea că bătrâna le vânduse cu ani în urmă."

Lumina scădea tot mai mult. Își miji ochii pentru a putea citi ce scrie: „I-am spus că Ben m-a informat că le mai are încă și că am pus la cale un plan. Asta s-a petrecut după boala de care Agnes a suferit întâmplător, când petreceam mult timp în casa lor; îi promisesem că voi găsi o cale să o sedez într-o zi când aș fi trecut pe acolo, apoi Lauren va merge să caute prin cameră. Nu intenționam să luăm toate diamantele, ci doar cât să putem să le împărțim în mod egal între noi trei – și să-i dăm lui Ben partea lui –, însă Lauren nu a reușit să le găsească. A petrecut o oră întreagă căutându-le; nu erau de găsit nicăieri. Nu știam că Agnes se trezise, încă sub efectul sedativului, și că devenise suspicioasă, așa că după câteva zile am plănuit a doua tentativă. De data asta, urma să o ajut să caute bijuteriile."

Ben a cercetat grădina casei în lung și în lat cu ajutorul binoclului, într-un sfârșit zărindu-i pe cei doi, pe Lauren și doctorul Lamb, printr-un luminiș care se căsca între copaci.

— Ar trebui să fie mai atenți, a zis el.

S-a întâlnit cu ei la capătul căii de acces, după ce l-a ocolit de-a lungul grădinii pe grădinar – ocupat să strângă frunzele căzute în partea cealaltă a casei – și pe sora mai mică a Violetei, care citea sub un copac. Îl văzuse deja pe Matthew plecând spre gară – și le-a ieșit în cale pentru a le întrerupe mica reuniune.

— Vin cu voi.

Lauren l-a privit suspicios.

— De ce nu ai încredere în noi?

— Vrem să ne maximizăm șansele de a găsi bijuteriile, nu?

Doctorul a dat din cap.

— Dar dacă te vede cineva, ce vom spune?

— Nu trebuie să se ajungă până acolo, a spus Lauren. Violet doarme în salon. Dacă folosim cealaltă scară, nu ne va auzi.

— Bine.

Doctorul și-a întins mâinile, apoi s-a întors spre Lauren.

— I-ai dat sedativul?

Lauren a făcut un semn că da.

— I l-am pus în lapte.

— Atunci, hai să ne asigurăm că le găsim de data asta.

— Am urmărit-o, a spus Ben, ridicându-și binoclul la ochi, dar nu am reușit să văd unde le ține.

— Nu le vei găsi.

O voce subțire s-a auzit din spatele copacilor.

— Nu le scoate din ascunzătoare în timpul zilei.

S-a auzit un foșnet de frunze și o umbră a coborât din soc. Era William, care avea mâna înnegrită de la fructele zdrobite.

— Știu unde sunt. Sunt foarte bine ascunse.

— Unde? a întrebat Ben.

Lauren îngenunche ca să ajungă la nivelul copilului.

— William, cum de știi unde sunt ascunse?

— Într-o zi era plecată din cameră. M-am târât sub pat. Voiam să o iau prin surprindere, însă când s-a întors a trântit ușa, așa că eram prea speriat ca să ies. Am stat acolo toată noaptea. Le scoate numai noaptea.

Doctorul se abținu de la a zâmbi.

— Păi, nu vrei să ne spui unde le ține?

Băiatul a dat din cap.

— Vă arăt, spuse el afișând un aer grav, de persoană cu putere.

Lauren s-a uitat în sus, la doctorul Lamb, apoi s-a uitat pe furiș spre Ben. După, și-a mutat privirea înapoi la copil.

— William, poți ține un secret?

Doctorul Lamb își masa mâna; scrisese deja două pagini. Lumina devenea tot mai slabă, iar el dorea să apuce să noteze toată confesiunea, înainte de căderea întunericului. A luat stiloul din nou: „Ei bine, asta e tot. Toți patru am mers la ea în cameră, strecurându-ne pe lângă tine, Raymond și Violet fără să ne chinuim prea mult. William ne-a arătat bucata de lemn ușor ieșită din rama ferestrei, iar în spatele ei am văzut marginea unui săculeț de pânză ieșind în afară. L-am scos cum scoți un vierme dintr-un măr, fără prea multe bătăi de cap. Apoi, am vărsat totul pe o masă. Erau mai multe bijuterii decât am crezut noi și toate erau sclipitoare. Ne-am simțit în al nouălea cer. Iar tânărul William era cel mai extaziat dintre toți."

— Voi!

S-au întors toți. Agnes stătea ridicată în pat. În locul în care își ținuse capul pe pernă era o pată umedă, neagră. Se simțea mult prea slăbită ca să meargă la geam după micul dejun, așa că vărsase laptele din pahar pe pernă, pentru a-i da lui Lauren impresia că-l băuse. Apoi, se lăsase înapoi pe pernă și acoperise pata cu părul ei.

— Știam eu că cineva vrea să-mi facă de petrecanie. Însă toți patru?!

Ben a făcut un pas în față fără urmă de ezitare. A luat câteva pături dintr-un sertar de lângă pat și le-a aruncat peste femeia în vârstă. Pentru o clipă, semăna cu o stafie. Apoi, i-a împins pe toți spre ea.

— Haideți, nu mai putem da înapoi de acum.

Văzuse prea mult și știau ce aveau de făcut. Nimeni nu obiectase, nici măcar William, care părea să creadă că totul era un joc. Au aruncat peste femeie tot ce au găsit, apoi s-au suit pe maldărul adunat. Toți patru, toți dispuși să ucidă. Abia a reușit să se zbată sub greutatea tuturor, însă o simțeau cum se mișcă și au stat așa, ținându-se unul de altul, până când orice urmă de rezistență și de mișcare a încetat. Apoi au mai stat câteva minute pentru a fi siguri că fapta era consumată. Dar niciunul nu dorea să ridice păturile și să se uite la trupul ei mort.

„Am schimbat perna, desigur. Nimeni nu a observat că salteaua era puțin udă. Și am sigilat ascunzătoarea bijuteriilor. Însă am lăsat tot restul camerei așa cum fusese înainte. În cel mai rău caz, poți să-mi spui că am fost un complice fără discernământ.“

A oftat, întrebându-se dacă ce a scris era întru totul adevărat. Chiar și acum a fi onest era un chin pentru el.

„Lauren și cu mine am vândut partea ce ne revenea prin intermediul tatălui lui Ben, care nu a pus nicio întrebare. Însă William depășise momentul deja. I-am dat și lui o parte, evident, și am sperat că asta îl va face să tacă. Și așa a fost, vreme de câțiva ani. Însă, la un moment dat, în mod cert i-a spus lui Raymond despre diamante, iar prostul s-a grăbit să plece la Londra cu ele și a făcut paradă în văzul lumii, sfârșind prin a fi înjunghiat pe o alee.“ Doctorul Lamb a zâmbit. „Nu e mult, însă asta e singura formă de justiție pe care ți-o pot oferi.“

Era tot mai grăbit, iar mâna îl durea.

„Lauren părea să nu se mai simtă atrasă de mine după crimă. Cred că sentimentul de vinovăție era copleșitor. Așa că am părăsit-o și am venit aici, în Londra, unde nu era nimeni care să observe brusca mea înavuțire. Și am trăit într-un mare confort, asta e tot. Cred că asta e tot ce am primit cu toții după ce am comis crima: puțin confort. Îmi doresc să pot spune că a meritat, însă nu sunt sigur că ar fi întru totul adevărat. Sper că vei găsi puterea de a ne ierta.

Al tău,
Doctor Godwin Lamb“

A lăsat stiloul pe birou și a privit cu ochi triști întunericul de afară. Apoi, a început să tușească. A tușit vreme de câteva minute. După aceea, s-a dus la baie, lăsând un punct roșu, aprins, de sânge pe semnătură.

12
A ȘASEA CONVERSAȚIE

Julia Hart și-a plimbat degetul pe ultimul paragraf: „A tușit vreme de câteva minute. După aceea, s-a dus la baie, lăsând un punct roșu, aprins, de sânge pe semnătură.“

Era târziu și își simțea ochii grei când parcurgea ultima jumătate de pagină.

— Iartă-mă, a spus ea căscând.

Grant a umplut golul lăsat de tăcere.

— O altă poveste plictisitoare. Am discutat deja definiția unei povești cu detectivi, așa că, probabil, cel mai util lucru pe care îl pot face acum este să îți descriu modul în care această poveste derivă din definiție.

— Da, a spus Julia ridicându-și stiloul. Te ascult.

Stăteau într-o colibă de lemn la câteva sute de metri depărtare de cabana lui Grant, mai jos de-a lungul plajei. Înăuntru era un raft pe care se afla depozitată o barcă mică, fiind spațiu pentru încă una. Deschiseseră larg ușile care dădeau direct spre mare, și stăteau pe două scaune pliabile de lemn. În fața lor, nisipul fin se întindea până la apa ce se desfășura ca un covor.

— Am citit câteva povești deja în care doar unul dintre suspecți s-a dovedit a fi ucigașul. Iar dimineața asta am citit o poveste în care, după cum am văzut, toți suspecții au fost ucigașii. Ei bine, este cât se poate de limpede, conform definiției, că există și o cale de mijloc. Putem face, într-o poveste, ca jumătate din numărul de suspecți să fie și ucigașii – sau orice altă proporție.

— Iar aici îi avem pe Ben, Lauren, William și doctorul Lamb, a spus Julia. Străinul eluziv, băiatul, doctorul și amanta acestuia. Patru ucigași. Și am numărat nouă suspecți, în total.

Grant a aprobat.

— Argumentul este că orice subset al mulțimii *S*, cea a suspecților, se poate dovedi a fi vinovat. Ar putea fi un sfert din membrii grupului, jumătate, ba chiar toți. Toate aceste rezolvări sunt perfect valide, conform definiției. Această poveste doar ilustrează acest argument.

S-a aplecat în față pe scaun.

— Ți-am spus că definiția este eliberatoare și că acesta este motivul. Aproape că dă naștere unui gen complet nou, fiindcă, în loc să ghicească cine este ucigașul, lectorul trebuie să ghicească – pentru fiecare suspect în parte – dacă vreunul dintre ei a fost implicat în făptuirea crimei. Numărul de posibile încheieri crește exponențial.

Julia părea că se gândește.

— Nu te temi că, într-un fel, este prea multă libertate? Dacă tot grupul de suspecți ar fi vinovat, atunci ar fi aproape imposibil ca cititorul să ghicească soluția corectă, care s-ar putea să pară arbitrară.

— E o încercare pentru autor să creeze un astfel de final, care să fie satisfăcător, așa e. Dar, în sine, nu este mai arbitrar ca orice alt final. Adu-ți aminte că am respins ideea că poveștile cu detectivi ar fi puzzle-uri, că indiciile oferă o rezolvare unică, iar procesul de derivare a soluției este aproape matematic. Nu este, iar indiciile niciodată nu fac asta. Este doar prestidigitație.

Julia nota în carnețelul ei tot ce spusese Grant.

— Cert este că-i un punct de vedere interesant.

— Nu trebuie să uităm, continuă el, că scopul central al poveștilor cu detectivi este de a le oferi cititorilor săi o mână de suspecți și promisiunea că, după aproximativ o sută de pagini, unul (sau, poate, mai mulți dintre aceștia) se va dovedi a fi ucigașul. Asta e frumusețea genului, spuse Grant, iar ochii îi alunecară spre mare, de parc-ar fi simțit că ar fi nepoliticos să spună cuvântul *frumusețe* în timp ce se uita la ea. Îi oferă cititorului un număr mic, finit de opțiuni, iar apoi, la final, face cale-ntoarsă și alege una dintre opțiuni. Este o minune că mintea umană se poate lăsa surprinsă de o astfel de soluție, dacă stai să te gândești puțin. Iar definiția nu schimbă asta cu nimic, ci doar clarifică posibilitățile.

Julia aprobă.

— Da, nu m-am gândit niciodată așa. Arta, atunci, constă în inducerea în eroare: în a alege soluția care, privită dintr-un anumit unghi, pare cea mai nepotrivită pentru povestea scrisă, însă, privită din alt unghi, îi vine mănușă poveștii.

— Da, spuse Grant. Și asta distinge o poveste cu detectivi de orice alt tip de narațiune ce are un final surprinzător. Posibilitățile îi sunt prezentate cititorului de la bun început. Sfârșitul doar readuce opțiunile, indicând spre una anume.

O lampă veche atârna de tavan în spatele lor. Soarele apusese cât Julia încă mai citea, iar acum coliba semăna cu o cutie vopsită în galben țipător, îngropată în albastrul înstelat care scălda cerul serii, ca o nestemată într-o peșteră. Julia consideră că îi venise rândul să ia cuvântul.

— Ca și celelalte povești, a spus ea, și aceasta are un mic detaliu care nu se potrivește. A trebuit să citesc și să recitesc de câteva ori ca să îmi dau seama ce anume.

Grant era încântat.

— Mi-ar plăcea să îmi spui ce anume.

Julia dădu paginile carnețelului ei.

— Primul lucru ce mi-a atras atenția au fost numeroasele aluzii la strangulare, deși Agnes a fost ucisă prin sufocare. Mai întâi, veverița a fost găsită strangulată. Apoi, este doctorul, care îi explică ce este strangularea lui William. Casa însăși este descrisă ca fiind *gâtuită de copaci*. Mă simt ca și cum toate aceste mici detalii au fost puse acolo pentru a prevesti ceva ce nu se va petrece deloc.

— Da, a spus Grant. Interesant. Nu observasem acest lucru.

— Iar apoi, la o a doua lectură, mi-am dat seama că fiecare moarte ce survine de-a lungul textului este descrisă folosindu-se cel puțin o aluzie la strangulare, deși nu are niciun sens. Doctorul, la începutul textului și presupunem că moare din cauza cancerului la ficat sau pancreas, însă are vocea groasă, aspră. Agnes are vânătăi în jurul gâtului, însă nu este oferită nicio explicație pentru acele vânătăi. Iar apoi, când Raymond este înjunghiat, Lily și-l imaginează cu un nod în gât, incapabil să respire. Chiar și corpul lui Lauren are ochii însângerați și gâtul umflat, iar ea a murit din cauza unui virus.

— Da, a spus, Grant, e într-adevăr un mister. E mai subtil decât în cazul celorlalte povești, poate.

Lampa licărea în spatele lor. Grant s-a întins și a dat-o jos de pe tavan. Nu mai avea mult petrol lampant. A stins-o, rămânând doar cu lumina lunii.

— Mereu ai trăit singur aici?

— Da, mereu, a spus Grant. S-a împins mai aproape de marginea scaunului și s-a întors către Julia. Mai devreme m-ai întrebat dacă sunt obsedat de mare. Am un răspuns.

— Sunt curioasă să-l aflu.

— Pentru mine, marea este la fel cu a avea un câine adormit lângă vatră. Când sunt aproape de ea, chiar când stau în cabana mea, parcă o aud cum respiră. Este un fel de însoțitor, de companion. Mă simt mai puțin singur, trăind lângă mare.

Julia dădu din cap dezaprobator.

— Îmi pare rău, dar nu te înțeleg.

Un damf de carne stricată îi ajunse la nări, adus de briza mării, iar ea se uită spre întinderea de apă, imaginându-și inconștient că se îneacă.

— Pe mine marea mereu m-a înspăimântat într-o oarecare măsură. Are aceleași mișcări ca gura unui rechin ce mestecă tot ce prinde. Nu te face să te gândești la moarte?

Răspunsul lui Grant fu ambiguu, enigmatic.

— Ai crede că da, însă, de fapt, nu.

Julia nu zise nimic.

Treizeci de minute mai târziu, Julia urcă scările întunecate spre camera ei de hotel. A aprins lumina și s-a așezat la biroul de lângă geam. Lumina reflectată în ferestre nu lăsa stelele să se vadă, cu excepția celor câteva pe care le putea zări în zonele scăldate de umbră. S-a frecat la ochi și a deschis geamul, să intre aerul rece al nopții, care să o țină trează. Apoi a luat stiloul în mână.

Pe biroul din fața ei era o cărticică legată în piele verde. Era un exemplar al cărții *Crimele cusute cu ață albă*. A tras cartea spre ea și a deschis-o aproape de final, fixând paginile cu o piatră. Și-a luat carnețelul în mână și l-a deschis la o pagină albă. A rupt două bucăți de hârtie pătrate de la marginea foii și a scris câte o întrebare pe fiecare dintre ele, apoi s-a aplecat și le-a fixat pe pervaz. Pe una scria: „Cine a fost Francis Gardner?“ Pe cealaltă: „A fost implicat, într-un fel sau altul, în *Crima cusută cu ață albă*?“ S-a gândit puțin și apoi a adăugat o a treia bucată de hârtie, un memento pentru a doua zi: „Vorbește cu directorul hotelului.“

A frunzărit carnetul până la o pagină nouă și s-a uitat la ceas. Mai avea încă atâtea lucruri de făcut. A tras aer în piept și și-a ținut respirația câteva momente, încercând să-și adune gândurile, fiindcă bâzâitul curentului electric făcea ca pereții să pară infestați de insecte.

Apoi a expirat și a început să scrie.

13
UMBRA DE PE SCĂRI

Era într-o luni dimineață: prima ocazie ca ceva interesant să aibă loc după liniștea înăbușitoare de duminică. Înainte de prânz, marele detectiv Lionel Moon primise două colete care, în opinia lui, nu aveau niciun sens.

Primul colet l-a găsit când se pregătea să plece la muncă. O cutie de ciocolată și o felicitare. A ieșit în holul din fața apartamentului și a văzut cutia mică și dreptunghiulară în mijlocul preșului de la intrare. Ca o mică fermă din mijlocul unui câmp de grâu, având felicitarea pe post de acoperiș. În timp ce le ridica, i se păruse că aude ciocolata mișcându-se înăuntru, iar în minte îi veni imaginea unor oase ce sar de colo-colo într-un coșciug. Felicitarea era semnată cu X, două tușe de cerneală albastru-închis.

— E un cadou, s-a întrebat, sau un fel de avertisment?

Lionel Moon avea foarte puțini prieteni și niciunul care să îi cumpere ciocolate. A pășit înapoi în apartament și a pus cutia pe o măsuță lângă ușă. Apoi a încuiat apartamentul și a ieșit din clădire.

A găsit al doilea colet în seara aceleiași zile, în timp ce se întorcea acasă de la muncă. Un plic pe care era scris numele „Lionel Moon" era lipit cu scotch pe ușă. Numele fusese scris de mână, cu litere mari, în stil caligrafic. L-a deschis de pe hol; înăuntrul plicului era o poză cu el ieșind din clădire. Poza fusese făcută de pe stradă sau, poate, din magazinul de peste drum. Știa că este o fotografie a unei fotografii fiindcă imaginea din fotografie era ușor distorsionată, ca și când cineva ar fi pus-o pe o masă și s-ar fi înclinat în clipa când aparatul a imortalizat imaginea. O umbră vagă acoperea și marginea, și imaginea din poză.

— O imagine a unei imagini, și-a spus el. Ce, Doamne, sfinte, înseamnă toate astea?

Dacă ar fi stat puțin să se gândească, ar fi putut presupune că aceste două colete, ciocolata și fotografia, au o legătură una cu cealaltă. Însă, de fapt, efectul fotografiei - el, din profil, în miniatură, pășind în propria palmă și el, pe de altă parte, ținând fotografia - asupra sa a fost că i-a amintit de ciocolata de care uitase cu desăvârșire și pe care nici n-a mai observat-o când a intrat în apartament.

— Un mesaj. Dar ce se încearcă să mi se spună?

A luat plicul și conținutul său și a mers cu ele în bucătărie, apoi s-a așezat să le analizeze cât puse la încălzit o oală cu supă pe plită. Oala era un obiect metalic, plin de îndoituri, iar supa din oală era gălbuie. Deși era considerat unul dintre cei mai buni detectivi ai Europei, Lionel Moon ducea o viață extrem de modestă. Închiriase câteva camere - un salon, o bucătărie la capătul holului și un dormitor - într-o clădire de pe o stradă frumoasă, pe care se ajungea dintr-una dintre piețele Londrei. La capătul holului era o baie comună. Proprietara - doamna Hashemi, văduvă - locuia singură la ultimul etaj.

Auzise supa fierbând și a luat oala de pe flacără, apoi și-a turnat un polonic într-un bol ciobit. Și-a mâncat cina examinând plicul, atent să nu verse nimic pe ceea ce, ulterior, ar putea deveni o dovadă într-un caz. Nu găsise nicio urmă neobișnuită pe plic și nimic care să îi dea de înțeles de unde a fost trimis. A lăsat plicul jos și a luat fotografia. *Nu cu mult diferită de plic,* a gândit acesta, *o imagine ce conține o altă imagine*. Numai că aceasta nu putea fi deschisă și analizată.

— Pare a fi o amenințare vagă.

Dacă cineva i-a trimis o fotografie oarecare cu el însuși, ar fi presupus că este menită să servească drept amenințare: o atenționare, că cineva îl urmărește, trimisă sub formă de fotografie. Însă o fotografie a unei fotografii părea mult mai ambiguă. S-a uitat cu atenție la ea și și-a dat seama că era o imagine a unei pagini dintr-o revistă. Câteva reviste au publicat articole în care îi făceau profilul de-a lungul anilor, când numele său apăruse în presă în urma unor cazuri rezolvate. Pe toată marginea se vedeau urme negre ce trebuie să fi fost un rând de text prins în poză. Cineva deschisese revista pe o masă și fotografiase pagina.

— Dar de ce?

Viața de detectiv îl obosise, însă misterul cazurilor încă reușea să îi capteze atenția; se forță să nu se gândească la situație. A clătit castronul și oala cu apă rece și le-a pus în dulap, apoi a băgat fotografia înapoi în plic și le-a pus pe un raft din salon. Apoi, fiindcă venise acasă destul de târziu, a stins lumina în bucătărie și s-a dus direct la culcare.

Ca majoritatea coșmarurilor care ajung să te bântuie, și acesta a început cu o absență a sensului, acolo unde sensul ar fi trebuit să existe: fotografia fotografiei încă reprezenta o enigmă pentru Lionel Moon, când acesta a revenit acasă două zile mai târziu și a găsit un al treilea colet la ușă. Soarta părea să fi devenit o pisică ce lăsa aceste obiecte bizare la ușa sa. De data asta era un cadavru.

Deschise ușa, intră și o închise la loc fără să observe nimic ieșit din comun; abia când a pășit în bucătărie și-a dat seama că ceva nu era așa cum ar fi trebuit. Ușa de la dormitor era larg deschisă, deși știa că o închisese în dimineața zilei respective. Mereu o închidea ca să păstreze căldura în cameră; camerele erau reci ca niște peșteri, iar în clădire de multe ori era frig. Însă acum era jumătate de metru de spațiu între ușă și tocul ușii, un dreptunghi negru, la fel de înalt și de subțire ca un stâlp de iluminat public. Lionel și-a scos arma din buzunarul interior al hainei și a ținut-o în mâna dreaptă, apoi a privit pe furiș pe lângă ușă.

Un cadavru zăcea întins în patul lui. Era trupul unui bărbat: complet îmbrăcat într-un costum maro-închis, de vârstă mijlocie, neras și cu un aspect de om dur. Lionel observă dezgustat că bărbatul mort încă avea încălțările în picioare, iar așternuturile patului erau toate boțite sub greutatea lui. Fața îi era umflată și era imposibil să mai recunoști persoana care fusese înainte să moară, iar pielea avea aceeași culoare ca a catifelei mov. Fusese otrăvit, cel mai probabil, sau, posibil, fusese răpus de vreo boală. Nu erau urme clare de zbatere; bărbatul se poate să fi fost pus acolo înainte sau după ce murise, nu se putea spune clar.

O parte din față avea cicatrice, părea să fie piele arsă: erau acele modele inconfundabile de carne strânsă și bășicată, chiar dacă urmele erau vechi și doar ușor vizibile. Cicatricele se întindeau până la creștetul capului, acoperit de o pălărie. Inspectorul Goode, care fusese mulți ani partenerul lui Lionel, avea o vorbă, „dacă intri în Rai, ai voie să uiți de durerea și chinul vieții trăite, dar dacă ajungi în Iad ești obligat să nu le uiți niciodată". Lionel se gândea la acea maximă ori de câte ori vedea fața torturată a unei persoane proaspăt ucise. Contorsionările erau efectul amintirilor dureroase, trăite și retrăite mereu, sau doar efectul instaurării *rigor mortis*? S-a aplecat și a închis ochii cadavrului, sigilând adevărul în spatele pleoapelor.

— Unde crezi că se află sufletul lui, în Rai sau Iad?

Cuvintele au fost rostite din spatele lui. Lionel s-a întors și l-a văzut pe inspectorul Goode în cadrul ușii. Lionel a rămas fără suflare, ca de fiecare dată, fiindcă inspectorul era mort de aproximativ un an. În clădirea în care locuia avusese loc o scurgere de gaz; Lionel a fost cel care a găsit cadavrul, iar câteva zile mai târziu a pus umărul la cărat sicriul inspectorului până la groapa de sub burlanele unei bisericuțe. Lionel simțea că mortul însuși alesese să se adăpostească în locul acela înghesuit, ferit de apa ploii, și să-și fumeze țigara pentru veșnicie.

Însă moartea nu l-a împiedicat pe inspector să-l învie din morți ca ei să-și continue parteneriatul, de parcă nici nu murise vreodată. Începuse imediat după funeralii. Lionel a crezut că-l văzuse pe decedat în mulțime, zâmbindu-i. Acum însă i se întâmpla în cele mai inocente și casnice momente; ori de câte ori Lionel era de unul singur, inspectorul își făcea cunoscută prezența aproape mereu. Lionel renunțase de mult timp să se mai întrebe dacă își pierdea mințile, iar acum își acceptase soarta.

— Să trăiești, Goode, zise el și se întoarse la cadavru. Ce zici de asta?

— A înghițit ceva ce nu i-a priit deloc. Verifică-i buzunarele, te rog.

Lionel a făcut întocmai cum l-a rugat partenerul mort. Nu mai erau alte indicii, nici despre cine era persoana moartă, nici despre modul și locul în care fusese ucisă.

— De ce crezi că mi-a fost adus mie cadavrul?

— Pot să mă gândesc la trei ipoteze.

Inspectorul Goode ținea trei degete ridicate, iar Lionel observă că lumina nu le proiecta umbra pe peretele din spatele lui. „Am vedenii", și-a zis el.

— Ar putea fi un avertisment, a spus inspectorul. Sau o confesiune parțială a ucigașului.

— Sau o tentativă de înscenare, pentru ca eu să fiu acuzat de omucidere?

— Da, asta e a treia opțiune. Însă fii stoic, te rog. E greu să ți se pună în cârcă o crimă. Și, în plus, tu ai un as în mânecă. E un indiciu pe care nu l-ai văzut încă.

Lionel vorbi pe un ton defensiv.

— Abia de-am avut timp...

Detectivul a ieșit din baie și a examinat ușa de la intrare. Nu vedea urme de forțare a ușii; încuietoarea funcționa și nu se vedeau scrijelituri pe ea. Apoi a verificat geamurile, deși locuia la etajul doi. O scară sau o frânghie suficient de lungi ar fi putut fi folosite pentru a urca la etajul la care locuia; nu era imposibil. Însă erau închise toate și nici ele nu păreau să fi fost deschise cu forța.

Inspectorul Goode îl privea din ușă; fluiera agitat, pierzându-și răbdarea.

În timp ce verifica atent geamul din colțul dormitorului, cel mai îndepărtat dintre ele, observă persoane agitate în apartamentul din clădirea de vizavi. Femeia care locuia acolo stătea lângă geamul din bucătărie, privind vag înspre el și preparând o tocană în același timp. Lionel s-a dat un pas în spate, sperând să nu fi fost văzut și a privit-o printr-o crăpătura dintre draperii.

Clădirea în care locuia femeia era mai puțin vizibilă decât cea în care locuia el, iar pereții ce dădeau spre fațada clădirii nu aveau prea multe ferestre, însă, de-a lungul anilor de observație, își crease o imagine destul de clară asupra familiei ce locuia în acel apartament.

Erau trei membri. Tatăl, care muncea mult și venea acasă târziu; soția lui, care-și petrecea ziua făcând munci domestice și îngrijindu-se de copilul lor, un băiețel care era mereu ținut la pat de o boală sau alta.

Păreau o familie săracă, nefericită, însă dormitorul băiatului era vizavi de baia comună din capătul holului, iar vara, ținând geamul din sticlă jivrată deschis, Lionel se amuza strâmbându-se la copil – capul său îmbibat de apă se transforma într-o înșiruire de gargui uzi leoarcă –, iar băiatul râdea aproape de fiecare dată.

— Oare poate vedea cadavrul de acolo? S-a întors, așteptându-se la un răspuns din partea lui Goode, însă fostul lui partener dispăruse imediat ce Lionel observase femeia.

Se uită la pat. Era acoperit de o umbră, iar unghiurile l-au convins că vecina nu avea cum să vadă ceva. A oftat, ușurat. Era crucial ca nimeni să nu cheme poliția înainte să aibă timp să demareze propriile investigații. Dacă scopul cadavrului era să îl facă să pară vinovat, trebuia să existe un motiv pentru care poliția nu fusese alertată încă. Probabil că ucigașul se va întoarce pentru a planta și alte dovezi, mai târziu, sau poate că era ocupat să-și fabrice un alibi propriu. Nu putea acționa, sau să permită cuiva să intervină, până când nu înțelegea ce se întâmpla mai în profunzime.

Femeia păruse a-și pierde interesul și s-a dus de la geam. A privit-o cum așază un castron cu tocană pe o tavă, apoi cum părăsește bucătăria; abia după asta și-a părăsit și el ascunzătoarea.

Își dădu seama că are un avantaj față de ucigaș: ajunsese acasă mult mai devreme decât de obicei. Era mijlocul amiezii într-o zi de miercuri, când, în mod normal, trebuia să fie la birou. I se prezenta astfel ocazia ideală să-i ia pe făptași pe nepregătite.

S-a dus înapoi în salon. Inspectorul Goode stătea pe fotoliu. Lionel s-a așezat în fața lui.

— Unde te-ai dus?

Inspectorul i-a zâmbit. Cât trăise, acționase mereu și nu exista situație pentru care să nu aibă un răspuns pregătit; nu de puține ori Lionel îl găsise insuportabil.

— Am ieșit puțin. Ai găsit indiciul?

— Încuietoarea de la ușa mea nu a fost forțată. Ucigașul trebuie să fi avut o cheie de la apartament.

Nu avea pe unde altundeva să fi intrat, din moment ce geamurile erau bine închise. Iar asta însemna că cineva cunoscut trebuie să fi fost implicat. În mod paradoxal, gândul i s-a părut reconfortant: punea niște limite unei situații ce, cu foarte puțin timp înainte, părea a avea o infinitate de posibilități.

— Foarte bine. Atunci, nu trebuie să-ți spun cine sunt suspecții.

— Primul suspect este doamna Hashemi.

Proprietăreasa care locuia la ultimul etaj. Era singura persoană care, în afară de el, avea cheia de la apartamentul lui.

— Însă ea nu este o ucigașă, nu ar ucide pe cineva în modul acesta.

Ultimele cuvinte rostite de detectiv păruseră a-l amuza pe inspector.

— Pare mai degrabă genul care ar turna ulei pe scări, crezi?

Lionel se încruntă.

— Vorbesc serios, Eustace. Cineva e pornit să mă distrugă.

Apariția pusă la respect ridică din umeri.

— Ei bine, ce zici de fata aceea?

— Al doilea suspect, Hanna.

Lionel se apleacă în față pe scaun. Hanna era femeia tânără ce venea să facă curățenie în clădire și în apartamente de câteva ori pe săptămână. Cheile de la apartamente le lua de la proprietăreasă.

— Ar fi putut da cheia de la apartament cuiva.

Lionel era sigur că nici Hanna, nici proprietăreasa nu doreau nici să-i însceneze așa ceva, nici să ucidă. Însă tot ar fi putut fi implicate cumva, oferind cheia de la apartamentul lui în schimbul unei sume de bani. Sau, poate, au fost amenințate?

— Să o întreb pe doamna Hashemi?

— Ai pierde avantajul de a fi ajuns acasă atât de devreme. Dacă le dă de veste asociaților săi?

Lionel închise ochii. Cine altcineva ar fi putut comite această crimă? Mai era vecinul său, domnul Bell, fotograf și pasăre de noapte. Un prieten, întrucâtva. Iar pe domnul Pine, vecinul de la parter - un bărbat tăcut, pasionat de citit, care preda la una dintre universități -, Lionel abia îl cunoștea și nu-l mai văzuse de câteva săptămâni.

— Și niciunul dintre ei nu are motiv.

Lionel Moon cunoștea bine mintea criminală. O cercetase până la epuizare. Numai un profesionist ar fi putut plănui așa ceva, de asta era sigur. Așadar, a lăsat deoparte întrebarea privind accesul la el în apartament și s-a întrebat:

— Cine ar vrea să îmi înscenezе așa ceva?

Prima persoană care i-a venit în minte a fost falsificatorul maghiar pe nume Keller.

Keller conducea în Londra o grupare de crimă organizată care, de ani de zile, se ocupa cu contrafacerea bancnotelor, iar unul dintre asociații săi încercase să înșface mai mult decât partea sa din profit. Keller l-a legat pe om de mâini și de picioare și l-a trecut, cât încă era viu, printr-un aparat de tocat carne industrial; apoi, l-a exsangvinat, folosind sângele pe post de cerneală, tipărind o sumă de bancnote false de o liră sterlină cu viscerele victimei. I-a dat fiecărui membru câte o bancnotă pentru a le reaminti care este prețul trădării. Așa cum se întâmplă, unul dintre ei s-a îmbătat și a încercat să plătească ceva cu bancnota respectivă.

Și așa s-a ajuns la poliție. Din portretul făcut de vânzător și din mulțimea de pete și urme de amprente de pe bancnotă, Lionel a reușit să creeze harta obiceiurilor pe care membrii le aveau și, unul câte unul, să le afle identitățile. A fost o capodoperă analitică a muncii de detectiv; ca un cerc ce apoi începe să facă spirale tot mai mult în interior. Ca de obicei, nu erau multe dovezi care să-l incrimineze pe găștii, iar Keller a fost condamnat în baza unei acuzații mărunte.

Asta a avut loc în urmă cu patru ani. Keller fusese eliberat luna trecută, iar Lionel nu a mai avut liniște de atunci. Era prea bătrân ca să se mai poată apăra acum, iar, din punctul lui de vedere, Keller era dornic să se răzbune. La urma urmei, Lionel i-a distrus reputația și mijlocul principal de a face bani.

Desigur, mai erau multe alte persoane care îi purtau pică lui Lionel. Prea multe ca să și le mai amintească.

Cu doar trei săptămâni în urmă discutase despre toate cazurile sale de tinerețe cu noul său coleg, inspectorul Erick Laurent. Unele dintre ele îmbrăcaseră aura legendei. Fusese cazul hoțului prolific de artă Otto Mannering, când Lionel reușise să deducă profesia, nivelul de educație și vârsta inculpatului pe baza tablourilor pe care acesta decidea să le fure. Apoi, a fost cazul băiețelului tăiat în două într-un canal la nord de Londra: Lionel stabilise nu doar că jumătățile fuseseră separate de alte două jumătăți, ale altor două corpuri, ba chiar faptul că o fetiță fusese aranjată să semene cu un băiat.

— Și cum ai început? l-a întrebat Laurent pe Lionel. A fost un prim caz care să te facă să alegi profesia de detectiv?

— Da, a fost, răspunse Lionel și prinse a depăna o poveste spusă de sute de ori înainte.

Era orfan, a zis el. Orfelinatul Sf. Bartolomeu era un loc plin de cruzime, iar într-o după-amiază a fugit de acolo. Avea zece ani. Mersese cam doisprezece kilometri și ajunsese la marginea unui câmp arat, unde observase o movilă de pământ la marginea unui șanț. Părea nouă în peisaj. În vârf erau puse un trandafir și o jucărie de copii. A dat la o parte pământul și a dat peste chipul unei fete moarte, a cărei privire moartă se holba prin resturile de glod. Era prima lui întâlnire cu moartea și a luat-o la sănătoasa, alergând mai mulți kilometri până să se oprească. Fusese luat de cineva de pe drum o oră mai târziu și dus înapoi la orfelinat.

De vreme ce era deja într-o situație deloc favorabilă, nu spusese nimănui despre cadavrul pe care l-a descoperit. Abia când împlini șaptesprezece ani și părăsi orfelinatul Sf. Bartolomeu, mutându-se în Londra, și-a dat seama, într-o zi ploioasă de duminică, că ceva îl îmboldea să rezolve cazul. Nu era niciun anunț despre vreo fată dispărută în zonă la acea vreme; plecase într-o excursie de o zi la orfelinat, oprindu-se repede să reviziteze camerele în care copilărise, dar nu reușea să găsească câmpul și a revenit la Londra, dezamăgit. Știa, desigur, că familia sau tutorii fetei trebuie s-o fi ucis și că probabil nu raportaseră – era singura posibilitate ce avea logică –, dar nu descoperise niciodată cine era ea sau de ce fusese îngropată într-un loc atât de obscur.

Laurent își mângâia barba.

— Foarte curios, a spus acesta.

Iar cei doi bărbați au căzut de acord: odată ce ai gustat din ea, dorința de a rezolva mistere și crime devenea un drog. Cele mai bune mistere – cele care îi țineau treji noaptea – erau cele din care lipsea nu făptașul sau metoda acestuia, ci însăși logica. Ca și misterul pe care-l avea sub ochi acum. Cadavrul din patul său putea să însemne atât de multe lucruri, iar Lionel nu o să se poată odihni decât când va afla adevărul.

Abia când se gândea la asta și-a amintit de fotografia pe care o primise cu două zile în urmă.

A găsit plicul și a așezat conținutul pe masa din bucătărie. O fotografie a unei fotografii cu el, aproape de nerecunoscut, din tinerețe, părăsind clădirea și luând-o la stânga. Ce ar putea să însemne? Și avea vreo legătură cu cadavrul din pat?

— Haide să parcurgem pașii logic, și-a spus sieși. Dacă scopul fotografiei este să portretizeze un episod scurt și izolat al realității din clipa când a fost făcută poza, atunci o fotografie a unei fotografii poate portretiza același moment, același decupaj temporal? Sau este, într-un fel sau altul, un comentariu la poza originală, un comentariu care se vrea a fi satiric sau critic? Intenția este de a atrage atenția asupra faptului că fotografia este un obiect fizic – o licărire de puncte argintii într-o pată gelatinoasă –, ca atunci când spune cineva: „Hei, uite ce-am găsit!" Sau a fost făcută de cineva care nu știa cum poate, altfel, să facă o copie a fotografiei?

Lionel a închis ochii; întrebările îl oboseau de-acum. Atât cadavrul, cât și fotografia îi păreau de nedescifrat; nu avea suficiente indicii pentru a înțelege ce era cu ele. Voia cu ardoare să-și fumeze pipa, deși renunțase la fumat cu mulți ani în urmă.

Cineva a lovit masa din fața lui și a deschis ochii: inspectorul Goode stătea aplecat deasupra lui.

— Trezește-te, Moon. Nu ai terminat, nu încă. Ai identificat doi suspecți, pentru început; așadar, pornește de aici.

Lionel nu a spus nimic. În acel moment a auzit sunetul familiar al pașilor pe trepte. Era doamna Hashemi: i-a recunoscut modul în care pășea. Putea construi imaginea ei în minte stând la masa din bucătărie. Gura mare, mereu cu zâmbetul pe buze, care era întotdeauna deschisă când nu vorbea cu cineva, se mișca în sus și-n jos cu fiecare pas pe care îl făcea. Se oprea la primul prag și-și aprindea o țigară, iar absența sunetului, când se oprea, îi dovedea că el avea dreptate. Îi trecuse prin minte, în clipa aceea, că o cunoștea suficient de bine, încât, dacă ar fi fost implicată într-un fel sau altul în crima comisă, reacția ei văzându-l acasă la o asemenea oră ar da-o de gol, indiferent că era încântare, teamă sau neliniște.

— O voi lua prin surprindere.

Goode a bătut din palme.

— Așa te vreau!

Lionel s-a furișat lângă ușă și a așteptat. În timp ce doamna Hashemi se apropia de capătul treptelor, gata să treacă pe lângă ușa lui, Lionel și-a scos capul pe ușă și s-a uitat în jur. A încercat să se poarte ca și când aștepta pe cineva; când a văzut-o, i-a zâmbit politicos și i-a urat o zi bună. Ea s-a încruntat și a vorbit aproape șoptit:

— Scările astea! Blestematele astea de scări!

Niciun pic de neliniște, doar umorul ei obișnuit.

Lionel nu i-a răspuns; a dat din cap și a intrat în apartament.

Era clar! Proprietăreasa nu era implicată. Revelația în sine nu l-a surprins aproape deloc.

— Foarte bine, Moon, a spus inspectorul Goode. Acum du-te după următorul suspect.

Lionel a vrut, doar pentru o clipă, să o privească pe Hanna lucrând. Era o fată timidă care, era convins de asta, dacă ar fi dat cheia de la apartamentul său cuiva, nu ar fi putut ascunde acest fapt; și-o imagina uitându-se constant la ceas sau uitându-se în spate de fiecare dată când auzea un zgomot.

Dar riscul de a fi recunoscut era prea mare. Așa că s-a deghizat: o perucă cu onduleuri morcovii, pentru a-și acoperi capul aproape chel, o geacă lungă și neagră pe care a scos-o de sub hainele burdușite din șifonier. Deghizarea va fi suficientă și eficientă în lumina slabă de pe coridor, lucru pe care și-l dorea din tot sufletul. Nu era nimic mai ridicol, se gândise adesea, decât un detectiv într-o costumație complexă. Numai gândul acesta îl făcea să i se facă rușine.

S-a strecurat cu grijă afară din apartament și a stat în capul scărilor. De jos putea auzi un sunet strident, ca și când cineva rașcheta.

A pășit cu grijă pe scări, încercând să nu facă gălăgie. Când a parcurs jumătate din distanță, s-a oprit și s-a lăsat pe vine: o vedea de acolo, la capătul holului de la parter. Ținea un mop pe care îl mișca mecanic în față și în spate în timp ce fredona ceva.

— Nu pare nici tensionată, nici agitată.

Însă, de la distanța aceea, nu putea fi sigur.

A coborât repede pe scări și a ieșit în stradă, lăsând impresia că se grăbește undeva, privind-o în treacăt. Nu-și schimbă părerea. Femeia avea un aer relaxat; nici nu și-a întors privirea la auzul pașilor.

Aproape că a dat peste inspectorul Goode, care stătea, așezat pe trotuar, lângă o cutie poștală.

— Nici ea nu e vinovatul, a spus Lionel.

Goode s-a sprijinit în mâini și s-a ridicat, săltându-se pe cutia poștală, bălăngănindu-și picioarele la un metru și ceva de sol. O agilitate caracteristică persoanelor decedate. Îl privi pe Lionel de sus.

— Atunci, trebuie să te întrebi dacă mai sunt și alți suspecți.

Lionel s-a întors în apartament și a început să străbată salonul dintr-un capăt în celălalt.

— Cine altcineva ar mai putea fi?

Doamna Hashemi avea un prieten, proprietarul florăriei din capătul străzii. Lionel trecea adesea pe lângă el când se ducea la ea la apartament, mereu având flori în mână. Brațele îi erau pline de tatuaje, vestigii dintr-o viață anterioară; însă Lionel îl găsise prietenos și îl considerase inofensiv.

Se opri; ecoul unor note de pian de undeva din apropiere ajungea până la el. A stat câteva clipe într-o tăcere de piatră. Păreau să vină dintr-una dintre camerele de lângă apartamentul său. Cu siguranță, domnul Bell. A mers pe vârful degetelor până la peretele ce separa cele două apartamente și și-a lipit urechea de el. Stând lipit de perete auzea vag scârțâitul podelei, ba urcând, ba coborând și și-a dat seama că nu un pian se auzea; cineva asculta muzică la gramofon.

Mișcările s-au oprit, iar Lionel își imagină, în mod complet absurd, cum vecinul lui stătea, ca și el, lipit de cealaltă parte a peretelui. Deodată s-a auzit o bufnitură puternică în ușa de la intrare. Se concentrase într-atât de mult asupra muzicii, că nu și-a dat seama că ce se auzea erau pașii cuiva coborând pe scări.

Vizitatorul ciocăni iar la ușă, de data asta mai tare. Lionel se lipi de perete, încercând să nu respire. Apoi a auzit sunetul pașilor ce se îndepărtau, pași repeziți, iar el nu-și putu da seama dacă urcau sau coborau.

A mers la masa din bucătărie și și-a pus arma pe masă, cu țeava îndreptată în direcția opusă față de el. Apoi s-a așezat. Din această poziție vedea salonul, iar arma era la îndemână. Era ușor dezamăgit că se apropia cu pași repezi de actul final al cazului de față, înainte să fi avut ocazia să-l elucideze. Însă dezamăgirea devenise tot mai prezentă, ca un motiv repetitiv într-un text, pe măsură ce ziua de pensionare se apropia tot mai mult, iar gândirea îi încetinea.

Următorul minut a durat enorm de mult timp. Inspectorul Goode nu-și făcuse apariția.

Apoi s-au auzit din nou pașii, însoțiți, de data asta, de cei ai proprietăresei. Pe ai ei i-a recunoscut imediat. Alte ciocănituri puternice în ușă, apoi o pauză. Liniște. Nimic. O auzea pe doamna Hashemi plângând și cuprinsă de o mare agitație lăuntrică în timp ce se chinuia să descuie ușa; auzi scârțâitul ușii deschise, apoi un bărbat a intrat în hol. Era noul său partener, Erick Laurent.

Lionel era șocat că mâna i s-a dus, din instinct, spre armă. Însă mișcarea a fost suficient de înceată ca să nu fie remarcată, iar Laurent și proprietăreasa au trecut pe lângă el în dormitor. Niciunul dintre cei doi nu-l văzuse așezat la masă.

— E mort, l-a auzit pe Laurent, urmat de un țipăt de groază scos de proprietăreasă. Cei doi au ieșit din cameră vorbind, agitați fiind amândoi, și nici de data asta nu se uitaseră spre el.

— Te rog, cheamă un doctor, spuse Laurent. Pare să fi fost ucis. Uite, doctorul Purvis e un prieten de-al meu. Spune-i că Lionel Moon e mort.

Laurent mâzgăli un număr de telefon pe o bucată de hârtie și i-l dădu doamnei Hashemi. Aceasta ieși fugind din cameră.

Un moment de tăcere și totodată un fir ce aducea totul laolaltă a trecut prin ființa lui Lionel, apoi cuvintele partenerului său au ajuns la țintă. Lionel s-a ridicat, apăsat de armă.

— Laurent, a spus el; bărbatul nu s-a întors. Lionel a mers după partenerul său și i-a făcut cu mâna fix în fața ochilor. Însă Laurent nu părea să-l observe, trecând prin el ca să ajungă în dormitor și să privească patul. Lionel îl urmă, într-o stare de agitație și disperare.

Cadavrul îi păruse cunoscut, însă abia acum se recunoscuse pe sine. Inflamația acoperea prea mult din față, iar cicatricele îl induseseră în eroare; uitase de incendiul din orfelinat, pe când era un copil. Toată clădirea arsese până la pământ. El era în stare de șoc și, de asemenea, din cauza faptului că părea cu mult mai în vârstă privindu-se în oglindă decât privindu-se în fotografie.

Dacă intri în Rai, ai voie să uiți de durerea și chinul vieții trăite, dar dacă ajungi în Iad ești obligat să ți le amintești pe veci. Lionel luă de bun augur faptul că uitase de incendiu.

Altceva își aminti el și s-a întors în hol. Laurent păruse să-l urmeze. Acea blestemată de cutie de ciocolată pe care o primise luni dimineață era pe masa din bucătărie, ignorată până în acel moment. Noaptea trecută venise acasă de la muncă târziu și puțin beat – el și Laurent băuseră câteva pahare de whisky pentru a sărbători încheierea unui caz –, iar el se pierduse cu firea și mâncă o bomboană. Sau mai mult de una? Privi în cutie: lipseau mai multe bomboane. Complet prostesc, se gândi el. Un lucru iresponsabil și de neiertat.

Însă cine să-i fi trimis bomboane otrăvite? Și o felicitare imprimată de urmele unui sărut? Pe măsură ce un mister era elucidat, un altul se contura. Se gândi, pe rând, la suspecții posibili, căutând pe cineva care să aibă motivul și ocazia, cineva care-i cunoștea obiceiurile, cineva care știa și slăbiciunea lui pentru bomboanele de ciocolată. Iar de data asta i-a picat fisa.

A mers la geam. Femeia din apartamentul de vizavi se ascundea în spatele draperiilor, privind pe furiș la clădirea în care el locuia. Știa ce se petrecea și urmărea evoluția situației. Lionel se gândi la copilul bolnăvicios, iar pielea i se făcuse ca de găină. Luni întregi – poate chiar ani, nu era sigur – femeia își otrăvise propriul copil. Iar Lionel Moon fusese martor de la bun început fără să-și fi dat seama. Ce-i amesteca în tocană? Otravă de șoareci sau erbicid? Știa de astfel de cazuri. Cu siguranță că ea l-a urât pe Lionel că o privea tot timpul, iar într-un final a decis să-i facă felul. Pentru siguranța ei, presupuse el. I-a pus și lui aceeași otravă – o doză mai puternică, desigur – în bomboanele de ciocolată pe care ulterior i le-a trimis?

— Altă explicație nu este.

În spatele lui cineva își drese glasul. Lionel s-a întors. Era inspectorul Goode, prietenul său decedat și fost partener. A venit și s-a ridicat să-i ia de pe cap peruca morcovie pe care uitase că o purta.

— E important să fii demn acolo unde mergi, a spus Goode. Urmează-mă.

Cei doi au ieșit din apartament, lăsându-l pe inspectorul Laurent singur într-o cameră plină de indicii, și tertipuri menite să te pună pe piste false, și un mister de rezolvat. Marele regret al lui Lionel Moon, în timp ce trecea pentru ultima oară pragul ușii de la intrare, era că încă nu știa de ce i-a trimis cineva o fotografie a unei fotografii cu el însuși cu două zile în urmă și ce anume însemna asta.

14
A ȘAPTEA CONVERSAȚIE

„Marele regret al lui Lionel Moon“, citea Julia Hart, „în timp ce trecea pentru ultima oară pragul ușii de la intrare, era că încă nu știa de ce îi trimisese cineva o fotografie a unei fotografii cu el însuși cu două zile în urmă și ce anume însemna asta.“

Lăsă manuscrisul din mână. Grant McAllister o privi de jos.

— Ei bine? a spus acesta. Așa se termină?

— Da, a spus Julia. Cartea se termină cu un mister nerezolvat.

— Și-a elucidat propria moarte, măcar.

— Asta așa e. Povestea asta are un ton ușor diferit față de celelalte. Nu crezi?

— Poate. Grant se gândea la replica Juliei. În lipsă de altceva, aș zice că e vorba de elemente supranaturale. Am menționat deja faptul că definiția nu le interzice.

— Dar sunt nedrepte față de cititor. Julia rosti propoziția ca pe o acuzație.

— Poate, spuse Grant ezitant. Însă povestea reprezintă situația în care victima și detectivul sunt una și aceeași persoană. Ne-am uitat la suprapunerea dintre suspecți și detectivi, și dintre suspecți și victime, deci acest următor pas era inevitabil. Însă, deși definiția permite, e greu să o și pui în practică.

— De-asta ai recurs la supranatural?

— Da, zise Grant și își frecă nasul gânditor.

Cei doi își beau cafeaua în grădina cu trandafiri, pe terenul Juliei, la hotel. Grant se oferise să se întâlnească acolo cu ea ca să o scutească de drumul până la cabana lui. Era a treia ei dimineață pe insulă, iar ziua se anunța caniculară.

Grant sosise imediat după micul dejun în costumul lui alb, lejer, cu manșetele de la pantaloni pătate cu portocaliu de la plimbare. Și, foarte prompt, vărsase cafea pe mâneca de la cămașă.

— E un hotel foarte elegant, a spus el. Angajatorul tău te ține numai în locuri cu stil.

— Era singurul hotel pe care l-am găsit pe insulă, a spus Julia. Mai e vreunul?

— E o întrebare bună, zise Grant râzând. Nu am fost nevoit până acum să stau la hotel. Acum însă, că tot ai adus vorba, probabil că nu mai este un altul.

Privea distras prin grădină, fluierând încet, cât să se audă doar el.

Julia i-a întrerupt meditația.

— E ceva ce-mi poți spune despre povestea asta? Ai spus că e o structură dificil de pus în scenă. De ce?

— Doar fiindcă, aici, detectivul este neglijabil din perspectiva definiției noastre. Dacă rolul devine ambiguu, dacă, de pildă, el devine și victimă, cititorul s-ar putea să nu-și dea seama că povestea a avut și un detectiv de la bun început. Făcând ca victima să revină sub formă de fantomă a fost doar o modalitate de ocolire a problemei. A meritat să încerc, însă.

Se uită la o pasăre ce stătea pe o statuie - o femeie ce ținea un vas cu apă - cioplită într-o stâncă albă, fină ca ciocolata. Julia se uita la el. Era agitată, acum că totul se apropia de concluzie, de încheiere.

— Cred că ți-a ieșit, a spus ea. Și îmi place că e diferită de celelalte povești.

A luat un dosar din geantă și l-a deschis în poală. Nu voia să-i trezească suspiciuni, nu încă.

— Am încercat să-ți citesc din nou articolul azi-noapte.

Părea că nu dormise o noapte întreagă; avea ochii roșii.

— De data asta a fost mai ușor de înțeles, după ce mi-ai explicat câteva dintre temele principale, însă au fost suficiente lucruri care mi-au scăpat.

— Sunt multe lucruri pe care nu le-am discutat.

— Eram interesată, în mod special, de lista pe care o propui în capitolul doi, subcapitolul trei.

Grant era complet absorbit.

— Continuă, a spus el.

— Pot să-ți citesc?

Grant încuviință.

— Desigur.

Julia se uită la dosar.

— Înarmați cu această definiție, citi ea, putem acum să stabilim matematic variațiile fundamentale ale tipologiei poveștilor cu detectivi.

— Da, a spus Grant, închizând ochii. Permutările ficțiunii cu detectivi.

— Cazurile sunt precum urmează, a continuat Julia să citească, trăgând adânc aer în piept. Cazul în care numărul suspecților este egal cu doi. Cazul în care sunt trei sau mai mulți suspecți. Cazul excepțional cu suspecți infinit de mulți, pe care îl admitem, dar nu-l considerăm demn de a fi comentat. Cazul în care numărul ucigașilor are un singur actor solitar. Cazul în care setul ucigașilor e mulțimea doi, fiind complici. Cazul în care numărul ucigașilor este egal, sau aproape egal, cu numărul suspecților. Cazul în care o mare parte dintre suspecți, trei sau mai mulți, dar nu toți, sunt și ucigași. Cazul în care este o singură victimă, cel în care sunt mai multe victime. Orice caz format prin înlocuirea lui *A* și *B* cu oricare combinație de suspecți, detectivi, victime sau ucigași – cu excepția suspecților și a ucigașilor pentru care deja s-a ținut o evidență, după cum urmează: cazurile în care *A* și *B* sunt disjunse, unde *A* conține *B* doar ca pe un subset, unde *A* și *B* sunt egale, unde *A* și *B* se suprapun, nefiind subsetul celuilalt. În mod evident, asta include cazurile în care detectivii sunt ucigașii, toți suspecții sunt victime, toți detectivii sunt victime. Acolo unde suspecții sunt doar detectivi și victime, și la fel și în cazul ucigașilor. Acolo unde ucigașii sunt doar detectivii care nu sunt și victime. Acolo unde ucigașii sunt doar victime, fără a fi și detectivi. Acolo unde fiecare suspect este și victimă, și ucigaș. Acolo unde fiecare suspect este și detectiv, și ucigaș. Acolo unde fiecare suspect este victimă, detectiv și ucigaș simultan. Finalmente, cazul în care toate patru seturile sunt identice: suspecți, ucigași, victime și detectivi. Și orice combinație validă a elementelor menționate anterior.

Ochii lui Grant sclipeau de satisfacție.

— Ce ai citit mă face să îmi fie dor de zilele în care mă ocupam de cercetare, a spus el.

— Este o listă exhaustivă și epuizantă. Ai avut vreodată intenția de a scrie o poveste pentru fiecare dintre permutări?

Grant privea o furnică mergând pe vârful unui ceas solar aflat la câțiva metri depărtare.

— Ar fi mult prea multe. Mai ales dacă ții cont de acea ultimă propoziție. Aspiram la asta, poate. Dar nu am intenționat vreodată să o și transpun în fapt.

— Și totuși, te-ai oprit la doar șapte povești. De ce?

Lui Grant i-a fost necesar mai mult timp ca să poată răspunde.

— Nimeni nu mai era interesat de astfel de povești după război. Au devenit demodate foarte repede, în comparație cu toate morțile acelea concrete.

— Unele dintre convenții sunt datate, poate. Dar structura în sine este vie.

Grant nu părea convins.

— Chiar crezi asta?

— Ce vreau să spun este că, dacă citești acum un roman cu detectivi, e imposibil să nu fii curios în legătură cu deznodământul. Emfaza aceasta este împrumutată din romanul polițist. Poate că nu te întrebi clar care personaj a comis crima - poate că asta a fost clar de la bun început -, dar tot vei fi curios ce set finit și imperceptibil de posibile finaluri va alege autorul. Deci structura este încă acolo.

Grant zâmbea. O vreme, nu a zis nimic.

— Da, cred că aduci un argument bun. Niciodată nu am privit lucrurile astfel. Însă nu anulează afirmația mea cum că romanul polițist convențional este demodat. Am simțit acest lucru, foarte tangibil, spre jumătatea anilor '40 și de asta m-am oprit din a le scrie.

— E păcat, a spus Julia și a luat ceașca de cafea.

— Ai observat vreo incongruență în povestea asta?

Grant și-a luat și el cafeaua și a băut ultima gură de lichid amărui. Cafeaua lui era călduță.

— Da. De data asta a fost ceva ușor de reperat, zise Julia ridicând din umeri. Întregul orfelinat a ars din temelii când era copil, dar când e adolescent vizitează camerele în care locuise în tinerețe. Deci a ars sau nu?

— Înțeleg, a spus Grant. Da, ar fi trebuit să-mi sară în ochi.

Julia puse jos ceașca goală și arătă spre ceva din spatele lui.

— Ai fost vreodată acolo sus?

Indicase o secțiune a coastei mai sus de oraș, ceva mai înaltă, unde colina privea circumspect la mare.

— Da, a spus el cu un glas scăzut. Știu foarte bine locul.

Julia nu-și putea lua ochii de acolo.

— Pare un loc foarte dramatic. Am o schiță a introducerii în geantă. Ai vrea să mergem acolo ca să o citim? Să profităm de ocazie.

Grant ridică din sprâncene.

— Sunt impresionat, a spus el. Când ai avut timp să o scrii?

— Azi-noapte, în mare parte. După ce m-am retras.

Grant fluieră admirativ.

— Atunci, da, dacă vrei. N-am fost acolo sus de foarte mult timp. Dar sunt dornic să văd ce ai scris. Iar insula merită să fie explorată toată.

— Perfect, a spus ea și și-a strâns lucrurile.

15
ULTIMA CONVERSAȚIE

Julia Hart privi în spate în timp ce se chinuia să urce dealul abrupt; Grant rămase în urmă și, pentru prima oară, diferența de vârstă dintre ei deveni vizibilă, deși nu era mai puțin încântat. Julia l-a așteptat pe Grant să o ajungă din urmă, pe lângă potecă.

— Îmi pare rău, a spus ea. De jos nu părea așa abrupt.

Grant se opri și-și sterse fruntea cu batista.

— Nu e așa rău, a spus, căldura face ca urcușul să fie cu mult mai greu.

Colțurile hainelor sale albe se umpluseră de sudoare.

Julia se întoarse pe potecă. Dealul din fața lor ducea la prăpastia dramatică pe care o văzuseră din grădina cu trandafiri a hotelului. Jumătatea de sus era presărată cu pâlcuri galbene de copaci.

— Ne vom putea adăposti la umbra copacilor de acolo, spuse. Putem face un mic popas odată ce ajungem.

— Ultima oară când am făcut asta mi s-a părut ușor.

Grant se uita la trupul ei scăldat de lumina puternică a soarelui.

— Mă tem că a îmbătrâni nu e deloc grațios.

S-au pus din nou în mișcare.

Nu a durat mult să ajungă la pâlcul de copaci subțiri ce păreau și ei curioși să vadă ce se petrecea; poteca pe care mergeau ducea direct în mijlocul crângului. După ce au parcurs cam treizeci de metri, au ajuns într-o zonă defrișată, împrejmuită de formațiuni de roci mari. Pătrunzând printre frunzele copacilor, lumina căpăta o nuanță de verde-galben intens, aproape orbitor.

— Un amfiteatru natural, a spus Grant, atingând una dintre pietre, parcă pentru a o mângâia. Au trecut câțiva ani de când am fost ultima oară aici.

Acum, că se opriseră, Grant își recăpătase energia. S-a așezat pe una dintre pietre și și-a îndreptat privirea spre Julia, lăsându-și picioarele să atârne dincolo de marginea rocii.

— M-am îndrăgostit de locul ăsta la prima vedere.

Julia privi în jur. Se gândi că nu le-ar fi prins rău să fi avut la ei niște apă sau vin.

— Nu am mai fost niciodată într-un loc ca acesta.

Grant își scoase pălăria și prinse a-și face vânt cu ea.

— Trebuie să recunosc că după prima noastră întâlnire am fost destul de neliniștit. Ultimii mei ani petrecuți aici au însemnat o viață simplă și liniștită. Însă discuțiile cu tine au fost interesante, m-au stimulat chiar.

Și-a șters fruntea din nou și a aruncat batista umezită de transpirație jos.

— Cred că putem să ne oprim, spuse Julia. E mai ușor dacă stăm și discutăm aici, feriți de rafalele de vânt.

Grant aprobă.

— Deci ai o schiță a introducerii pe care să mi-o citești?

— Da. Julia și-a atins geanta. Însă, înainte să discutăm, cred că ar trebui să decidem ce titlu va avea cartea.

— *Crimele cusute cu ață albă.* Crezi că ar trebui să schimbăm titlul?

— Nu voi fi singura persoană care să observe similitudinea dintre titlul cărții tale și crima despre care am discutat, *Crima cusută cu ață albă*. Ar trebui, măcar, să cădem de acord ce vom spune dacă vom fi întrebați despre asta.

— Atunci, cred că ar fi bine să schimbăm titlul, spuse Grant plimbându-și pălăria dintr-o mână în cealaltă. Ce spui de *Detectivi criminali*?

— Sună oribil, sinceră să fiu.

Grant chicoti.

— Atunci, ai o altă sugestie?

— Se prea poate. Julia inspiră profund. Însă sunt dornică să aflu de ce ți-ai numit cartea *Crimele cusute cu ață albă*.

Grant luă o rămurică de pe jos și începu să-i cojească scoarța cu unghiile.

— Ți-am mai spus, mi s-a părut foarte grăitor. Dacă pare familiar, e doar o simplă coincidență.

— Sunt destul de multe astfel de simple coincidențe răsfirate prin carte. Cert e că această crimă ți-a stârnit imaginația.

Grant a rupt o frunză și a pus-o pe piatra de lângă el; o mișcare defensivă în jocul de șah pe care cei doi îl jucau.

— Nu sunt sigur că înțeleg ce vrei să spui.

— Mai ții minte detaliile *Crimei*?

Se lăsă tăcerea peste cei doi; Grant, nemișcat cum stătea pe piatră, semăna cu o șopârlă.

— Tot ce știu e ce mi-ai zis zilele trecute, când am discutat despre ea.

— Atunci, ascultă-mă.

Julia stătea în fața lui ca o profesoară ce scrie lecția pe tablă, iar în spatele ei copacii formau un zid impenetrabil.

— *Crima* a avut loc în data de douăzeci și patru august, o mie nouă sute patruzeci. Domnișoara Elizabeth White a fost ucisă pe Hampstead Heath. Își scosese câinele la plimbare înainte de apus. Când a ajuns la Spaniards Inn, un pub faimos așezat la marginea câmpului, în capătul nordic, un bărbat s-a oprit să discute cu ea. Fusese văzută de mai mulți martori vorbind cu un bărbat îmbrăcat în costum albastru. Cei doi au continuat să meargă împreună. Aproximativ o oră mai târziu a fost găsită moartă pe drumul din fața Spaniards Inn. Fusese sugrumată. La ora nouă și treizeci de minute seara, ea fusese ucisă. Câinele i-a dispărut și nu a mai fost găsit după aceea. Și nici ucigașul nu a fost prins.

Grant a dat din cap.

— E foarte interesant ce îmi zici. Însă de ce îmi spui mie asta?

Julia continuă.

— La prima vedere, poate să nu pară relevant. Însă avem aici poveștile tale, șapte din totalul celor scrise, fiecare dintre cele șapte conținând cel puțin un detaliu care nu are logică în țesătura textului. Primul indiciu a fost vila în stil spaniol cu un plan imposibil și o cronologie a faptelor imposibilă și ea. A doua poveste are o scenă ce ar trebui să aibă loc ziua, însă se dovedește că se petrece seara, la nouă și treizeci de minute, mai precis. A treia poveste conține un al doilea bărbat, îmbrăcat în costum albastru, a cărui prezență nu este niciodată explicată pe deplin. A patra poveste scoate în evidență cuvântul *alb* prin faptul că este înlocuit peste tot în text cu antonimul său. A cincea poveste conține un câine care, aparent, dispare. A șasea este plină de descrieri ale sugrumării, deși niciun personaj nu este, de fapt, sugrumat. Iar a șaptea conține un orfelinat resuscitat, botezat după numele Sfântului Bartolomeu, a cărui sărbătoare se întâmplă să fie în ziua de 24 august. Și toate aceste povești sunt adunate sub un singur titlu: *Crimele cusute cu ață albă*. Într-adevăr, sunt prea multe coincidențe.

Grant înghiți în sec atât de tare, încât se făcu auzit.

— Da, într-adevăr, sunt multe.

— Așadar, încă negi?

Cugetă pentru un timp.

— Nu cred că mi-ar ajuta la ceva. M-ai prins. Toate astea sunt trimiteri la *Crimă*. Nu-mi amintesc să o fi făcut. Să introduc acele elemente referențiale, vreau să zic.

Avea o expresie îndurerată.

— Pare puțin probabil că ai putea uita. Trebuie să fi fost un gest extrem de meticulos și totodată intenționat pentru a insera și potrivi atât de multe indicii.

— Da, se prea poate.

— Cred că ți-a luat ceva timp.

— Nu-mi aduc aminte.

Julia îl privi tăios, parcă vrând să-l citească direct în suflet.

— Grant, îmi este din ce în ce mai greu să mai cred ceva din ce-mi spui.

Grant a lovit piatra cu călcâiele.

— Ce vrei să spun?

Rafale de vânt au cuprins zona defrișată, urmate de un nor de praf și frunze ce păreau să fi ieșit din pământ, mișcându-se în cerc; insula devenise subit extrem de gălăgioasă. Julia a așteptat ca zgomotul să se liniștească înainte să îi răspundă lui Grant.

— Nu mă aștept să îmi spui ceva. Nu mă aștept la nimic, sinceră să fiu, fiindcă nu cred că tu ești autorul acestor povești.

Locul în care se aflau se liniștise din nou.

Un amfiteatru cu o singură persoană în el nu este nimic altceva decât un tron extrem de mare, așadar Grant stătea așezat în scaunul acela uriaș, incapabil să se miște, ca regele căruia i s-a dat șah mat.

— Ce vorbe ciudate arunci. Vocea i se frânse, iar Grant tuși. De ce ai spune așa ceva?

— Este adevărat, nu-i așa? Nu ești autorul acestor povești. Nu ești Grant McAllister. Ești altcineva.

Deveni palid.

— Bineînțeles că nimic din ce am scris nu este adevărat. Dar de ce, Sfinte Dumnezeule, ai spune așa ceva?

— Da, sunt convinsă că ești dornic să afli.

Julia păși înspre el.

— Ei bine, îți voi spune. De la bun început am bănuit că ceva nu este în regulă. Am dat peste autori rușinați de opera lor de tinerețe, alții incredibil de mândri de ea. Dar niciodată nu am dat peste vreun autor atât de detașat de ce a scris.

Julia începuse să facă pași înainte și înapoi cu o mână ridicată în aer și degetul ațintit spre cer.

— Mi-ai explicat principiul matematic în detaliu. Dar nu mi-ai spus aproape nimic despre poveștile în sine. Cum ai ajuns să le scrii, de ce ai făcut, în economia textului, alegerile respective.

— Le-am scris acum mult, mult timp.

— Și mai e și faptul că Grant s-a născut și a crescut în Scoția, însă nu ai pic de accent scoțian. Iar Grant ar trebui să fie cu zece ani mai în vârstă decât pari tu să fii.

— Am crescut aproape de graniță. Și par foarte tânăr pentru vârsta mea.

Julia se opri în mijlocul zonei defrișate.

— Și ai picat în capcana mea.

La auzul cuvintelor, Grant privi în jur, speriat să nu îi fie pusă viața în pericol. Dar momentul de panică trecu, iar el se destinse; Julia îl privea, iar sub căutătura ei neînduplecată, el părea a se scufunda într-o stare de resemnare stoică.

— Ce ai făcut? a întrebat el.

— Totul a pornit de la prima poveste. Am făcut o greșeală, asta e tot. Când o citeam cu voce tare. Capul îmi vâjâia din cauza căldurii, iar ochii îmi erau încețoșați. Încercuisem ultimele rânduri din poveste cu cerneală roșie pentru a-ți sugera să o rescrii. Dar, de fapt, mi-au scăpat complet din vedere. Deci am citit doar jumătate din finalul poveștii. Iar tu nici nu ai observat acest amănunt.

— Câteva rânduri, asta nu înseamnă nimic.

— Câteva rânduri, a spus Julia. Însă au schimbat contextul complet. În poveste, Megan și Henry se certau cu privire la care dintre ei l-a ucis pe Bunny, îți amintești? Bunny zace întins pe patul de la etaj cu un cuțit în spinare. Sunt închiși în casa lui într-o zi toridă și încearcă să decidă ce să facă mai departe. Amândoi știu că unul dintre ei este ucigașul, însă niciunul dintre ei nu vrea să recunoască asta.

— Da, îmi amintesc.

— Mai trece puțin timp, iar ei sunt în același loc și decid să bea. Megan ia paharul pe care Henry i-l dă, îl ține o vreme în mână, apoi i-l dă înapoi. Henry bea din paharul primit. După câteva minute, cade pe jos. Este clar că a fost otrăvit, iar Megan recunoaște că l-a otrăvit. Ai crezut că și ea era vinovată de a-l fi ucis pe Bunny.

— Da, a spus Grant. Ce vrei să spui?

— Următoarele câteva rânduri contrazic ideea aceasta. Îți amintești ce îi spune lui Henry după ce cade?

Grant a dat din cap că nu.

„- Asta-i chestia cu mințitul, Henry. Megan se ridicase și se aplecase asupra lui. Odată ce începi, nu te poți opri. Trebuie să mergi până la capăt. Megan și-a terminat băutura. Ei bine, nu mai pot sta să te ascult. Știu că l-ai ucis pe Bunny și știu că tu știi că eu știu. Și să mă ia naiba dacă te las să mă ucizi și pe mine."

Ochii lui Grant s-au mărit.

— Deci ea l-a ucis pe Henry ca să se apere?

— Da, a spus Julia, fiindcă Henry l-a ucis pe Bunny. Abia mai încolo mi-am dat seama că îmi scăpaseră acele rânduri, care schimbau complet finalul poveștii. Și totuși, nici tu nu ți-ai dat seama. Chiar să fi uitat ceva ce ai pus acolo în mod deliberat?

Vocea lui Grant își schimbă tonalitatea, parcă pentru a se apăra.

— După douăzeci de ani lungi, normal că da.

— Da, a spus Julia. Așa am crezut și eu. Așa că am fost precaută, mi-am păstrat îndoielile doar pentru mine; apoi am decis să te testez. Și, îmi pare rău să ți-o spun, dar nu ai trecut testul.

Grant a închis ochii.

— Ce vrei să spui?

— Greșeala pe care am făcut-o când citeam povestea aceea mi-a dat o idee. Am citit în acea după-amiază a doua poveste. Acțiunea se petrece într-un orășel de lângă mare, Evescombe.

Grant a dat din cap.

— Continuă.

— Un bărbat pe nume Gordon Foyle este acuzat că ar fi împins-o pe Vanessa Allen de pe o colină. Însă el pretinde că a fost un accident. Tot ce știm cu certitudine este că au trecut unul pe lângă altul, fiindcă mergeau în direcții opuse. Detectivul este un bărbat afabil și calm, pe nume Brown.

— Un bărbat masiv îmbrăcat în negru, mi-amintesc.

— Găsește eșarfa unei femei ascunsă în tufișurile din vârful colinei. Pe ea se vede urma unui bocanc; călcâiul unui bocanc Wellington îngust.

— Și concluzionează că trebuie să fi fost trasă, nu împinsă, pentru a fi ucisă.

Julia a aprobat.

— Dar asta e singura parte pe care am schimbat-o. Asta și sfârșitul.

Grant se holba la ea, se citea pe fața lui că avea multe întrebări pe care voia să i le pună Juliei.

— Ai modificat deznodământul?

— Și câteva detalii ce construiesc deznodământul, da. Am făcut-o însă intenționat, când te-ai dus să te plimbi. M-am așezat ca să citesc povestea și am modificat pe ici, pe colo. Cum am spus, a fost doar un test. Să văd dacă vei observa. Mă așteptam să fii confuz; eram convinsă că te vei înfuria. Am crezut că voi reuși să îți explic situația, iar asta ar fi fost toată treaba. Dar, de fapt, nu ai observat nimic.

— M-ai păcălit? Grant își aruncă pălăria din mână în semn de revoltă. Iar eu te-am ajutat în tot acest timp. Am fost amabil cu tine.

— M-ai mințit.

— Sunt bătrân, uit lucruri. Chiar poți să mă acuzi de așa ceva?

— Nu ești atât de în vârstă, a spus Julia, care a ridicat pălăria de pe jos și i-a înmânat-o.

Grant oftă; era și curios, și agitat.

— Păi, cum s-a terminat, de fapt, povestea?

— În orice caz, a spus inspectorul Wild, permite-mi să te lămuresc.

A aprins un chibrit și se pregătea să-și mai aprindă o țigară, când domnul Brown s-a aplecat peste masă și i-a aruncat chibritul din mână. A fumegat pe covorul roșu, lăsând o pată ce semăna cu o picătură de cerneală neagră.

— Așteaptă numai o clipă, a spus domnul Brown. Nu vreau să-ți ofer satisfacție, din moment ce știu deja ce s-a întâmplat.

Inspectorul Wild a ridicat din sprâncene.

— Nu se poate să știi. Am căzut amândoi de acord că nu există dovezi.

— Ei bine, eu am găsit, a spus domnul Brown. Cel puțin, suficiente dovezi cât să-mi formez o opinie.

Prietenul lui îl privea neîncrezător.

— Hai să auzim, atunci.

Bătrânul roșcovan s-a lăsat pe spătarul scaunului.

— Permite-mi să-ți prezint eșarfa victimei.

Zicând astea, domnul Brown a scos eșarfa albă împăturită, cu materialul pătat, din buzunarul hainei sale și i-a înmânat-o inspectorului, care a desfăcut eșarfa și a așezat-o pe masă.

— Unde ai găsit-o?

— Era agățată într-un tufiș de pe colină. Colegii tăi probabil că nu au observat-o.

— Și ce ar trebui să ne spună, mai exact?

— Aici, după cum vezi, este o urmă de bocanc Wellington. O urmă mare, deci un bocanc bărbătesc. Am verificat-o comparând-o cu urmele de pe o jumătate de pagină de pe un ziar din cabana victimei și am concluzionat că bocancul nu îi aparținea. Îmi vei spune, fără dubiu, că domnul Foyle purta bocanci Wellington în ziua respectivă?

Inspectorul Wild a dat din cap.

— Încă era încălțat cu ei când l-am arestat.

— Prea bine, a spus domnul Brown. Atunci, răspunde-mi la întrebarea aceasta: cum poate un bărbat să calce pe eșarfa unei femei dacă amândoi trec unul pe lângă altul. Într-o zi cu rafale puternice, capătul eșarfei ar fi fost purtat de aer; oricum, nu e suficient de mare cât să mături pământul.

Inspectorul Wild era curios deja.

— Continuă.

— Întrebarea aceasta a făcut ca o imagine anume, una specifică, să îmi vină în minte. Imaginează-ți-l pe Gordon Foyle peste doamna Allen, iar piciorul lui la același nivel cu capul ei, ea fiind ținută deasupra mării, atârnând de marginea prăpastiei, iar bocancul lui așezat, fără să-și dea seama, pe eșarfa ei.

— Deci crezi că e vinovat?

— Nu, a spus domnul Brown unindu-și vârful degetelor. Cred că este nevinovat. Dacă ar fi împins-o în abis, cu siguranță nu ar fi sfârșit în poziția în care a fost găsită. Ar fi căzut cu capul înainte. Dar, dacă și-a pierdut echilibrul și a alunecat, este posibil să se fi prins de marginea dealului. Iar eşarfa ei a rămas acolo, agăţată de buza prăpastiei, ca să fie mai apoi găsită de el. Ei bine, ce mai e de explicat? Locul unde erau urme pe pământ? Să presupunem că este onest în privinţa asta. A văzut-o cum cade, la câţiva metri în faţa lui, şi a luat-o prin hârtoape ca să ajungă la buza dealului. Din acel loc, poate a văzut-o agăţată, aşa că a alergat înapoi pe potecă şi apoi a cotit în locul din care ea a căzut. Se potriveşte scenariul cu informaţiile pe care le avem până acum?

Inspectorul Wild părea uşor năucit.

— Presupun că da.

— Priveşte peste margine şi o vede acolo. Primul impuls este să meargă să o ajute, bineînţeles. Dar se răzgândeşte apoi şi reconsideră toată situaţia. Nu prea îşi doreşte ca ea să supravieţuiască, dacă e să luăm în calcul toate detaliile. Aşa că stă acolo şi se uită la ea cum se chinuie să nu cadă, până când bietele ei palme îi transpiră şi nu o mai pot ţine, aşa că e silită să-şi dea drumul, picând spre propria moarte cât ai clipi din ochi. Eşarfa se desprinde în timpul căderii şi este aruncată de curenţii de aer într-un tufiş. Probabil că nici nu observă acest lucru.

Domnul Brown îşi ridică paharul.

— Ei bine, inspectore, acum poţi să mă lămureşti.

Inspectorul Wild i-a zâmbit amar prietenului său.

— Ce pot spune? Se pare că ai reuşit să scoţi multe informaţii din munca ta de ghicitor, dar ai dreptate sută la sută. Soţia bărbatului cu barca a fost martoră fix la scena descrisă de tine. Gordon Foyle este nevinovat, în sensul cel mai neplăcut al expresiei.

— Sunt de acord, din păcate. Păi, şi? O să fie eliberat?

Inspectorul a dat din cap.

— Cel mai probabil. Deşi mă îndoiesc că fiica doamnei Allen va mai dori să-l vadă.

Domnul Brown a dat din cap, plin de compasiune, iar gestul părea făcut de o marionetă, cu faţa domnului Brown mişcându-se în direcţia imprimată, prinsă cu sfori de craniul lui.

— Biata fată, mai întâi mama ei moare, iar apoi află că bărbatul pe care îl iubeşte a privit totul şi nu a întins un deget măcar.

Cuvintele ei i-au venit în minte: *Nu știu ce mă fac dacă îl spânzură.* Și zâmbi în fața ironiei sorții; întrebarea mai dificilă era ce va face când va afla că nu va fi spânzurat.

— Moartea este mereu o afacere murdară, a spus inspectorul Wild. Însă datoria noastră este față de lege și nimic în plus.

Cei doi bărbați și-au ridicat paharele în cinstea unui toast amar, apoi au dispărut iarăși în îmbrățișarea fotoliilor lor."

Grant pufni.

— Foarte inteligent din partea ta. Însă nu dovedește nimic. Mare parte din poveste a rămas neschimbată. Ești surprinsă că nu am observat diferența?

— Abia te întâlnisem, a spus Julia. Nu căutam vreo dovadă că minți. Speram să-mi demonstrezi că mă înșelam.

— Prin urmare, recunoști că nu e nimic de netăgăduit!

— Nu, bineînțeles că nu. Dar nu m-am oprit acolo.

Grant rupse ramura în două.

— Deci mai ai?

Julia a aprobat.

— Primul test era prea subtil, nu ar fi dovedit nimic. Însă nici nu am dat deoparte dubiile pe care le aveam. Știam cu certitudine că trebuie să te mai testez, iar pentru asta aveam să folosesc povestea următoare.

Grant scoase un geamăt, părând agasat de întregul proces. Însă nici nu-și putea disimula interesul față de discuție.

— Cea plină de cruzime, cu cei doi detectivi și cadavrul din cadă?

— Cea pe care ai găsit-o lipsită de orice calitate. Îmi pare rău pentru asta. Am stat toată după-amiaza și am rescris-o aproape complet.

— Ce ai făcut?

— Adu-ți aminte că acțiunea se desfășoară într-un loc numit Colchester Gardens, într-o casă albă, terasată, în care locuiesc Alice Cavendish și familia ei, bucătăreasa și menajera. Un bărbat în costum albastru este văzut în fața casei într-o dimineață vorbindu-i surorii ei mai mici. Alice face o baie în acea după-amiază, iar cineva intră pe furiș în casă și o îneacă în cadă.

— Apoi apar cei doi detectivi pentru a face investigații.

— Laurie și Bulmer, cu metodele lor brutale. Îi interoghează pe menajeră, pe mamă și pe tată, apoi pe un tânăr pe nume Richard Parker, iar în cele din urmă pe bărbatul îmbrăcat în costum albastru. Toți au alibiuri, cu excepția sărmanului străin cu costum albastru. Bulmer îl tortureaza până când acesta mărturisește, apoi se spânzură.

— Un final fericit, circular.

— Și tot la final aflăm că inspectorul Laurie este el însuși criminalul. Sărmanul bărbat a fost acuzat pe nedrept, i-a fost înscenat totul.

— Iar finalul acesta ți se datorează ție?

Julia s-a întins ușor în față, parcă pentru o scurtă reverență.

— Da, așa este.

— Atunci, care este adevăratul final?

„Sergentul Bulmer a fumat o țigară, apoi s-a dus înapoi în celulă. De data aceasta avea la el o lamă de ras. Michael Percy Cristopher zăcea pe podeaua ce semăna cu o băltoacă, respira pe gură. Mustăcioara lui era îmbibată cu sânge. Bulmer se aplecă peste el.

În acel moment, s-a oprit curentul, iar becurile din încăpere s-au stins.

Bulmer îngheță, iar degetul mare era presat de spatele rece al lamei de ras.

— Iar a picat curentul, a mormăit către partenerul său, care aștepta în afara celulei; acea parte a clădirii mereu avea probleme cu electricitatea. A așteptat preț de un minut, însă lumina nu a revenit.

Bulmer se simțea singur în bezna din celulă; umbra de la picioarele sale nu se mai mișca, încetase să mai trăiască. Apoi, umbra îi vorbi cu o voce slabă:

— Vă rog, sunt gata să vorbesc.

— Ești gata să mărturisești?

Se auzi un scâncet, iar capul umbrei se mişca.

— Nu eu am ucis-o. Nu eu sunt vinovatul. Sunt şi eu un detectiv, ca şi voi.

Bulmer oftă. Nu avea dispoziţia să asculte ce bălmăjea umbra, dar ce altceva putea face ca să-şi omoare timpul?

— Nu eşti de la poliţie.

— Nu, sunt detectiv particular.

— Pe cartea de vizită scrie că eşti *agent de teatru*.

— Asta e acoperirea mea. Clienţii mei preferă să fiu discret în activitatea mea.

Bulmer era iritat şi scoase un mârâit.

— Hai, zi, care e şpilul?

L-a simţit pe bărbat ridicându-se în genunchi.

— Sunt cunoscut pentru abilitatea de a crea situaţii propice şantajului. În teatru, sunt multe astfel de situaţii. Dacă întrebi unde trebuie şi pe cine trebuie, numele meu va fi pe buzele tuturor. Într-o zi, m-am trezit că sunt vizitat de doi bărbaţi. Numele lor sunt Richard Parker şi Andrew Sullivan. Alice Cavendish îi şantaja pe amândoi.

Partida amoroasă şi prima iubire, din copilărie.

— De ce? a întrebat Bulmer.

A vorbit fără să se uite în jos. Dacă ar fi revenit lumina, l-ar fi pus la zid pe bărbatul ce stătea în genunchi.

— Cu ce îi avea la mână?

— Voia ca Parker să se însoare cu ea. Se întâlniseră o singură dată. Era beat şi îi povestise cu lux de amănunte despre perioada în care fusese în război. Plecase în Franţa cu un văr de-al lui; şi se asigurase că doar unul dintre ei se întoarce viu. Ei bine, Alice era genul de tânără care l-ar fi făcut pe orice bărbat să-şi deschidă sufletul după un pahar sau mai multe. Aşa că Parker i-a mărturisit tot, iar a doua zi Alice i-a poruncit să o ceară în căsătorie. Pentru ea, el era o partidă bună, dar el nu considera că ea era o partidă bună.

— Iar Sullivan?

— Cândva au fost apropiați. L-a prins într-o postură compromițătoare. Să zicem că e un bărbat cu un gust aparte pentru neobișnuit. În cazul lui, era interesată doar de bani.

— Nu cred un cuvânt din ce-mi zici.

— Era genul ăla de femeie. Emancipată, care se considera îndreptățită să ceară orice. Vezi oameni de felul ăsta în teatru la fiecare pas.

— Și cum se știu Sullivan și Parker? Sunt prieteni ei doi?

Bulmer se întreba de ce inspectorul Laurie nu intervenea. Sigur asculta și el, la adăpostul întunericului.

— Nu chiar. Alice a devenit neatentă. Îi lăsau mesajele în parcul din fața casei ei, într-unul dintre copacii de acolo.

Locul în care Bulmer găsise scrisoarea de la Richard Parker.

— Dar Alice folosise același loc și pentru unul, și pentru celălalt. Într-o zi, au dat unul peste celălalt și au început să discute. Așa au pus la cale tot planul.

— Ce au făcut?

— Au venit la mine să-mi ceară ajutorul. Modul în care poți rezolva un caz de șantaj este să îl șantajezi pe șantajist, asta le-am spus. Dacă poți afla punctul lui sensibil, e suficient, de regulă. Așa că am început să sap; am întrebat în jur. S-a dovedit că erau și alte victime. Menajera, de exemplu.

— Elise?

Bulmer nu putea vedea dacă bărbatul dă din cap că da sau ba, însă a presupus că da.

— Furase niște bijuterii de la mama lui Alice. Alice a aflat și a amenințat că o concediază. În cazul acela nici nu a cerut ceva în schimb, ci doar îi plăcea să dețină controlul, să fie la putere. Tatăl la fel.

— Tatăl lui Alice?

— Tatăl vitreg, de fapt. Elise mi-a spus totul. Îl amenințase că îi va spune mamei despre avansurile pe care acesta i le făcuse dacă nu îi va face pe plac.

— Tatăl vitreg? Bulmer oftă din nou. Și apoi ce s-a întâmplat?

— I-am acceptat pe toți patru în calitate de clienți. Și am aranjat ca locul de întâlnire să fie casa lui Alice. Ea nu știa ce urma să se întâmple, desigur. Însă era doar o copilă răsfățată, care prea credea că e îndreptățită să facă și să ceară orice îi trece prin cap. Am crezut că dacă o vor confrunta toți patru, o să cedeze. I-am adus pe cei doi bărbați în piață, l-am trimis pe Andrew Sullivan să-l aducă pe tatăl vitreg de la birou și am așteptat ca bucătăreasa să plece. Apoi am bătut la ușă. A răspuns Elise. Era împreună cu logodnicul ei, bărbatul care deține aprozarul. Elise mi-a spus că Alice tocmai făcea baie. Am crezut că a dat norocul peste mine. Ar pune-o într-o poziție și mai vulnerabilă. Așa că i-am trimis pe toți în casă. Toate cinci persoanele vătămate. Au mers la etaj să o înfrunte.

Vocea i-a amuțit.

— Nu știu ce s-a întâmplat apoi.

Luminile au pâlpâit puțin; Bulmer îl văzu pe Laurie în afara celulei, cu mâinile în jurul barelor, pe buze cu rânjetu-i caracteristic. Bulmer nu s-a obosit să îl privească pe bărbatul în costum albastru înainte să se lase din nou întunericul peste tot.

— Deci ești complice?

— Nu știam că intenționau să o ucidă. Doar le-am zis să discute cu ea.

Bulmer s-a gândit la alibiurile pe care fiecare le oferise; părea că le vede dintr-un alt unghi și că fiecare era fals, ca decorul de pe scena teatrului. În cazul lui Elise, alibiul ei fusese logodnicul. Însă și el era implicat. În cazul lui Cavendish și Richard Parker, păruse, după cum le erau mâinile, că nu ar fi putut comite crima. Dar, cu ajutorul dat de celelalte trei persoane, nu ar fi avut nicio problemă să o ucidă. Și de ce mama lui Alice nu le-a spus că domnul Cavendish era tatăl vitreg al fetei? Andrew Sullivan spusese că a fost plecat din țară, dar nu au verificat; trebuia doar să stea ascuns, împreună cu mama lui, într-un hotel din Londra câteva săptămâni.

— Au ținut-o sub apă deci? Toți?

În mintea încețoșată a lui Bulmer se făcuse lumină. Acesta vorbi iarăși.

— Dacă ai fi știut că urmau să o omoare, nu ai fi lăsat cartea de vizită la locul crimei.

Deducția, arta supremă a detectivului; Bulmer reușise în sfârșit să înțeleagă arta.

În întunericul ce-i înconjura, rânji.

— Da, da.

Vocea se auzi direct de sub el și Bulmer simți cum niște mâini îi cuprind gleznele. Un obraz cald, rugător se mișca pe pantalonii săi, parcă pentru a-l convinge.

— Vă rog să mă credeți.

Lumina a revenit, mai puternică decât înainte. Odată cu ea, în încăpere se lăsă o liniște de mormânt. Laurie reușise să intre în celulă fără să fie auzit; stătea la câțiva pași de Bulmer, având pe chip o privire disprețuitoare la adresa suferindului de pe jos. Bulmer l-a împins cu piciorul și s-a întors către partenerul său.

— Ai auzit tot ce a zis?

Laurie a dat din cap.

— Faptele expuse au sens.

— Ce facem, în acest caz? a întrebat Bulmer. Îi arestăm pe toți cinci?

— Nu avem nicio dovadă, a spus Laurie. Mărturia unui singur om, a acestui om, nu va fi admisă în sala de judecată. Nu dacă-i acuzăm pe toți cinci.

— Și, atunci, ce facem?

— Avem suficiente dovezi împotriva domnului Cristopher, aici de față. Este în interesul tuturor să închidem cazul cât mai repede cu putință. Mă înțelegi?

— Da, a spus Bulmer. A oftat adânc și l-a ridicat în picioare pe Michael Cristopher ținându-l de subțiori.

— Foarte bine, a spus Laurie. Să te asiguri că o să pară că s-a sinucis.

Bărbatul în costum albastru a început să urle din rărunchi. Bulmer a înfipt un deget înmănușat în una din nări și i-a ținut gura închisă cu degetul mare.

— Taci, i-a zis.

Laurie s-a întors. L-a atins, pentru ultima oară pe ziua aceea, pe umăr pe partenerul său.

— Să știi că nici el nu e inocent. El e cel care a pus totul la cale.

Bulmer a mârâit, apoi a făcut franjuri sacoul bărbatului și i-a legat una dintre mâneci în jurul gâtului său lung.

— Iar prostul naibii a mai și mărturisit că asta a făcut."

Grant avea discursul deja pregătit.

— Cred că mi-am scos povestea asta din minte cu totul.

Julia nu l-a contrazis.

— Povestea în care suspecții se dovedesc a fi, cu toții, criminali.

— Înțeleg ce faci, zise Grant. E la fel ca și în cazul celei de-a patra povești?

— Da, a spus ea. Cea cu incendiul și petrecerea la care participă numai actori. Desigur, inițial, povestea a fost complet altceva.

Grant păru învins.

— Ai modificat-o și pe aceea?

— A trebuit să fiu atentă. Am pus la cale un plan, în care să schimb finalul fiecărei povești, dar tot aveam mâinile legate de anumite reguli. La urma urmei, poveștile sunt un derivat al teoriei matematice. Nu puteam face modificări decât într-un fel care să fie în concordanță cu principiile matematice enunțate. Altfel, întregul demers ar fi fost depistat imediat.

— A trebuit să respecți regulile, astfel încât să mă auto-incriminez.

— A trebuit să te fac să vorbești. Astfel că nu am avut niciodată în minte să creez un final de la zero. Așa că am schimbat între ele finalurile poveștilor trei și patru.

Grant nu putea să-și ascundă încântarea.

— Este foarte ingenios. Păi, și a patra poveste?

— Inițial, a avut sfârșitul pe care l-am dat poveștii numărul trei. Începe cu o petrecere într-un restaurant. Un magazin universal din apropiere ia foc. Helen Garrick este rugată să păzească locul crimei până când vine poliția. Examinează cadavrul: gazda a fost bătută cu un ciocan până a murit.

— Într-o baie, încuiată pe dinăuntru.

— Ceilalți invitați sunt cu toții actori. Fiecare îi spune lui Helen propria versiune, altminteri fabuloasă, până când totul devine haotic, scena crimei fiind contaminată dinadins. Timpul trece, însă poliția nu-și face apariția. Suspecții devin tot mai agitați.

— Iar cititorul meticulos și atent va fi observat că, dacă Helen era la parter în momentul în care crima era comisă, și ea ar trebui să fie considerată suspectă?

— Iar acela este finalul pe care l-am dat poveștii anterioare: detectivul e făptașul.

„Helen a întrerupt festivitatea aruncând o sticlă de vin pe jos. A căzut, s-a auzit un pocnet puternic, lăsând în urmă cioburi de sticlă și o pată sângerie, asemănătoare cu cea din baie.

— Îmi pare rău, a spus. Dar am stat și v-am ascultat teoriile toată seara. Nu mai vreau să aud nimic.

Dacă se mai îndoia cineva de intenția pe care o avusese gestul ei, paharul de vin pe care îl împinse peste marginea mesei cu vârful degetelor lămuri definitiv situația. Stătea pe o insulă de sticlă spartă.

— Nu cred că am făcut cunoștință. James s-a apropiat de ea și i-a întins mâna. Eu sunt James.

— Mă cheamă Helen. Se presupune că eu sunt la conducere.

— Ignor-o, a spus Griff. E beată. E prietenă cu șeful de sală, cred.

— Păi, de ce nu? a întrebat Helen. Afară e sfârșitul lumii. Cine nu ar vrea să bea, în atare situație?

— În sfârșit, a exclamat Scarlett, luându-și haina din cuierul din spatele ușii. Cred că avem voie să plecăm.

— Nu aș face-o, dac-aș fi în locul tău. Helen a lovit cu piciorul niște cioburi ce au zburat înspre ușă, ca un copil ce se joacă într-o băltoacă. O să ratați toată distracția.

Andrew Carter s-a așezat în fața surorii sale, Vanessa.

— Ce pui la cale? Ai luat-o razna?!

Griff se uită atent la pupilele lui Helen.

— Ești beată, a spus el. Ar trebui să te întinzi puțin.

— Dar nu vreți să-mi auziți confesiunea?

Helen s-a ridicat, apoi s-a suit cu picioarele pe scaun.

— Au trecut câteva ore bune de când stați blocați în aceeași încăpere cu mine și niciunul dintre voi nu s-a gândit să mă întrebe de ce am venit în acest restaurant singură, deși stau la mai bine de treizeci de kilometri depărtare. Nimeni nu m-a întrebat de ce m-am oferit voluntar să păzesc scena crimei, deși ultimul tren spre casă este în câteva ore. Nu vi s-a părut măcar puțin suspect?

Cei șase s-au privit fără niciun fel de expresie.

— Nu v-a trecut prin cap că poate eu sunt cea care l-a ucis? Măcar puțină recunoștință să-mi fi arătat.

Un sunet de șoc, emis de toate cele șase persoane simultan, a umplut camera. Din cauza șocului, cineva din capătul cercului a scăpat un pahar din mână. Soarele apunea, ferestrele erau aproape negre, din cauza fumului de afară, iar Helen vorbea unei audiențe formate din contururi încețoșate mai degrabă decât din ființe.

— Ultima oră mi-am petrecut-o căutând un mod de a explica crima. Ceva care să-i distragă atenția managerului restaurantului de la mine.

Se gândea la câini-demoni, figuri cocoțate pe acoperișuri, conspirații mari; niciuna dintre ele nu părea suficient de bună.

— Așa că v-am ascultat cu răbdare pe fiecare dintre voi și ce aveați de spus. A fost ca o după-amiază la școală cu elevii. Povești despre afemeiatul de Harry, despre cum cineva a fost plătită să se dea drept mireasa lui. Ei bine, nu mai pot răbda, nu mai pot.

— Deci tu l-ai ucis? a spus Vanessa. Dar de ce? Cine ești?

Helen a luat loc și și-a sprijinit capul de mâini. De ce nu a salvat acest moment pentru o discuție comodă cu comisarul, în timp ce bea o ceașcă de ceai? Însă era prea beată ca să mai poată tăcea.

— Ah, eu-s Helen. Helen Rhonda Garrick. Una dintre femeile lui Harry, ca și voi, celelalte. Aflasem de la cineva că dă o petrecere. Nu voia să vin, bineînțeles. Așa că am rezervat o masă jos. Am venit aici când îmi aduceau felul doi și v-am văzut pe toți privind afară pe fereastră. A fost noroc pur. Harry nu era cu voi. Apoi am auzit apa la baie și l-am văzut ieșind de acolo. A bărbaților, desigur, situată pe hol. Nu era încântat să mă vadă, dar l-am urmărit în cameră și l-am împins în baia femeilor, fără ca vreunul dintre voi să se întoarcă. I-am spus că vreau să vorbesc cu el între patru ochi. Ei bine, vă puteți imagina ce s-a întâmplat pe urmă.

— Spune-ne, a rugat-o James, care nu văzuse în ce hal arăta cadavrul și care era totodată captivat de povestea lui Helen.

Aceasta a roșit.

— Mi-am scăpat poșeta pe jos. Harry, ca un gentleman ce era, s-a aplecat să mi-o dea. Am scos ciocanul din mânecă și l-am lovit în moalele capului. O singură lovitură și a căzut ca un cub de gheață de pe tavă. A fost incredibil de satisfăcător, așa m-am simțit lovindu-l prima oară. După încă șase sau șapte lovituri, capul îi era terci.

Vanessa a leșinat în brațele fratelui ei. Scarlett s-a întors spre Griff și a ridicat din sprâncene, mirată. Wendy a pășit în față.

— Știam că tu ai fost! Femeia de care Harry voia să se descotorosească. Din cauza ta m-a chemat Harry aici.

— Da, chiar așa s-ar părea. Nu i-a mers însă, nu? Zgomotul scos de văpaia de afară și agitația oamenilor mi-au acoperit zgomotele scoase în timp ce-l omoram pe Harry. Apoi, am spart geamul și am mutat cioburile de sticlă în baie. M-am cățărat afară prin ramă și m-am zgâriat pe coapsă într-un ciob, apoi am mers peste acoperiș și am coborât pe scara de incendiu, lăsând ușa de la baie încuiată în urma mea. Apoi, am mers înapoi în restaurant și m-am așezat la masă, la fix înainte de felul doi.

Scarlett părea neimpresionată.

— De ce ne spui toate astea?

Helen și-a cufundat capul în palme.

— Fiindcă vreau să mărturisesc. Am crezut că pot scăpa basma curată, însă nu pot. Vinovăția, sentimentul mă macină, e prea mult.

A închis ochii și le-a văzut pe călugărițe stând într-un cerc în jurul ei, având toate aceeași privire dojenitoare.

— Nu din cauza lui Harry însă, vă dați seama. Nu îmi pare rău pentru asta. Merita să moară pentru halul în care s-a purtat cu mine.

— Nu fi absurdă, a spus Griff, iar Andrew, la fel, a dat din cap dezaprobator.

Însă femeile din grupul de invitați s-au privit în ochi.

Wendy vorbi în numele lor.

— Atunci, de ce te simți vinovată?

Helen plângea; simțea mașinăria judecății care o crescuse în sfârșit copleșind-o.

— Aveam nevoie de o diversiune. Ceva ca să le distrag atenția tuturor cât timp eu îl omoram.

A tras aer adânc în piept.

— Eu sunt cea care a pornit incendiul din magazinul de peste drum.

În acel moment al mărturiei ei s-a auzit o bufnitură puternică în ușă. S-a deschis. Capul managerului s-a ivit de după ușă având un rânjet pe fața de diavol.

— Îmi pare rău să vă deranjez, dar ni s-a spus că trebuie să evacuăm clădirea imediat.

Apoi, a dispărut la parter; Helen s-a întors ca să își înfrunte spectatorii. Toți se holbau la ea, prea șocați ca să poată vorbi. James a fost cel care a rupt tăcerea.

— Ei bine, ce zi ciudată, ciudată. Ești nebună, a zis acesta luându-și geaca și ieșind.

Vanessa plângea crunt, sprijinită de fratele ei. Griff și Scarlett erau într-o profundă stare de șoc. Niciunul dintre ei nu i-a vorbit lui Helen în timp ce ieșeau din cameră, unul în fața celuilalt.

— Să știi că a fost cu adevărat un bărbat odios, i-a spus lui Wendy, ultima care a dat să iasă din încăpere. Măcar am avut intenții bune.

Wendy a plecat, iar Helen s-a trezit singură.

Mâinile îi tremurau din cauza alcoolului și adrenalinei. Atmosfera din restaurantul gol era una stranie, așa o resimțea Helen în timp ce cobora scările ca să iasă. S-a servit dintr-un pahar de vin pe jumătate gol. *Curaj*, își spuse ea în gând. Apoi, a mers de-a lungul străzii și a intrat în clădirea cuprinsă de flăcări.

Simți cum căldură lui o purifica."

— Povestea numărul patru mi-a dat mult de furcă. În prima după-amiază, în timp ce dormeai, scriam cât de repede puteam. Și din nou după ce am luat cina.

Grant își miji ochii, bănuitor.

— Deci mai e?

— Ți-am mai dat o șansă, încă una, ca să-ți demonstrezi inocența cu a cincea poveste. Am rescris sfârșitul poveștii ieri, înainte de prânz, sub bătaia Soarelui, până mi-am ars dosul palmelor.

— Ce ai schimbat de data asta?

— Povestirea are drept personaje doi soți ce explorează o insulă, unde descoperă că toți locuitorii au murit.

— Charles și Sarah. Îmi amintesc.

— Pe insulă erau zece persoane, cu tot cu servitori. Au fost toți invitați, din motive diferite, de către un bărbat misterios pe nume Unwin. Dar, când au ajuns, Unwin nu era nicăieri de găsit. Subiectul poveștii este acela că toți suspecții sunt victime, deci a fost ușor să schimb ucigașul de la o victimă la o alta. Așa am sfârșit cu Stubbs drept vinovat.

Grant a închis ochii.

— Dar, inițial, altul era vinovatul?

„Au revenit la parter, în salonul acoperit de cenușă și bucăți de lemn.

— Cronologia faptelor e ușor de stabilit, a spus Sarah. Dar trebuie să fim preciși, iar restul elementelor se vor ordona logic. Prima zi este pentru sosiri, apoi au loc acuzațiile în timpul cinei și prima moarte, femeia care și-a înghițit dintele furculiței. Mă gândesc că se duc în camerele lor, prea speriați ca să mai petreacă restul serii stând de vorbă cu ceilalți, niște străini cu toții.

— Șocul poate fi epuizant, a spus Charles.

— Între timp, doi dintre oaspeți se otrăvesc cu lumânările. Restul de cinci musafiri se trezesc a doua zi de dimineață și coboară aici. Servitorii lipsesc, la fel și ceilalți doi oaspeți. Cercetează camerele și apoi insula, descoperind cele patru cadavre. Atunci probabil că lucrurile au luat o întorsătură urâtă. Jumătate dintre cei chemați fuseseră găsiți morți deja. Dar apoi nu mai dau peste nimeni altcineva pe insulă, așa că știu că unul dintre ei cinci pune ceva la cale. În loc să se protejeze stând împreună, adună provizii și se încuie în camerele lor. Mă urmărești?

Charles a dat din cap entuziast.

— La un moment dat, cele două femei părăsesc camerele și își mută stocul de provizii în camera de studiu de lângă. Însă de ce? Asta nu îmi este tocmai clar, încă. În același timp, un bărbat este fiert în cada în care face baie, iar un altul sângerează de moarte înlăuntrul patului său. Ambii bărbați sunt în spatele ușilor încuiate. Bărbatul de pe iarba de afară este singura persoană în viață în momentul acesta.

— Atunci, cum mor cele două femei?

Sarah merge la policioară și scoate o cărămidă ieșită.

— Când cărămida este împinsă în perete deschide o trapă din capătul hornului, lăsând fumul să intre, printr-o gaură, în camera vecină. Ușa de la camera aceea nu are încuietoare, însă se încuie dacă geamul este deschis.

— Iar geamul este prea mic pentru a ieși pe acolo. Deci, dacă cineva este asfixiat de fum, singura cale de scăpare este să închidă geamul? Este îngrozitor. Bărbatul de afară este ucigașul? Este singura persoană rămasă.

Charles a clătinat din cap la gândul grozăviei petrecute.

— Lasă-mă să mă gândesc puțin.

Sarah se așeză pe unul dintre fotoliile tapițate și începu să își preseze fruntea pentru a-și induce o stare de concentrare, de data asta cu podul palmei. Charles se holba la ea, ușor dezgustat de gestul ei.

— Nu, a spus ea, nu era el ucigașul. Moartea lui este cel mai greu de elucidat. Dar asta fiindcă nu prea mai e nimic din mecanismul ce l-a ucis. I-am găsit trupul neînsuflețit lângă docul unde bărcile sunt legate. Cum convingi un om gata să plece cu barca să-și pună un laț în jurul gâtului?

Charles nu avea niciun răspuns.

— Dându-i o vestă de salvare ce are un laț în interior. Tot ce trebuie este un carton și un material textil ieftin. Vine peste cap, apoi lațul este înfășurat în jurul gâtului, iar greutatea este dispersată.

— Atunci, dacă nu el e ucigașul, cine e?

— Dacă unul dintre cei zece a fost ucigașul, trebuie să se fi sinucis apoi. Moartea cui dintre cei zece seamănă cu un suicid?

Charles ridică din umeri.

— Stubbs, bănuiesc.

— Și, cu siguranță, complexitatea crimelor ar fi impus prezența unei alte persoane, un complice. Cine să fi avut complice?

Gaspes exclamă cu respirația tăiată.

— Vrei să spui că Stubbs și soția lui?

— Aproape, dar nu întocmai. Stubbs ar fi fost persoana potrivită pentru rolul criminalului, numai că nu ar fi avut niciodată suficienți bani pentru a duce la capăt asemenea fapte.

— Atunci, cine?

— Cine altcineva? Când motivul crimei este îndeplinirea unor sentințe, caută persoana capabilă să judece cel mai mult. Bătrâna, doamna Tranter. Ea e cea care i-a ucis pe toți, cu ajutorul însoțitoarei ei, Sophia.

Charles a scuturat din cap, năucit de uimire.

— Dar cum?

— Nu-mi voi ierta faptul că mi-a scăpat, a spus Sarah. Singurul lucru pentru care nu părea să existe o explicație. De ce să fi părăsit camerele în care se simțeau în siguranță pentru un amărât de birou?

— Nu știu.

— Nu, nu are logică. Numai dacă nu cumva știau că va fi sigur să se plimbe prin casă. Iar apoi, după ce va fi trecut ceva timp, au mers în camera respectivă ca să moară acolo.

— Dar nu te poți ucide inhalând fum.

— Nu. Și nu așa au murit. Trebuie să fi luat ceva după ce se termina cu șirul de omoruri. Arsenic sau ceva similar. Au făcut focul și s-au întins în camera aceea, unde fumul avea să mascheze mirosul, astfel luând secretul cu ele în mormânt.

— Dar ce motiv să fi avut?

Sarah se gândi la întrebarea lui Charles.

— Cred că doamna Tranter era pe moarte. Noaptea cineva tușea mult. Și am găsit o batistă sub poșeta ei, pe masă. Era plină de pete de sânge. Dacă a decis să mai ia și pe alții împreună cu ea în lumea de dincolo? Oameni vinovați de crime rămase nepedepsite? Trebuie să o fi convins pe însoțitoarea ei să o ajute, sau să o fi obligat cumva; însă numai cineva căruia îi place bârfa ar putea ști atâtea secrete. Era o femeie religioasă și austeră. Ți-amintești Biblia pe care am găsit-o lângă trupurile lor? Lângă ea era un flacon cu pastile. Dacă și-a considerat misiunea drept una justițiară sau vindicativă, asta nu pot spune.

Charles era aproape amuțit de șoc.

— Nu pot să cred. Să fie o femeie în stare de atât de mult rău?

Sarah îl privi cu ochi compătimitori.

— Este o lecție pe care, într-o zi, va trebui să o înveți, Charles."

— Apoi am procedat la fel și cu povestea numărul șase, a spus Julia. E cea pe care am citit-o aseară, unde matroana unei case este sufocată în patul ei pentru niște diamante. Trăsătura structurală a poveștii respective este că aproape jumătate dintre suspecți sunt și ucigași.

— Da, a spus Grant. Pot să îmi dau seama unde duce discuția.

— Structura este cea inițială, însă am schimbat jumătățile de suspecți.

Grant a râs, un râs care ascundea o stare de disperare.

— E o muncă foarte fină, într-adevăr. Ți-am spus că finalul era, de facto, arbitrar. Apoi ai pus ce am zis în practică.

— În acea poveste, o tânără pe nume Lily Mortimer vizitează un anume doctor Lamb. Speră să rezolve uciderea bunicii ei, crimă ce a avut loc cu șase ani în urmă. Cei doi discută despre ce își amintesc din incident. Sunt nouă suspecți, fiecare cu propriul alibi. Lily, care era un copil pe vremea aceea, se juca cu vărul ei, William. Sora ei, Violet, dormea pe canapea. Unchiul Matthew se ducea la gară pentru a se întâlni cu sora victimei, Dorothea. Ceilalți suspecți sunt doctorul Lamb, soția lui Matthew, Lauren, grădinarul, Raymond, și un localnic îndrăgostit de Violet, pe nume Ben.

— Iar doctorul, amanta lui, William și Ben s-au dovedit a fi ucigașii. Însă finalul real este fix opus?

„Doctorul Lamb privea apusul prin două lentile dreptunghiulare. Privea afară pe geam, prin lentilele ochelarilor. Scrisese numele ei și nimic altceva. «Dragă Lily.»

Tristețea îi consumase ființa. Simțea că, scriind scrisoarea, ar fi distrus ceva dinlăuntrul ființei ei.

Dar adevărul trebuia spus.

— «Acum cinci ani ai venit la mine cu întrebări privind moartea bunicii tale. Nu ți-am spus atunci tot ce știam, iar motivele vor fi imediat expuse pe larg. Întâlnirea cu tine m-a impresionat și sper că anii pe care i-ai trăit apoi, i-ai trăit cu rost. Dorothea cu certitudine ar fi fost mândră de tine.»

Amâna momentul revelării, iar el știa asta.

— «În cadrul întâlnirii noastre, m-ai făcut să mărturisesc unul dintre păcatele mele cele mai mari, aventura mea cu mătușa ta, Lauren. Însă trebuie să-ți povestesc despre o perioadă, cu cinci ani mai devreme, când eu însumi am jucat rolul celui ce ascultă confesiunea cuiva.»

Se plimba în apropierea monumentului în cinstea eroilor căzuți într-o zi de toamnă, când se auzi strigat de Violet Mortimer.

— Doctore Lamb, vă duceți undeva?

Se oprise și se întoarse către ea.

— Violet, ce ai pățit? Arăți de parcă nu ai dormit deloc.

Tânăra izbucni în plâns.

— E Agnes, a spus ea. Trebuie să spun cuiva. Trebuie să spun cuiva totul. O, doctore Lamb, trebuie să mărturisesc.

— «Deci, înțelegi, a scris doctorul, Violet mi-a spus adevărul despre toată situația. Și asta face atât de dureros actul scrierii acestei scrisori, Lily. Propria ta familie a fost cea care a ucis-o pe bunica ta. Propria ta familie a sufocat-o. A strivit-o, mai degrabă, ca pe o insectă, în patul ei.»

Totul a început cu Dorothea și Matthew.

Prima oară când Dorothea o vizitase pe sora ei după atacul cerebral, îl luase pe nepotul ei deoparte și i-a spus despre diamante.

— Am știut eu, am știut eu că încă le are, însă nu vrea să-mi spună unde le ține. Dacă moare și ia secretul cu ea în mormânt?

Matthew era șocat de gândul că o așa avere putea să se ducă pe apa Sâmbetei.

— Nu-ți face griji, tușico. O convingem noi. Sunt moștenirea mea, de drept.

A privit în sus și a jurat tavanului.

— Casa asta nu e om, la urma urmei. Nu are niciun drept să le lase moștenire casei însăși.

Însă încrederea lui era nefondată. Când Agnes a fost vizitată în ziua aceea de fiul și sora ei, tava pe care era cina se mișca într-un mod iritant între ei, se simțea slăbită și amețită, iar discuția despre diamante a enervat-o.

— Sunteți ca și niște hoți, a vorbit ea șoptit, scuipând laptele în pahar în semn de protest. Încă nu am murit, să știți. Și vouă nu vă pasă decât de banii mei.

Matthew a luat-o pe Dorothea deoparte în ziua aceea.

— Ajută-mă să pun mâna pe diamantele alea, tușică Dot. Înainte să moară. Le împart cu tine, jumi-juma. Dar trebuie să pun mâna pe ele!

Dorothea zâmbea.

— Singura rugăminte este să ai grijă de mine când voi fi mult prea bătrână.

— Bineînțeles.

Matthew îi prinse încheietura mâinii în mâna sa. Era cel mai apropiat gest de a bate palma ca să lege învoiala dintre ei.

Au încercat din nou câteva săptămâni mai târziu. Dorothea a venit în sat și a pus un sedativ în mâna lui Matthew.

— Când ajungi să ai vârsta mea, doctorul îți prescrie de toate.

Matthew puse sedativul în ceaiul lui Agnes și petrecu seara respectivă cotrobăind în camera ei, fără succes însă.

— Îmi pare rău, tușico. Te-am dezamăgit.

— Data viitoare, a spus Dorothea. Trebuie să fie undeva.

Curând după aceea, au încercat a treia oară. Matthew s-a dus să se întâlnească cu mătușa lui în gară. Dorothea l-a prins de mână în timp ce cobora din vagon.

— De data asta vom reuși, a spus ea, iar un zâmbet i se așternuse pe față, intuind că vor reuși.

I-a spus planul în timp ce traversau câmpul.

— Violet mereu a fost preferata lui Agnes. Îi va spune ei unde ține diamantele.

Matthew a dat din cap.

— S-ar putea să meargă.

Când au ajuns la casă, au găsit-o pe Violet dormind pe canapea. Dorothea a trezit-o și i-a spus despre diamante și ce are de făcut.

— Altfel, vor fi pierdute pe veci. O mică avere, luată de la familie și dată nimănui.

Încercările lui Matthew de a părea sincer nu prea au fost de folos, fiindcă dădea din cap în timp ce ochii îi străluceau, cu o semnificație opusă celei a cuvintelor sale. Însă Violet înțelesese ce spuneau cei doi.

— Dar de ce trebuie să o fac eu?

— Fiindcă tu ești singura în care are încredere.

Cu atât mai mult nu ar trebui să fiu eu cea care se duce la ea, gândi Violet.

— Vreau să discut situația cu Raymond.

— De ce, Dumnezeule, ai face asta?

Matthew era terifiat; nepoata lui și grădinarul erau oricum mult prea intimi. Raymond era căsătorit. Un scandal în familie nu le-ar fi adus nimic bun niciunuia dintre ei.

— Nu îl privește în niciun chip. E doar grădinarul.

Violet insistă.

— E prietenul meu.

Însă, așa cum se dovedi apoi, Raymond a sfătuit-o pe Violet să facă precum îi cere unchiul ei.

— E și moștenirea ta, a spus el. Ai dreptul la o parte din ea.

Așadar, cei patru – Matthew, Dorothea, Violet și Raymond – s-au adunat în fața camerei lui Agnes, aproape de prânz. Violet privi pe rând cele trei chipuri, fiecare având mari așteptări din partea ei.

Violet era îngrozită.

A intrat în cameră, singură. Agnes era trează. Bătrâna i-a zâmbit cald.

— Violet, scumpo, ce surpriză plăcută.

— Am venit să strâng după micul dejun.

Violet se așeză pe marginea patului și luă tava.

— Și vreau să te întreb ceva. În legătură cu diamantele pe care bunicul ți le-a dat.

Imediat ce a spus cuvintele respective, Agnes a țâșnit din pat și a prins-o pe nepoată de încheietura mâinii. Tava cu micul dejun a căzut pe jos.

— Și tu! a țipat bătrâna, devenită isterică. Tu ai încercat să mă omori! Tu ești cea care mi-a pus ceva în ceai. Tu, și Matthew, și sora mea.

Violet a țipat. Raymond a intrat în cameră, urmat de ceilalți doi. A tras-o pe Agnes de pe Violet.

Agnes îi privi pe toți patru.

— Voi toți. Hoți, nimic altceva! O să vă scot din testament.

S-a întors către Raymond.

— Iar tu, tu poți să-ți cauți de muncă în altă parte, de acum!

Grădinarul a ridicat din umeri. A luat un cuțit de pe jos, unde căzuse de pe tavă, apoi s-a aplecat peste pat și l-a ținut în fața ochilor lui Agnes.

— Unde sunt diamantele, hoașcă bătrână? Mi s-a luat de modul în care mă tratezi!

Agnes scânci. A așteptat ca ceilalți să intervină și să o ajute, însă nimeni nu s-a clintit. Apoi, a ridicat unul dintre degetele sfrijite și l-a îndreptat spre geam.

— În tocul ferestrei, pe stânga.

Matthew a verificat locul indicat.

— Aici sunt, a spus el.

— Foarte bine, a spus Raymond, dându-se jos de pe pat.

Agnes s-a întors spre nepoata și sora ei, care stăteau tăcute la marginea camerei.

— O să ardeți în Iad pentru asta, amândouă!

Raymond a luat un morman de pături dintr-un dulap de lângă pat și le-a aruncat peste bătrână.

— Haide, a spus el, nu o putem lăsa să trăiască.

Agnes a țipat la auzul cuvintelor; Violet a rămas șocată. Trupul fragil al bunicii ei se zbătea sub pături. Raymond s-a pus peste păturile agitate de mișcările lui Agnes și s-a lăsat cu toată greutatea pe umerii ei.

— Haideți, a spus el. Cu toții!

— Trebuie, a spus Matthew, nu avem alternativă acum.

Le-a împins pe cele două femei înspre pat, luându-le de mână. Cei trei s-au trântit peste și și-au închis ochii, apăsând ferm, până când, în cele din urmă, orice mișcare dedesubt a încetat și nu se mai auzea niciun sunet.

Violet vorbi încet.

— Credeți că e teafără?

Nimeni nu i-a răspuns.

— Uite, a spus Matthew.

A desfăcut săculețul luat din locul indicat și a vărsat conținutul în palmă. Printre degete i-au căzut diamante.

— E o avere!

— «Și, astfel, scria doctorul Lamb, pe măsură ce lumina din cameră scădea din ce în ce mai mult, nu părea că tot ce făcuseră ei se numea crimă; cel puțin, asta e ce mi-a spus Violet. Au împărțit diamantele pe din patru. Nu intenționaseră să îl includă în plan și pe Raymond, însă circumstanțele se schimbaseră. Dorothea s-a furișat afară din casă și s-a întors după o oră, asigurându-se că e văzută de Lauren. Matthew a stat la parter, iar Violet s-a dus înapoi pe canapea. Raymond s-a întors la strânsul frunzelor. Iar asta a fost tot. Dorothea era sigură că altcineva trebuie să fi știut despre diamante, așa că ea însăși a dat glas suspiciunilor, pentru a evita să fie ea suspectată. Restul a fost numai joc de scenă. Bineînțeles, Violet nu mai putea să țină secretul prea mult, iar ulterior a fost măcinată de vină. Nu mai putea să îl privească pe Raymond, cu atât mai puțin să-i fie prietenă. Așa că a venit și mi-a mărturisit totul. Cred că s-a măritat cu Ben ca un soi de penitență; mereu avusese o obsesie pentru ea Ben, mereu urmărind-o cu binoclul. Raymond a fost profund rănit și s-a mutat departe. Apoi, a încercat să vândă partea lui de bijuterii într-o mahala repugnantă; a fost înjunghiat și a murit pe urmă. Dorothea a murit înainte să primească o părticică măcar din avere. Matthew era încântat să moștenească proprietatea și s-a întors la o viață liniștită. Nu știu ce a făcut cu diamantele. E adevărat, deci, că să ucizi nu aduce foloase. Avem cu toții ceva de învățat din asta.

Doctorul Lamb își masa mâna; scrisese patru pagini deja. Voia să scrie totul înainte de lăsarea întunericului. A luat stiloul în mână.

— Lily, mă doare să îți spun acest adevăr absolut revoltător.

A oftat, întrebându-se dacă într-adevăr îl durea. Pe jumătate mort el însuși, încă se lupta să vorbească deschis, onest.

— Te-am protejat atâta timp. Cu toții te-am protejat. Și Lauren știa, desigur. I-am spus totul. Iar Violet i-a mărturisit totul lui Ben. Dar am decis cu toții că te-ar lovi prea tare să afli. De aceea am ținut poliția departe de caz. Până și micul William și-a dat seama, când a găsit acel inel cu diamant într-unul din buzunarele lui Matthew; poate că ți-ar fi spus adevărul dacă nu l-ar fi luat Raymond cu el. Ei bine, ești suficient de în vârstă acum ca să poți decide pentru tine. Trebuie să faci ce consideri că este drept.

Voise să încheie scrisoarea într-o notă optimistă. Spera că e de ajuns.

— Al tău, doctor Godwin Lamb.

A lăsat stiloul din mână și se holba cuprins de tristețe la întunericul nopții de afară. Apoi a început să tușească. A tușit câteva minute încontinuu. Apoi s-a dus la baie, lăsând un punct aprins de sânge lângă semnătură."

— Așadar, iată, a spus Julia. Din nou, nu ai fost în stare să observi că sfârșitul poveștii a fost modificat.

Grant i-a evitat privirea.

— Memoria mea este mult mai proastă decât am lăsat să se vadă.

— Iar asta ne aduce la noaptea precedentă.

Julia vorbea cu profilul feței sale.

— M-am întors la hotel, convinsă că bănuiala mea era bună. Citiserăm șase povești, toate cu deznodământul modificat, unele substanțial chiar. Iar tu nu ai fost pe fază și nu te-ai prins deloc. Douăzeci de ani într-adevăr sunt mulți, însă ar fi trebuit să-ți amintești măcar unele dintre povești. Măcar una, eram sigură de asta. Trebuie să fi avut o poveste preferată dintre toate. Totuși, am zis să îți acord prezumpția de nevinovăție până la proba contrară. Aveam o singură poveste rămasă. Am pus la cale un ultim test.

Grant s-a întors cu fața la ea.

— Ce ai făcut?

— Nu părea suficient doar să schimb sfârșitul și aici. Așa că, în schimb, am pus deoparte povestea cu totul și am scris una nouă. Am parcurs eseul tău, *Permutările ficțiunii detectiviste*, și am ales una dintre structurile pe care le descrii în articol. Apoi am scris o poveste a mea. Am stat trează aproape toată noaptea ca să lucrez la ea. Până la ivirea zorilor scrisesem o poveste complet nouă. Și tot ai pretins că este una dintre cele scrise de tine.

— Cea pe care am citit-o acum o oră sau două?

Julia a dat din cap.

— Lionel Moon, detectivul mort. Am scris povestea aceea eu însămi.

— Și care e povestea pe care ai înlocuit-o?

— Era una scurtă, a spus Julia. Cu doi detectivi particulari. Ambii, bărbați, ambii, celebri. Investighează niște evenimente bizare într-o clădire pretins a fi bântuită, un orfelinat abandonat pe nume Sf. Bartolomeu.

— Cum îi cheamă?

— Eustace Aaron și Lionel Benedict. Nu pot cădea de acord asupra existenței supranaturalului, așa că fac o învoială, să petreacă o noapte în podul orfelinatului. Asta ar trebui să rezolve chestiunea. Așa că își pregătesc paturile de campanie și așteaptă să apună soarele bând ciocolată caldă făcută pe o plită. Clădirea este în paragină. După o vreme, amândoi simt miros de fum. Își dau seama că peretele ce duce la șemineu este crăpat și că cineva a aprins focul jos. Încearcă să plece, însă ușa este încuiată, iar cheia e de negăsit. Camera se umple treptat cu fum. Nu se panichează și presupun că focul se va stinge singur. Sparg geamul. Strigă după ajutor, însă orfelinatul este în mijlocul pustietății.

— Și cum se termină?

„Lionel Benedict era la geam. Simțea norul de fum ce se forma în spatele lui.

— Nu e suficient, a spus el, privind geamul spart.

Gaura era de mărimea unui pumn. Diagonala geamului era cât antebrațul său. A spart restul de sticlă, tăindu-și degetele.

— Tot nu e destul.

S-a întors către colegul său.

— Nu te îngrijorează? S-ar putea să murim în locul ăsta.

Eustace Aaron se uita la oglinda de la o măsuță de toaletă albastră minunată, singura piesă de mobilier din camera plină de fum, în afară de paturile de campanie pe care le luaseră cu ei.

Ori era foarte veche și deloc practică, ori făcută pentru a fi întrebuințată de un copil; trebuia să se aplece ca să-și vadă fața în oglindă.

— Ți-am luat-o înainte, Lionel. Vom muri aici, nu mai e cale de scăpare de-acum. E tot mai mult fum. Eu încerc să-mi accept soarta.

Lionel se uita la însoțitorul său mai tânăr, care își studia propriile trăsături, ochii temători și dinții ascuțiți, ca și când ar fi putut rezuma viața pe care a dus-o.

S-a întors la crăpătura din perete. Se ramifica din podea până la tavan. Un copac în decorul iernii. Fumul se infiltra prin fiecare centimetru al copacului și nu aveau cum să acopere sau să astupe întreaga construcție. Lionel a închis ochii; gândul propriei morți îl speria cumplit.

— Uite un dulap încuiat, i-a zis Eustace peste umăr. Un dulap încuiat într-o casă abandonată. Ăsta va fi ultimul mister pe care-l vom rezolva. Mă ajuți?

Lionel s-a dus lângă colegul său și au lovit masa până au dat-o la o parte, iar dulapul putea fi scos din ea. Înăuntru era o cutie de carton albastru.

— Poate este o cheie, a spus Lionel.

Eustace a clătinat din cap, simțind cum se mișca tot ce era în cutie în timp ce o ridica.

— Bomboane de ciocolată, a spus el și a ridicat capacul pentru a-și confirma ipoteza.

Bomboanele se stafidiseră cu trecerea timpului, însă fiecare era în formă de fruct, iar faptul că nici nu se micșoraseră sau uscaseră le făcea să pară niște obiecte obscene, rubensiene chiar, fiecare în locul ei.

— Vrei?

— Trebuie să fie vechi de douăzeci de ani.

Pe fața lui Lionel se citea greața, iar Eustace a pus cutia la loc pe măsuța de toaletă, nu înainte să se servească cu o bomboană.

— Nu ar trebui, a spus Lionel. S-ar putea să te îmbolnăvești.

Eustace a râs, ca după o glumă făcută de Lionel. A luat jumătate de bomboană. Lionel îl privea mâncând, așteptând un comentariu din partea lui. Când nu a primit niciunul, a vorbit, vizibil obosit, ca să umple golul tăcerii dintre cei doi.

— Eustace, am să îți spun ceva. Eu am făcut focul de jos. Speram să fim puși în situația de a fi forțați să ieșim din clădire, ca să nu ne terminăm ancheta. Am crezut că va spori misterul situației. Cineva trebuie să mă fi văzut când făceam focul și a profitat de ocazie ca să ne încuie aici. Cineva care ne vrea morți.

— Știu cine a încercat să ne ucidă, a zis Eustace, înghițind și cealaltă jumătate de bomboană. Am deslușit deja ce se întâmplă aici.

Deși era pe cale să moară, Lionel Benedict nu putea să nu simtă un dram de invidie față de colegul lui. S-a întors într-o parte, îndepărtându-se de prietenul său, și a examinat cutia de ciocolată, întrebându-se dacă ar fi fost vreun indiciu pe care să-l găsească în cutie. Chiar și ținută aproape, culoarea cutiei era estompată de fumul din încăpere. Nu a găsit nimic. Apoi, reticent încă, a luat o bomboană și a mușcat din ea. Avea gust de cireșe acre.

— Tot nu crezi în stafii? a întrebat el.

Lionel încerca să-i distragă atenția prietenului său, ca să câștige timp să elucideze el misterul.

— Nu, nu cred. Tu, Lionel? Chiar și după toată situația asta?

Eustace i-a aruncat un zâmbet ironic.

— Nici acum nu crezi că viața este absurdă și crudă?

Lionel a mers până la geam și a scuipat ciocolata din gură prin fumul gros. A privit norii gri ce se formau dincolo de geam.

— Sunt mai sigur că așa e ca niciodată.

— Bineînțeles, a zis Eustace ridicând din umeri. Speri să scăpăm vii și nevătămați de aici.

Lionel a scuturat din cap. S-a căutat în buzunare și a dat peste o fotografie publicitară cu el însuși; o ținea acolo în cazul în care i-ar fi fost cerută. A închis ochii și a lăsat-o să pice de la geam, o tentativă de a păstra un mic fragment despre el. Aerul proaspăt i-a umplut plămânii, iar în momentul în care a tras aer în piept a inhalat fum. A început să tușească. Și-a pierdut echilibrul și s-a dus împleticit lângă Eustace.

— Mă simt amețit, nu pot gândi. Spune cine a fost. Cine ne-a închis aici, unde ne-a lăsat să murim.

— Eu am fost.

Lionel s-a cutremurat.

— Am vrut să mă asigur că vom petrece noaptea aici, ca să rezolvăm cazul o dată pentru totdeauna. Așa că am încuiat ușa și am aruncat cheia. Până dimineață va veni cineva să ne salveze.

— Vom fi morți până dimineață.

— Da, de la monoxidul de carbon. Nu știam că ai făcut focul jos când ne-am încuiat aici. Asta e, ăsta ne-a fost ghinionul.

— Unde-i cheia? Lionel l-a prins pe Eustace de reverele hainei.

— Am aruncat-o, a spus Eustace. Am aruncat-o pe sub pragul ușii. E la doar patru metri distanță, dar nu avem cum ajunge la ea.

Eustace a zâmbit, ca și când situația ar fi fost comică.

Lionel s-a dus la ușă și s-a întins pe jos. Putea vedea cheia, stătea, parcă așteptând, pe a doua treaptă a unei scări ce ducea la parter. Eustace avea dreptate, nu aveau cum să ajungă la ea. A mai zguduit ușa o dată, însă găsi că era la fel de masivă și imobilă ca adineauri. Era făcută și din lemn, și din metal.

— Prostule, a spus Lionel, ridicându-se în picioare. Ne-ai blocat aici.

Eustace a întins mâna în spate și a atins oglinda măsuței de toaletă, care acum era în poziție diagonală, apoi a potrivit-o în așa fel încât Lionel să se poată vedea.

— Și tu ne-ai condamnat, a spus el începând să tușească.

Cei doi au murit câteva ore mai târziu. În acel moment, camera era înecată în fum și începuseră să scuipe flegmă neagră. Luna nu se mai vedea, iar noaptea era și ea neagră. Au fost găsiți a doua zi dimineața cu pumnii însângerați de la cât au lovit în ușă.“

— Înțeleg, a spus Grant, revenindu-și în fire. Așadar, Aaron și Benedict sunt suspecții, ucigașii, victimele și detectivii, toate categoriile contopite. E o altă situație restrictivă. Aici, diagrama Venn este un simplu cerc.

— Da, a spus Julia. Și nu seamănă deloc cu povestea pe care am scris-o eu și pe care am citit-o împreună azi-dimineață. Mă mințeai atunci și m-ai tot mințit zilele acestea două. Încă vei nega, chiar și acum?

Grant se lăsă să alunece jos de pe piatră; stătea în fața Juliei cu mâinile în buzunare.

— Chiar contează dacă voi nega? Pari sigură pe tine.

— Aș spune chiar că dovezile sunt covârșitoare.

Grant a scuturat din cap.

— Și, ce se întâmplă acum?

— Vreau să-mi spui adevărul. Apoi plec înapoi acasă. Desigur, anulez publicarea cărții.

— Anulată?

Julia a dat din cap.

— Ce credeai? Înțelegerea era cu Grant McAllister, nu cu tine.

— Vei merge la poliție?

Julia a dat din cap că nu.

— Nu aș ști de unde să încep să prezint o asemenea acuzație. Și, în plus, nu vorbesc legaleza.

— Atunci, nu, a spus Grant, răsuflând parcă ușurat, nu are rost să continui să neg. Nu sunt Grant McAllister și nu am scris aceste povești. Bănuiesc că vei dori să știi cine sunt, nu?

Soarele s-a ascuns în spatele unui nor, iar zona, adumbrită acum, a fost inundată de trilul păsărilor.

— Știu cine ești, a spus Julia. Numele tău este Francis Gardner.

Bărbatul din fața ei a căzut, sub șocul revelației, și s-a sprijinit de piatră.

— Cum de știi cum mă cheamă?

— Insula aceasta are o memorie a ei, chiar dacă tu nu ești conștient de asta. Iar bătrânul care deține hotelul la care sunt cazată a fost mai mult decât fericit să stea de vorbă cu mine în dimineața asta. Am aflat totul despre cei doi străini care obișnuiau să locuiască într-o colibă pe malul mării, puțin înainte de drumul ce duce la biserică. Mi-a spus că erau nedespărțiți, nici nu mai puteai să-ți dai seama care-i care, până când, într-o zi, unul dintre ei a murit. Nu a putut să-mi spună cum îl chema pe cel mort. Dar am văzut tabachera din bucătăria ta. Și am verificat pietrele mortuare din curtea bisericii, pe unde te plimbi zi de zi. Un singur nume englezesc printre celelalte nume.

— Francis Gardner.

— Cu data la care a murit scrisă sub nume. Acum zece ani, aici, pe insula asta. Doar că nu el a murit, nu?

Francis a dat din cap.

— Grant McAllister. Deși, într-un anume fel, și Francis a murit în ziua aceea. Nu am mai folosit numele acesta de atunci.

— Atunci, cine ești? Și ce ai însemnat pentru Grant?

— Am fost matematician. L-am cunoscut la o conferință în Londra, acum mulți ani. Am păstrat legătura apoi. El trăia în Edinburgh, iar eu în Cambridge. Am început prin a colabora, însă foarte curând apoi am devenit mult mai intimi.

Francis s-a cutremurat, retrăindu-și amintirile.

— Căsătoria lui era una falsă, iar într-o zi a venit aici, ca să scape. Asta s-a întâmplat imediat după război. M-am gândit puțin și am decis să vin după el.

— Deci ați fost mai mult decât prieteni.

— Da. L-am iubit. Iar el m-a iubit.

— Și totuși, când a murit, i-ai luat numele, identitatea și, dacă nu greșesc, și banii?

Francis a privit-o cu șiretenie.

— Ce vrei să spui?

— Pun întrebarea pe care nu o putem ocoli. L-ai ucis?

— Să-l ucid? Nu, Dumnezeule, nu. Nu așa a fost.

— Atunci ce s-a întâmplat?

Doi bărbați au ieșit din desișul copacilor, amândoi îmbrăcați la costum, deși ziua era frumoasă și însorită. Înaintea lor o pârtie acoperită de iarbă ce se întindea pe o distanță de patruzeci de metri până la marginea pantei; înaintea lor se înfățișa marea, rece și orbitoare.

Unul dintre bărbați, mai tânăr, și-a pus mâna pe umărul celuilalt.

— A meritat să urcăm până aici, nu crezi?

Grant a aprobat.

— Până la buza mării chiar, dacă tot am ajuns până aici.

A început să meargă în față. Francis îl urma, într-una dintre mâini ținea pălăria strânsă bine; vântul, la înălțimea asta, era imprevizibil.

— Nu te duce prea departe, Grant. Ne trebuie loc și pentru cearșaf.

În mâna cealaltă avea un coș de răchită cu o pătură la subraț.

Grant a tras aer în piept și a aruncat o privire asupra mării monstruoase, care se întindea sub ochii lor cu fiecare val, apoi s-a întors la prietenul lui, care era prins să curețe zona de pietre, pe care le arunca cu piciorul jos pe deal.

— Ajută-mă, a spus Francis, întorcându-se ca să-l vadă pe Grant.

Ținea unul dintre capetele păturii de culoarea piersicii și a desfăcut-o în aer; vântul s-a ocupat de restul păturii, răsucind-o și înnodând-o. Un moment, părea că Francis îl acoperise cu o găleată de vopsea pe Grant. Bărbatul mai vârstnic a prins celălalt capăt, a găsit colțurile și le-a întins. Împreună, au întins pătura pe iarbă și s-au descălțat ca să țină pătura în loc cu încălțările.

Apoi, Grant s-a așezat pe pătură cu spatele la mare. Francis stătea în fața lui.

— Nu vrei să te uiți la priveliștea mării?

Grant a dat din cap că nu.

— Am o vedere a copacilor. Și pot întrezări și orașul. Asta e diferența dintre noi doi, Francis. Îmi place să mă uit la ceea ce îmi aparține, însă ție îți place să te uiți la ceea ce nu poți cuprinde.

— Eu intru în categoria a ceea ce îți aparține?

Vântul bătea atât de puternic, că a trebuit să țipe, iar întrebarea părea retorică.

— Azi ești într-o stare de spirit poetică, a adăugat Francis.

Grant s-a încruntat.

— E frig aici sus.

Francis a așezat borul pălăriei sub unul dintre pantofii din colțul păturii; imediat a început să se răsucească sub rafalele de vânt, în sus și jos ce acoperă o oală clocotindă. Și-a dat geaca jos și i-a oferit-o lui Grant, țesătura subțire aproape s-a rupt în timp ce și-o pasau de la unul la celălalt. Grant și-a înfășurat-o pe corp.

— Mulțumesc.

Francis a așezat mâncarea pe pătură; un borcan de miere și o jumătate de pâine. A rupt colțul pâinii, a luat un ou fiert din coș și i le-a pus la picioarele lui Grant, apoi s-a servit și el. Grant a luat oul în mână și a început să îl decojească.

— Mulțumesc, a spus el.

Cei doi bărbați mâncau în tăcere. Grant era suficient de aproape de marginea stâncii ca să arunce coaja de ou în mare și să lase vântul să le ducă în largul mării, însă Francis era grijuliu și le punea într-un pahar gol de vin. Era absorbit de o bucată ce i se lipise de deget când a auzit un soi de pârâit venind de undeva din spatele lui. Pământul de sub ei a început să se miște, iar paharul s-a răsturnat; Francis a țipat și l-a ridicat la loc, ca și când aia era tot. Însă tremurul a fost urmat de un sunet puternic, amplificat de rocă, de unde se și auzea venind.

A privit în sus, nevenindu-i să creadă și totodată dându-și seama de situația în care se aflau. Ultimii metri de pământ cădeau sub ochii lui, cădeau în bucăți mari ca bucata de pâine pe care o rupsese cu câteva momente în urmă. Iar Grant căzu și el odată cu pământul, luat prin surprindere de momentul căderii în gol.

Francis clipi, forțându-se să înțeleagă ceea ce tocmai se petrecuse. Marginea colinei se afla, acum, fix sub pătură, tăind-o în două; așternutul, preț de o clipă, stătuse atârnat de marginea falezei – un steag doborât –, apoi a fost ridicat la loc de bătaia vântului, fiind dus deasupra, în cer. Tot ce se întâmplase păruse să se răstoarne complet asupra lui Francis, care s-a aruncat înspre marginea colinei. *Nu mai cad! Nu mai cad!* Ăsta era singurul lui gând, unul absurd izvorât odată cu închiderea ochilor, când s-a aplecat peste margine. Însă șocul trăit îi dereglase ceasul interior și, în momentul în care a redeschis ochii, îl văzuse pe Grant, care încă era tras în hăul mării, rotindu-se în aer. O pereche de încălțări și un punct alb, oul fiert, cădeau împreună cu el, alături de pălăria lui Francis, care plutea în aer, deasupra capului lui Grant; fața lui Grant era o imagine a groazei trăite ce se micșora tot mai mult. Cei doi bărbați, oare, s-au privit ochi în ochi sau fusese doar o amăgire?

Rocile au căzut primele, spărgând suprafața apei, astfel că Grant păruse, pentru un moment, să cadă pe o pernă de spray alb, moale; o incongruență tulburătoare, în contrast cu trupul lui sfâșiat în două.

— Este groaznic, a spus Julia.

— Da, a fost devastator. Francis se holba la copacul cel mai apropiat, însă ochiul nu voia să focalizeze. Se auzise cutremurul până în oraș, așa că nimeni nu fusese suspicios în legătură cu evenimentele descrise. A fost doar un accident, un eveniment ciudat. Le-am povestit polițiștilor totul așa cum s-a întâmplat. Însă fie nu reușeau să mă înțeleagă din cauza accentului, fie eu nu îl înțelegeam pe al lor, fiindcă, următoarea dată când am auzit ceva despre incident, am aflat că bărbatul care a murit în tragicul accident a fost Francis Gardner.

— Iar Grant McAllister era încă în viață.

— Vezi tu, îmi lăsasem portofelul în geacă, iar acolo aveam actele doveditoare. Iar el îmi purta geaca în momentul în care a murit. Așa că au presupus că trupul lui era al meu. Intenționam să rectific asta, la început.

— Dar apoi te-ai gândit mai bine.

— Totul păruse să se rezolve de la sine. Oricum amândoi trăiam din banii lui Grant; eu nu aveam niciun ban al meu. Unchiul lui îi trimitea aproape lunar bani. Tot ce trebuia să facă era să-i scrie unchiului său. Ei bine, eu îi puteam reproduce scrisul destul de bine cât să nu dea de bănuit.

— Și așa ai devenit Grant McAllister?

— Și am continuat să primesc banii lui. Sunt convins că asta și-ar fi dorit Grant, oricum.

— Și cum rămâne cu cartea?

Francis avea în privire o urmă de remușcare.

— Când mi-ai scris și mi-ai spus că patronul tău găsise un exemplar vechi din *Crimele cusute cu ață albă* și că voia să îl publice, nu am putut rezista ispitei. Banii lui Grant nu îmi ajung ca odinioară. Și, în plus, i-am folosit numele atât de mult, încât păruse lucrul logic de făcut. Și cine suferă dacă obțin niște bani de pe urma cărora să trăiesc?

Julia i-a ignorat întrebarea.

— Însă nu ai citit niciodată poveștile?

— Nu, asta a fost singura problemă. Știam că scrisese câteva. Însă Grant nu a adus cu el un exemplar al cărții când s-a mutat aici. Și niciodată nu păruse că dorește să obțină unul. Cred că faptul că nimeni nu era dispus să îi publice cartea fusese un punct nevralgic pentru el. Cândva visase la gloria și avuția aduse de faima literară.

— Deci tu chiar sperai că îți va ieși?

— Da, sincer, am sperat că îmi va ieși.

Francis a lovit o pietricică cu piciorul.

— Am locuit împreună ani întregi și discutaserăm aproape despre toate cercetările din domeniul matematicii ale lui Grant. Iar asta include și eseul său despre poveștile detectiviste. Așadar, îi știu ideile matematice suficient de bine și am crezut că aș putea blufa în rest. Nu am crezut deloc că vei merge atât de departe.

— Ei bine, da, Julia și-a luat geanta, sunt multe lucruri pe care nu le știi despre mine. Mai am o ultimă întrebare, înainte să plec.

Julia și-a pus breteaua pe umăr și a șters geanta de praf. Francis a dat din cap.

— Care e întrebarea?

— E un singur element din acest puzzle pe care nu reușesc să-l potrivesc nicăieri. Crima cusută cu ață albă. De ce o fi notat Grant, din abundență chiar, atâtea trimiteri la crima aceea? Chiar nu e nimic ce mi-ai putea spune?

Francis a ridicat din umeri.

— Am discutat despre asta. Însă îl știam pe Grant și știu ce simț al umorului avea.

S-a frecat pe ceafă.

— Cu siguranță că era doar o glumă. Când își punea în minte, putea să fie macabru. I-ar fi fost caracteristic să insereze toate trimiterile acelea ca un mod de a se întreține. Cu cât mai insensibil, cu atât mai bine; pur și simplu, așa era el.

Francis oftă.

— Nu aș încerca să sap mai mult după un sens. Nu-s decât tertipuri menite să te pună pe piste false,

atâta tot.

— Înțeleg, spuse Julia zâmbind. Este o ușurare, bănuiesc.

Se opri la marginea locului în care stătuseră, ezitând înainte să vorbească iar.

— Cred că e ultima oară când ne vedem, Francis. Chiar mi-au plăcut unele conversații pe care le-am avut, însă îmi doresc să nu te fi cunoscut niciodată.

Apoi a plecat.

16
PRIMUL DEZNODĂMÂNT

Treizeci de minute mai târziu, Julia Hart urca din nou scara îngustă ce ducea spre camera ei de hotel. A intrat în camera umbroasă cu un aer triumfător. Planul ei funcționase; reușise să îl întreacă în deșteptăciune pe bărbatul care încercase să o păcălească. Ca un gest festiv, a deschis obloanele ce acopereau geamul și a lăsat lumina înăuntru. Un pătrat perfect de lumină albă, imaculată a apărut pe peretele opus.

Afară, marea de un albastru ce invita la reverie și cuburile falezei se animau, fiind acoperite tot mai mult de forme omenești. Partea cea mai toridă a după-amiezii tocmai trecuse, iar orașul începea să învie la loc. Julia a făcut doi pași în spate, departe de geam, și s-a așezat pe pat; ultimele zile o epuizaseră. Stătea întinsă, s-a descălțat și a adormit repede apoi, îmbrăcată, îmbrățișată de lumina soarelui.

S-a trezit, douăzeci de minute mai târziu, și și-a dat seama că plânsese; simțea liniile de sare cum i se formau pe piele. A luat cel mai apropiat colț al cearșafului și și-a acoperit fața cu el – triunghiul de bumbac alb ușor apăsat pe ochi – și l-a ținut acolo până când soarele i-a uscat lacrimile de tot.

Apoi s-a ridicat în șezut.

Pe o măsuță de lângă pat era pus exemplarul ei, legat în piele, din *Crimele...* lui Grant. L-a ridicat și l-a deschis ținându-l pe coapsă. Cartea era legată în piele, însă Julia a recunoscut paginile groase cu marginile late ca fiind rezultatul publicării pe spezele proprii. Julia era ea însăși scriitoare, având trei romane de dragoste publicate. I-a înmânat cartea mamei ei, care a dat coperta la o parte și și-a plimbat palidul deget arătător peste numele autorului, tipărit pe pagina de titlu.

— Grant McAllister, a zis ea tușind. Bărbatul acesta este tatăl tău.

Ochii Juliei au fost inundați de lacrimi; mereu i se spusese că tatăl ei a murit în război, pe vremea când era o copiliță.

— Mai trăiește?

Bătrâna femeie a închis ochii.

— Nu știu. Se prea poate.

— Atunci, unde locuiește?

— Îmi pare rău. Ne-a părăsit când tu erai foarte mică.

Femeia a dat din cap și i-a strâns mâna fiicei ei.

— Probabil că nu dorește să te cunoască.

Julia s-a gândit la această posibilitate în tăcere, apoi a răspuns cu o voce atât de joasă, încât mama ei nu putea să fi auzit.

— Nu cred că îi voi da această ocazie.

Ziua următoare după funeraliile mamei ei, a pus la cale un plan. Știa suficient despre ficțiunea detectivistă ca să poată produce o scrisoare a unei edituri specializate în domeniu, interesată de poveștile mai vechi scrise de Grant, *Crimele cusute cu ață albă*. Se autointitulase redactor și se semnase cu numele mijlociu, Julia. Restul detaliilor i-au venit în minte relativ ușor: „Victor“ și „Leonidas“ erau numele celor două pisici ale ei, iar „Blood Type Books“ era doar un joc de cuvinte. După câteva săptămâni, Grant i-a răspuns, întrebând-o despre bani. Julia i-a scris înapoi sub numele „Victor“ și i-a spus că îi oferă orice îi va cere Grant, cu condiția ca acesta să se vadă cu ea. Grant i-a sugerat să vină pe insulă. Așa că a redactat cartea sub formă de manuscris și a plecat în călătorie: urma să îl observe vreme de câteva zile, cât timp lucrau împreună pe manuscris, apoi ea urma să decidă ce va face mai departe, dacă să plece sau să îi mărturisească întregul adevăr.

Și așa a ajuns Julia acolo, întinsă pe un pat într-o cameră de hotel slab iluminată, după ce aflase că tatăl ei era mort de zece ani. A deschis la prima pagină a *Crimelor...* și și-a trecut degetul peste numele lui. *Grant McAllister*. Și și-a dat seama, copleșită de un sentiment de zdrobitoare dezamăgire, că nu era mai aproape de el acum decât era atunci când i-a văzut numele prima oară. Nu avea să îl întâlnească niciodată și nici nu avea să îl cunoască vreodată, cu excepția acestor povești. Însă măcar înțelesese acum de ce le părăsise pe ea și pe mama ei și de ce se mutase pe această insulă. Nu fusese fuga de o fiică nedorită, așa cum se temuse ea; ci doar dorința de a trăi împreună cu un alt bărbat. Consolarea, această mizerabilă urmă de consolare, trebuia să fie de-ajuns.

Un cârd de pescăruși s-a lăsat pe un acoperiș din apropiere și a smuls-o din gândurile sale.

A închis cartea și și-a pus o palmă peste ea. Pielea verde-închis era caldă la atingere. Apoi s-a întins pe spate și a ascultat vocile pescărușilor.

Părea că agonizează.

17

AL DOILEA DEZNODĂMÂNT

Adrenalina îl salvase pe Francis din acea ultimă conversație cu Julia și, curând după ce aceasta l-a abandonat – stând de unul singur în zona împrejmuită de pietre, la jumătatea dealului –, a mers înapoi la colibă, singur, a băut un pahar mare de gin și s-a dus direct la culcare, sleit de puteri. Era trei după-amiaza. A dormit douăsprezece ore încontinuu și s-a trezit devreme a doua zi dimineață, când insula era și mai rece, și mai întunecată. În visele sale îi apăruse Grant, care-și trăia viața pe fundul mării; bărbatul pe care îl iubise, stând sub apă și privind mut la peștii ce treceau pe lângă el. Pielea zdrelită din jurul rănilor sale semăna cu coralii. Francis era bucuros să fie treaz.

S-a ridicat din pat și s-a așezat pe verandă cu o cană de cafea. S-a gândit la cum va mai putea face rost de bani acum, că știa că nu va mai fi publicată nicio carte. S-a întors și s-a uitat la coliba de lemn, unde stătuse cu Julia cu două nopți în urmă. Era abia vizibilă sub lumina lunii, la un sfert de kilometru distanță. Era plină de lucruri pe care nu le mai folosea. Cu siguranță că ar fi găsit ceva ce putea vinde.

A închis ochii și și-a terminat de băut cafeaua.

Două ore mai târziu, soarele răsărea, iar Francis a pornit de-a lungul malului, fluierând pentru sine. În acel moment al dimineții era imposibil de crezut că ziua va fi caldă; părea că vara se terminase peste noapte. A decis să câștige timp și a tăiat-o de-a lungul ușoarei curburi a plajei, așa că și-a luat încălțările în mâini și a traversat prin apa mică și rece a mării. Părea că pășește pe gheață.

Câteva minute mai târziu era pe poteca de nisip din fața colibei și și-a lăsat pantofii să cadă din mâini. Apoi a deschis cele două uși de lemn cât de larg a putut. Nu era deloc lumină înăuntru, iar barca din fața lui abia se întrezărea. *Dacă devin disperat*, gândea el, *pot oricând să vând barca.*

S-a chinuit să privească dincolo de capătul bărcii, la o grămadă de cutii de carton vechi ascunse în spatele ei. În spate de tot era întuneric, chiar și cu ușile larg deschise, așa că a dat jos lampa ce atârna de tavan și a umplut-o cu kerosen. A aprins fitilul și a așezat-o în echilibru pe cocoașa bărcii, apoi a îngenuncheat și a început să scotocească prin cutii.

Prima era plină de cărți. Nu era o surpriză pentru el – cu o lună în urmă scotocise prin cutie, căutând un exemplar al *Crimelor...* –, însă se întreba dacă vreuna dintre cărți era cât de cât valoroasă. A scos ceva la întâmplare, însă vederea lui slabă îi îngreuna procesul de deslușire a titlurilor, așa că a renunțat repede, cuprins de frustrare.

Următoarea cutie era ticsită de instrumente muzicale, multe dintre ele stricate. O vioară, o tobă și o lăută fără coarde. Grant tot spusese că le va repara cândva, însă nu găsise niciodată timp să se ocupe de ele. În a treia cutie se găsea echipament de pescuit, în stare bună; avea să revină la ea mai târziu. A patra cutie era plină de obiecte stranii. Un telescop, un sfeșnic și mai multe seturi de cărți de joc.

A cincea cutie i-a atras atenția. Uitase de aceasta, deși cu câteva săptămâni în urmă scotocise prin ea. Era o cutie în care se aflau eseurile lui Grant, alături de câteva note scrise de mână. Unele dintre ele trebuie să fi fost vechi de treizeci de ani. Dar nu găsise nimic despre *Crimele...* lui Grant – nicio schiță sau note despre structură –, nimic de valoare, bineînțeles.

Apoi și-a amintit de ceva.

Și-a plimbat, intuitiv, degetul în josul maldărului îngălbenit până când a simțit marginea dură a unei felicitări. A scos-o și a ținut-o în fața luminii. Era o fotografie alb-negru, tăiată din paginile unei reviste și lipită pe un pătrat de carton. O fotografie mare a unei tinere femei. Francis nu o recunoștea, dar era foarte frumoasă și părea că ar fi putut fi chiar o actriță. În colțul de jos din dreapta era un rând de linii scrise cu cerneală neagră, densă, pe care înainte o crezuse ilizibilă. Însă acum vedea că alcătuiau numele *Elizabeth White*. Deci nu era o simplă coincidență că Grant își denumise cartea după numele ei? Francis a întors felicitarea și a găsit că, pe spate, era scris ceva, cu cerneală albastră, ștearsă. Dacă nu ar fi cunoscut atât de bine scrisul de mână al lui Grant, nu ar fi putut să citească ce era scris: „Hamstead Heath. 24 august 1940. Ultima ei semnătură."

Una dintre uși s-a trântit, iar umbra ivită deodată a căzut peste pătratul alb, ascunzând acele cuvinte. Francis a lăsat bucata de carton să cadă pe jos și s-a îndepărtat de ea, lovindu-se de barcă. Vasul tot s-a mișcat: lampa cu petrol a căzut de pe coca bărcii direct în cutia cu hârtii, care a izbucnit imediat în flăcări. Era o calamitate atât de drăguță și conținută în cutie, că Francis nu se putea mișca, inițial, captivat de priveliștea incendierii hârtiilor. Apoi, în lumina proaspătă a focului, a văzut din nou nota, iluminată de flăcări. Cuvintele încă erau acolo, iar data nu se schimbase nici ea: *24 august 1940.* Ziua uciderii lui White. Dacă a semnat fotografia în acea zi, atunci Grant trebuie să fi fost cu ea chiar înainte să fie ucisă. Luând în considerare toate celelalte informații – titlul cărții, indiciile din povești –, erau prea multe informații ce arătau că nu avea cum să fie o coincidență.

— Grant, ce naiba ai făcut?

Francis a îngenuncheat din nou și a luat în mâini fotografia, împăturind-o și așezând-o în buzunarul de la spate al pantalonilor. Un cerc negru și încins se extindea de-a lungul bărcii, zona care era cel mai aproape de flăcări; Francis a observat și a început să se agite. Partea de jos a cutiei de carton urma și ea să fie cuprinsă de flăcări, astfel că, având piciorul gol îndreptat în față, a ridicat-o și a aruncat-o înspre mare. Când a sărit pe nisip o clipă mai târziu, întregul obiect explodase într-un nor de fragmente incinerate; cenușă și văpăi au căzut apoi pe plajă.

Francis a mers împleticindu-se înainte, plămânii plini de fum negru și s-a oprit în fața perechii goale de pantofi pe care-i lăsase mai devreme pe plajă. Erau încă acolo unde îi lăsase să cadă: într-o formă perfect armonioasă, unul lângă altul pe nisip. Lui Francis i se părea că vede fantoma lui Grant acolo, dornică să îl întâmpine.

— Grant, a spus el întinzând o mână care să o cuprindă pe cea a nălucii, căzând apoi în genunchi, deci chiar ai ucis-o pe Elizabeth?

A scos fotografia din buzunarul în care o pusese și a examinat-o, acum în lumina zilei. Lipiciul se topise în camera cuprinsă de căldura focului, iar poza tipărită se dezlipise din rama de carton. Ascunsă între cele două straturi era o scrisoare. Francis a scos-o din ascunzătoare și a început să o citească.

„Dragă Profesor McAllister."

Scrisul era îngrijit, însă atât de mic, că trebuia să-și mijească ochii.

„Numele meu este Elizabeth White." Francis cu sufletul la gură, abia mai respira. „Nu ne-am întâlnit, dar probabil că m-ați văzut pe scenă sau mi-ați văzut unul dintre spectacole. Am avut marele noroc să particip la una dintre prelegerile dumneavoastră pe tema ficțiunii cu detectivi ținute în Londra, anul trecut, la Societatea Regală de Literatură. A fost o discuție ce m-a inspirat mult. Și sper că îmi veți ierta îndrăzneala, dar vă trimit roadele acelei inspirații, în caz că doriți să le citiți. Am scris șapte povești cu detectivi, toate bazate pe ideile dumneavoastră: acoperă o plajă largă de personaje și locuri, însă fiecare dintre povești demonstrează o *permutare* diferită a acestui tip de ficțiune, ca să vă citez. Sper să le public sub formă de antologie. *The White Murders, Crimele cusute cu ață albă*, de Elizabeth White. Iertați-mi titlul egocentric – nu am găsit unul mai potrivit. Dar sper să le citiți și să îmi spuneți ce credeți despre ele. Este prima mea tentativă de a scrie genul acesta de text. Poate ne putem vedea și să le discutăm, dacă sunteți dispus să mă lăsați să vă fac cinste? Vă rog să fiți delicat însă; sunteți prima și singura persoană căreia i le-am trimis. Cu recunoștință, Elizabeth White."

Ultimele două cuvinte se potriveau cu semnătura de pe fotografie.

Francis a mototolit scrisoarea și a aruncat-o în mare. S-a întins după pantofi, luând câte unul în fiecare mână și a strigat, furios și cuprins de disperare.

— Grant, cum ai putut? Ai ucis-o doar ca să îi furi poveștile?

Și-a ascuns capul în palme; perechea de încălțări devenise o ilară pereche de coarne.

Și-l imagina pe Grant a cărui vanitate fusese jignită de succesul ei; probabil că a convins-o cumva să vină cu tot cu manuscris la întâlnirea lor, apoi a ucis-o și i-a luat manuscrisul. Inadvertențele din povești și indicațiile către detaliile crimei trebuie să fi fost adăugate ulterior; l-ar fi amuzat grozav, Francis știa, să insereze acele indicii în povești, știind că nimeni altcineva în afară de el nu le-ar fi înțeles rolul. Oare păstrase titlul din același motiv lipsit de bun-gust?

Fluxul era tot mai aproape de țărm cu fiecare minut ce trecea. Francis a privit în largul mării și a văzut că un val mare se îndrepta spre el. S-a spart după câțiva metri înainte să ajungă la mal și l-a udat până la coate. Apa era înghețată.

— Cum ai putut?!

Focul din spatele lui se stinsese. Însă, îmbrăcat în costumul lui alb și ud leoarcă, Francis semăna cu un om de zăpadă care deja începuse să se topească.

MULȚUMIRI

Le mulțumesc lui James Wills, agentul meu, și editorilor Joel Richardson și James Melia, fără de care această carte nu ar fi ceea ce este.

De asemenea, se cuvine să le mulțumesc și lui Rachel Richardson, Ciara McEllin, Maggie Pavesi, Maxine Hitchcock, Kit Shepherd, Grace Long, Jen Breslin, Jess Hart, Ellie Hughes, Nick Lowndes, Clare Parker, Vicky Photiou, Tom Robson, Clare Bogen, Amy Einhorn, Kerry Cullen, Kenn Russell, Patricia Eisemann, Caitlin O'Shaughnessy, Maggie Richards, Christopher Sergio și Goergina Hulland Brown.

CUPRINS

1. Spania, 1930 5
2. Prima conversație 23
3. Moarte la mare 32
4. A doua conversație 48
5. Un detectiv și dovezile sale 56
6. A treia conversație 91
7. Un infern în lumea teatrului 98
8. A patra conversație 130
9. Probleme pe Insula Perla Albastră 138
10. A cincea conversație 177
11. Satul blestemat 184
12. A șasea conversație 225
13. Umbra de pe scări 230
14. A șaptea conversație 246
15. Ultima conversație 251
16. Primul deznodământ 293
17. Al doilea deznodământ 296
Mulțumiri 301